Witch Born

L'auteur

Élevée dans un ranch au pied des montagnes, dans l'Utah, **Amber Argyle** a vécu entourée par la nature et les chevaux. Sa maîtrise de littérature en poche, elle se consacre désormais à sa passion, l'écriture. Après *Witch Song*, elle est l'auteur d'une autre trilogie, encore en cours, *Winter Queen*.

Déjà parus :

Witch Song
1. *Witch Song*
2. *Witch Born*

Amber Argyle

Witch Born

Traduit de l'anglais (États-Unis)
par Aldéric Gianoly

LUMEN

À Derek Smith,
dont les cadeaux sont les plus
extraordinaires qui soient

NOTE DE L'AUTEUR

Bien que les univers de *Witch Song* et de *Witch Born* soient purement imaginaires, l'auteur a souhaité faire écho au célèbre procès américain des sorcières de Salem. Aussi, pour la Néfalie et sa technologie, elle s'est librement inspirée de la Nouvelle-Angleterre du XVIIe siècle. À l'inverse, la Tartennie offre une palette de paysages sud-américains, proches de ceux de la Colombie.

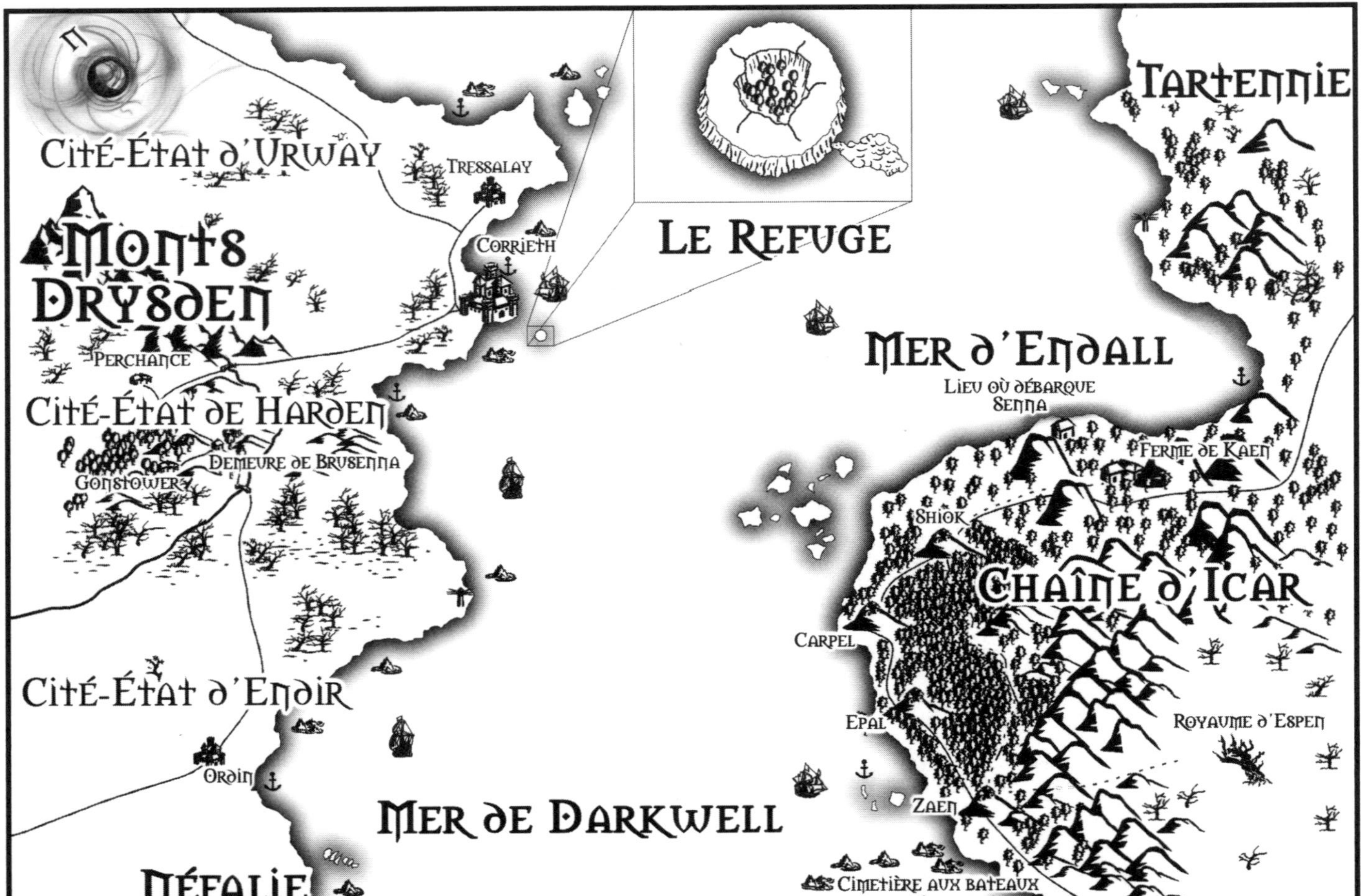

Cité-État d'Urway
Tressalay
Monts Drysden
Corrieth
Le Refuge
Tartennie
Mer d'Endall
Lieu où débarque Senna
Perchance
Cité-État de Harden
Demeure de Brusenna
Gonstower
Ferme de Kaen
Shiok
Chaîne d'Icar
Carpel
Cité-État d'Endir
Epal
Royaume d'Espen
Ordin
Zaen
Mer de Darkwell
Néfalie
Cimetière aux bateaux

Ombres

La nuit était si profonde que les ombres semblaient déverser un sang d'encre tout autour d'elles. Senna leva les yeux vers le ciel, en quête d'une lune qui ne viendrait pas. Pas ce soir. Même la lueur des étoiles les plus brillantes ne parvenait pas à transpercer la dense canopée. Les ténèbres, bien qu'effrayantes, lui assuraient une parfaite couverture.

À chacun de ses pas, le grondement de la cascade gagnait en puissance. Enfin, elle atteignit l'escalier de pierre creusé à même la falaise. Elle s'engagea sur les marches glissantes avec précaution et grimpa jusqu'à ce que ses muscles la brûlent. Malgré le froid qui régnait, la jeune fille était en nage.

Une fois au sommet, elle s'approcha de l'à-pic pour contempler les flots agités en contrebas. Les embruns voletaient jusqu'à elle. Elle se tourna vers l'ouest, face à la lointaine Tartennie, et ferma les yeux pour laisser ses sens traverser le vaste océan à l'affût d'une trace des Quatre Sœurs – la Terre, l'Eau, la Végétation et la Lumière. Concentrée, elle finit par percevoir les échos de leur plainte : une mélodie poignante, empreinte de douleur.

De nouvelles larmes roulèrent sur ses joues déjà striées de sillons salés. La nuit, elle était hantée par d'horribles cauchemars dans lesquels une terre dépérissait et des hommes mouraient. Elle rassembla toute sa puissance et chanta :

Ne laissez pas la malédiction des sorcières
Tarir la luxuriance de cette terre.
Plantes, dans vos racines gardez toute votre vigueur,
Que vos graines, patiemment, attendent leur heure,
Jusqu'à ce que les sorcières,
De cette malédiction injuste, terrible, enfin vous libèrent.

Chaque fois qu'elle le pouvait sans attirer l'attention, Senna s'éclipsait à la nuit tombée. Elle grimpait au sommet des falaises et chantait pour effacer les torts infligés à la Tartennie, pays qu'elle avait contribué à ravager quelques mois plus tôt.

Lorsque sa voix, éraillée, ne lui permit plus d'atteindre les notes les plus hautes, elle resta de longues minutes les yeux rivés sur l'horizon, vers ce territoire qui luttait pour sa survie avec la force du désespoir. Depuis plus de deux mois, à cause de la malédiction, la Tartennie était privée de pluie. Face à la violence d'une telle épreuve – fatale pour n'importe quelle autre forêt –, la jungle tartennienne semblait s'accrocher à la promesse de la jeune fille.

Senna rappela ses sens à elle, au Refuge. Malgré le fracas des vagues, elle crut percevoir le frottement d'une botte sur la roche. Le cœur battant à tout rompre, elle se retourna d'un bond et scruta l'obscurité. Si les Maîtresses la surprenaient en train d'œuvrer contre la malédiction, leur sanction serait impitoyable.

— Qui va là ?

Son chuchotement résonna comme un cri. Pas de réponse. Comme elle regrettait que Joshen ne soit pas avec elle ! Les Maîtresses avaient fait de leur mieux pour la tenir éloignée de son Protecteur. Elle ne l'avait pas vu depuis plus de deux mois – depuis qu'il était parti avec Reden recruter des hommes. Les bras croisés sur la poitrine pour lutter contre le froid, la jeune fille se hâta de regagner l'escalier qu'elle dévala à toutes jambes. Une fois parvenue en bas, elle déboucha dans un quartier inhabité du Refuge et se faufila d'un pas pressé entre les arbres immenses. Les plus petits ne comptaient que deux étages, mais d'autres en offraient jusqu'à quatre fois plus. Certains troncs étaient si imposants qu'une ronde de vingt sorcières aurait à peine suffi à en faire le tour. Creux et autrefois habités, ils étaient à présent vides – un signe du lent déclin de la confrérie.

Là, bien qu'estompés par le temps, les stigmates du combat final qui avait opposé les sorcières à Espen, la Sorcière Noire, étaient encore nombreux. Une porte grinçait sur ses gonds rouillés, un trou béant en avait remplacé le loquet. Des vitres brisées exhibaient leurs dents inégales comme autant de bouches affamées. Le contraste entre ces séquelles et la vie luxuriante qui s'épanouissait autour était saisissant.

Malgré tout, la jeune fille avait la sensation tenace de ne pas être seule. Rien n'indiquait qu'on l'eût suivie ou qu'on eût remarqué son escapade, mais son instinct la maintenait en alerte : dans la pénombre, quelqu'un l'observait.

Senna bondit au son de quelques notes qui, cette fois, ne provenait pas de la lointaine Tartennie, mais de bien plus près.

Là !

Elle se figea et tendit l'oreille. Le chant léger et naturel, qui s'élevait sans doute depuis déjà plusieurs minutes, se fondait parfaitement dans les bruissements ambiants. Pourtant, la mélodie, bien que douce, résonnait comme une mise en garde.

Le vent forcit soudain et une rafale remonta le sentier à toute vitesse pour venir s'engouffrer sous la cape de la jeune sorcière. Senna retint sa capuche. L'épaisse végétation qui s'étalait devant elle dansait au rythme des bourrasques. Quelqu'un approchait. Le souffle court, la jeune fille tenta de se rassurer : ici, au Refuge, elle était en sécurité. Encerclé par d'infranchissables falaises perdues au milieu d'un océan glacial, le quartier général des sorcières constituait une forteresse imprenable. Seul un enchantement permettait d'emprunter son unique accès : un lac souterrain niché au cœur d'une petite grotte.

Aussi, l'inconnu ne pouvait être qu'une sorcière sortie pour une promenade nocturne dans un coin abandonné du Refuge.

Le tempo du chant s'accéléra, comme en écho aux pulsations qui martelaient les tempes de Senna. Elle s'écarta du sentier pour se cacher derrière une plante au feuillage démesuré. D'instinct, elle porta une main à sa ceinture de graines où ses doigts experts plongèrent dans la pochette qui renfermait les graines de charde.

Elle patienta, aussi immobile qu'une souris effrayée par le battement d'une aile.

Une silhouette, dont l'obscurité dissimulait les traits, s'engagea sur le sentier. Arrivée à hauteur de la jeune fille, elle écarta la végétation luxuriante d'une main musclée.

Ces paumes étaient celles d'un homme, à n'en pas douter. Et pourtant, aucun homme ne résidait sur l'île. Leur présence, sauf autorisation exceptionnelle des Maîtresses, y était interdite. Les doigts de l'inconnu n'étaient plus qu'à quelques centimètres de la joue de la jeune sorcière. Elle s'efforça de respirer en silence.

L'homme s'immobilisa et inclina la tête sur le côté, à l'affût du moindre son. Senna retint son souffle et ferma les yeux de peur qu'ils n'accrochent un rai de lumière et ne trahissent sa présence. Après une brève hésitation, l'inconnu reprit sa route, d'un pas plus rapide cette fois.

La jeune fille expira d'un coup et se mordit la lèvre. Lorsque les ténèbres eurent de nouveau avalé l'intrus, Senna se releva et s'engagea sur le sentier.

Un homme en ce lieu interdit ? Peut-être avait-elle mal vu. Après tout, l'obscurité pouvait l'avoir induite en erreur. Sur le sentier de fin gravier oublié depuis longtemps, l'inconnu avait laissé de parfaites empreintes de pas. Senna glissa sans difficulté un pied dans l'une d'elles, plus grande de cinq ou six pointures.

Elle avait donc raison. Mais que faisait un homme au Refuge ? La mélodie changea soudain : elle l'invita à avancer. Une main plongée dans les graines de charde, la jeune fille suivit l'inconnu. Guidée par sa sombre silhouette et le crissement de ses bottes, elle fit en sorte de ne pas le perdre de vue, jusqu'à ce qu'il emprunte un coude du sentier. À pas de loup elle l'imita, mais le chemin qu'elle découvrit était désert.

Aux aguets, elle s'arrêta. Un faible frottement de bottes sur le bois lui parvint. *Là.* Il gravissait d'un pas furtif les marches d'un arbre-maison. Accroupie dans l'ombre de la végétation, Senna écarta une branche couverte de feuilles et leva les yeux.

L'homme lança un coup d'œil circulaire avant de refermer la porte derrière lui. Le battant glissa sans un bruit sur ses gonds, comme si on les avait récemment graissés. Des voix, trop étouffées pour être intelligibles, échangèrent quelques mots. Le rythme de la mélodie accéléra encore pour adopter un tempo effréné.

Quelque chose ne tournait pas rond et piquait la curiosité de la jeune fille. Le souffle court, elle s'engagea sans un bruit dans l'escalier. À son sommet, elle ne put s'empêcher de remarquer le soin avec lequel on avait dégagé la vigne vierge qui encadrait la porte. Les inconnus, quelle que fût leur identité, n'en étaient pas à leur première entrevue.

Senna glissa un œil entre les lianes qui recouvraient en partie l'une des vitres brisées. Deux silhouettes se découpaient clairement dans la pénombre. Ainsi, l'inconnu n'était pas le seul homme présent sur l'île. Ils étaient deux.

— Pourquoi ? demanda une voix de basse.

— Parce que je devais m'en assurer.

— Et ça y est, tu as vu ce que tu voulais voir ?

— Oui. Elle nous a tous couverts de honte. Même Krissin. (La voix de ténor marqua une pause.) Tu as parlé à ton contact ?

— Elle va veiller à ce que nous quittions les lieux sans encombre dès demain, avec notre captive. Elle m'a aussi garanti que nos troupes pourront débarquer sur l'île.

Les doigts de Senna, crispés sur le rebord de la fenêtre, lui faisaient mal. Pourquoi voulaient-ils prendre d'assaut le Refuge ? Et qui leur prêtait main-forte ?

— Parfait. J'ai hâte de pouvoir rentrer chez moi et de cesser cette comédie.

— C'est facile à dire pour toi, ricana la voix de basse.

Un soupir parvint aux oreilles de la jeune fille qui distingua un mouvement. Visiblement, le ténor s'était relevé.

— On se revoit demain, après le coucher du soleil.

Une silhouette indistincte se dirigea vers la porte.

La mélodie, alarmante, s'emballa.

Senna sortit de sa torpeur pour s'élancer dans l'escalier. Dans son dos, la porte s'ouvrit et un cri de surprise retentit.

— Arrêtons-la !

Elle souleva sa robe au-dessus des genoux et prit ses jambes à son cou. Sa capuche glissa. Elle lança un coup d'œil par-dessus son épaule. Malgré ses cheveux qui lui fouettaient le visage et les yeux, la jeune fille discerna deux silhouettes lancées à sa poursuite.

La plus petite des deux interrompit sa course pour faire tournoyer quelque chose au-dessus de sa tête. Un sifflement résonna dans l'air. Avant même d'avoir compris ce qui se passait, Senna reçu un violent choc à l'arrière du crâne.

Une explosion de lumière l'aveugla. Elle bascula en avant et s'effondra lourdement sur le gravier. En un éclair, l'intrus se jeta sur elle. Incapable de réfléchir, la jeune sorcière s'en remit à ses réflexes. Elle ouvrit la bouche et entonna un enchantement.

Ô plantes, arrêtez cet homme qui me bloque la voie.
Immobilisez-le, même s'il lutte et se débat.

Un bruissement général s'éleva tandis que les plantes répondaient à son appel. L'agresseur la serra aussitôt dans ses bras, tout contre son torse. Son souffle, à la fois sucré et puissant, évoqua à Senna la réglisse. Elle répéta son incantation et rua pour se libérer de l'étreinte, mais l'inconnu tint bon.

Une liane dépassa la jeune fille pour venir s'enrouler autour du bras de l'agresseur. D'autres plantes l'imitèrent et se lovèrent autour du second poignet de l'homme. Sans cesser de chanter, Senna se libéra. Encore quelques notes, et l'inconnu fut complètement entravé.

Un craquement retentit dans le dos de la jeune fille. Elle avait oublié le second poursuivant ! Elle se releva tant bien que mal, prête à lancer un nouvel enchantement mais, avant même que la première syllabe ait quitté ses lèvres, l'autre inconnu la percuta de plein fouet. Elle s'affala de nouveau dans la poussière.

Ô plantes, arrêtez...

On lui glissa un bâillon dans la bouche. Se sachant vulnérable sans ses chants, la jeune fille assena un puissant coup de coude en arrière et toucha la maigre silhouette de son agresseur en plein foie. L'homme grogna de douleur et relâcha sa prise, assez pour permettre à Senna de se débarrasser du bâillon. À bout de souffle, elle était incapable de chanter. Elle fit volte-face. Dans les ténèbres, elle ne distingua que deux yeux sombres et scintillants. Elle s'appliqua alors à reproduire les gestes que lui avait montrés Joshen et fit pleuvoir de toutes ses forces une série de coups sur l'intrus.

Une douleur brûlante irradia soudain dans tout son poing. L'inconnu tituba, et elle le bouscula. Il tenta de revenir à la charge, mais ses mouvements étaient lents, peu précis. La jeune fille se libéra d'un dernier coup de pied, puis s'éloigna en courant. Pantelante, elle parvint malgré tout à entonner un enchantement.

Ô plantes de la forêt, masquez mes traces,
Car d'un ennemi il faut que je me défasse.

Les mots, prononcés dans un souffle, n'eurent certes qu'un effet limité, mais la jeune sorcière n'aurait pu faire mieux. Au son d'un va-et-vient caractéristique, elle comprit que le plus petit de ses agresseurs libérait son compagnon. Ils seraient de nouveau à ses trousses sous peu.

Même aidée des plantes qu'elle levait sur son passage, Senna ne pensait pas pouvoir semer ses poursuivants. En quête d'une arme, elle scruta les lieux avec frénésie. Mais elle ne voyait rien qu'une végétation exubérante, des portes de guingois et *des fenêtres !* Aussitôt, elle s'élança dans l'abondant feuillage. Les branches lui cinglèrent le visage, lui fouettèrent les yeux. Elle déboucha enfin sur l'un des innombrables sentiers que les sorcières avaient aménagés à force d'enchantements et qui serpentaient entre les arbres du Refuge. Elle ne fit que quelques pas avant de rebrousser chemin.

Derrière la fenêtre brisée d'un arbre-maison, elle s'allongea à plat ventre, le visage à quelques centimètres du sol humide. À tâtons, elle chercha un éclat de verre susceptible de lui servir d'arme, mais elle ne trouva que des tessons inutilisables.

Au son de piétinements empressés, elle se figea. Ses agresseurs, perplexes, s'arrêtèrent. Bien meilleurs qu'elle à ce petit jeu, ils se séparèrent sans un mot et reprirent leur chasse.

Le dos trempé de sueur dans sa robe vert sombre, la jeune fille s'efforça de retrouver une respiration normale, puis retourna à sa recherche. Elle s'entailla le doigt sur un éclat de verre de la taille d'une lame.

Tout en douceur, elle enveloppa sa main dans le bas de sa cape et s'empara de son arme de fortune. Elle se risqua ensuite à relever la tête. Des perles de sueur à ses tempes, elle tendit l'oreille à l'affût du moindre son suspect avant de s'éloigner à reculons. Lorsqu'elle buta contre une paroi de l'arbre-maison, elle se leva avec précaution et se glissa hors de l'habitation.

Elle se trouvait à présent tout près de l'endroit de leur premier affrontement. Le cœur battant à tout rompre et espérant qu'ils ne penseraient pas à revenir sur leurs pas, elle patienta. Rien. Elle se décida enfin à quitter l'abri de l'arbre pour regagner sa chambre. Tous les sens aux aguets, elle s'engagea sur le sentier.

Soudain, son instinct lui commanda de se retourner. Trop tard ! Un bâillon lui cisaillait la commissure des lèvres à mesure que son agresseur en serrait le nœud. Mais l'homme avait sous-estimé la jeune sorcière. Elle se retourna en un éclair et le frappa de sa lame improvisée.

L'inconnu poussa un grognement de surprise. Malgré la capuche qu'il portait, Senna aperçut les yeux de son agresseur, écarquillés par le choc. Horrifiée, elle recula d'un pas chancelant lorsqu'un jet de sang tiède lui inonda la paume.

L'homme, une main tremblante plaquée contre son estomac, tomba à genoux. Senna recula de quelques pas. La peur lui rongeait les entrailles.

Des rides de douleur encadraient à présent les yeux de l'infortuné.

— Tu n'es pas en sécurité, Brusenna. Bientôt, toutes les sorcières seront mortes.

Mordilles

Terrifiée par la menace de son agresseur, Senna ne parvenait pas à calmer les battements douloureux de son cœur. Qui était cet homme ? Comment connaissait-il son nom ? Elle s'approcha pour mieux observer la silhouette sombre.

Au loin, un léger bruissement sembla indiquer que quelqu'un traversait la végétation au pas de course. *Le ténor !*

Sans prendre le temps de risquer un coup d'œil derrière elle, la jeune fille détala à toutes jambes. Elle trébucha de nombreuses fois et tomba à trois reprises. L'une de ses chutes fut si violente qu'elle redouta s'être brisé un poignet. Elle tira sur son bâillon à s'en fendre les lèvres et parvint à s'en débarrasser.

La douce lueur des arbres-maisons lui apparut au loin. Elle reconnut l'éclat réconfortant des lanternes qui scintillaient faiblement dans les branches. S'était-elle tant éloignée que ça ?

Lorsqu'elle atteignit enfin sa maison à la lisière du quartier habité, elle s'élança sans attendre dans l'escalier en colimaçon malgré sa respiration bruyante, saccadée. Une fois en haut, elle ouvrit à la volée la porte de la chambre de sa mère.

Dans son lit, Sacra se redressa aussitôt.

— Brusenna ? s'étonna-t-elle d'une voix endormie.

— Nous sommes en danger !

La jeune sorcière saisit sa mère par la main, puis l'entraîna à toute vitesse à l'extérieur, vers le cœur du Refuge.

— Que s'est-il passé ? Pourquoi es-tu couverte de sang ? Qu'est-il arrivé à ton visage ?

Senna ne prit pas la peine de lui répondre. Elle devait prévenir les autres. Combien d'intrus y avait-il en tout ? Le Refuge offrait-il encore une réelle protection ? La jeune fille ne daigna ralentir le pas qu'une fois arrivée au Cercle de Pouvoir – une clairière circulaire bordée d'immenses arbres ancestraux. Là, elle rejeta la tête en arrière et commença à chanter.

Ô vent, que du Refuge mes mots atteignent chaque recoin.
Un ennemi aux immondes desseins
A pénétré notre imprenable bastion,
Pour y répandre chaos et dévastation.

Une rafale l'enveloppa avant de colporter son appel partout sur l'île, jusqu'aux infranchissables falaises. Quelques instants plus tard, un flot de sorcières – la plupart vêtues de leur seule chemise de nuit – se déversait dans la clairière.

Prenny, la Maîtresse de la Végétation, dont les courts cheveux grisonnants étaient hérissés comme les poils d'un chien en colère, se dirigea d'un pas décidé vers la jeune fille.

— Que signifie tout ceci ?

Senna dut lever un bras pour se protéger de l'éclat de la lanterne brandie par sa consœur. La vieille sorcière saisit sa cadette par le poignet.

Sacra ne put retenir un cri de surprise à la vue de l'état de sa fille. Elle approcha la paume de Senna de la flamme.

Tandis que ses deux aînées scrutaient sa main, la jeune fille se sentit soudain assaillie par une profonde fatigue.

— Ce n'est pas mon sang, expliqua-t-elle.

— Si, répliqua sa mère. Au moins en partie.

Bouche bée, Senna découvrit les entailles qui lui striaient la peau. Son sang, mêlé à celui de son agresseur, maculait sa manche de traînées écarlates. Sans doute s'était-elle coupée avec la lame improvisée en même temps qu'elle poignardait l'homme à la voix de basse. Sur le coup, elle n'avait rien senti mais, à présent, la douleur se réveillait et vibrait dans sa chair, plus vive à chaque seconde.

— Je vais chercher ma trousse, annonça Sacra, la robe déjà relevée à hauteur des genoux.

Sans quitter la plaie des yeux, Prenny fit claquer sa langue.

— Inutile pour le moment, répliqua-t-elle.

La vieille sorcière dégageait une odeur forte mais agréable d'herbes et de terre.

Voyant que sa mère refusait d'obéir, Senna la retint de sa main valide.

— Non ! Ils sont encore là !

— Qui est encore là ? demanda Coyel, la Maîtresse de la Lumière, qui, suivie comme son ombre par Drenelle, la Maîtresse de la Terre, venait de rejoindre ses trois consœurs.

— Les deux hommes qui m'ont attaquée, répondit Senna avec une grimace.

— Quoi ? s'écria Sacra.

D'autres sorcières avaient rejoint le petit cercle de femmes. Toutes la dévisageaient avec une peur mêlée d'incrédulité. Le poids de leurs regards, lourds comme une chape de plomb, lui donna envie de disparaître.

— Toutes au milieu du Cercle, les invita Coyel en frappant dans ses mains.

Drenelle saisit le bras de la jeune fille pour l'entraîner à l'écart des oreilles indiscrètes.

— Par les Créatrices, pourquoi deux hommes attaqueraient-ils une gamine de seize ans ?

— C'est impossible, grommela Prenny. Il n'y a pas d'hommes sur l'île. Aucun ne peut y pénétrer sans notre autorisation.

Sacra croisa le regard de la vieille femme.

— Ça s'est pourtant déjà produit…

Prenny recula comme si elle avait reçu une gifle.

— La traîtresse est morte. Et toutes nos consœurs sont dignes de confiance.

— Je les ai entendus, intervint Senna. Ils appartiennent à un groupe et envisagent d'attaquer le Refuge. L'une des nôtres doit les y aider.

Prenny ouvrit la bouche, mais resta muette.

— Tu en es certaine ? demanda Coyel, comme paralysée.

— On leur a promis un moyen de quitter l'île en compagnie d'une captive, expliqua Senna, les yeux rivés sur ceux de son interlocutrice.

Les trois Maîtresses se concertèrent du regard. Malgré leurs doutes évidents, elles ne pouvaient ignorer le sang qui maculait les mains de leur jeune consœur ou la bosse qui avait déjà bien enflé à l'arrière de son crâne.

Chavis, la Maîtresse de l'Eau et, par conséquent, leur chef de guerre, approcha à son tour. Elle portait des vêtements d'homme. Deux sangles de cuir, destinées à accueillir ses pistolets et retenues par une broche au motif aquatique, se croisaient sur sa poitrine. Une longue tresse grise pendait entre ses omoplates.

— Combien sont-ils ? Et où ?

— Deux. Du côté ouest de l'île, répondit aussitôt Senna, un doigt tremblant pointé vers le chemin qu'elle avait emprunté.

Chavis se retourna.

— Sorcerelles et Apprenties au milieu du Cercle, je nomme Arianis responsable de votre groupe ! Vous restez ici.

— Mais si la traîtresse est parmi nous… commença Drenelle.

— Tu as une meilleure idée ? l'interrompit Chavis. (Devant le mutisme de sa consœur, elle reprit d'une voix autoritaire :) Gardiennes, en formation de combat ! Chaque groupe, guidé par une sorcière de l'Eau, doit compter au moins une représentante de chaque discipline. Fouillez l'île. Senna, tu viens avec moi.

— J'accompagne ma fille, déclara Sacra.

Chavis, malgré une moue pincée, accepta.

— Ne devrions-nous pas attendre le matin ? s'enquit Drenelle, à présent livide.

Chavis ne prit pas la peine de lui répondre.

Après un rapide coup d'œil aux Sorcerelles et aux Apprenties, Arianis approcha au petit trot.

— Coyel, je pourrais vous aider à ratisser l'île.

— Tu n'es encore qu'une Apprentie, lui retourna la Maîtresse de la Lumière, sans même la regarder.

— Elle aussi, répliqua Arianis, avec un regard noir à l'adresse de Senna.

La jeune fille s'efforça de ne pas lever les yeux au ciel. Elles n'avaient pas de temps à perdre avec la jalousie mesquine de leur consœur.

— Certes, concéda Chavis, bousculant Arianis de l'épaule. Mais elle sait où s'est déroulée l'attaque, et pas toi. Maintenant, obéis !

Arianis serra la mâchoire avant de lancer une série d'ordres à ses consœurs, qui se mirent aussitôt en formation. Les Sorcerelles et les Apprenties saisirent les avant-bras de leurs voisines et commencèrent à chanter.

L'instant d'après, une violente bourrasque tournoyait autour d'elles. Scintillante comme une aurore boréale, une barrière cylindrique s'éleva dans le ciel nocturne. Parfaitement infranchissable, elle ne s'effacerait que lorsque les sorcières rompraient le contact.

Tant que le bouclier était présent, les sorcières débutantes seraient en sécurité. À moins, bien sûr, que la traîtresse… Senna préféra chasser cette pensée de son esprit.

Chavis tendit un mousquet à Prenny et l'un de ses pistolets à Coyel. Les trois femmes versèrent la poudre, ajoutèrent une balle, puis refermèrent le bassinet d'amorçage de leur arme.

À la vue de ces préparatifs, la jeune fille, qui venait de poignarder un homme, sentit son estomac se nouer.

— Pourquoi ne pas se fier à nos enchantements ? demanda-t-elle.

— Parfois, un mousquet est plus efficace qu'un chant, répliqua Chavis.

Drenelle ramassa sa lanterne puis déclara :

— C'est une mauvaise idée. Nous ferions mieux de rester ici, en sécurité.

— Éteins ta flamme. Non seulement elle nous aveugle, mais elle fait de nous des cibles faciles.

Sans un mot de plus, Chavis se mit en marche.

Drenelle fit la moue, mais s'exécuta.

Les yeux posés sur le pistolet de Coyel, Senna, qui répugnait à replonger dans les ténèbres, tendit l'oreille à l'affût de l'harmonieuse mélodie dont elle doutait à présent qu'elle eût vraiment existé. Seul un lourd silence lui répondit.

Voyant que la jeune fille ne les suivait pas, Chavis se retourna.

— Nous allons avoir besoin de tes indications, Senna.

Le souvenir de sa blessure par balle se raviva soudain. Une forte douleur se réveilla dans son bras pourtant guéri. L'odeur de la poudre lui emplit les narines, comme le soir où Bruke, son chien, s'était sacrifié pour lui sauver la vie. Ses membres refusèrent de lui obéir.

Avec tendresse, Sacra la prit par la main.

— Chavis ne tirera que si elle y est contrainte.

Tous les sens de la jeune fille s'opposaient à ce qu'elle approche à nouveau du danger. La peur lui soulevait l'estomac. Malgré tout, elle rassembla son courage et laissa derrière elle la clairière et sa lueur réconfortante. Elle fut reconnaissante de la présence de sa mère à ses côtés.

Les cinq Gardiennes, qui progressaient aussi vite que possible dans l'obscurité, dépassèrent un autre groupe de sorcières. Les mains tendues devant elles pour éviter les obstacles, elles se ruaient vers l'unique accès au Refuge : la petite grotte. Si les deux intrus voulaient fuir, ils n'avaient pas le choix, c'était la seule issue.

Elles atteignirent enfin une ouverture voûtée, creusée à même la falaise. L'entrée était gardée par des ronces et des chardons si exubérants qu'ils couvraient le nom de la caverne : Velveten.

— Personne n'est venu ici, constata Coyel d'une voix où perçait le soulagement.

— Sauf si l'une des nôtres leur a ouvert la voie… (Chavis vérifia le bassinet de son arme avant de l'incliner légèrement.) Drenelle, allume ta lanterne.

Le grattement caractéristique d'une allumette se fit entendre. La flamme qui apparut grava sur les rétines de Senna l'image persistante de Drenelle dans sa tenue surchargée de dentelle. L'odeur du soufre leur emplit les narines. La Maîtresse de la Terre enflamma la mèche puis referma sa petite lanterne à la décoration tape-à-l'œil.

Baignée dans la douce lumière, Senna poussa un soupir de soulagement. Les silhouettes de ses consœurs, indistinctes depuis qu'elles avaient quitté la clairière, retrouvaient enfin leurs traits.

Coyel invita les ronces et les chardons à dégager l'entrée ouvragée. Seul un enchantement pouvait avoir créé un tel lieu. Les reliefs sophistiqués de l'arche n'étaient qu'un début : des gravures recouvraient l'ensemble des parois rocheuses qui ceignaient l'île. Des arbres au contour parfait côtoyaient montagnes et bourrasques, le soleil, la lune et les étoiles, sans oublier le visage des Créatrices. Tout ce qui comptait pour les sorcières était représenté. Mais les gravures, soumises aux outrages du temps et des intempéries, avaient perdu leur majesté passée.

À l'image des sorcières elles-mêmes.

Chavis s'empara de la lanterne et descendit quelques marches. Dans la lumière, les ombres des gravures, soudain animées, semblaient se déplacer sur les murs, comme pour fuir l'éclat de la flamme. Une fois au pied du petit escalier, sur la mosaïque de pierre, Senna scruta la surface sombre du bassin intérieur.

— Il manque une barque, constata Coyel dans un souffle étranglé.

— Ils ont réussi à s'enfuir ! jura Chavis. Sa blessure était-elle grave ? demanda-t-elle à Senna.

La jeune fille commença à serrer les poings mais une vive douleur lui vrilla tout le bras. Elle ne put retenir un gémissement guttural.

— Il a reçu une lame longue comme la paume dans le ventre.

— Soit son complice l'a porté, soit il l'a abandonné, conclut Chavis. Venez, retournons à l'endroit où ils ont été vus pour la dernière fois. (Elle arracha la lanterne des mains de Drenelle pour la passer à Sacra.) Reste ici, au cas où. Et fais en sorte de ne laisser passer personne.

Après un coup d'œil inquiet à Senna, Sacra rattrapa Chavis.

— Je refuse de me séparer de ma fille.

— Nous avons besoin de Brusenna pour nous indiquer le lieu de l'agression, répondit Chavis avant de tendre un pistolet à sa consœur. Et quatre d'entre nous suffisent à contrôler les Quatre Sœurs. Ta présence serait superflue, il vaut mieux que tu restes ici.

Bouche bée, Sacra se figea.

— C'est pour ça que tu m'as amenée ici ? Pour faire le planton ?

— Bien entendu, trancha Chavis, qui se remettait déjà en marche. Garde toujours le dos collé au mur pour éviter de te faire surprendre. Si tu vois quoi que ce soit, ouvre le feu. Et vise le ventre, comme ça, ils vivront assez longtemps pour répondre à nos questions.

Senna s'arrêta à hauteur de sa mère. Elle ne pouvait se résoudre à la laisser seule.

— Nous ne devrions pas…

— Ta mère est l'une des meilleures, l'interrompit Coyel en la tirant par le bras. Elle s'en sortira très bien.

La jeune fille lança un dernier coup d'œil à sa mère, baignée dans un halo de lumière. Sacra, le regard fixe dans l'obscurité, enclencha le chien de son pistolet. Priant pour que Coyel dise vrai, Senna s'élança à la suite de Chavis.

Une fois dans le quartier inhabité du Refuge, Drenelle lança un regard oblique à sa jeune consœur.

— Qu'étais-tu venue faire ici ?

Malgré sa gorge soudain sèche, Senna s'efforça de trouver une explication.

— Je n'arrivais pas à dormir.

Après quelques minutes de tâtonnement, son pied buta sur une forme étrange et dure. Malgré la terreur qui lui glaçait le sang, elle se pencha pour la ramasser. Elle dut retourner l'objet dans sa paume valide une bonne dizaine de fois avant de l'identifier : une fronde. Un puissant martèlement résonna dans sa tête comme pour valider sa déduction.

— Par ici, souffla-t-elle.

— Prenny, Coyel, appela Chavis, l'arme à la main.

Prenny tendit son mousquet à Drenelle, qui le tint du bout des doigts comme s'il risquait de souiller sa tenue immaculée. La Maîtresse de la Végétation exhiba alors quatre fioles en verre.

— Prêtes ?

Coyel commença à chanter.

Ô vent, charrie ces mordilles et souffle-les
Sur quiconque tenterait de se dissimuler.

Une bourrasque fit voler leurs cheveux puis forcit en atteignant le sol. À mesure que Coyel répétait son incantation, Prenny décrivait un cercle autour de ses consœurs et projetait dans les airs le contenu de ses fioles. De puissantes rafales entraînèrent la poudre dans leurs tourbillons.

Les mordilles, bien qu'aussitôt emportées par le vent, laissèrent une désagréable sensation de brûlure dans la gorge de Senna. La jeune sorcière, le visage couvert par un pan de sa cape, observait la scène de ses yeux pleins de larmes.

Coyel, qui avait cessé de chanter, posa une main sur l'épaule de l'Apprentie.

— Tous ceux que la poudre atteindra seront pris d'une irrépressible quinte de toux.

Les sorcières, immobiles, tendirent l'oreille, mais aucun son ne leur parvint.

— Il sera difficile de trouver quoi que ce soit par une nuit aussi sombre, déclara Chavis, le regard perdu dans l'obscurité. Nous ferions sans doute mieux de nous enfermer à double tour jusqu'au petit matin. Nous reprendrons nos recherches à l'aube.

— Les intrus, quelle que soit leur identité, sont soit morts, soit partis, acquiesça Prenny, dont le soulagement était évident.

— Ne te réjouis pas trop vite, l'avertit Coyel, balayant du regard les ombres profondes de la forêt. Quelqu'un leur a permis de pénétrer sur l'île, et ce traître est toujours parmi nous.

Pendentif

Sacra déposa la trousse de soin sur la table puis versa une mesure d'un liquide odorant dans une tasse.

— Bois cette potion. Elle devrait calmer la douleur.

La main de Senna tremblait tant qu'elle manqua de renverser tout le contenu de la tasse. Le breuvage amer, qu'elle avala d'un trait, lui arracha une horrible grimace.

Chaque fois qu'elle fermait les yeux, le cri de surprise qu'avait poussé l'intrus à la voix de basse en recevant la lame dans les entrailles résonnait dans sa tête. Le goût métallique de la peur lui emplissait la bouche. Son corps semblait être incapable de se débarrasser de la sensation des bras puissants qui l'avaient étreinte, de l'odeur vive de la réglisse. Un violent frisson lui fit lâcher la tasse qui s'écrasa au sol et vola en éclats.

— Tu entres en état de choc, diagnostiqua Sacra.

Elle saisit un petit flacon sur son étagère et aida sa fille à en boire le contenu avant de l'envelopper dans une couverture bien chaude. Mais les tremblements de l'Apprentie s'aggravèrent.

— Écoute-moi, Senna. Il faut que tu te calmes.

La jeune fille tenta de secouer la tête. Ses émotions, un temps maintenues à l'écart par le puissant flot de terreur qui l'avait animée, l'écrasaient à présent de tout leur poids.

— J'aimerais juste que Joshen soit là.

Elle avait besoin que le jeune homme la prenne dans ses bras et lui dise que tout allait s'arranger.

Les traits de sa mère, blessée, s'assombrirent un court instant.

— Essaie de contrôler ta respiration. Fais comme moi.

Sacra inspira doucement et retint l'air dans ses poumons. Senna imita sa mère jusqu'à ce que la sensation de vertige se dissipe. Bien vite, sa vision périphérique s'effaça, son regard devint flou et des picotements lui parcoururent tout le corps.

— Parfait. La potion commence à agir. Concentre-toi sur ta respiration, lui expliqua Sacra, quelque peu soulagée. Tu seras rapidement sur pied.

Senna siffla entre ses dents lorsque sa mère versa un filet d'eau salée sur sa main blessée. Le sang décrivit de petits tourbillons sombres dans les lignes de sa paume, telles les volutes de l'encens qui dansait avec grâce dans la brise.

— Raconte-moi ce qui s'est passé ce soir, Brusenna.

Malgré son désir d'oublier à jamais les événements de la soirée, la jeune fille comprenait la demande de sa mère. Elle avait relaté son histoire à de si nombreuses reprises que les images tournoyaient sans cesse dans sa tête. Chaque fois qu'elle la répétait, la scène lui paraissait de moins en moins réelle, comme tirée d'un rêve. Après un soupir, elle évoqua de nouveau son agression.

Sacra plaça une aiguille courbe sur la flamme d'une bougie. Elle la laissa ensuite refroidir, puis glissa de longs filaments de boyaux de mouton dans le chas.

— Les entailles ne sont pas très larges, mais elles sont profondes. Ça ne devrait durer que quelques minutes. (Senna posa un regard inquiet sur l'aiguille.) Tends ta main et garde-la bien immobile.

La jeune fille ferma les yeux et détourna la tête. Malgré les herbes que lui avait administrées sa mère, elle ne put retenir un petit cri lorsque l'aiguille plongea dans sa chair. Elle tressaillit et lutta contre l'envie de serrer le poing contre sa poitrine.

— Cesse de bouger, tu auras moins mal.

Senna tenta de s'accrocher à une pensée divertissante, mais toutes semblaient s'échapper de sa tête avant qu'elle puisse les saisir.

Malgré tout, elle parvint à retenir ses gémissements de douleur jusqu'à ce que sa mère fasse un dernier nœud.

— Et voilà !

La jeune fille posa son regard sur les immondes plaies et les fils noirs qui saillaient de sa chair. Elle se demanda ce qu'une chiromancienne lirait dans les nouvelles lignes qui lui striaient la paume.

— Crois-tu qu'il soit mort… l'homme que j'ai poignardé ?

— Avec une blessure au ventre, sans aucun doute.

Il devait lui vouer une haine sans pareille pour les menacer, ses consœurs et elle, jusqu'à son dernier souffle.

— Si c'est le cas, où est son corps ?

— Sans doute caché dans un lieu où nous ne le découvrirons jamais. Ou peut-être qu'ils sont parvenus à s'enfuir.

Senna réprima un tremblement d'effroi.

— Suis-je une meurtrière ?

— Il y a une grande différence entre se défendre contre un agresseur et tuer quelqu'un de sang-froid. (Sacra recouvrit un bandage d'une couche d'onguent avant d'en envelopper la main de sa fille.) Laisse-la au repos pendant quelques jours si tu ne veux pas que les plaies se rouvrent.

Le regard rivé sur la blancheur immaculée du bandage, Senna acquiesça.

Sacra, qui rangeait avec précaution sa trousse de soin, posa à voix haute la question qui devait brûler les lèvres de toutes les sorcières.

— Comment des hommes ont-ils pu s'introduire sur l'île ?

— L'une d'entre nous les y a aidés, conclut Senna, sa main blessée serrée contre la poitrine.

Depuis qu'elle avait vaincu la Sorcière Noire, transformée en arbre, la jeune fille pensait ses consœurs à l'abri de tels dangers.

Sacra se figea soudain et le silence retomba.

— Tu sais ce qu'il nous reste à faire.

Senna secoua la tête pour dissiper les effets des drogues qui lui engourdissaient l'esprit.

— Que veux-tu dire ?

— Nous devons partir, répondit Sacra, une main posée sur le bras de sa fille.

Senna, qui recouvrait peu à peu ses esprits, se redressa.

— Je viens tout juste de débuter mon apprentissage. Nous ne pouvons pas partir maintenant !

— Je pourrais t'enseigner autant de choses que n'importe qui d'autre ici. Tu l'as dit toi-même : l'homme a juré que nous serions bientôt toutes mortes. Je refuse de courir un tel risque. J'ai trop peur de te perdre.

Senna n'avait certes aucun ami sur l'île, mais le sort de Joshen était lié à celui du Refuge. Les Maîtresses des quatre disciplines lui avaient bien assez répété qu'il était leur Protecteur et non le sien. Elle ne l'abandonnerait pas.

— Alors tu proposes de fuir ? C'est ta seule réponse à tous nos problèmes ?

Sacra se rembrunit.

— Les requins, les faucons et les loups chassent, Brusenna. Les cerfs, les souris et les moutons fuient. C'est dans l'ordre des choses.

— Mais ça n'a pas toujours été le cas. Nous n'avons pas toujours accepté de jouer les proies, répliqua la jeune fille.

— Les temps dont tu parles sont révolus depuis bien longtemps.

— Tu envisages peut-être de retourner à Gonstower ? Et de voir combien de temps il leur faudra avant de nous attraper ?

— Nous ne sommes pas obligées de retourner là-bas. Seulement loin d'ici.

Senna repensa aux moqueries qui avaient accompagné toute son enfance, à la haine des villageois.

— Non. Je refuse de vivre comme une paria. Plus jamais.

Sacra, qui avait ôté sa main du bras de sa fille, s'affaissa sur sa chaise.

— Il est facile de mourir, Senna. Mais vivre est plus difficile.

La jeune sorcière, un bras tendu en avant pour contrebalancer le vertige né des herbes, se leva pour quitter la pièce.

— Non, tu as tort. Ce qui est difficile, c'est de prendre les bonnes décisions, quelles qu'en soient les conséquences.

Elle chancela jusqu'au mur le plus proche et ferma les yeux pour dissiper son tournis. Sacra s'approcha d'elle et posa doucement le bras de sa fille sur ses épaules.

— Tu ne vas pas y arriver seule.

— Non. J'ai toujours eu besoin qu'on m'aide.

— Nous sommes tous, pour la plupart, dans le même cas, je suppose.

Les deux sorcières s'engagèrent dans l'escalier en colimaçon. L'étroitesse des lieux et le pas mal assuré de Senna ne leur facilitèrent pas la tâche.

— Au moins, je sais comment tu es quand tu as bu… plutôt du genre philosophe. Ça aurait pu être pire, j'imagine.

— Je ne suis pas soûle ! protesta Senna.

— Les herbes que je t'ai données étaient plus puissantes que le whisky de ton grand-père, ricana Sacra. D'autant qu'il avait l'habitude de le mélanger avec de la laque.

— Mon grand-père ? s'étonna Senna, butant contre la rampe. Tu ne parles jamais de lui.

Sacra s'arrêta pour mieux aider sa fille à retrouver l'équilibre.

— Il distillait un whisky extrêmement fort.

Lorsqu'elles atteignirent le pied de l'escalier, la jeune fille eut comme une envie de célébrer leur petite victoire.

— Et mon père ? C'était ton Protecteur ?

— Il a renoncé à son rôle à la naissance de ta sœur. J'étais alors trop occupée pour l'élever.

Ces quelques mots dépassaient de loin tout ce que Senna avait entendu à propos de son père depuis des années.

— Un choix raisonnable.

Sacra aida sa fille à se glisser sous les couvertures.

— Bonne nuit.

— Mais pourquoi n'a-t-il pas… commença la jeune fille, appuyée sur un coude.

Mais la porte de sa chambre se refermait déjà. Senna se laissa retomber sur le dos et ravala rapidement sa frustration. Les contours du feuillage qui se découpaient sur le ciel étoilé – formes sombres sur un fond noir saupoudré de minuscules grains de lumière – la fascinaient. Elle sombra avec soulagement dans un sommeil profond et, pour une fois, sans rêves.

Deux jours plus tard, dans un arbre-maison en forme d'oignon, Senna se tenait devant une fenêtre aux extrémités pointues et au centre renflé – tel un bulbe qui tenterait de s'extraire d'une cosse. Tournée vers l'ouest, elle essayait d'ignorer les insoutenables démangeaisons qui couraient sur ses cicatrices.

Son agression la hantait encore. Tout comme la Tartennie, dont les terres et les hommes mouraient à petit feu, et l'odeur douceâtre de la réglisse.

Elle éprouvait un besoin terrible d'agir : retrouver son agresseur, lever la malédiction qui pesait sur la Tartennie, ou n'importe quoi d'autre. Mais dès le surlendemain des événements qui avaient secoué le Refuge, les Maîtresses avaient insisté pour que les Apprenties et les Sorcerelles reprennent le cours normal de leur formation, tandis qu'elles continueraient seules les investigations.

Ainsi, Senna étudiait les arbres du Refuge. Leur variété ne cessait jamais de la surprendre. Certains, par exemple, s'ouvraient directement sur le chemin de gravier alors que d'autres surplombaient une volée de marches sinueuses faites de racines entrelacées ou d'une excroissance ligneuse. Les fenêtres et les portes, bien que toutes pointues aux extrémités et bombées vers l'extérieur, présentaient des tailles diverses.

Arianis décrocha une carte fixée au mur pour la déposer sur un chevalet.

— Aujourd'hui, nous allons nous intéresser à une nouvelle nation. Quelqu'un peut-il me dire de quel pays il s'agit ? (Elle n'obtint pour toute réponse qu'un profond silence.) Senna, tu veux bien nous éclairer ?

La jeune fille se retint de grommeler. Les Maîtresses avaient insisté pour qu'elle suive les cours des Sorcerelles afin de combler ses nombreuses lacunes. Manque de chance, certaines leçons étaient dispensées par des Apprenties, et Arianis était en charge de celle-là. La sorcière avait été préparée depuis sa plus tendre enfance à affronter la Sorcière Noire. Son exceptionnelle puissance lui assurait une voie toute tracée jusqu'au sommet de la hiérarchie.

Mais Senna avait alors surgi de nulle part et terrassé Espen. Des murmures s'étaient élevés parmi les Gardiennes au sujet de ses talents d'enchanteuse qui, selon certaines, surclassaient ceux de son adversaire déchue.

Personne ne parlait désormais plus de l'extraordinaire puissance d'Arianis.

Senna jeta un rapide coup d'œil à la carte avant de replonger dans son observation du paysage.

— Il s'agit de Harshen.

— Et que peux-tu nous dire de Harshen ? la relança Arianis, les bras croisés.

Senna soupira. Parfois sa consœur se décourageait assez vite, mais ce jour-là elle ne semblait pas vouloir lâcher l'affaire.

— Cette nation se trouve loin au sud. C'est un lieu fait de déserts et de montagnes broussailleuses. Les habitants y ont la peau sombre et ils vivent dans de grandes tentes. Une fois par an, les rivières gonflent jusqu'à sortir de leur lit, pour n'être plus que de vulgaires flaques stagnantes au cœur de l'été. Les déserts rendent Harshen inaccessible par les terres, et de terribles tempêtes empêchent d'y accoster.

— C'est presque mot pour mot ce que Jennalee Odd a écrit dans *Contrées désertiques*, maugréa Arianis. N'as-tu donc jamais aucune idée propre ? (Senna ne répondit pas à cette question qui n'en était pas vraiment une.) Quelle opinion les Harshenniens ont-ils des sorcières ?

— Ils nous reprochent la sécheresse qui frappe leurs terres, répondit Nilly, une Apprentie aux oreilles démesurées et aux jolis yeux noisette.

— Ils nous détestent. Le monde entier nous déteste. Et en détruisant la Tartennie, les Maîtresses n'ont fait qu'empirer la situation.

Les mots s'étaient échappés de la bouche de Senna comme une volée d'oiseaux terrifiés.

Les yeux ronds comme des soucoupes, Arianis dévisageait son élève.

— C'est un cours de géographie, ici. Pas un débat politique.

Senna ne regrettait pas sa saillie : ce n'était que la stricte vérité.

— Tu nous as demandé ce que les Harshenniens pensaient de nous, je te réponds, rétorqua-t-elle.

D'une voix chargée de mépris, Arianis répliqua à son tour, mais la jeune fille n'écoutait plus. Dehors, quelqu'un l'appelait.

— Senna ! Senna !

Elle connaissait cette voix. Elle bondit de sa chaise.

— Assieds-toi, lui ordonna Arianis, surprise. Le cours n'est pas fini.

— Senna !

La jeune fille souleva sa robe et détala à toutes jambes. À peine sortie de l'arbre-maison, et pour la première fois depuis plus de deux mois, son regard se posa enfin sur Joshen, baigné dans la lumière de la mi-journée. Ses cheveux bruns ondulaient sur son front, et son regard gris – de la couleur de la neige plongée dans la pénombre – illuminait son visage hâlé. De petites rides lui encadraient les yeux, comme s'il ne cessait jamais assez longtemps de sourire pour permettre à la peau de se lisser complètement. Incapable de retenir un petit cri, Senna se jeta dans les bras du jeune homme.

Il la rattrapa au vol et la fit tournoyer. Elle se serra contre son corps. L'endroit où elle se sentait, et se sentirait à jamais, le mieux. Joshen la reposa au sol et fit doucement courir ses doigts sur le léger renflement que Senna portait à la base du crâne.

— Tu vas bien ? demanda-t-il, soudain tendu.

— Ça ira, dit-elle avec une grimace. Quand es-tu arrivé ?

Joshen rentrait de leur terre natale, la Néfalie, où il avait mené une campagne de recrutement de nouveaux Protecteurs.

Les sourcils froncés, il observait la main bandée de la jeune fille.

— Il y a quelques heures. Nous devions faire notre rapport aux Maîtresses.

— Sais-tu pourquoi on a voulu s'en prendre à toi ?

L'accent tartennien de Reden fit sursauter la jeune sorcière. Elle n'avait même pas remarqué sa présence dans le dos de Joshen.

Le meneur des Protecteurs n'était certes pas grand, mais bien musclé. Il avait une peau d'un brun crémeux que rehaussaient une chevelure et un regard de jais. Rien sur son visage ne laissait transparaître son âge, il aurait pu tout aussi bien avoir vingt ans que quarante. Mais Senna avait récemment appris qu'il n'en avait que vingt-quatre. Il était devenu général en chef de toutes les armées de Tartennie à seize ans seulement. Ses aptitudes de soldat et ses talents de tacticien lui avaient valu d'être promu meneur des Protecteurs quelques jours à peine après leur fuite de Tartennie. Il s'était en effet rebellé contre ses propres troupes et avait conduit les sorcières en lieu sûr.

Il transperçait la jeune fille de son regard vif. Et il n'était pas le seul à l'observer. Senna prit soudain conscience des dizaines d'yeux qui la dévisageaient. Visiblement peu enclines à obéir aux ordres d'Arianis qui les rappelait à leur place, les Sorcerelles s'étaient agglutinées à la fenêtre et à la porte de l'arbre-maison. Le poids de leurs regards donna à Senna l'impression qu'on lui avait rempli les poches de cailloux.

— Je dois vous emprunter votre élève, Apprentie, déclara Reden, qui entraînait déjà Senna par le bras.

La jeune fille vit les yeux de sa consœur se réduire à deux fentes tandis qu'elle cherchait une raison valable de refuser, mais Reden ne rendait de comptes qu'à Chavis et aux trois autres Maîtresses, pas à une petite Apprentie parvenue.

— Soit. Dans ce cas, tu me feras un exposé oral complet sur les montagnes et les routes commerciales de Harshen pour demain, Senna.

Sa réticence à prendre la parole en public était connue de tous, mais c'était un prix qu'elle paierait bien volontiers pour avoir la chance d'être de nouveau auprès de Joshen.

Sans laisser le temps aux deux Protecteurs de l'assaillir de questions, elle leur raconta tout : son sentiment que quelqu'un l'épiait le soir des événements, les secrets chuchotés dans un arbre-maison abandonné, son agression par deux inconnus, sa fuite inespérée et son effroi à retourner sur les lieux, en pleine obscurité, avec les Maîtresses.

— Nous y sommes retournées le lendemain matin, mais nous n'avons trouvé que des herbes piétinées et quelques traces de sang autour de la fronde.

— Ils en avaient après toi, tu en as conscience, non ? demanda Reden avec une moue. La captive en question, c'était toi.

— Non… C'est impossible.

— Comment être certains qu'ils ne l'ont pas simplement attaquée parce qu'elle les avait entendus ? remarqua Joshen, une main dans les cheveux.

— Parce qu'elle serait morte à l'heure qu'il est, répliqua Reden, scrutant les arbres alentour. Ils la voulaient vivante. Le tout est de découvrir pourquoi.

— Peut-être souhaitaient-ils ne tuer personne, avança la jeune sorcière dans un murmure.

— On ne s'engage pas dans une telle mission sans être prêt à tuer, lui opposa Reden d'une voix ferme.

— Des Tartenniens, tu crois ? demanda Joshen avec un mouvement du menton vers l'ouest. Mais que lui voudraient-ils ?

— Nous ne savons pas avec certitude s'il s'agissait bien de Tartenniens. Pas plus que nous ne connaissons leurs motifs.

— Leur accent n'était pas tartennien, déclara la jeune fille, le regard perdu dans le vide.

— D'où venaient-ils, alors ? demanda Reden.

Avec un frisson, elle passa en revue dans sa tête les différents accents qu'elle connaissait. Elle jouissait d'un certain talent pour remarquer les inflexions de voix les plus infimes, mais celles de ces agresseurs ne lui en rappelaient aucune autre.

— Je n'en sais rien.

— Tes enchantements sont-ils aussi puissants qu'on le dit ? s'enquit Reden après avoir grincé des dents.

La jeune fille baissa les yeux. Ses pouvoirs, déjà extraordinaires, s'étaient encore épanouis, telles des herbes folles, depuis que les Créatrices lui avaient transféré ceux de la Sorcière Noire.

— Oui, répondit-elle.

— Les Maîtresses ont fouillé toute l'île, reprit Reden après une brève hésitation. Et elles sont persuadées que tes agresseurs ont quitté les lieux. Mais je n'en suis pas si sûr.

Joshen grogna son assentiment.

— Il y a sur cette île plus de terriers que dans un champ infesté de taupes.

Senna posa les mains sur son ventre, juste au-dessus de sa marque de sorcière – un petit croissant de lune qui entourait son nombril. À côté d'elle, Reden scrutait le feuillage entre les arbres. Elle tenta d'y voir la même chose que lui : une couverture idéale pour quiconque voudrait se dissimuler sur l'île, et non le fruit magnifique de centaines d'enchantements quotidiens.

— Je leur ai demandé de déplacer l'île, mais elles ont refusé, déclara le chef des Protecteurs. Elles ne seraient pas assez nombreuses pour une telle manœuvre, et elles ne pensent pas être réellement en danger.

— Mais l'intrus a juré que…

Prudent, Reden leur fit signe de s'arrêter.

— Je sais. Mais les Maîtresses comptent sur les falaises et sur leurs enchantements pour les protéger.

Les pulsations effrénées du cœur de Senna se répercutaient jusque dans sa main blessée.

— Elles n'ont pas l'intention de faire quoi que ce soit ? s'étonna-t-elle.

— Je les ai convaincues de rapatrier des Protecteurs pour qu'ils surveillent Velveten et patrouillent sur l'île, répondit Reden avec un geste vers Joshen. Comme ça, au moins, personne n'entrera plus à notre insu.

La jeune fille n'en crut pas ses oreilles. Jamais les hommes n'avaient été autorisés à rester au Refuge plus de quelques jours. Que les Maîtresses acceptent la présence des Protecteurs en disait long sur leur peur.

Reden se remit en marche, aussitôt suivi de Joshen et Senna. Elle n'avait aucune idée de leur destination mais s'en fichait complètement tant qu'elle était aux côtés du jeune homme.

— Ont-elles enfin accepté que tu redeviennes mon Protecteur ?

— Non, répondit-il, la mâchoire crispée. Elles disent que surveiller l'accès à l'île suffira à garantir ta sécurité, et que ma présence près de toi ne pourrait que nuire à tes études. Et aussi que c'est contraire aux règles.

Senna parvint à esquisser un sourire. Elle en espérait plus, mais la présence de Joshen au Refuge était déjà un miracle.

— Elles ont sans doute raison, mes études en pâtiraient inévitablement.

Ils atteignirent enfin l'arbre-maison où Reden avait résidé lors de son précédent séjour. Le meneur déverrouilla puis poussa la porte, qui refusa de s'ouvrir. Il se mit de profil, carra les épaules et vint percuter le battant. La porte céda et cogna avec fracas contre le mur. Senna sursauta.

À gauche de l'entrée se trouvait un bureau. Reden épousseta la chaise d'une main avant de s'y laisser tomber lourdement.

— J'attends que tu me donnes la vraie raison de ta présence dans cette partie inhabitée de l'île au beau milieu de la nuit. Et ne t'avise pas de prétexter que tu « n'arrivais pas à dormir » comme tu l'as dit aux Maîtresses.

Comment a-t-il su ? se demanda la jeune sorcière avant de fermer les yeux.

— Senna ? l'encouragea Joshen.

Jusque-là, elle avait veillé à occulter cette partie de son récit, pourtant maintes fois répété.

— Je n'ai cessé de supplier les Maîtresses de lever la malédiction qui pèse sur la Tartennie, mais elles ont toujours refusé. Je m'en serais chargée toute seule si la chose n'avait pas requis un chœur entier... Alors, je faisais ce que je pouvais.

Joshen repoussa une mèche blonde sur l'épaule de la jeune fille.

— Oh, Senna...

— Ils ont risqué leur vie pour sauver la nôtre, Joshen. Comment pourrait-on l'oublier ?

— Je n'ai pas oublié, intervint Reden, grave.

La jeune fille, rouge de honte, baissa les yeux sur le sol parfaitement lisse. Bien sûr que Reden n'avait rien oublié, la Tartennie était sa terre natale et il l'avait sacrifiée pour le bien du monde ! Aurait-elle eu la force de prendre la même décision ? Comparée à lui, elle se sentit soudain effroyablement faible.

— Je suis désolée.

D'une certaine façon, tout était sa faute. N'avait-elle pas accepté de condamner la Tartennie ? N'avait-elle pas demandé à Reden de trahir les siens ? N'avait-elle pas contribué à invoquer la malédiction ?

— Je n'avais pas d'autre choix, déclara Reden d'une voix radoucie. (Senna acquiesça.) Comment as-tu su que tu devais te cacher ? demanda-t-il en fouillant son bureau.

La question la prit par surprise. Hésitante, elle lui expliqua qu'elle entendait une mélodie presque chaque nuit – le chant des Quatre Sœurs –, et que, le soir de l'agression, la musique, omniprésente, résonnait comme une mise en garde.

— Ça s'est reproduit, depuis ?

— Non, pas comme ce soir-là.

Reden s'apprêtait à poser une nouvelle question mais il ne parla pas tout de suite, comme s'il pesait ses mots avec soin.

— Parfois, lorsque la vérité risque de causer plus de mal que de bien, il est préférable de mentir. À mon avis, il vaut mieux que les vraies raisons de ton escapade restent entre nous. Tu comprends ?

Senna, incrédule, le dévisagea de longues secondes. Elle avait cru le connaître comme elle connaissait Joshen. Reden était un militaire de carrière, un homme d'honneur, qui voyait le monde en termes de tactiques et de stratégies défensives. Elle ne se serait jamais attendue à ce qu'il l'encourage à mentir, et encore moins aux Maîtresses. Pourtant, il avait trahi sa terre et les siens pour sauver le monde. Certains ne verraient en lui qu'un homme méprisable.

Comme s'il était gêné par le regard inquisiteur de la jeune fille, le meneur des Protecteurs indiqua la porte d'un vague geste de la main.

— Fais en sorte qu'elle arrive à l'heure pour son prochain cours, Joshen.

Une main au creux des reins de Senna, le jeune homme lui tint la porte ouverte. Ils sortirent tous deux de la pièce, puis descendirent l'escalier végétal. Senna posa un regard inquiet sur l'horizon. Elle percevait la menace imminente d'un orage qui ne tarderait pas à s'abattre sur les falaises. Après tout, n'avait-elle pas contribué à l'invoquer le matin même ?

Le son du vent qui faisait courir ses doigts sur les branches comme sur autant de cordes résonnait dans chaque cavité, chaque anfractuosité de l'île. La saveur minérale de la pluie, le dégradé de gris qui effaçait toutes couleurs et l'humidité glaciale qui emplissait l'air lui étaient presque perceptibles.

— Senna ?

Elle se rendit soudain compte que Joshen lui parlait depuis déjà un petit moment sans qu'elle l'entende.

— Comment te sens-tu ? demanda-t-elle avec un sourire un peu forcé.

— Tu m'as manqué, répondit-il. Et je meurs de faim ! Tu ne voudrais pas obliger un bœuf à nager jusqu'à l'île grâce à un de tes enchantements ? Je mangerais bien un steak.

Senna éclata d'un rire franc.

— Tu sais très bien que nous n'avons aucun pouvoir sur les animaux. Sinon, je t'aurais déjà forcé à revenir depuis longtemps.

Un large sourire aux lèvres, le jeune homme regarda à droite et à gauche, comme pour s'assurer que personne ne les voyait. Puis il attira Senna à l'écart. Il l'entraîna à l'abri du feuillage, au pied d'un arbre immense dont les multiples racines tressaient une sorte de berceau.

Soudain sérieux, Joshen se mit à dévisager la jeune fille. Son regard, intense, semblait mettre au jour tout ce qu'elle cherchait désespérément à dissimuler.

— Maintenant, Senna… dis-moi ce qui te rend si triste.

Elle eut un petit rire amer. Comment pouvait-il déceler aussi facilement la part d'ombre qu'elle avait enfouie au plus profond d'elle-même ?

— Je croyais qu'ici, au milieu des autres sorcières, je trouverais enfin ma place. Mais je me sens plus seule que jamais.

C'était la vérité. Après le départ de sa mère, elle avait pu compter sur Bruke, son chien, puis, plus tard, sur Joshen. Mais Bruke était mort, et on lui avait arraché Joshen.

À présent que le jeune homme était de retour, les choses allaient s'arranger, elle en était certaine.

— Et ta mère ?

Senna repoussa le flot d'émotions qui menaçait de la submerger.

— Chacune de nos discussions tourne inévitablement à la dispute. Du coup, on ne se parle plus.

Persuadée que rien de bon n'en découlerait, elle préféra taire l'envie de Sacra de quitter le Refuge à jamais. Elle empoigna la chemise de Joshen et enfouit le visage contre son torse.

— Sans parler des cauchemars que je fais presque toutes les nuits, ajouta-t-elle.

Il la serra contre lui. Devait-elle tout lui dire ? Elle se passa la langue sur les lèvres avant de poursuivre :

— Et il y a autre chose, Joshen. Mes enchantements ne sont pas les seuls à devenir plus puissants, mes sens aussi. La douleur lancinante des Quatre Sœurs me parvient de Tartennie. Elle me hante sans cesse.

Joshen fit courir un pouce sur le ventre de la jeune fille dont il retraça la marque avec une précision étonnante.

— Que puis-je faire pour t'aider ?

Par les Créatrices, que son odeur d'iode et de cheval lui avait manqué !

— Me faire tout oublier, l'espace de quelques instants.

Le jeune homme lui souleva le menton et l'embrassa. Sous sa tendresse et sa douceur habituelles, Senna perçut un appétit féroce enfoui tout au fond de lui. Il tentait de le contenir. Elle, au contraire, voulait qu'il y succombe. Qu'il la débarrasse de la présence nauséabonde de la malédiction, qu'il la libère de son étreinte poisseuse, qu'il remplace sa puanteur par le goût sucré d'une myriade de doux baisers.

Elle glissa les doigts dans la chevelure brune de son Protecteur et pressa plus fort ses lèvres contre les siennes. Joshen répondit à son envie et l'embrassa comme jamais auparavant. Sa barbe, rêche, frottait contre le menton de la jeune fille. Elle eut la sensation de fondre, que tout son corps mollissait.

Le souffle court, elle s'écarta avant que la température monte davantage.

— Ma mère préviendra les Maîtresses si je ne rentre pas dîner. (Elle aurait souhaité l'inviter, mais redoutait que sa présence ne brise le silence fragile qui régnait chez elle.) Et après, j'ai encore un cours.

Avec un grognement de frustration mêlée de douleur, Joshen posa le front contre celui de Senna.

— Si tard ?

— Trois des Quatre Sœurs sont plus actives la nuit. À la prochaine nouvelle lune, la récolte des noctelles commencera. Elle a lieu du coucher du soleil jusqu'au petit matin tant que l'éclat de la lune ne dépasse pas celui des fleurs. Drenelle prétend que les nuits orageuses sont les plus propices pour communier avec la terre.

— Hmm hmm… (Senna aurait parié qu'il ne l'écoutait pas. Il fit courir un doigt sur le visage de la jeune sorcière.) Combien de temps vais-je devoir encore attendre avant de pouvoir t'épouser ?

Elle passa la langue sur ses lèvres douloureuses où persistait le souvenir de leurs récents baisers.

— Les Apprenties n'ont pas le droit de se marier. Tu le sais très bien.

— Soit, dit-il en prenant le visage de Senna entre ses mains. Dans ce cas, combien de temps avant qu'elles te nomment Gardienne ?

Elle tenta de se projeter vers l'avenir mais fut incapable d'imaginer leur vie sur cette île minuscule et coupée du monde. Joshen ne pourrait pas avoir de chevaux et elle ne trouverait jamais la liberté qu'elle désirait tant.

Elle recula d'un pas et ôta son collier. C'était une simple cordelette de cuir à laquelle pendait une pierre d'ambre formée d'une lune gibbeuse décroissante et d'un premier croissant réunis.

Elle voulut séparer les deux parties du pendentif, mais sa main blessée refusa de coopérer. Joshen ramena les longs cheveux blonds de la jeune fille sur ses frêles épaules pour mieux manipuler le fermoir à tâtons.

Avec un petit bruit sec, Senna tira sur la lune décroissante qu'elle fit glisser le long de la cordelette avant de replacer le croissant au creux de sa gorge. Le disque incomplet laissait dans sa paume une douce chaleur familière.

— J'avais l'intention de te le confier depuis un petit moment déjà. (Elle prit la main du jeune homme dans laquelle elle déposa le bijou.) La lune est le signe des sorcières. Chacune de ses phases symbolise notre pouvoir en tant qu'individus, jusqu'à sa plénitude qui représente l'union de toutes nos forces. La découpe du pendentif reprend cette idée. Toi et moi, nous sommes plus forts ensemble que séparés. Et si jamais tu as besoin de savoir où je me trouve, il te suffit de frapper ta pierre d'ambre contre du métal. Elle se mettra alors à vibrer, puis se tendra dans ma direction. Le mien fonctionne de la même façon.

— Je ne sais pas quoi dire, avoua Joshen, les yeux rivés sur son bijou.

— Dis simplement que tu seras toujours là, quoi qu'il arrive, répliqua-t-elle dans un sourire.

— Je te le promets.

La jeune fille fit courir ses doigts sur son collier. À côté de son croissant d'ambre pendait la bague offerte par Joshen deux mois plus tôt : un anneau tout simple fait de brindilles de saule tressées autour d'une petite perle.

Lorsqu'elles l'avaient découverte, Sacra et les Maîtresses étaient aussitôt montées sur leurs grands chevaux. Les Apprenties n'avaient pas le droit d'approcher les hommes, et encore moins de se fiancer avec l'un d'eux. Aussi, la jeune fille l'avait discrètement retirée de son doigt pour la porter à son cou. Pour elle, la bague avait la même signification où qu'elle se trouve.

Du pouce, Joshen caressa la surface de la perle.

— Si nous n'étions que tous les deux, dans notre élevage de chevaux, nous serions libres de nous marier quand bon nous semblerait.

Senna se colla à lui pour respirer le même air.

— Bientôt.

Ils échangèrent un nouveau baiser, mais celui-là avait un goût d'au revoir. Senna refusait d'arriver en retard à son cours, elle avait encore trop de choses à prouver.

Le Chant de la terre

Un filet de pluie glaciale ruissela de la capuche détrempée de Senna jusque dans son dos. Elle regretta de ne pas avoir laissé ses longs cheveux libres et frissonna sous sa lourde cape. Le tonnerre gronda dans le ciel et des éclairs frappèrent l'océan au-delà des hautes falaises du Refuge. Senna profita de la lueur fugace pour jeter un coup d'œil à la longue ligne de Sorcerelles qui serpentait derrière elle sous la pluie battante.

— On se presse ! L'orage ne devrait rester aussi soutenu que pendant une heure, au mieux. Pas le temps de lambiner.

Senna dut lutter pour ne pas céder à l'envie d'étrangler Drenelle. Dire qu'elle avait quitté Joshen pour cette expédition ! Et tout ça parce que la Maîtresse avait insisté pour que ses Apprenties communient pendant un orage, sous prétexte que la terre – plus éveillée selon elle après le coucher du soleil – qui s'ouvrait pour recevoir la pluie, les accueillerait plus volontiers.

Elles se retrouvaient donc à arpenter le Refuge au beau milieu de la nuit sous des trombes d'eau. Drenelle et les autres Maîtresses étaient convaincues que les intrus s'étaient enfuis, mais Senna pensait que l'un d'eux, au moins, rôdait encore sur l'île. Cette sortie relevait de l'inconscience.

La jeune fille n'avait pas besoin d'entrer en transe pour percevoir la présence des Quatre Sœurs – la Terre, l'Eau, la Végétation et la Lumière – tout autour d'elle.

Lorsque enfin elles atteignirent le Cercle de Pouvoir, une brève trouée dans les nuages révéla la lune croissante.

Pour les sorcières, quatre était un chiffre sacré. Quatre phases lunaires en opposition directe les unes aux autres : nouvelle lune, premier quartier, pleine lune et dernier quartier. Quatre saisons. Quatre Sœurs. Quatre disciplines dirigées chacune par une Maîtresse et inspirées des quatre Créatrices et de leur élément respectif.

À l'abri sous son parapluie, Drenelle passa l'assemblée en revue.

— Parfait. Tout se déroule de façon idéale. Déployez-vous et mettez-vous à l'aise.

À l'aise, détrempées par la pluie battante ? À l'aise, sous un arbre ? Plutôt suicidaire, oui ! Mais Senna garda ses réflexions pour elle. La plupart du temps, les cours de Drenelle consistaient à reconnaître des roches, à repérer des sédiments précieux par la méditation, à identifier la composition des sols ou à étudier les secousses sismiques pour les anticiper et en amoindrir les effets.

Senna tira sa capuche sur son front, disposa sa cape de sorte qu'elle la protège au mieux de l'herbe mouillée, puis s'adossa contre le tronc lisse d'un arbre qui l'abritait quelque peu de la pluie.

— Très bien, les filles, appela Drenelle d'une voix qu'elle voulait réconfortante mais qui rappela à Senna le mugissement d'une vache. Plantez vos pieds dans la terre. Épanouissez-vous en elle comme le font les jeunes semis qui y enfoncent leurs racines : fouillez, ressentez, vivez.

Renoncez à toutes vos pensées réfléchies. La rencontre avec la terre ne se produit pas dans votre cerveau conscient, mais bien plus profond, dans votre subconscient. Laissez-vous porter par les rythmes naturels, comme du sable qui vous glisserait entre les doigts.

Même avec toutes les précautions du monde, Senna ne pourrait garder son bandage au sec. Elle grommela en pensant aux inévitables remontrances de sa mère, mais défit ses lacets et ôta ses chaussures. Malgré sa mauvaise humeur, elle se sentit aussitôt happée par le sol. Elle détestait l'admettre, mais Drenelle avait raison : l'orage rendait la quatrième Sœur particulièrement réceptive. La terre semblait gonfler, s'étirer vers le haut, à mesure que la jeune sorcière s'y enfonçait.

Alors que Drenelle continuait sa litanie, Senna, déjà plongée dans son subconscient, flottait aux rythmes de la terre. Ses liens avec les Quatre Sœurs permirent à ses sens de s'aventurer sur des territoires encore inconnus.

Un son lointain, très lointain, lui parvint. Elle se tourna et s'élança à toute vitesse dans sa direction, mais échoua à s'en rapprocher. Frustrée, elle se figea. Les mots de Drenelle lui revinrent alors en mémoire.

« Comme du sable qui vous glisserait entre les doigts. » Elle se désintéressa du son et s'efforça de visualiser son âme comme un grain de sable transporté au gré du vent, de la pluie ou de la terre. La réalité remplaça soudain son imagination et son âme commença à s'extraire de son corps.

La chose aurait dû l'effrayer, la terrifier. Mais il n'en fut rien, elle l'accueillit même comme une libération.

Elle sentit l'air qui l'entourait et tourbillonna dans ses courants telle une aigrette de pissenlit. Le vent la reposa en douceur. Lorsqu'elle rouvrit les yeux, elle incarnait le sommet d'une montagne. Roche inébranlable, elle contemplait le monde. Malgré les bourrasques chargées de pluie qui cinglaient son âme, elle n'éprouvait pas la moindre peur. Tout était en ordre. Pour l'éternité.

Mais son âme n'était pas aussi patiente que la montagne. Aussi laissa-t-elle la pluie l'entraîner de nouveau dans le sol riche et sombre qui l'entourait. Une fois dans les entrailles de la terre, là où les pierres précieuses gisaient comme des morceaux de sucre, Senna profita de l'obscurité, de la pression et du calme qui régnaient.

Toute sa vie elle avait attendu de vivre une telle communion, d'éprouver ce sentiment d'appartenance, cette harmonie. Elle ne s'était jamais sentie aussi épanouie, apaisée.

De nouveau, le son lui parvint de très loin. La musique, où des percussions gutturales répondaient à des cors puissants, était à la fois attirante et caverneuse, presque infinie. Senna se balançait en rythme, l'envie de chanter lui démangeait la gorge.

Et elle y succomba. Elle n'avait pas conscience des mots qu'elle prononçait, mais la musique cessa, comme pour mieux l'écouter. Un instant plus tard, l'air reprit pour accompagner la jeune fille. Ravie, elle accéléra le tempo de son chant et monta d'un ton. La musique suivit.

Émerveillée, entraînée par sa curiosité, elle laissa ses sens partir en exploration. Elle dériva et dansa avec les Quatre Sœurs pendant que l'insaisissable mélodie tournoyait avec grâce autour d'elle.

Mais tout à coup, elle buta sur un mur invisible. Au contact de ses paumes, des vaguelettes de couleur ondoyèrent sur la barrière. La musique bourdonnait au bout de ses doigts. La barrière n'était pas naturelle, elle était le fruit d'un enchantement. Mais ce qu'une sorcière avait fait, une autre pouvait le défaire.

Senna inclina la tête sur le côté, à l'écoute du faible tintement, jusqu'à ce qu'elle en retienne la mélodie. Elle chanta alors et l'air se modifia pour l'accompagner. La barrière, telle l'obscurité qui précède l'aube, s'estompa.

Simplement désireuse de découvrir ce qui se trouvait au-delà, la jeune fille se contenta de l'affaiblir avant de la franchir, un large sourire aux lèvres. Elle laissa ses sens progresser en quête de points de repère, selon les enseignements de Drenelle. Une île encerclée d'eau saumâtre. Un rivage au pied de montagnes lointaines. Si ces montagnes avaient été des collines, la ressemblance avec le Refuge et la Néfalie voisine aurait eu de quoi lui faire froid dans le dos. Mais un océan entier séparait son âme de son corps balayé par la pluie et…

Le changement la pétrifia. Le Chant de la terre l'étreignit, elle sentit sa pression l'écraser. Le souffle court, elle ne fut plus qu'ouïe. Soudain, elle comprit. Un enchantement, non pas né d'une seule sorcière, mais de centaines d'entre elles, l'assaillait de toute sa puissance. Elle avait l'impression qu'un orage de grêle s'abattait sur elle. Toutes la repoussaient.

C'était pourtant impossible ! Comment des centaines de sorcières auraient-elles pu se réunir en dehors du Refuge ?

La punissaient-elles d'avoir abîmé leur barrière ? À la fois perplexe et effrayée, Senna rebroussa chemin. Lorsqu'elle rouvrit les yeux, elle fut surprise de se trouver en plein cœur du Cercle de Pouvoir. Elle ne se rappelait pourtant pas s'être déplacée. Sa capuche reposait sur sa nuque et de la pluie ruisselait sur son visage. Ce qu'elle venait de vivre avait réveillé en elle une peur farouche, des instincts qui prenaient le pas sur toute pensée rationnelle. Elle rejeta la tête en arrière et commença à chanter :

Refuge, tes attaches je te prie de lever.
Vents, une voie tracez...

Une douleur vive lui fouetta le visage. Elle porta une main à sa joue et recula d'un pas, abasourdie. La terre tremblait tout autour d'elle.

Prête à lui assener une seconde gifle, Drenelle lui faisait face.

— Qui t'a appris cet enchantement ? demanda-t-elle, le souffle court.

Senna, perplexe, prit subitement conscience qu'elle pataugeait, pieds nus, dans la boue. Ses consœurs, sous le choc, la dévisageaient. La brûlure sur sa joue dessinait avec précision les contours d'une main. La jeune fille baissa la tête.

— Je… Je ne comprends pas. De quel enchantement parlez-vous, Maîtresse ?

— N'essaie pas de me mentir ! s'emporta Drenelle, comme si elle avait découvert une araignée morte au fond de sa tasse de thé.

Senna ouvrit la bouche, mais la bonne réponse refusa de sortir.

— Maîtresse ?

Drenelle sembla se ressaisir.

— Allez me chercher les autres Maîtresses, ordonna-t-elle à trois de ses élèves. Dites-leur de me retrouver à l'Arbre du Conseil. Et au pas de course ! ajouta-t-elle dès que les jeunes filles eurent tourné les talons.

Drenelle saisit Senna par le bras, l'entraîna à travers la clairière, puis la força à la suivre jusqu'à l'arbre le plus imposant de tout le Refuge. À son pied, d'énormes racines enchevêtrées les surplombaient de leur immensité : l'Arbre du Conseil.

— Qu'ai-je fait de mal, Maîtresse ? demanda Senna, le cœur serré.

— À l'intérieur, répliqua la Maîtresse de la Terre, dont la poigne était telle qu'elle arracha une grimace à la jeune fille.

Drenelle ouvrit la lourde porte aménagée entre deux des racines les plus grosses. Outre un escalier en colimaçon – aux marches si lisses qu'elles semblaient avoir été vitrifiées –, la pièce n'abritait qu'un simple bureau en bois.

Mistin sursauta sur sa chaise. Son regard écarquillé et inquiet se posa aussitôt sur Senna. La jeune Apprentie était la seule personne que Senna aurait pu qualifier d'amie sur l'île.

Drenelle, d'un pas toujours aussi décidé, tira Senna dans l'escalier. À son sommet, un palier circulaire débouchait sur cinq portes. La Maîtresse de la Terre se dirigea vers celle qui leur faisait face, la plus grande. À l'intérieur, une pièce en croissant de lune était percée de petites fenêtres biscornues aménagées dans les fentes du bois. Des étagères remplies de livres couraient le long de ses parois.

Coyel était assise à côté d'un poêle en briques, un ouvrage sur les genoux. Ses longs cheveux blonds, qui pendaient librement dans son dos, la rajeunissaient.

— Brusenna ? Drenelle, que se passe-t-il ?

La Maîtresse de la Terre commença à faire les cent pas.

— Je n'ai pas envie de répéter mes explications. Attendons les autres.

Chavis arriva peu de temps après. Elle ôta sa cape et l'accrocha près du feu. Ses cheveux gris étaient retenus en deux nattes jumelles. Senna ne put s'empêcher de poser un regard nerveux sur les pistolets qu'elle ne quittait jamais.

Drenelle se débarrassa à son tour de sa cape détrempée, qu'elle pendit à une patère voisine. L'humidité n'avait pas épargné le bas de sa robe lie-de-vin.

— Où est…

— J'espère qu'il n'est pas encore question d'une de vos lubies de forage au beau milieu de la mer de Darkwell, l'interrompit une nouvelle venue.

— Ses fonds regorgent d'assez de pierres précieuses pour acheter une flotte entière ! répliqua Drenelle dans un feulement qu'elle aurait souhaité plus féroce.

— J'étais en pleine confection d'Ioa pour remplacer le stock que Brusenna m'a pillé, poursuivit Prenny, imperturbable. Sa préparation prend des mois, et il a fallu que je confie sa surveillance à une Sorcerelle. Si cette gosse me bousille… (Elle se tut brusquement en apercevant Senna.) Qu'est-ce que la jeune pousse fait ici ?

— J'avais besoin de cette potion pour vous libérer des griffes d'Espen, répliqua la jeune fille sans se démonter.

Coyel leva les yeux au ciel.

— Est-ce à propos de la secousse que nous avons ressentie tout à l'heure, Drenelle ?

Le regard courroucé de la Maîtresse de la Terre passa de Prenny à Coyel.

— Brusenna commençait à entonner le Chant du périple. Heureusement que je suis parvenue à l'arrêter à temps.

— Quoi ? s'exclama Chavis en se redressant.

Senna avait bien conscience que l'enchantement lui était interdit, mais elle n'en connaissait toujours pas la fonction.

— Les mots me sont venus tout seuls !

— L'île a-t-elle réagi ? poursuivit Chavis qui, sans tenir compte de la protestation de la jeune fille, se laissa tomber dans un fauteuil.

— C'est impossible, intervint Prenny, qui plongeait ses mains dans la chaleur du poêle. Même une Niveau 7 ne serait pas capable de la déplacer. Pas toute seule, en tout cas. Un enchantement aussi puissant ne peut être mené à bien que par plusieurs centaines de sorcières.

Pour la première fois, Senna remarqua la pâleur de Drenelle. La Maîtresse semblait avoir peur.

— Je l'ai entendu, dit l'Apprentie. (Comme ses aînées gardaient le silence, elle s'humecta les lèvres et reprit :) Je… je ne comprends pas ce qui se passe.

Coyel riva sur elle un regard vif.

— Tu as chanté les mots qui servent à déplacer le Refuge.

Abasourdie, Senna recula d'un pas.

— Quoi ? Mais pas du tout ! Je ne faisais que méditer avec la terre, comme Drenelle nous l'avait demandé.

Puis j'ai entendu une mélodie si magnifique que je l'ai accompagnée. J'ai eu très peur et les mots me sont venus.

— Tu as entendu une mélodie ? répéta Chavis d'une voix teintée de crainte ou de colère, voire des deux à la fois.

Coyel croisa les mains sur son ventre.

— Quelqu'un t'a-t-il enseigné le Chant du périple ?

— Non. J'étais terrifiée et les mots ont jailli tout seuls.

— Qu'est-ce qui te terrifiait ? demanda doucement Prenny, qui avait ôté la grille du poêle et ne quittait pas le feu des yeux, comme pour s'adresser aux flammes.

Senna scruta le profil de la doyenne des sorcières. Bien que déjà sexagénaire, Prenny comptait extrêmement peu de rides. Sans doute recourait-elle à des potions dont elle seule avait le secret.

— Si je vous le disais, vous ne me croiriez pas, répondit finalement Senna.

Prenny, le visage rougi par la vive chaleur du poêle, dévisagea la jeune fille de son regard sévère.

— Qui sait ?

Senna prit une profonde inspiration, puis se lança dans le récit de ce qu'elle avait vécu au Cercle de Pouvoir. Ses aînées – Drenelle affaissée dans son fauteuil, Chavis le visage grave et Prenny immobile devant le feu – l'écoutèrent en silence.

— Est-il possible que tant de sorcières se réunissent sans que nous le sachions ? demanda Coyel, impassible, lorsque la jeune sorcière eut fini.

— Un tel rassemblement n'aurait pas pu nous échapper. Leurs chants combinés auraient forcément modifié les éléments et nous l'aurions ressenti à travers les Quatre Sœurs, objecta Chavis.

— Tu es certaine de ne pas t'être simplement endormie ? proposa Drenelle, dédaigneuse.

Senna ne prit pas la peine de lui répondre.

— L'existence d'autres sorcières pourrait expliquer la présence des deux hommes sur l'île et nous éviter de soupçonner l'une des nôtres de traîtrise, déclara Coyel en se massant les tempes.

Senna se mordit la lèvre.

— Ne pouvez-vous pas les empêcher d'entonner le Chant de l'aurore ? demanda-t-elle.

— Pour bannir une sorcière, à défaut de l'avoir sous la main, nous devons au moins connaître son nom, grommela Chavis.

— Merci, Senna, nous allons nous en occuper, reprit Coyel après un soupir. Tu peux rentrer chez toi.

— J'aimerais vous aider, proposa la jeune sorcière.

— N'oublie pas quelle est ta place, Apprentie Brusenna, lui opposa Coyel avec un mince sourire. Dorénavant, essaie de garder en mémoire qu'un chant peut aussi être une arme. Si les conséquences de tes actes t'échappent, abstiens-toi de chanter. (La jeune sorcière, tête baissée, acquiesça. Coyel désigna la porte.) Ne répète jamais cet enchantement, nous ne voudrions pas que ces paroles deviennent connues de toutes. Et ne parle à personne de ce qui s'est passé ce soir.

Senna hocha de nouveau la tête et s'efforça de ne pas se ruer sur la porte. Elle refermait le battant dans son dos lorsque la voix aiguë de Drenelle s'éleva.

— Et vous la laissez partir comme ça ?

— Ça a commencé... (Senna eut tout juste le temps d'entrapercevoir le visage de la Maîtresse de la Végétation qui se détournait du foyer et de sa chaleur.) Je vous avais pourtant prévenues.

À ces mots, la jeune sorcière s'immobilisa et empêcha la porte de se refermer complètement.

— J'espérais vraiment que Senna serait épargnée, maugréa Coyel.

— Tu devrais aller discuter avec elle, proposa Chavis à mi-voix.

Mais de quoi parlent-elles ? se demanda l'intéressée.

— Il en est absolument hors de question ! répliqua Coyel, catégorique. Quelles que soient les informations qui transpireront, nous étions d'accord pour ne jamais rien dire à Senna.

— C'est injuste, objecta Chavis en se massant le front. Elle n'est encore qu'une enfant.

Prenny posa une main sur l'épaule de la Maîtresse de l'Eau.

— Nous ne la laisserons pas mourir.

Mourir ?! Senna plaqua aussitôt une main sur sa bouche pour éviter d'alerter ses aînées par son cri de surprise.

Prenny sembla revenir à elle.

— Je dois aller surveiller ma potion, déclara-t-elle avant de décrocher sa cape.

Les quatre sorcières se levèrent.

En état de choc, Senna s'éloigna de la porte. Consciente que ses consœurs ne tarderaient pas à quitter la pièce, elle tourna les talons et s'élança dans l'escalier à toute vitesse.

— Brusenna ? appela Mistin lorsque la jeune fille passa en trombe devant son bureau. Quelque chose ne va pas ?

Senna la dépassa sans s'arrêter, ni même se retourner. Elle repoussa la lourde porte et traversa le Cercle de Pouvoir, à présent désert, au pas de course.

PÉRÉGRINATION

Un éclair teinta l'île d'une blancheur aveuglante. Une pluie drue fouettait le visage de Senna. Elle traversa le Cercle de Pouvoir, puis replongea dans la forêt.

Épargnée ? Mourir ? Par les Créatrices, de quoi les Maîtresses parlaient-elles ? À quoi suis-je mêlée ?

La jeune fille rêvait de s'enfuir du Refuge pour se cacher à jamais. Elle quitta le sentier et s'enfonça dans le feuillage dense. À bout de souffle, elle s'effondra contre un arbre. Le front posé contre le tronc humide, elle tenta de maîtriser les battements affolés de son cœur, dont les pulsations se répercutaient jusque dans sa main blessée.

Elle se raidit soudain et les poils de sa nuque se dressèrent : quelqu'un l'observait. Elle balaya les lieux du regard mais ne distingua que des ombres aux contours flous.

L'intrus qui l'avait agressée l'autre soir l'avait-il retrouvée ? Elle n'aurait jamais dû s'aventurer seule dans la forêt. Les arbres-maisons qui bordaient le Cercle de Pouvoir étaient certes habités, mais son désir de disparaître l'avait entraînée loin du quartier où vivaient les sorcières. Elle progressait toute seule au cœur d'une forêt obscure.

À l'affût du moindre mouvement, de la moindre présence, elle se maudit d'avoir laissé sa ceinture de graines chez elle à cause de la pluie. Cédant à une pulsion, elle s'enfonça davantage dans l'épais feuillage. Les plantes qui lui faisaient face s'agitèrent soudain. Elle ouvrit la bouche, prête à pousser un hurlement.

— Senna ?

Elle expulsa d'un souffle tout l'air que contenaient ses poumons.

— Joshen ?

— Que s'est-il passé ? demanda-t-il d'une voix saccadée, comme s'il avait couru pour éviter de se faire distancer. Pourquoi Drenelle t'a-t-elle tirée jusqu'à l'Arbre du Conseil ?

— Comment es-tu au courant ?

Visiblement mal à l'aise, il se mit à danser d'un pied sur l'autre.

— Nous étions en désaccord avec les Maîtresses, Reden et moi. À notre avis, une simple surveillance de la grotte d'accès à l'île n'est pas suffisante. Aussi, nous avons décidé de te surveiller en permanence.

Partagée entre l'indignation et le soulagement, la jeune fille le dévisagea. Leur initiative la priverait certes de toute intimité mais, d'un autre côté, elle ne serait plus jamais seule. Sans lui laisser le temps de décider lequel l'emportait, Joshen s'approcha d'elle.

— La secousse que nous avons ressentie tout à l'heure… C'était toi ?

Les bras serrés sur la poitrine, Senna acquiesça.

— J'ai entendu une mélodie.

Le jeune homme l'entraîna à l'abri des racines enchevêtrées, sur lesquelles il s'appuya pour la protéger de la pluie avec son corps.

— Et tu penses que c'est lié aux pouvoirs qu'Espen t'a transmis ?

Le froid glaçait la jeune fille jusqu'aux os. Il était si aigu qu'elle craignit ne jamais plus pouvoir se réchauffer. Elle souleva la chemise de Joshen et plaqua ses mains glacées sur le ventre musclé du Protecteur. Il inspira brusquement, mais ne la repoussa pas. Elle nicha ensuite le bout de son nez au creux du cou du jeune homme.

Comme elle ne répondait pas, il lui souleva le menton.

— Senna ?

Elle le regarda droit dans les yeux malgré la pluie qui ruisselait sur son visage.

— Je n'en sais rien. Peut-être. (Elle se lança alors dans un récit exhaustif – ou presque – des événements de la nuit. Elle n'évoqua pas les propos des Maîtresses à propos de sa mort : l'inquiétude rendait Joshen insupportable.) Toute ma vie, on m'a dissimulé des secrets. Je suis obligée de me terrer alors que le monde tombe en lambeaux autour de moi.

Devant le silence du jeune homme, elle recula. Un éclair déchira le ciel et illumina son visage. Il fronçait les sourcils.

— Quels secrets ?

Elle effaça le filet de pluie qui dégoulinait le long de son nez.

— Tout ce que je sais, c'est que les Maîtresses me cachent quelque chose, et j'ai bien l'intention de découvrir quoi. Après j'irai sauver la Tartennie.

Comme transpercé par une douleur vive, Joshen ferma les yeux.

— Comment vas-tu faire ?

— Je n'en sais rien, avoua-t-elle.

Le poids de sa responsabilité menaça de l'écraser.

— Il se fait tard, reprit Joshen après un bref silence. Nous ferions mieux de rentrer. Je vais te reconduire chez toi.

Sur ces mots, ils se dirigèrent vers les arbres-maisons occupés. Du coin de l'œil, Senna entraperçut un mouvement fugace.

— Tu l'as vu, Joshen ?

Il balaya les lieux du regard et se plaça devant la jeune fille.

— Quoi ?

À son tour, Senna scruta l'obscurité. Le Protecteur, alors lancé à sa poursuite, n'était pas celui dont elle avait perçu la présence plus tôt.

— Juste avant que tu me rattrapes, j'avais la sensation que quelqu'un m'observait.

Il jura à mi-voix.

— Ma poudre a pris l'eau. Elle est fichue.

Il invita Senna à passer devant lui et dégaina son couteau. Ils traversèrent le Cercle de Pouvoir désert. Au passage, la jeune fille ramassa ses chaussures. Une vague d'appréhension la submergea lorsqu'elle aperçut la lueur d'une lanterne dans son salon. Elle n'allait sans doute pas échapper à un bon sermon.

— Tu veux que j'entre avec toi ? proposa Joshen en lui étreignant la main.

— Il ne vaut mieux pas.

Les larges épaules du jeune homme s'affaissèrent quelque peu. Mais la mère de Senna ne l'appréciait guère, autant qu'il le sache.

— Ne t'inquiète pas, elle n'aime personne. Pas plus moi que les autres, d'ailleurs.

— Si je ne suis pas là, un autre Protecteur prendra le relais au petit matin. Ferme ta porte à clé et attends que l'un de nous arrive.

Il déposa un baiser léger sur ses lèvres, recula d'un pas et attendit qu'elle gravisse l'escalier. Elle savait qu'il ne tournerait les talons que lorsqu'elle aurait verrouillé sa porte.

Elle le regarda s'éloigner par la fenêtre et ne put s'empêcher de fixer les ténèbres. Il y avait quelqu'un dehors, elle sentait une présence. Elle parvint finalement à se détourner de la vitre et tira les rideaux.

Derrière elle, sa mère glissa une feuille séchée dans son livre en guise de marque-page.

— Que fais-tu pieds nus ? lui demanda-t-elle. (Elle ramassa une serviette qu'elle lui lança. La jeune fille posa ses chaussures sur le sol et entreprit de se nettoyer les pieds.) Les autres élèves de Drenelle sont rentrées chez elles depuis bien longtemps.

Les non-dits rendaient l'atmosphère irrespirable. La jeune sorcière envisagea de tout raconter à sa mère, mais la conversation qui suivrait l'en dissuada. D'autant que les Maîtresses lui avaient intimé de ne rien dire à personne – une promesse qu'elle avait déjà brisée en se confiant à son Protecteur.

— Je suis restée un peu avec Joshen, pour bavarder.

— Les Protecteurs ne sont pas censés entrer en contact avec les Apprenties.

Senna opta pour une ligne de défense qu'elle savait inattaquable.

— Reden et Joshen pensent que je suis encore en danger. Ils ont prévu de veiller sur moi.

Visiblement désarçonnée, Sacra posa les yeux sur le bandage sale de sa fille avant d'aller chercher sa trousse de soin.

— Ça n'explique pas pourquoi tu rentres si tard.

Senna s'assit à la table. Sous le regard inquisiteur de sa mère, qui découpait la bande détrempée, le rouge lui monta aux joues. Elle savait ce que pensait Sacra – qu'elle s'était éclipsée pour aller retrouver Joshen –, mais elle ne pouvait lui dire la vérité.

— Nous avions une excellente raison de refuser la présence de Protecteurs sur l'île jusqu'à présent, déclara Sacra en inspectant la blessure de sa fille. Tes études doivent rester une priorité.

— Elles le sont.

La paume de Senna était toute fripée, cireuse. Le noir des fils tranchait avec la pâleur de sa peau. Sa plaie, aux bords retroussés, évoquait une moue de vieillard aux lèvres desséchées. Sacra y appliqua un baume odorant avant de l'envelopper dans un nouveau bandage.

— Veille à ce que ce soit toujours le cas. Car si jamais tu te détournais de ton apprentissage, ta situation changerait.

— Voyons, maman, j'ai seize ans. Je suis en âge de me marier.

— Je ne pense pas que tu sois prête pour ça, Senna, objecta Sacra, qui nouait à présent la bande. Tu n'as connu que ce Joshen. Et tu es encore très jeune. Comment pourrais-tu savoir ce que tu veux alors que tu ne sais même pas encore vraiment qui tu es ?

— C'est un homme bien, maman, expliqua la jeune fille en ramenant sa main blessée contre la poitrine. Tu pourrais au moins lui laisser sa chance.

Sacra rangea sa trousse de façon méticuleuse, remettant consciencieusement chaque élément à sa place.

— Il n'est pas question de Joshen, mais de toi. Si tu n'es pas assez forte sans lui, tu ne le seras jamais, même avec lui. (Elle se pencha en avant pour poser une main sur le bras de sa fille.) Par égard pour lui, et pour toi, tu dois mener à bien ton parcours de femme.

— Ce n'est pas parce que tu as échoué que je suis, moi aussi, condamnée à l'échec, répliqua Senna d'un ton froid.

Le regard de Sacra se fit soudain distant, presque absent.

— Si j'ai échoué ? Oui, j'ai échoué. Avec ton père. Avec ta sœur. Avec toi. (La douleur qu'elle éprouvait était manifeste, comme si le chagrin creusait ses traits de façon irréversible.) Tu devrais donc tenir compte de mes erreurs pour éviter de les reproduire. (Écrasée par un poids invisible, Sacra inspira avec peine.) La cicatrisation progresse bien. Essaie de garder ta main au sec, cette fois-ci.

Sur ces mots, elle se dirigea d'un pas traînant vers l'escalier. Senna la regarda partir. Une boule de regrets gonflait dans sa poitrine. Un an plus tôt, quelqu'un l'avait invitée à prier de ne jamais éprouver les mêmes tourments que sa mère, à ne pas la juger sans avoir enduré les mêmes blessures.

— Je suis désolée, maman. Je… As-tu déjà entendu la mélodie qui n'existe pas vraiment ? As-tu déjà dansé sur cette musique qui te transporte ailleurs ?

Sacra, les yeux embués de larmes, tourna légèrement la tête.

— La Pérégrination ? Non… Ce ne sont que des légendes.

Le Pérégrination… Senna se redressa.

— Quelles légendes ?

Après tout, certaines se basaient sur des faits réels.

— Celles de femmes disparues depuis bien longtemps, trancha la guérisseuse avant de reprendre son ascension de l'escalier.

La position de ses épaules indiquait clairement qu'elle refuserait d'approfondir le sujet.

La relation de complicité et d'amour que Senna avait partagée avec sa mère lui semblait à présent révolue. La douce chaleur avait cédé la place à un vide béant.

Senna accrocha sa cape détrempée près du poêle, puis se dirigea vers sa chambre. *La Pérégrination.* Si Sacra connaissait le nom de ce qu'avait vécu Senna, les Maîtresses ne pouvaient l'ignorer. Alors pourquoi ne lui avaient-elles rien dit ? Pourquoi lui cachaient-elles des choses ?

Peut-être parce que cette Pérégrination lui permettrait de découvrir leur secret. Si tel était le cas, elle devait réitérer l'expérience, tenter de retourner sur ce mystérieux territoire.

Elle se débarrassa de ses vêtements mouillés à l'aide de sa main valide, enfila une chemise propre, puis se glissa sous ses draps. Elle s'imagina en grain de sable soumis au bon vouloir des Quatre Sœurs. Cette fois, à peine avait-elle laissé le temps à son esprit de s'apaiser que déjà son âme quittait son corps.

Le vent la caressa, l'enveloppa, au son de notes aiguës et du tintement de centaines de gouttes de pluie. Ses sens voulurent danser avec la musique, chanter, qu'on les accompagne. Bien qu'elle n'ait vécu cette expérience qu'une fois, un appétit ardent animait déjà son âme.

Elle traversa les mers en dansant, ses pieds projetaient de minuscules embruns scintillants dans le clair de lune. Elle vola en compagnie des oiseaux, dans le vent qui jouait avec plumes et cheveux, comme si elle était des leurs, mais sous une forme différente.

Mais sa joie reflua lorsqu'elle aperçut le miroitement de la barrière devant elle. Elle craignait de la traverser. Non pas seulement parce qu'une telle frontière n'aurait jamais dû exister, mais surtout parce qu'elle savait qu'on l'attendrait derrière. Elle s'était engagée à trouver des réponses, et c'était, à sa connaissance, le seul moyen d'en obtenir.

La barrière avait la consistance d'un mur de miel, quoiqu'un peu moins épais cette fois, comme diminué.

Le vent la déposa dans l'eau. La plage rocailleuse lui meurtrit les pieds et les vaguelettes glaciales imbibèrent le bas de sa chemise. Afin de découvrir où elle se trouvait, elle laissa ses sens liés à la Sœur de la Terre partir en exploration.

Une île. À l'ouest, au-delà de l'océan, s'étendait un territoire désertique et montagneux. Elle s'apprêtait à analyser les lieux avec ses sens de la Végétation lorsque la terre se mit à trembler, et les échos de l'enchantement lui parvinrent de nouveau. Les pierres et le sol semblèrent remuer sous elle, ou plus exactement, ils semblèrent tenter de s'éloigner, comme si son poids leur était devenu insupportable.

Le danger qui la menaçait lui apparut soudain. Elle s'élança hors de l'eau mais, à chacun de ses pas, le sol l'aspirait un peu plus – si vite qu'elle se retrouva en un rien de temps ensablée jusqu'à la taille. Elle fit alors appel au vent pour qu'il la tire d'affaire. Une violente bourrasque, comme animée d'une vie propre, l'entoura aussitôt, mais échoua à la soulever.

Un instant plus tard, une pluie torrentielle s'abattit sur elle. Le sable, gorgé d'eau, se fit plus mou encore. Des plantes étendirent leurs lianes pour s'entortiller autour de ses bras et l'immobiliser pendant que le sol l'avalait jusqu'à la poitrine, puis jusqu'au cou.

Elle allait mourir.

Elle poussa un hurlement, mais de la boue lui emplit la bouche. Elle ne pouvait plus respirer, plus bouger. Avec le peu d'air qui lui restait dans les poumons, elle lança un dernier ordre.

Arrêtez !

La terre cessa de trembler et les plantes desserrèrent leur étreinte. Senna s'extirpa tant bien que mal des sables mouvants, puis se redressa d'un pas chancelant. Sa main blessée lui faisait souffrir le martyre, son corps était couvert de zébrures et d'égratignures. Le souffle court, elle demanda au vent de la ramener chez elle. Elle fut aussitôt arrachée au sol et traversa les cieux à toute vitesse pour retrouver son lit et réintégrer son corps.

Haletante, elle tenta de s'asseoir, mais les draps emmêlés retinrent ses membres. Elle tomba par terre dans un bruit sourd et rua pour se libérer. Sa chemise était immaculée. Elle examina ses mains tremblantes, mais sa peau était intacte, son bandage propre.

Ses ongles, en revanche, étaient en partie arrachés, certains saignaient. Son corps était couvert de griffures et le sang battait à tout rompre dans sa paume blessée.

Elle n'avait pas réellement quitté sa couche, seule son âme était partie. Comment sa mère avait-elle appelé ça ? La Pérégrination ?

Mais, si son âme avait péri, que serait-il advenu de son corps ? Soudain en proie à un violent vertige, elle posa le front sur ses genoux relevés. Une vive douleur lui transperçait la poitrine. Elle avait le sentiment que tout lui échappait, elle se sentait impuissante. Un peu comme si les Quatre Sœurs, à l'origine de sa puissance, s'étaient retournées contre elle. Fallait-il y voir une punition des Créatrices qui la sanctionnaient de ne pas avoir obtenu des Maîtresses qu'elles secourent la Tartennie ?

En tout cas, une chose était certaine : elle avait besoin de réponses. Mais, pour ça, il lui faudrait de l'aide, et seul Joshen avait sa confiance.

L'homme qui l'avait agressée la surveillait-il en ce moment même ? Des deux intrus qui s'étaient introduits sur l'île, un était à présent mort ou, à défaut, grièvement blessé. Une personne seule ne pourrait sans doute pas l'observer sans discontinuer, si ?

Elle s'habilla à tâtons et récupéra sa cape encore humide, dont elle se drapa les épaules. Puis, sans faire de bruit, elle quitta l'arbre-maison. En dépit de toutes les nouvelles règles instaurées par les Maîtresses – aussi bien celles qui concernaient les interactions entre Protecteurs et Apprenties, que le couvre-feu –, elle trottina, aussi discrète que possible, le long du sentier.

À deux reprises, elle dut se réfugier derrière le feuillage pour éviter que des consœurs ne la voient. Arrivée dans le quartier des Protecteurs, elle frappa à la fenêtre de Joshen. Pas de réponse. Elle frappa plus fort. Sa cinquième tentative fut récompensée par l'apparition du jeune homme qui, torse nu et d'un pas mal assuré, approcha pour la dévisager d'un œil endormi. La vision fit naître en elle un frisson brûlant qui la parcourut de la tête aux pieds.

Un instant plus tard, il lui ouvrit la porte et l'invita à entrer avant de refermer à clé.

— Senna ? (L'inquiétude perçait dans sa voix.) Je t'avais pourtant dit de ne pas sortir seule ! Que ce serait-il passé, si tes agresseurs t'avaient retrouvée ? D'autant que tu n'as pas le droit de venir ici. (Il ferma les rideaux et glissa un dernier regard par la fenêtre.) Je ne pense pas que l'on t'ait vue.

— J'ai encore entendu les autres sorcières. (La jeune fille s'enveloppa de ses bras.) Je n'aurais sans doute pas dû courir le risque, mais j'en ai assez de me sentir aussi impuissante. Je dois absolument comprendre ce qui se trame !

Joshen la prit par la main et l'entraîna dans sa chambre. L'arbre qui lui servait de logis n'était pas très haut, et tout en largeur : un seul niveau abritait toutes les pièces.

— Qu'as-tu vu, cette fois-ci ?

Mal à l'aise, la jeune fille s'assit sur le lit en bataille et se lança dans le récit de sa seconde Pérégrination.

Quand elle eut terminé, Joshen prit une profonde inspiration.

— J'adorerais pouvoir t'aider, Senna, mais je ne vois pas comment. Je ne suis pas une sorcière.

— Est-ce que tu me surveillais lorsque j'étais dans le Cercle de Pouvoir, tout à l'heure ? lui demanda-t-elle. (Il acquiesça.) Et j'y suis restée tout du long ? Tu ne m'as pas vu… disparaître ?

— Non, répliqua-t-il après avoir cillé à plusieurs reprises. Tu semblais simplement endormie. Après un petit moment, tu t'es levée avec grâce, comme pour une danse. Et tu chantais, mais si bas que je ne m'en suis pas aperçu tout de suite. Lorsque ta voix est devenue audible et tes paroles intelligibles, Drenelle a été prise de panique. Elle a hurlé pour que tu te taises, mais c'était comme si tu ne l'entendais pas. J'étais sur le point d'accourir pour voir ce qui ne tournait pas rond, mais les Maîtresses nous ont clairement interdit de nous approcher de vous. Et tu n'avais pas du tout l'air d'être en danger.

Il prononça ces derniers mots avec une pointe d'excuse dans la voix. Senna lui donna un léger coup d'épaules.

— Je voulais juste savoir quelles parties de moi pérégrinent vraiment.

— Pourquoi tu ne poses pas la question aux Maîtresses ?

— J'ai demandé à ma mère, répondit-elle, les yeux rivés sur ses doigts. Mais elle a refusé de me répondre. Quant aux Maîtresses, elles me cachent déjà la vérité. J'ai comme l'impression qu'elles ont peur de quelque chose, ou de quelqu'un… moi, en l'occurrence. (Elle savait son hypothèse ridicule.) Si elles avaient voulu m'en parler, elles l'auraient fait depuis longtemps.

— Personne d'autre ne pourrait t'aider ? demanda Joshen, une main dans le dos de Senna.

— Il y aurait bien Espen, grommela la jeune fille pour plaisanter.

Pourtant, à l'évocation de cette possibilité, elle se raidit aussitôt.

— Non, Senna, hors de question ! Nous ne pouvons pas lui faire confiance.

— Mais si je peux vraiment pérégriner… quel risque y a-t-il à tenter le coup ?

— Quel risque ? s'exclama Joshen, se levant d'un bond. Cette femme a voulu me forcer à te tuer !

— Je suis en danger, Joshen, et tu le sais. Les autres sorcières ont envoûté le sol pour qu'il m'avale tout entière !

— Et si ces fameuses sorcières te retrouvaient ? objecta le jeune homme, à présent parcouru de tremblements.

— Je refuse de vivre dans l'ignorance et l'impuissance.

Le Protecteur commença à arpenter la pièce dans tous les sens. Senna attendit que sa colère s'apaise. Après plusieurs va-et-vient, Joshen revint s'asseoir lourdement à côté d'elle. Puis, quelques minutes plus tard, il se frotta la barbe, l'air songeur. Senna sut qu'elle avait gagné.

— Tu ne seras pas réellement auprès d'elle ? demanda-t-il enfin. Elle ne pourra te faire aucun mal, je veux dire ?

— Je l'ai changée en arbre ! répondit Senna malgré la peur qui la tenaillait.

— Je croyais que tout était fini, marmonna-t-il.

Soulagée qu'il n'insiste pas, la jeune fille posa la tête sur l'épaule de son Protecteur.

— Moi aussi, reconnut-elle.

Elle commençait à comprendre que son pouvoir avait un prix, un fardeau que chaque sorcière était condamnée à porter.

Il déposa un baiser sur son crâne.

— Quand voudras-tu essayer ?

— Maintenant.

— Elle va exiger une contrepartie, supposa-t-il avec une grimace. Ne lui concède rien qui puisse te mettre, toi ou qui que ce soit d'autre, en danger. (Il serra Senna contre lui.) Tout va bien se passer.

Par les Créatrices, que le jeune homme lui avait manqué !

— Comment peux-tu en être certain ?

— Parce que je veillerai sur toi.

Elle sourit et pencha la tête en arrière dans l'attente d'un baiser. Les lèvres douces de Joshen effleurèrent les siennes, puis il posa le front contre celui de la jeune sorcière.

— Tu vas réussir.

Elle recula jusqu'au centre du lit.

— Tu ne vas pas me laisser ?

— Non, la rassura-t-il en lui prenant la main.

Elle emplit ses poumons d'air, ferma les yeux et tendit l'oreille à l'affût de la petite musique qui flottait là, juste sous la surface. Elle quitta son corps avec encore plus d'aisance que la fois précédente, comme si les Quatre Sœurs l'avaient attendue pour l'emporter avec elles.

Mais, cette fois, elle délaissa l'île mystérieuse au profit d'une tout autre direction. Elle traversa l'océan en un éclair et, moins d'une dizaine de battements de cœur plus tard, elle foulait de nouveau le sol de la Tartennie. La clairière, autrefois entourée d'arbres, était à présent nue, à l'exception d'un unique saule pleureur dont le feuillage décrivait une demi-sphère parfaite. Sans même avoir à le toucher, Senna savait son tronc doux comme de la peau.

La brise ambiante jouait dans ses branches, et ses feuilles, à présent recouvertes d'une espèce de croûte de rouille, avaient perdu tout leur éclat. La moitié gisait même au pied de l'arbre. Senna s'approcha du saule. Les feuilles mortes craquèrent sous ses pas.

— Espen ?

L'arbre se souleva, comme s'il sortait d'un sommeil profond, avant de s'immobiliser.

— Espen, répéta la jeune fille.

Cette fois, le saule sembla s'éveiller complètement. Senna eut même l'impression qu'il la regardait. Ses feuilles bruissèrent et ses branches fondirent tout à coup vers la sorcière.

Mais la jeune fille s'était attendue à une telle réaction. Après tout, c'était elle qui avait condamné Espen à cette forme et l'avait privée de son pouvoir.

Arrêtez !

Les branches, comme prises dans un courant invisible, se débattirent, mais Espen, à présent plante à part entière, ne put qu'obéir à l'enchantement. Des tremblements de colère parcoururent le saule qui sembla se replier sur lui-même. Un fragment d'écorce se détacha de son tronc. Senna sursauta : la Sorcière Noire dépérissait. La sécheresse ne tuait pas que les Tartenniens.

Toute peur quitta aussitôt la jeune fille. Elle sentait toujours le contact rassurant de la main de Joshen et, pour une fois, elle maîtrisait la situation.

— J'ai quelques questions à te poser, car les Maîtresses refusent d'y répondre. En échange, j'allégerai tes souffrances. Je te donnerai de l'eau et chasserai la rouille qui étouffe tes feuilles.

Sans jamais quitter l'arbre des yeux, Senna s'accroupit pour balayer les feuilles mortes qui recouvraient la terre sombre et desséchée.

Avec lenteur, Espen étendit une branche jusqu'au sol.

« Libère-moi », écrivit-elle dans la poussière.

— Je ne peux pas, répondit Senna, soudain submergée par une vague de colère. Et même dans le cas contraire, je ne le ferai pas. Les Créatrices t'ont ôté tout pouvoir, tu te rappelles ? Tu n'as plus de fruit et, par conséquent, plus de graine.

« Non. De la vie », traça-t-elle dans un nouveau bruissement de feuilles.

Senna ouvrit la bouche, puis la referma.

« Libère-moi ! » écrivit Espen.

La jeune fille observa ce qui restait de la Sorcière Noire jusqu'à ce que l'image de l'arbre s'imprime sur sa rétine.

— Tu n'as eu que ce que tu méritais. (Devant l'absence de réaction d'Espen, Senna céda.) Soit. Je viendrai en Tartennie et te libérerai. (L'arbre, apparemment soulagé, sembla s'affaisser.) En quoi consiste la Pérégrination ?

Une branche gratta le sol.

« Évident. »

— C'est ce que je suis en train de faire ? insista Senna après une grimace. Mais comment la contrôler, comment éviter de se faire attaquer ?

La branche désigna le mot déjà tracé.

— Non, ça ne l'est pas ! J'ai failli mourir ce soir ! (Accroupie, la jeune sorcière effaça les quelques lettres puis désigna la terre lisse.) Dis-moi comment y mettre un terme, comment me protéger.

Avec une lenteur exagérée, Espen répondit.

« Enchantement. »

Senna, foudroyée par la simplicité de la réponse, ne quittait pas le mot des yeux. Espen avait raison : c'était évident ! Seul un enchantement pouvait en contrer un autre. Pourtant, cette solution n'était pas parfaite… Senna avait beau jouir d'un pouvoir immense, elle n'était pas de taille à lutter contre une horde entière de sorcières.

— Comment se fait-il que je puisse pérégriner ? marmonna-t-elle.

« Les Créatrices t'ont touchée », traça Espen.

La respiration de la jeune fille s'accéléra. Elle avait vu juste. Le bouleversement qui l'affectait ne se limitait pas à sa seule puissance.

— Qu'advient-il de celles que les Créatrices touchent ?

La branche traça un mot terrible sur le sol.

« La mort. »

Pendant une seconde, le cœur de la jeune fille cessa de battre. Était-ce de ça que les Maîtresses parlaient dans l'Arbre du Conseil ? Aussi lourd qu'une stèle funéraire, le mot tomba de la bouche de Senna.

— La mort ? (Le vent siffla dans les branches d'Espen.) Tu cherches à m'effrayer, c'est ça ? demanda Senna, les yeux plissés. (La Sorcière Noire ne réagit pas.) De toute façon, pourquoi te croirais-je, toi qui serais ravie de voir les Gardiennes mortes ?

L'arbre bruissa et la branche s'approcha de nouveau du sol.

« Pas mortes. Dirigeantes ! »

Senna tressaillit. Combien de fois avait-elle pensé que ses consœurs valaient mieux qu'un groupe de femmes apeurées qui se terraient sur une île ? Elles façonnaient le monde avec leurs enchantements, et s'attiraient ainsi la haine des hommes.

— Que peux-tu me dire à propos des centaines de sorcières qui vivent en dehors du Refuge ? (L'arbre resta parfaitement immobile, même le vent sembla l'éviter. Senna se releva.) Je les ai senties. Elles résident sur une île qui ressemble étrangement au Refuge.

Espen daigna se pencher en avant.

« Rien. »

Senna foudroya du regard l'arbre tremblant.

— Tu sais quelque chose.

Si elle n'avait pas connu Espen, elle aurait pu penser que la Sorcière Noire avait peur.

« Impossible », traça le saule.

— Qu'est-ce qui est impossible ?

Après de longues minutes, Espen finit par répondre.

« Calden. Lilette. »

Senna déchiffra les deux mots inconnus.

— Qu'est-ce que ça signifie ?

« Remplis d'abord ta part du marché », traça Espen d'une branche plus tremblante que jamais.

Ainsi, la Sorcière Noire ne dirait rien de plus tant que Senna ne serait pas face à elle.

— Je t'en prie, insista la jeune fille, impuissante.

L'arbre demeura impassible.

Ramène-moi chez moi.

Aussi vite qu'elle était venue, Senna, portée par le vent, traversa l'océan dans l'autre sens, jusqu'à la chambre où l'attendait Joshen. Sa respiration haletante fit sursauter le jeune homme.

— Tu as réussi ? lui demanda-t-il. Qu'a exigé Espen en retour ?

Les yeux humides, Senna se tourna vers son Protecteur.

— Elle souhaite que je la tue.

Crécelle

— Brusenna ! tonna Prenny. Tu tiens vraiment à échouer ?

Tirée de sa torpeur, la jeune fille se redressa d'un coup. Sa potion était passée du topaze clair au brun terreux. Les mains enveloppées dans un chiffon, elle retira le bécher de la flamme puis en versa le contenu dans un second récipient afin qu'il refroidisse. Elle saupoudra quelques aiguilles de pincerelle et mélangea lentement le tout. Le liquide adopta aussitôt la couleur du café noir.

Elle porta le bécher à son nez et renifla : il dégageait des relents d'herbes brûlées.

L'envie de jeter un objet à travers la classe démangea la jeune sorcière. Elle se contenta de reposer le bécher avec brusquerie, si bien que le mélange déborda. À ce stade, en théorie, la potion aurait dû avoir l'aspect du cidre et l'odeur de la résine. L'ajout des aiguilles de pincerelle devait se faire juste avant l'apparition des premières bulles, mais Senna avait laissé sa mixture chauffer trop longtemps. Elle allait devoir tout recommencer depuis le début. Trois jours de travail venaient de partir en fumée.

Trois qui s'ajoutaient à tous ceux qui la séparaient encore de la fin de son apprentissage. Elle dégagea de son front une mèche de cheveux collée par la sueur et regretta qu'aucune brise ne parvienne à se frayer un chemin jusque dans la tente.

— Tu l'as tué, diagnostiqua Prenny après avoir reniflé le mélange.

Senna se prit la tête entre les mains. La vieille sorcière insistait toujours sur la dimension vivante des potions. Elle disait que la vie qu'elles contenaient était la source de leur efficacité et qu'il fallait les traiter avec soin, ne jamais les faire bouillir, ne pas les congeler et n'utiliser que des ingrédients frais.

— En effet. Je l'ai tué. J'ai réussi à sauver le monde, mais j'échoue face à une médiocre concoction.

— Tu ne trouves pas que tu exagères ? la rabroua Prenny.

— Que j'exagère ? Mais des gens sont en train de mourir !

À peine les mots eurent-ils franchi ses lèvres que Senna eut envie de les ravaler.

— Brusenna… Tu veux parler de la Tartennie ? demanda la doyenne d'une voix où la sévérité avait cédé la place à l'incertitude. Tu sais que, comme toi, je suis en désaccord avec les autres Maîtresses, mais elles n'agissent que dans notre intérêt.

— Notre intérêt serait de s'occuper du monde dans son ensemble et pas uniquement des sorcières.

Prenny ne répondit pas. La jeune fille frotta ses yeux fatigués et irrités par la résine.

La nuit précédente, malgré le faible ronflement régulier de Joshen, étendu sur le sol à côté d'elle, un flot de pensées désordonnées l'avait empêchée de trouver le sommeil. La sensation du baiser qu'ils avaient échangé avant de se séparer le matin persistait sur ses lèvres.

Prenny, que l'inquiétude avait rendue prévenante un instant plus tôt, retrouva toute sa sévérité.

— C'est un cours pour Apprenties, ici. Tu jouis peut-être d'une puissance sans égale sur l'île, mais les potions demandent bien plus que du talent pur. Tu dois respecter la règle des trois P : patience, pratique et persévérance, énuméra-t-elle sur ses doigts.

Senna, qui avait reconnu le début d'une des leçons de morale dont la doyenne était coutumière, étouffa un soupir.

Prenny prit une profonde inspiration, prête à se lancer dans un long monologue.

— C'est une bonne chose que la récolte approche. Nous sommes presque à court de pollen de noctelle, et tu en as dilapidé une bonne pincée avec ça, déplora-t-elle en désignant la mixture brûlée de Senna. Quel désastre ! J'avais bien dit aux autres qu'il était prématuré de te nommer Apprentie. Maintenant... Mistin !

Au cri soudain de la Maîtresse, Senna sursauta tant qu'elle manqua de tomber de sa chaise.

Prenny se dirigea vers la jeune élève penaude sans un regard en arrière.

— Tu n'as pas honte, à ton niveau, d'ajouter de la pourpre à ta décoction ? Tu souhaites tirer les vers du nez de ton sujet ou qu'il passe une journée entière plié sur la cuvette des toilettes ?

Senna eut envie d'embrasser Mistin pour la remercier de lui avoir épargné – même sans le vouloir – le sermon de Prenny.

Elle couva sa potion ratée d'un œil noir. Après un soupir, elle abandonna sa mixture et se dirigea vers la pile de manuels que renfermait l'armoire étanche disposée au centre de la tente. Elle envisagea de prendre *Potions intermédiaires*, mais hésita. Juste à côté se trouvait *Potions complexes*, un ouvrage écrit par Linsee Chrissin.

La jeune sorcière jeta un bref coup d'œil autour d'elle, puis s'empara du manuel qu'elle feuilleta jusqu'à trouver la page qu'elle cherchait – celle de l'Ioa. La recette était d'une complexité extrême : près d'une centaine de plantes à mélanger de plusieurs dizaines de façons différentes en un temps record. Mais tout ça, elle le savait déjà, et sa première tentative avait échoué lamentablement.

Inutile de se mentir, la confection d'une telle potion dépassait encore de loin ses compétences mais, si elle voulait un jour s'éclipser de l'île, l'Ioa lui serait indispensable. Elle lança un regard discret par-dessus son épaule pour s'assurer que Prenny n'en avait pas fini de morigéner Mistin, puis elle glissa le lourd volume dans sa sacoche qu'elle reposa sur sa table, avant de s'orienter vers le jardin hétéroclite.

Elle se faufila entre les tables de ses camarades en veillant à ne pas piétiner les lianes qui rampaient au sol – certaines grimpant déjà le long des pieds des meubles pourtant situés au centre de la tente.

L'odeur des herbes était tellement forte que Senna avait l'impression de pouvoir les cueillir sans se baisser, simplement en tendant le bras, comme s'il s'agissait d'un voile flottant dans les airs. Le Refuge abritait des espèces de plantes qui ne poussaient nulle part ailleurs. Pendant des décennies, à grand renfort d'enchantements, les sorcières avaient croisé les variétés au-delà, parfois, des limites naturelles. À présent, plutôt que de devoir composer avec toute une gamme d'espèces à la puissance échelonnée, il leur suffisait d'ajouter de la pesnitte, par exemple, et d'ajuster le nombre de feuilles en fonction de l'efficacité souhaitée.

À l'image de la pesnitte, de nombreuses plantes du jardin pouvaient servir à la préparation de remèdes simples qui permettaient de guérir tous types d'affections, de la vulgaire verrue à l'infection la plus sévère. N'ayant pas l'habitude d'utiliser les ciseaux de la main gauche, Senna dut lutter pour prélever les feuilles dont elle avait besoin. Elle en profita pour cueillir quelques-uns des ingrédients nécessaires à la préparation de l'Ioa.

De retour à sa table, elle les enroula avec précaution dans une feuille de parchemin qu'elle glissa ensuite dans sa poche. Elle travaillerait à la réalisation de l'Ioa à l'abri des regards indiscrets.

Elle s'attela alors à la préparation d'un sérum de vérité couleur olive. Pendant qu'elle travaillait à sa potion, Mistin approcha sa chaise à côté d'elle. Senna, pourtant petite, dépassait sa camarade d'une bonne tête. La minuscule Apprentie avait la peau dorée, des yeux en amande et de longs cheveux d'un brun chatoyant qui cascadaient jusqu'à sa taille.

— Brusenna, peut-être que si on travaillait ensemble, on pourrait s'éviter les litanies de Prenny, chuchota Mistin.

Senna lui lança un regard en coin. La première fois qu'elle l'avait vue, elle lui aurait donné douze ans mais, par la suite, elle avait appris que Mistin était de quelques mois son aînée. Même si elles ne partageaient pas une complicité de tous les instants, Mistin restait malgré tout la seule personne que Senna aurait pu qualifier d'amie sur l'île.

— Je te l'ai déjà dit, moi, c'est Senna.

De la pointe de sa raclette, la jeune fille saupoudra avec précaution sa potion d'un nuage de pollen de noctelle, lequel en augmenterait considérablement la durée de conservation. Les grains de pollen voletèrent telle une nuée de lucioles. Elle mélangea ensuite le tout, dans le sens des aiguilles d'une montre, à l'aide d'un anneau de verre pur et d'un agitateur. La potion commença à émettre une douce lueur.

— Je voulais justement te poser la question… rebondit Mistin en ouvrant son manuel. Tu n'aimes pas ton prénom ?

Mal à l'aise, Senna changea de position. Ses camarades de classe ne lui adressaient pas souvent la parole. Elles discutaient parfois d'elle, ou à côté d'elle, mais elles ne lui parlaient que rarement. Elle n'était pas habituée à ce genre de conversation.

— Si, je l'aime bien.

— Alors pourquoi tu ne l'utilises pas ?

La jeune fille replaça le compte-gouttes dans la bouteille, puis elle donna un petit coup de la pointe de son agitateur contre la paroi du bécher. Elle s'accorda sur la note qu'il produisit et entonna d'une voix douce et claire :

Extrait de franchise et de vérité,
Seuls les faits tu dois révéler.

La concoction se mit à tournoyer. Senna ne cessa de chanter que lorsque ses sens des Quatre Sœurs le lui indiquèrent. Elle ajouta alors quelques gouttes d'alcool, et le mélange vira à l'ambre.

— Alors ? insista Mistin, la tête inclinée sur le côté.

En dépit de son manque criant de talent pour le bavardage, Senna mourait d'envie de s'y essayer.

— Le prénom Brusenna me mettait en danger. Et je voulais devenir quelqu'un d'autre. Quelqu'un de meilleur.

Mistin acquiesça avec ferveur, comme si sa camarade venait d'énoncer une évidence.

— Et ça a marché ? Tu te sens différente et meilleure ?

La terreur qu'inspiraient à Senna le village de Gonstower et ses habitants lui revint soudain en mémoire. À présent, elle n'aurait plus peur d'eux.

— Oui, je crois.

— Dans ce cas, je t'appellerai Senna.

À son tour, Mistin entonna son enchantement. Leur différence de tessiture était frappante. Lorsque la voix de soprano de Senna s'élevait dans les airs, le monde alentour semblait plonger dans le silence, comme pour mieux l'écouter. Le contralto de Mistin, en revanche, évoquait plus le craquement d'une vieille branche. Son chant la plaçait juste au-dessus des Crécelles – les sorcières ratées – et faisait d'elle une Niveau 1. Sa préparation était bien plus avancée que celle de sa camarade, mais sa couleur et son éclat ne semblaient pas être les bons. Son enchantement n'était pas assez puissant pour déclencher la transformation finale.

En restant au Refuge, une Crécelle serait réduite au rôle de simple servante.

Mistin cessa de chanter puis, comme si elle lisait dans les pensées de sa camarade, elle déclara :

— Une faiblesse dans un domaine est toujours compensée par une force dans un autre.

Un profond désir de répondre avec franchise, plutôt que d'opter pour une de ces amabilités insipides que tous semblaient préférer, tenailla Senna.

— Ici, au Refuge, tu sais bien qu'un seul de ces domaines compte vraiment.

Mistin planta ses yeux d'acier dans ceux de Senna.

— C'est un tort.

Pourquoi en allait-il donc ainsi ? Pourquoi certaines héritaient de plus de puissance que les autres, indépendamment de toute notion de mérite ? La poitrine serrée par le chagrin, la jeune sorcière ajouta quelques graines de citrule à sa mixture. Puis, d'une voix dont la justesse la mettait mal à l'aise, elle entonna :

Rejette mensonges et contre-vérités.
Même les silences tu dois écarter.

Les graines se désintégrèrent lentement dans le liquide tourbillonnant. Mais la potion de Senna ne fut pas la seule à évoluer. Celle de Mistin passa d'un jaune sale à une riche robe couleur miel. Les particules sombres qui y flottaient se mirent soudain à briller comme de minuscules pépites d'or.

— Combien de potions une sorcière extrêmement puissante pourrait-elle enchanter si d'autres se chargeaient de mélanger les ingrédients pour elle ? s'interrogea Mistin.

— Je me posais exactement la même question, avoua Senna avec un hochement de tête. Mais ce n'est pas comme ça que les choses fonctionnent ici, à tort ou à raison. (Elle dévisagea sa camarade, puis reprit :) À quoi ressemble l'endroit d'où tu viens, en Dresdanie ? Tu y as encore de la famille ?

La petite Apprentie hésita à répondre, comme si elle pesait ses mots avec soin.

— Là-bas, tout le monde déteste les sorcières. Ma mère nous a interdit de chanter. Malgré tout, les habitants finissaient toujours par découvrir notre vraie nature et nous devions sans cesse déménager. Mais une fois, nous n'avons pas fui assez vite, et seuls mon frère et moi nous en sommes sortis.

Comment Senna pouvait-elle connaître Mistin depuis deux mois sans savoir que sa camarade avait perdu presque toute sa famille ?

— Je suis vraiment désolée. (La jeune sorcière avait dû composer toute sa vie avec la haine des villageois.) Que fait ton frère aujourd'hui ?

Mistin afficha un sourire timide.

— Il m'a suivie jusqu'en Néfalie. Il rêve de devenir Protecteur.

Un oiseau égaré attira l'attention de Senna. Il survola les élèves à plusieurs reprises avant de ressortir de la tente à toute allure.

— Pourquoi ne vous êtes-vous pas tous installés ici, vous auriez été plus en sécurité, non ?

— Dans ma famille, nous ne jouissons que d'un talent très limité, répliqua Mistin. Aussi incroyable que ça puisse paraître, je suis la plus puissante de toutes. Mes sœurs n'auraient pas été les bienvenues ici. Et jamais je ne les aurais abandonnées.

Senna n'en crut pas ses oreilles. Ainsi, les Crécelles n'étaient pas plus les bienvenues au Refuge qu'ailleurs ! Leurs consœurs les rejetaient car elles ne les considéraient pas comme des sorcières à part entière, pendant que le reste du monde les haïssait pour leurs pouvoirs occultes. N'avaient-elles donc leur place nulle part ?

— C'est parfaitement injuste ! Il y a largement assez de place pour tout le monde, ici.

Mistin mélangea sa potion avec une vigueur inutile.

— C'est pour cette raison que je reste, bien qu'on me traite comme une vulgaire servante et que les autres me regardent de haut. Je n'ai aucun autre endroit où aller. Aucun qui soit sûr, en tout cas.

Senna baissa les yeux sur son bécher pour éviter que sa camarade y lise la pitié qu'elle lui inspirait.

— Dépêchez-vous de finir, les filles. Il est bientôt l'heure de changer de classe, annonça Prenny.

Senna laissa sa préparation inachevée.

— Brusenna… Euh… Senna, tu as des ennuis en ce moment, n'est-ce pas ?

— Comment le sais-tu ? tressaillit Senna.

— Je te l'ai dit, expliqua Mistin avec un haussement d'épaules, une personne faible se doit de développer d'autres aptitudes. Les sorcières qui chantent le mieux dirigent le monde, mais celles qui n'ont pas ce talent ont parfois un don pour déceler les choses qu'on n'entend pas.

Quelles choses ? Était-elle capable de percevoir la mélodie des Quatre Sœurs ? Et la Pérégrination ? Senna rinça les béchers sales qu'elle déposa au soleil pour les purifier.

— Qu'est-ce que ça veut dire ?

Mistin redressa ses frêles épaules et détailla sa camarade de la tête aux pieds.

— Je peux peut-être t'aider.

Senna ouvrit la bouche pour répondre mais se ravisa. Ce dont elle avait besoin, c'était de réponses. Des réponses que seules les Maîtresses pourraient lui fournir.

— À moins que tu saches comment dénicher des centaines de sorcières cachées en dehors du Refuge, je ne pense pas que tu me sois d'un grand secours.

Mistin écarquilla les yeux.

— Quoi ?

Senna retint un soupir. Et dire que, jusque-là, la conversation s'était déroulée à merveille…

— Laisse tomber.

Prenny faisait le tour de la tente en pointant un doigt vers des fioles à laver ou des livres à ranger sur leurs étagères.

— La récolte des noctelles débutera à la prochaine nouvelle lune, dans un peu plus d'une semaine. Votre participation à toutes est requise, arrangez votre emploi du temps en conséquence. Jassy ! Si ce flacon d'acide déborde sur mon livre, je lui offrirai une belle reliure avec ta peau !

Senna s'empressa d'ôter les derniers éléments de sa table avant que la doyenne arrive à sa hauteur. Elle fourra le tout pêle-mêle dans sa sacoche et s'éloigna. Elle avait rendez-vous avec Joshen pour le déjeuner et refusait d'être en retard.

— Senna ? (Elle découvrit Mistin juste derrière elle. La petite Apprentie se mordit la lèvre.) J'étais sérieuse tout à l'heure. Je voudrais t'aider.

Ne sachant pas quoi répondre, Senna garda le silence. Mistin regarda autour d'elle puis avança d'un pas.

— Je travaille comme secrétaire auprès des Maîtresses pour payer ma formation.

— Je sais, répondit Senna, la tête penchée sur le côté.

— Je m'occupe des rendez-vous, confessa Mistin en se frottant les paumes, nerveuse.

— Qu'essaies-tu de me dire ? trancha Senna, que le malaise gagnait peu à peu.

— Tu es la seule fille ici que je considère comme une amie, expliqua Mistin en repoussant une mèche derrière ses oreilles. Toutes les autres se moquent de mes enchantements. Quand je t'ai dit que tu avais des ennuis et que je pouvais sans doute t'aider… Ta mère a sollicité une entrevue avec les Maîtresses ce matin.

Senna se raidit aussitôt. Pourquoi sa mère voulait-elle voir les Maîtresses ?

— Pour leur parler de quoi ?

Mistin la regarda droit dans les yeux avant de répliquer :

— De toi.

Un choix

L'abominable sensation d'avoir été trahie fit frissonner Senna. Mistin regarda de nouveau alentour puis s'approcha encore.

— Elle veut que tu quittes l'île.

— Quoi ? Mais pourquoi ? s'indigna la jeune fille, l'esprit soudain vide de toute pensée.

— Je n'en sais rien, avoua Mistin. La réunion a sans doute déjà commencé. Suis-moi.

Senna lui emboîta le pas en silence jusqu'à l'Arbre du Conseil. Après une infime hésitation, elle franchit la porte qui donnait sur l'escalier en colimaçon et le bureau de Mistin.

La frêle Apprentie dansait d'un pied sur l'autre.

— Elle est là-haut avec les Maîtresses.

Mal à l'aise, Senna hésitait à rebrousser chemin. Mais Mistin avait risqué sa place au Refuge pour lui offrir cette chance : elle refusait de la gâcher. En outre, elle n'avait pas très envie d'attendre que quelqu'un daigne lui apprendre ce qui se tramait. Elle ôta ses chaussures.

— Je dois livrer cette missive à Reden, déclara Mistin, qui venait de prendre une lettre sur son bureau. Bonne chance, chuchota-t-elle à son amie avant de refermer doucement la porte derrière elle.

Chaussures à la main, Senna gravit en silence les marches qui menaient à la salle du Conseil. Elle y était déjà entrée à deux reprises – la première pour supplier les Maîtresses de lever la malédiction qui pesait sur la Tartennie, la seconde après avoir accidentellement entonné le Chant du périple –, mais aucune ne constituait un bon souvenir.

Elle entendit les voix qui s'élevaient derrière la porte. Les mots restaient inintelligibles, mais la colère qui les sous-tendait ne faisait aucun doute. La jeune fille prit son courage à deux mains et colla son oreille contre le panneau de bois.

— Je suis sa mère !

— Je t'en prie, Sacra, tu…

Senna reconnut la voix de Coyel.

— Il n'en est pas question ! Vous n'avez pas le droit de la garder.

— Partir la mettrait en danger, tempéra Chavis.

— Parce qu'ici, elle est en sécurité, peut-être ? s'emporta Sacra. Elle a été agressée !

— Ne sois pas ridicule, voyons, gronda la voix âgée de Prenny. Nous avons fait venir une vingtaine de Protecteurs. Elle ne craint plus rien. Et elle a encore besoin d'apprendre.

— Je me chargerai de sa formation, objecta Sacra.

— Comme tu l'as fait par le passé ? ironisa Prenny.

— C'était une erreur, reprit Sacra après un bref silence. Je ne la reproduirai pas.

— Et que souhaite Senna ? demanda Drenelle de sa voix éraillée. Quelqu'un a-t-il pris la peine de lui poser la question ?

Senna fut surprise d'entendre tant de sollicitude de la bouche de la Maîtresse de la Terre.

— Ses besoins passent avant ses envies, rétorqua Sacra.

Senna serrait ses chaussures si fort que le cuir grinça, comme pour protester.

— La réponse est toujours non, répéta Coyel avant de se radoucir. Elle sera bientôt une femme, Sacra. Tu ne peux pas la forcer à partir.

— Que se passera-t-il si le passé se répète ? demanda Sacra si bas que Senna dut tendre l'oreille. (Devant l'absence de réponse, Sacra haussa le ton.) Toutes les forces du Refuge n'ont pas suffi à empêcher ce qui est arrivé. Mais, peut-être que loin de tout, je pourrais…

— C'est parfaitement ridicule, l'interrompit Prenny. Il te manque deux extraits de henna pour ta potion de trible.

— Par les Créatrices, qu'est-ce que tu baragouines ? s'exclama Chavis.

— Je veux dire que son argument est aussi bancal qu'un cheval à trois jambes, un chien à deux pattes ou un unijambiste.

— Assez ! intervint Coyel. Je suis désolée, Sacra, mais la réponse est non. Nous refusons que Senna quitte le Refuge.

— Même si elle en émet le désir ? insista Sacra d'une voix étranglée.

Les Maîtresses échangèrent quelques murmures.

— Même dans ce cas, annonça Coyel.

Sur ces mots, la jeune fille dévala les marches. Dans l'entrée, elle enfila ses chaussures en toute hâte, glissa les lacets à l'intérieur et s'élança vers la porte. Lorsqu'elle sortit enfin de l'Arbre du Conseil, les premiers bruits de pas résonnaient déjà en haut de l'escalier.

Une fois sur le sentier, elle s'efforça d'adopter une démarche naturelle. La voix étouffée de Coyel lui parvenait toujours malgré la porte fermée.

— Mistin ? lança la Maîtresse de l'Eau. Oh, où est-elle encore passée ? Chaque fois que j'ai besoin d'un messager, elle…

La porte de l'arbre-maison grinça et la voix de Sacra couvrit celle de Coyel.

— Brusenna ?

Senna prit soin d'afficher une expression neutre avant de se retourner. Sa mère referma la porte d'un geste sec.

— Que fais-tu ici ?

— Je vais retrouver Joshen pour le déjeuner.

— Et où étais-tu ce matin ? demanda Sacra d'un ton soupçonneux.

— Je suis allée à la bibliothèque de bonne heure.

La jeune fille fut surprise de la facilité avec laquelle les mensonges sortaient de sa bouche. Sa mère l'attira à l'écart du sentier.

— Il faut que je te parle.

— De quoi ?

— Brusenna, est-ce que tu es… heureuse ici ?

— Oui, répliqua la jeune sorcière, les bras croisés sur la poitrine.

— Tu n'en as pourtant pas l'air… déclara Sacra en lissant les cheveux de sa fille.

La caresse planta dans le cœur de Senna une pointe acérée. L'Apprentie eut brusquement envie de confier à sa mère que les autres sorcières l'observaient, où qu'elle aille. Que chaque fois qu'elle n'était pas à la hauteur, elle décevait ceux qui croyaient en elle et renforçait les doutes des autres. Par moments, elle se demandait si les Maîtresses ne la condamnaient pas délibérément à l'échec.

— Je suis plus heureuse ici que partout où je suis allée.

C'était peu dire compte tenu de la vie de recluse qu'elle avait menée et des persécutions qu'elle avait endurées à Gonstower.

Senna salua sa mère d'un petit sourire, puis se dirigea vers le quartier des Protecteurs. Après l'avoir cherché quelques instants, elle trouva Joshen en plein entraînement. Elle s'assit sur une des énormes racines d'un arbre-maison et déballa son repas qui se composait de poisson séché, de tartines beurrées et d'une pomme. Elle glissa le poisson entre les tranches de pain et mordit dedans à pleines dents.

Les épaules larges, le torse musclé, Joshen transpirait sous l'effort. Le hâle de son buste tranchait avec la blancheur de la peau que son pantalon laissait voir par intermittence. La vision du jeune homme enivra Senna jusqu'à lui faire oublier tout le reste. La bouche soudain sèche, elle délaissa son déjeuner.

Un homme, qui venait du quartier des sorcières, s'approcha des deux Protecteurs. Joshen et son partenaire d'entraînement – un jeune homme au teint mat et aux cheveux ornés de perles qui cliquetaient au rythme de ses mouvements – s'interrompirent. Tous trois échangèrent quelques mots avant de se séparer : Joshen trottina vers Senna tandis que ses deux compagnons s'éloignèrent ensemble.

— Qui est-ce ? demanda la jeune fille en désignant les deux Protecteurs du menton.

— Je m'entraînais avec Collum, expliqua Joshen, qui s'assit à côté d'elle. L'autre s'appelle Tempnee, c'est lui qui est chargé de te surveiller aujourd'hui. D'ailleurs, il n'apprécie pas vraiment que tu enfreignes les règles des Maîtresses en venant ici. (Senna repoussa une mèche derrière son oreille. Joshen éclata de rire.) Ne t'inquiète pas, Reden t'a donné l'autorisation de venir. Veille juste à ce que les Maîtresses ne l'apprennent pas.

Contrariée, elle croisa les bras.

— Je croyais que seuls Reden et toi étiez chargés de me surveiller.

Le jeune homme se pencha vers elle et mordit dans son sandwich.

— Hmm… du poisson. (Il embrassa Senna sur la joue.) Je devais m'entraîner et Reden avait des tonnes de choses à faire. Alors Tempnee nous a suppléés.

Il rivait sur le repas de Senna un regard de rapace. Elle soupira, mais lui en tendit la moitié.

— Y a-t-il autre chose que je doive savoir ?

Joshen planta ses dents dans le sandwich avant de lui répondre, la bouche pleine.

— Collum aussi. (La grimace de la jeune fille l'incita à avaler sans mâcher.) Ce sont des types bien, Senna. À deux, nous ne pourrions pas veiller sur toi tous les jours sans discontinuer.

— Je sais mais… c'est assez perturbant, dit-elle, jouant avec la croûte de son pain.

— Si ça peut te rassurer, ils t'admirent tous les deux. C'est d'ailleurs le cas pour la plupart de ceux qui t'ont entendu chanter.

— Et ça ne te dérange pas ? demanda-t-elle.

À présent, elle prélevait une à une les miettes tombées sur son bandage.

— Ils savent rester à leur place, répondit-il après un grognement ambigu. Comment va ta blessure ? s'enquit-il, les yeux posés sur la main de Senna.

— Elle me démange un peu.

— C'est bon signe, ça signifie qu'elle guérit ! (Il engloutit le reste de son demi-sandwich avant d'ajouter :) J'ai entendu dire que tu t'étais disputée avec ta mère.

— Comment le sais-tu ?

— L'île n'est pas si grande, expliqua-t-il avec un haussement d'épaules.

— Tempnee te l'a rapporté, c'est ça ? devina-t-elle.

Un mouvement furtif attira son regard : une araignée rampait sur sa robe et se dirigeait vers son bras. La jeune fille poussa un cri perçant, se leva d'un bond et agita le bras comme une forcenée. Son déjeuner s'envola.

Joshen se leva aussitôt, alarmé.

— Quoi ? Qu'y a-t-il ?

— Une araignée !

Il la dévisagea bouche bée pendant un court instant avant d'éclater de rire.

D'une main tremblante, elle désigna l'endroit où était retombé l'animal.

— Tue-la ! Vite ! Avant qu'elle revienne !

Hilare, le jeune homme écrasa la pauvre araignée, puis il adressa un geste rassurant aux Protecteurs qui avaient délaissé leur occupation pour les observer avec inquiétude.

— Ce n'était qu'une vulgaire araignée.

— Une vulgaire araignée ? s'indigna Senna, lui assenant une tape sur le bras. Elle était plus grosse qu'une upice !

Elle examina la racine avant de se rasseoir, mais estima plus prudent de rester debout. Joshen ramassa le sandwich et l'épousseta. Il rinça la pomme avec l'eau de sa gourde, puis la tendit à Senna. Elle accepta le fruit, mais refusa le pain et le poisson.

Sans se démonter, Joshen le débarrassa des restes de terre.

— Je sais que tu me caches quelque chose, Senna. Dis-moi ce que c'est.

— Ma mère a essayé de convaincre les Maîtresses que je devais quitter l'île pour retourner me cacher ailleurs, grommela la jeune fille.

— Et tu vas le faire ? demanda-t-il, incrédule.

— Bien sûr que non.

Joshen s'autorisa enfin à respirer.

— Coyel a raison. Ici, au moins, nous sommes à l'abri des lynchages et des attroupements de villageois.

— Je veux retourner en Tartennie pour tenter de lever la malédiction, Joshen.

Les poings serrés, le Protecteur se détourna brusquement de la jeune fille.

— Avant, nous n'avions pas le choix, Senna, mais maintenant, nous l'avons. Et tu sais très bien qu'une sorcière seule ne peut rien y faire.

L'envie du jeune homme d'éviter le sujet était évidente. Senna le dévisagea avec circonspection.

— Tu ne comprends pas. La douleur qui frappe la Tartennie m'atteint aussi, je ne peux pas rester les bras croisés.

— En matière de sentiment d'impuissance, je m'y connais un peu, déplora-t-il, tête basse. Comme lorsque l'être aimé endure des épreuves que l'on ne peut franchir à sa place.

Elle voulut lui répondre mais une profonde sensation de vacuité l'envahit soudain. Elle referma la bouche, puis l'ouvrit de nouveau.

— Je suis désolée, Joshen. Je ne voulais pas…

Il lui adressa un sourire sans joie.

— Je sais. Viens avec moi, proposa-t-il, quittant le terrain d'entraînement.

— Où m'emmènes-tu ?

— Je fais de mon mieux pour t'aider mais, toi, tu ne cesses de te dérober pour courir des risques inutiles, dit-il, la mâchoire crispée. Tu as beau être une sorcière, Senna, tu ne pourras jamais lever la malédiction sans l'aide de tes consœurs.

— Pourtant je suis beaucoup plus puissante qu'avant, protesta-t-elle, en proie à une terrible fatigue. Je suis certaine de pouvoir au moins l'alléger un peu, plaida-t-elle avant de baisser la tête à son tour.

Joshen soupira.

— Oublie ça pour le moment. D'accord ?

Senna acquiesça, elle ne voulait pas se disputer avec lui.

Tout près des immenses falaises, qui surplombaient même les arbres les plus hauts du Refuge et décrivaient un cercle presque parfait, ils s'avancèrent dans un triangle baigné par la lumière du soleil. Par endroits, la paroi gravée s'était effondrée. À son pied, de petits éboulis formaient des cônes de roche sombre. Senna distingua malgré tout quelques motifs taillés dans la pierre : un œil, une portion de soleil et même un morceau de pied. Au milieu de ces pans érodés de l'histoire des sorcières, elle découvrit des cibles en paille.

Plusieurs mousquets reposaient contre les racines d'un arbre voisin. Joshen entreprit d'en charger un.

— Tu vas t'entraîner jusqu'à ce que tu saches charger et tirer aussi naturellement que tu marches.

Le regard de Senna, dont le rythme cardiaque avait perdu toute régularité, ne cessait d'aller et venir de l'arme au jeune homme. D'instinct, elle porta une main à sa cicatrice au bras, un cadeau de Wardof, le Chasseur de sorcières, et de son mousquet.

Joshen grimaça lorsqu'il vit la réaction de Senna. La jeune fille recula. Son cœur battait à tout rompre.

— Je... Peut-être une autre fois. Je dois retourner en classe.

— Tu as encore près d'une heure devant toi. D'autant que c'est le cours de chant, celui que tu sèches la plupart du temps.

Le fait que Joshen connaisse si bien son emploi du temps n'offrait pas que des avantages...

— Essaie avec ça, proposa-t-il en tirant un pistolet de son étui. Cette arme te conviendra sans doute mieux, elle est à la fois discrète et facile à transporter.

— Joshen...

— C'est mon rôle d'assurer ta sécurité, mais c'est aussi le tien. Tu dois apprendre à te protéger. Et, à partir de maintenant, je veux que tu gardes toujours un couteau sur toi, ajouta-t-il, un doigt pointé vers la ceinture de graines de la jeune fille. Je sais que tu en as un.

À contrecœur, la jeune sorcière saisit le pistolet, dont elle avait sous-estimé le poids. Ses points de suture l'élançaient. Elle avait bien fait de ne pas choisir le mousquet. Il devait peser une tonne !

À force de voir les Protecteurs charger leurs armes, les bases du maniement n'avaient plus de mystère pour elle.

Joshen l'aida à prélever la quantité adéquate de poudre et à la verser par petits à-coups. Puis il lui indiqua la posture à adopter et comment aligner son regard avec la cible à placer dans l'encoche aménagée à l'extrémité du canon. Il l'invita ensuite à vider l'air de ses poumons pour mieux se figer, telle une statue de pierre. Enfin, il lui montra qu'une simple pression tout en douceur suffisait à manœuvrer la détente.

Ils répétèrent les mêmes gestes encore et encore, jusqu'à ce que le bras de Senna la fasse souffrir, que ses oreilles bourdonnent et que ses mains soient recouvertes de suie noire.

— Ça ira pour aujourd'hui, décréta Joshen.

Il glissa le pistolet chargé dans l'un des emplacements libres de la ceinture de graines de Senna. Il lui donna ensuite une petite poire à poudre et un sachet de balles.

— N'oublie pas de remplir le bassinet d'amorçage avant de tirer, lui rappela-t-il. (Il attendit sa réaction en silence.) Tu dois être prête à t'en servir, Senna. Dès maintenant, il faut que tu te dises que, si quelqu'un s'en prend à toi, ou à qui que ce soit d'autre, tu feras tout ton possible pour l'en empêcher. Sinon, tu hésiteras le moment venu. Et l'hésitation, c'est la mort.

Elle sentait le poids de l'arme contre sa hanche. Elle imagina aligner la petite entaille du canon sur un être humain, puis actionner doucement la détente, comme

Joshen le lui avait enseigné. Un simple geste qui déciderait de la vie ou de la mort de sa cible.

— Tu t'en sens capable ?

Se résoudre à tuer quelqu'un n'était pas la plus aisée des décisions. Elle impliquait que votre vie avait plus de valeur que celle d'un autre. C'était un choix difficile, mais aussi évident. Difficile parce qu'elle estimait la vie. Toutes les vies. Mais évident parce que la sienne en faisait partie.

— Oui, trancha-t-elle.

Tremblement de terre

Le lendemain matin, Senna reçut une convocation de Coyel. Elle se rendit chez la Maîtresse de la Lumière, qui lui ouvrit aussitôt la porte.

— Que dirais-tu de discuter dehors ? proposa Coyel. Le temps est splendide, aujourd'hui.

Les deux sorcières contournèrent l'arbre-maison pour s'engager dans un magnifique jardin qu'embaumaient les herbes et les fleurs. Coyel s'assit sur un nœud formé par les racines enchevêtrées de son arbre, puis invita la jeune fille à l'imiter. Quelques rais de soleil filtraient à travers la dense canopée. La Maîtresse de la Lumière leva le visage et, telle une plante, sembla se nourrir de leur éclat.

Senna prit son courage à deux mains et se lança :

— Que m'arrive-t-il ? Pourquoi suis-je en train de changer ? Et pourquoi suis-je en danger ?

Coyel ouvrit les yeux mais garda le silence quelques instants.

— Tu vas devoir me faire confiance, Senna. Me croire lorsque je te dis qu'il y a un temps pour tout, et que celui des réponses n'est pas encore venu.

— Mais... protesta la jeune fille, la mâchoire crispée.

— C'est mieux ainsi. Cesse d'y penser.

Pourquoi refusait-elle de lui répondre ? Consciente qu'une dispute ne lui apporterait rien, la jeune sorcière ravala ses peurs et ses questions, qui formèrent une boule dans son estomac.

— As-tu déjà choisi ta discipline ? demanda Coyel.

Senna se laissa aller contre le tronc de l'arbre-maison. À la suite de sa victoire contre Espen, les Maîtresses l'avaient aussitôt promue au rang d'Apprentie, lui épargnant sur le moment le difficile choix d'une discipline. Son problème, c'est qu'elle les aimait toutes.

— Je ne prendrai pas la Végétation... finit-elle par dire.

Elle souhaitait garder ses distances avec Prenny. Coyel sourit, comme si elle avait deviné les motivations réelles de la jeune fille.

— Tu ne souhaites pas passer ta vie dans un jardin ou le nez sur un brûleur ? demanda-t-elle, diplomate.

Aucune de ces activités ne dérangeait vraiment Senna.

— Je ne me sens pas vraiment l'âme d'une guérisseuse, expliqua-t-elle.

Toutes les sorcières étaient censées maîtriser la confection des potions de soin ainsi que quelques gestes de secours élémentaires, comme la suture d'une plaie ouverte ou la réduction d'une fracture. Mais la vue du sang retournait l'estomac de Senna et lui donnait envie de prendre ses jambes à son cou sans se soucier de qui prendrait sa relève.

— Je ne vais pas non plus choisir la Terre.

Elle refusait de s'infliger délibérément d'interminables journées de « communion avec la terre » en compagnie de Drenelle.

— Ça ne te laisse plus que l'Eau ou la Lumière, résuma Coyel. (Elle leva une paume à plat, comme pour soupeser les rayons du soleil.) Tu sais, ma discipline ne se limite pas aux arcanes de la politique et au contrôle du vent. Il y est aussi question de pouvoir.

— De quel pouvoir ? s'étonna Senna.

La Maîtresse, sortie de son apparente indolence, se redressa. Elle tira une petite bourse de la poche de sa robe, l'ouvrit, plongea les deux mains dedans, puis les ressortit pleines d'une poudre blanche.

— De la craie ?

Coyel la fixa de son regard plein d'autorité.

— Sais-tu pourquoi je jouis de la plus grande influence parmi les Maîtresses ?

— Parce que dans un groupe de quatre, il faut bien que quelqu'un détienne une voix décisive, proposa Senna.

Coyel lança la poudre dans les airs et entonna une douce mélodie à voix basse. Le vent se mit à tournoyer, puis il forcit, se rapprocha pour emporter la poudre dans ses tourbillons jusqu'à ce que la nébuleuse blanchâtre adopte la forme d'une toupie. Coyel cessa alors de chanter. Le vent se libéra peu à peu de l'emprise de la Maîtresse, avant de reprendre son cours habituel, laissant derrière lui le petit nuage de craie.

— La Lumière a toujours été la première parmi ses pairs, de par sa nature même, déclara la sorcière, les yeux rivés sur la poudre blanche qui retombait au sol. Nous sommes certes des meneuses, des diplomates, mais notre discipline va bien au-delà. L'ordre naturel fait que la chaleur du soleil entraîne les changements de température qui président à la course des vents et des courants marins, lesquels, à leur tour, influent sur la végétation et sur la terre. (Coyel se débarrassa de la craie qui lui maculait les mains.) Il est parfaitement normal que les sorcières se sentent attirées par une discipline capable de renforcer leurs talents propres.

— C'est pour cette raison que je n'ai pas non plus fait mon choix entre les deux autres, avoua Senna, les joues rouges de honte. Je n'ai ni les tripes nécessaires pour mener une guerre, ni les capacités d'une meneuse.

La tête inclinée sur le côté, Coyel scruta la jeune fille.

— Personne ne dispose de toutes les qualités requises dès le début, la rassura-t-elle en haussant les épaules. Je t'ai parlé de pouvoir, tu te rappelles ? Le pouvoir de changer les choses, de prendre des décisions, d'agir sur la société des sorcières dans son ensemble. La lumière du soleil contrôle les vents, et que font les vents ? Ils changent les choses.

Coyel, qui n'ignorait visiblement rien du désir de Senna de modifier en profondeur l'organisation du Refuge, jouait de la corde sensible pour parvenir à ses fins.

— Je pense que tu devrais opter pour la Lumière.

— Mais je suis terrifiée rien qu'à l'idée de me retrouver en présence de plusieurs personnes, protesta la jeune fille, la poitrine serrée.

Dès qu'elle faisait face à plus de deux interlocuteurs, son esprit se vidait de toute pensée rationnelle, sa langue se muait en excroissance de chair inutile et son corps se couvrait de sueurs froides.

Coyel frotta ses mains dans l'herbe couverte de rosée.

— La timidité n'empêche en rien d'être une meneuse-née. Je sais que tu le deviendras. Tu as un talent pour savoir ce qui doit être fait, et la force de l'accomplir. En outre, n'oublie pas que l'expérience est le meilleur remède à nos erreurs, reprit Coyel après une profonde inspiration. Tous les deux ou trois ans, je propose à une élève exceptionnelle de devenir mon Apprentie. Et, un jour, l'une de ces filles me remplacera à la tête de la discipline.

Sous le choc, Senna se raidit.

— Mais Arianis est déjà votre Apprentie. Vous travaillez ensemble depuis des années.

Tout le monde savait qu'Arianis serait la prochaine Maîtresse de la Lumière.

— Je dois la voir juste après toi, avoua Coyel, les lèvres pincées. Mirrus se chargera de terminer son apprentissage. (L'expression de la jeune fille lui arracha une nouvelle moue.) Arianis est une excellente élève. L'une des meilleures, même. Mais le choix d'une Maîtresse implique que la sorcière soit la plus forte dans sa discipline. Drenelle possède le sens de la terre le plus fin qui soit, Prenny n'a pas d'égale pour la confection des potions et Chavis est une tacticienne hors pair. Mais la Maîtresse de la Lumière se doit d'être la meilleure chanteuse, et ta puissance de chant surpasse celle d'Arianis.

Senna eut l'impression que son cœur cessait un instant de battre. Tout ne reposait donc que sur la puissance de ses enchantements ?

— Mais mon chant n'est qu'une infime partie de moi, une force parmi d'autres.

Les sorcières n'étaient-elles donc jugées qu'en fonction de leurs aptitudes au chant ?

— C'est ainsi que nous fonctionnons, Senna. Depuis toujours, lui expliqua Coyel d'une voix douce.

— Eh bien il serait peut-être temps que l'on prenne les bonnes décisions, plutôt que d'obéir à une vieille tradition. Une Maîtresse devrait être choisie pour ses qualités de dirigeante, pas pour sa puissance de chant.

— Ce n'est pas vers Arianis que se tournent la plupart de tes consœurs, contra Coyel, les sourcils arqués, mais vers toi.

C'était sans doute vrai pour une partie des Sorcerelles, ainsi que pour quelques autres, sans doute, mais ça ne voulait rien dire. Ou pas grand-chose. Elles ne lui étaient reconnaissantes que parce qu'elle les avait libérées. Elles ne se rendaient pas compte que, comme elles, Espen l'avait vaincue. Sans l'intervention des Créatrices, elle aurait subi le même sort.

— Elles se trompent sur moi.

Les mots sortirent de la bouche de Senna tels de petits papillons blessés.

— Nous ne sommes jamais aussi bons ou mauvais que les autres le croient, estima Coyel avec un sourire triste. Nous sommes ce que nous sommes, tout simplement.

Sans comprendre pourquoi, la jeune fille fut soudain submergée par une vague d'émotions. Après tout, peut-être ferait-elle mieux de rester au Refuge ? D'ici quelques années, elle aurait accumulé assez de puissance pour changer les choses en profondeur. Elle pourrait alors faire en sorte que plus jamais une nation tout entière ne soit condamnée par ses consœurs.

La Maîtresse ouvrit la bouche pour ajouter quelque chose, mais Senna ne l'entendit pas. Un son strident, discordant, lui vrillait tout à coup les tympans. Elle plaqua les mains sur ses oreilles pour s'en protéger.

Coyel, dont les lèvres bougeaient toujours, se pencha vers elle, mais ses mots restèrent noyés dans le terrible vacarme. D'après la perplexité qu'elle lut sur le visage de son aînée, Senna comprit qu'elle seule percevait le hurlement.

Puis le son s'évanouit.

— Senna ? Que se passe-t-il, Senna ?

Avant qu'elle puisse répondre, le chant d'une consœur leur parvint depuis la clairière.

Une secousse approche.

— Pourquoi Drenelle n'a-t-elle pas envoyé de messager ? (Coyel se leva d'un bond et invita la jeune fille à la suivre.) Vite ! Au Cercle de Pouvoir !

Elles enjambèrent à toute allure les racines qui entouraient l'arbre-maison. Lorsque Senna surgit du feuillage, elle manqua de percuter une Arianis hors d'haleine qui serrait le bas de sa robe entre ses doigts exsangues. L'Apprentie semblait presque vulnérable.

Elle adressa à Coyel un regard si lourd de reproches, nés de la trahison qu'elle ressentait, que Senna ne put s'empêcher de détourner les yeux.

— Drenelle m'envoie vous prévenir pour la secousse, mais...

Devant l'évidente inutilité de sa mission, elle tourna les talons sans finir sa phrase et s'éloigna en courant.

— Arianis ! appela Senna.

— Je regrette qu'elle l'ait appris de cette façon, déplora la Maîtresse d'une voix étonnamment saccadée. Laisse-la, ajouta-t-elle d'un ton autoritaire lorsqu'elle vit que Senna s'élançait à sa poursuite.

À contrecœur, la jeune fille emboîta le pas de son aînée.

Elle avait à peine marché dix mètres lorsque le sol rua violemment sous ses pieds. Elle tomba en hurlant, mais son cri se perdit dans le tumulte assourdissant qui accompagna la secousse. Les vitres cédèrent dans un fracas cristallin, aussitôt suivi d'une pluie de branches et d'éclats de verre. Senna se roula en boule et se couvrit la tête des bras.

Peu à peu, le terrible grondement reflua avant de finalement s'éteindre. Toujours recroquevillée sur le sentier, Senna sentit une vive douleur dans sa lèvre. Le goût du sang lui emplissait la bouche. Du bout de la langue, elle décela une pointe rigide. Une grosse écharde lui transperçait la lèvre. Par chance, ses yeux avaient été épargnés.

Elle examina l'étendue des dégâts. Un arbre-maison, l'un des plus imposants, s'était ouvert en deux comme une vulgaire noix. Par miracle, un pot de lait intact reposait encore sur la table d'une des pièces exposées. La plupart des vitres alentour avaient cédé. De nombreuses branches mêlées aux éclats de verre jonchaient le sol. Les portes étaient entrouvertes. Un peu partout, des sorcières se relevaient.

Un instant plus tard, Joshen apparut et l'aida à se mettre debout.

— Tout va bien ?

Elle acquiesça d'un air hébété. Une réplique agita la terre, mais avec bien moins de violence que la première secousse. Agrippée à la chemise du jeune homme, Senna observa le lait qui, malmené dans son pot, éclaboussa la table. Elle se jura de ne plus jamais se plaindre de la surveillance assidue dont elle faisait l'objet.

La terre s'apaisa enfin.

— Tu saignes.

Elle fit courir sa langue sur sa lèvre supérieure.

— Ce n'est rien.

Coyel se relevait déjà pour reprendre sa course vers le Cercle de Pouvoir.

Senna s'empressa de la suivre. Elle dut franchir une branche de la taille d'un petit cheval tombée en travers du chemin. Un panier de linge mouillé gisait juste à côté, en partie écrasé. Une robe verte, couverte de poussière, semblait dessiner un cercle autour de lui. Senna ne remarqua pas tout de suite la main inerte qui s'en échappait.

Joshen s'agenouilla près de l'arbre pour regarder, puis il ferma les yeux et tourna la tête.

— Elle est morte.

Senna, qui refusait d'alimenter ses cauchemars avec de nouvelles images, se remit à courir vers la clairière.

Ses consœurs chantaient à l'abri de la barrière déjà en place. Rien ni personne ne pourrait la franchir tant que les sorcières donneraient de la voix. Au centre du Cercle, Drenelle faisait entendre un contralto mélodieux, bien plus agréable que sa voix habituelle. D'autres sorcières, elles aussi accourues, patientaient comme Senna et Coyel à l'extérieur de la ronde.

La jeune fille les regarda chacune tour à tour jusqu'à reconnaître sa mère. Sacra, visiblement soulagée, posa une main sur son cœur et souffla. Senna la rassura d'un signe de tête.

Mais le calme ne dura pas.

— De la fumée ! s'écria-t-on.

Senna fit volte-face pour découvrir un épais panache noir qui se détachait sur le ciel bleu clair.

— L'un des arbres est en flammes ! tonna une voix.

— Joshen ! appela Coyel. Rassemble quelques Protecteurs et occupez-vous-en.

Le jeune homme adressa un dernier regard à Senna avant de s'élancer vers l'origine de la fumée.

— Protecteurs, avec moi ! cria-t-il.

— Calmez-vous, les filles. Les Protecteurs vont contenir l'incendie jusqu'à ce que nous puissions l'éteindre.

Malgré les mots rassurants de Coyel, Senna ne put s'empêcher de continuer à regarder la fumée. Compte tenu de la densité de la végétation sur l'île, l'incendie pourrait se propager à toute vitesse. Elles se retrouveraient alors aussi impuissantes que des oisillons piégés dans leur nid au beau milieu d'un feu de cheminée, condamnées par les murs censés les protéger.

À la fin de leur enchantement, les sorcières reculèrent d'un pas. Senna en profita pour saisir l'avant-bras de sa voisine, qui n'était autre que Chavis. La barrière s'éleva de nouveau, accompagnée par un souffle brutal qui fouetta les feuilles et repoussa la fumée.

Aussitôt, Senna perçut le lien qui l'unissait à ses pairs. Ses sens des Quatre Sœurs devinrent aussi affûtés que le fil d'un rasoir. Elle détecta la présence d'une vague gigantesque, née de l'onde de choc, qui fondait à toute allure vers la côte néfalienne. Droit sur elles.

Coyel avait vu juste. Aussi dangereux que fût l'incendie, il y avait plus urgent.

Quelques secondes suffirent pour qu'un nouveau chœur s'élève.

Eaux, apaisez l'océan.
Soyez douces, calmes et libérées des tourments.

Un vent tourbillonnant souleva Drenelle dans les airs. Ses consœurs répétèrent leur prière pour la nourrir de leur puissance. La Maîtresse de la Terre attendit qu'elle atteigne son paroxysme avant de la relâcher avec son propre chant. Senna sentit l'enchantement rouler vers l'océan puis apaiser les flots, comme une immense main qui lisserait une couverture froissée. Mais le chant faiblit bien avant la vague colossale.

Le vent s'apprêtait à reposer Drenelle au sol, mais la sorcière protesta.

— Encore !

Ô vent, la vague épuise
Avant que ses eaux la côte n'engloutissent.

Devant la menace qui pesait sur Corrieth, la cité voisine, Drenelle relâcha l'enchantement sans attendre qu'il ait atteint sa puissance maximale. Senna sentit les bourrasques qui se levèrent devant la ville côtière, puis fendirent les eaux, tels des ciseaux qui s'enfonceraient dans du tissu.

Les sorcières retombèrent dans le silence. La jeune fille savait que ses consœurs ressentaient elles aussi le fracas de l'eau contre la côte et la douleur de la végétation. Grâce au vent, la vague s'était déportée. La ville avait été en grande partie épargnée, mais pas ses quais. Une terrible sensation de vide s'empara de Senna. Des hommes venaient de mourir. En nombre. Pire encore, elle comptait des amis parmi les victimes.

Les sorcières donnèrent de nouveau de la voix pour demander aux eaux de se retirer. Après plus d'une heure passée à supplier la mer, elles reportèrent leur attention sur l'incendie et invoquèrent un orage. Non pas une tempête, mais une pluie soutenue qui couvrirait toute l'île. Sans cesser de chanter, Senna garda les yeux rivés sur la fumée, toujours plus épaisse, et sur les langues de feu vorace qui commençaient à lécher le ciel du soir.

Quelques gouttes d'eau commencèrent à crépiter sur la barrière. Les sorcières poursuivirent leurs efforts jusqu'à transformer la pluie fine en une lourde averse. La fumée et les flammes disparurent sous les trombes d'eau.

Après de longues minutes, les Protecteurs, dont le visage ruisselait de filets de suie noirâtre, débouchèrent enfin dans la clairière. Reconnaissante, Senna se demanda si l'île n'aurait pas été entièrement réduite en cendres sans leur aide précieuse. Sorcières et Protecteurs travaillaient mieux de concert, chaque groupe palliant à merveille les faiblesses de l'autre.

Si elle prenait les rênes du Refuge, elle pourrait rendre ces collaborations naturelles et changer le fonctionnement du lieu en profondeur.

Surmonter sa réticence à parler en public ne constituait pas un prix si terrible à payer. Un jour, si elle devenait Maîtresse de la Lumière, les choses s'arrangeraient enfin.

Mais qui s'occuperait du péril invisible qui planait sur l'île ? Qu'adviendrait-il de la Tartennie et de ses habitants moribonds ?

Le chœur se tut et la barrière se dissipa. Quelques instants plus tard, l'orage se calma.

— À ton avis, Corrieth a-t-elle été durement frappée ? demanda Coyel à Prenny.

— Nos vents et ses épaisses murailles auront dévié le plus gros de la vague, estima la vieille sorcière avec une moue. Mais les quais et ceux qui s'y trouvaient n'auront pas été épargnés.

— Par les Créatrices, Drenelle, pourquoi ne nous as-tu pas prévenues plus tôt ? s'emporta Chavis.

La Maîtresse de la Terre recula d'un pas.

— J'ai averti tout le monde dès que j'ai ressenti la secousse.

Des grommellements parcoururent l'assemblée. Les sorcières se demandaient sans doute à quel point le séisme et les flammes avaient endommagé leurs maisons.

— En général, je perçois l'imminence d'un tremblement de terre des jours, voire des semaines, à l'avance, se justifia Drenelle, les mains tendues devant elle. Mais celui-ci a frappé sans prévenir.

Senna se remémora l'effroyable cri qu'elle avait entendu juste avant l'appel de Drenelle. Il n'était pas naturel, comme forcé. Le souvenir la terrifiait tant qu'elle ne perçut même pas la présence réconfortante de Joshen à ses côtés.

— Que se passe-t-il ?

— Il s'agissait peut-être tout simplement du bruit de la secousse… Mais si ce n'était pas le cas ? Et s'il s'agissait d'un enchantement lancé par les autres sorcières ?

— Mais de quoi parles-tu ?

Senna, trempée et frissonnante, croisa le regard interrogateur du jeune homme.

— C'est elles qui nous ont envoyé cette secousse, Joshen… dit-elle, de plus en plus convaincue par son hypothèse.

— Comment peux-tu en être certaine ?

Avec sa manche, elle essuya la pluie qui ruisselait sur son visage.

— Si elles sont réellement le danger qui menace le Refuge, il ne serait pas étonnant qu'elles cherchent d'abord à nous affaiblir. Et ce, sans révéler leur présence.

Coyel fit un pas en avant pour lancer une série d'ordres. Chaque sorcière devait s'assurer que ses Apprenties et ses Sorcerelles allaient bien avant de secourir les blessés et aider à effacer les dégâts.

Senna s'approcha d'elle en courant presque.

— Maîtresse, et si ce tremblement de terre n'était pas naturel ? Ne pensez-vous pas que les autres sorcières puissent en être à l'origine ?

— Pour te remercier d'avoir affaibli leur barrière ? lui retourna Coyel avec une moue ironique.

La jeune fille pâlit soudain : elle n'avait pas envisagé cette possibilité. Était-elle en partie responsable de la catastrophe ?

— Va plutôt prêter main-forte aux autres, Senna. Nous ne pouvons rien faire pour le moment.

Secrets

Perdue, Senna observait d'un œil vide ses pairs démoralisés qui s'égaillaient sur l'île pour secourir d'éventuels blessés. Soudain, elle repensa à Arianis. Elle se faufila entre les sorcières en quête du joli visage de sa jeune consœur.

— As-tu vu Arianis ? demanda-t-elle à Joshen, quelque peu inquiète.

— Non. Elle n'était pas avec vous ?

Senna se frictionna les bras pour tenter d'en chasser le froid.

— Je ne crois pas. Elle était contrariée.

— À propos de quoi ? s'enquit le jeune homme avec un regard entendu.

— Coyel m'a proposé de devenir son Apprentie, lui révéla Senna, grimaçante.

— À la place d'Arianis ? s'étonna-t-il.

— Oui. Et je pense qu'elle nous a entendues.

— Coyel devrait arrêter de traiter les autres avec si peu de considération, déplora-t-il, soudain en colère.

— Faisons le tour du Cercle de Pouvoir, proposa Senna. Si elle n'est pas là, nous fouillerons le reste de l'île.

— Impossible. Reden m'a juste donné la permission de prendre de tes nouvelles. Maintenant, je dois faire mon rapport aux autres Protecteurs.

— Très bien. Vas-y.

— Le chaos qui règne en ce moment constitue une occasion en or pour qui voudrait s'en prendre à toi…

Senna frissonna.

— Tu ne peux pas veiller sur moi en permanence.

— Tu as pris ton couteau ?

Après une hésitation, elle secoua la tête.

— Je l'ai oublié.

Joshen marmonna dans sa barbe, puis se pencha en avant pour tirer une lame dissimulée dans l'une de ses bottes. Il mit le manche de l'arme dans la main de la jeune fille. Il vérifia ensuite le bassinet du pistolet qu'il lui avait confié et jura.

— Trempée ! Je vais devoir extraire la balle et la nettoyer avant que tu puisses tirer de nouveau, expliqua-t-il avec un soupir contrarié. Au moins tu as un couteau, maintenant. Tu t'en serviras ?

— Oui, répondit-elle d'un ton grave.

— Ne t'aventure pas toute seule sur l'île. Reste bien dans le Cercle de Pouvoir et laisse quelqu'un d'autre se charger de retrouver Arianis.

Senna glissa la lame dans un anneau de sa ceinture, puis entreprit de demander à ses consœurs si elles avaient vu l'Apprentie de Coyel. En vain. Joshen l'avait invitée à rester avec les autres, pour plus de sécurité, mais le visage d'Arianis ne cessait de la hanter.

En dépit des recommandations de son Protecteur, elle souleva le bas de sa robe et partit chercher l'Apprentie. En chemin, elle croisa de nombreuses sorcières qui, aidées par les Protecteurs, secouraient les blessés ou dégageaient le sentier des arbres morts et autres débris.

Elle posa inlassablement la même question à toutes ses consœurs, sollicita les Protecteurs, mais personne n'avait vu Arianis.

Si la jeune Apprentie avait été blessée par sa faute, Senna ne se le pardonnerait jamais.

Elle était sur le point de succomber à la panique lorsqu'elle entendit soudain quelqu'un sangloter. Elle tendit l'oreille pour tenter de localiser l'origine du bruit. Elle se retourna et découvrit un arbre-maison en forme d'oignon. Malgré la peur qui lui nouait l'estomac, la jeune fille s'engagea dans l'escalier. En haut, elle découvrit Arianis, la tête posée sur les genoux.

Senna regarda autour d'elle pour voir si une consœur ne pourrait pas venir lui prêter main-forte, mais elles étaient seules. À pas mesurés, elle entra dans la pièce.

— Tu es blessée ?

Arianis releva brusquement la tête. Les yeux gonflés et rougis d'avoir trop pleuré, elle s'essuya le nez d'un revers de la manche puis détourna le regard.

— Non.

Senna se figea.

— Arianis… Je suis désolée, parvint-elle à dire malgré sa gorge nouée.

— J'ai toujours été la meilleure chanteuse, celle qui apprenait le plus vite, déplora la jeune Apprentie avec un rire amer. Conditionnée depuis mon plus jeune âge pour affronter et vaincre Espen. Et puis tu as débarqué. (Elle tira sa manche sur sa main pour éponger ses larmes.) Et maintenant je suis devenue ce que j'ai toujours redouté d'être : une sorcière médiocre.

Senna, comme paralysée, était incapable de bouger. Elle rêvait de se trouver ailleurs, n'importe où, mais loin de cette pièce.

— Tu ne seras jamais médiocre.

— Médiocre ou à peine mieux, quelle différence ? Dans tous les cas, je ne suis plus la meilleure. (Elle se releva, puis se dirigea vers la porte à grandes enjambées mais, arrivée à hauteur de sa consœur, elle s'arrêta.) Il est bien plus difficile de rester au sommet que d'y accéder, ne l'oublie jamais.

Senna entendit les pas d'Arianis s'évanouir lentement derrière elle. Elle ferma les yeux. Elle détestait endosser des responsabilités, être au centre des attentions, mais les événements semblaient ne pas lui laisser le choix. Elle secoua la tête et recula, chancelante. Quelque chose craqua sous son poids. Elle avait marché sur une carte encadrée que la secousse avait jetée au sol.

Distraitement, elle la ramassa. On y voyait la nation désertique qu'elles avaient étudiée en cours : Harshen. Le cadre s'était brisé dans sa chute. Un coin était réduit en miettes et la toile en partie déchirée. Le reste de la carte, gonflée par la pluie qui s'était engouffrée par la vitre cassée, était maculé de coulures d'encre. Elle était inutilisable. Senna sépara le cadre de la planche sur laquelle était attachée la carte et la déposa sur la table pour éviter qu'on la piétine de nouveau.

Elle se détournait pour partir quand un éclat coloré attira son attention. Le brun terne du désert laissait apparaître une tache bleu délavé. Avec minutie, elle entreprit de décoller la carte et découvrit qu'elle dissimulait une seconde toile.

Cédant à la curiosité, elle souleva le coin de la première toile. Le temps avait teinté de sépia les couleurs affadies du document du dessous. Une étendue d'un vert émeraude passé délimitait les plages, des lacs et des rivières constellaient les terres. Elle s'attarda sur la ligne de côte, qui lui parut étrangement familière.

L'horreur lui comprima le cœur de son étreinte glaciale lorsqu'elle disposa la plus récente des deux cartes sur l'autre. Elle replia la toile et constata que les deux lignes de côte se confondaient parfaitement. Seuls les lacs, les rivières et les étendues de verdure avaient disparu.

Son pouls s'accéléra aussitôt. La nature étant soumise au contrôle des Gardiennes, ce genre de bouleversement ne pouvait avoir eu lieu que sur ordre du Refuge.

D'un geste brusque, Senna arracha la toile du dessus, qui tournoya en l'air avant de retomber au sol. Puis elle étudia la carte qui s'étalait sous ses yeux. Elle y découvrit des collines ondoyantes, de hautes montagnes aux sommets blanchis, des rivières et des lacs, des villes et des champs prospères et, dans le coin supérieur droit, le nom « Harshen » finement calligraphié. Elle tendit les doigts vers les lettres délicates mais se retint comme s'il s'agissait d'une flamme.

Des villes parsemaient la toile et leurs bâtiments, agrandis, révélaient d'étranges motifs architecturaux comme des toits aux bords recourbés ou des porches démesurés. La jeune sorcière passa leurs noms en revue : Pennil, Upton, Webick… Puis elle se pétrifia. Au milieu des montagnes aux pics enneigés, elle découvrit une ville à l'architecture particulièrement sophistiquée : Rinnish – la cité sacrée.

— La Tartennie n'était donc pas la première…

Son regard, alerte, passa d'un mur à l'autre, d'une carte à sa voisine, d'une nation à la suivante. Elle se demanda combien d'horreurs similaires dissimulaient les autres toiles, de combien de cadavres les sorcières avaient jonché le monde.

— Pas étonnant qu'on nous haïsse…

Emportée par une soudaine vague de colère, elle décrocha une carte au hasard et, sans se soucier de la douleur qui lui vrilla la main, glissa les doigts entre le cadre et son support. Au prix d'un crissement d'ongles sinistre, elle parvint à les séparer. Aussitôt, elle s'attaqua à la toile, mais ne découvrit qu'une planche de bois nu.

Elle répéta l'opération avec une nouvelle carte, sans plus de succès. La troisième qu'elle choisit était en grande partie désertique. Le cadre céda dans un craquement. La bordure, inégale, était hérissée d'échardes. Le sang de la jeune fille goutta sur le document où il forma de petites rivières écarlates.

Senna n'écouta pas sa douleur. La toile en recouvrait une seconde, verdoyante et ponctuée de villes animées, à présent transformée en désert. Ses doigts y laissèrent leurs empreintes sanguinolentes.

Évitant les terres prospères, irriguées d'abondants cours d'eau, Senna décrocha toutes les cartes qui figuraient des régions désertiques. Sous chacune d'elles, elle découvrit un paysage luxuriant. Lorsqu'elle eut fini de toutes les inspecter, la chair de ses doigts était à vif et une brûlure ardente irradiait dans sa paume blessée.

Elle en compta une demi-douzaine. À six reprises, les sorcières avaient anéanti des régions entières.

Sous le choc, la jeune fille s'affala sur l'un des bureaux en désordre. Peu de personnes devaient avoir connaissance de ces destructions. Les Maîtresses n'ignoraient sans doute pas la vérité, mais son instinct lui disait qu'elles ne l'admettraient jamais.

Une femme, en revanche, pourrait reconnaître les faits. Senna prit une profonde inspiration, rassembla ses esprits, puis quitta l'arbre-maison au plus vite. Une fois dehors, elle comprit que la mi-journée était passée depuis longtemps. Le chemin qu'elle avait emprunté était obstrué par un arbre abattu. Elle coupa alors à travers la végétation vers un autre sentier. Dans sa course, elle croisa de nombreuses sorcières et plusieurs Protecteurs. Certaines l'interpellèrent pour lui demander si tout allait bien, si elle avait besoin d'aide.

Sans daigner leur répondre, elle fonça chez elle. Une fois au pied de son arbre-maison, elle glissa un œil par la fenêtre. Une bonne dizaine de sorcières étaient étendues sur des couvertures dans son salon. Tout le monde savait ce qui avait valu à Sacra d'être un temps promue Maîtresse de la Végétation : c'était plus ses dons de guérisseuse que sa connaissance des potions et de la flore.

La jeune fille s'efforça de retrouver une respiration normale avant de pénétrer dans la pièce. Les sorcières en attente de traitement ne semblaient, pour la plupart, souffrir que de blessures légères. Rares étaient celles qui saignaient.

— Il faut que je te parle, maman, déclara Senna en s'agenouillant à côté de sa mère.

— Passe-moi la garque, tu veux, répondit Sacra, visiblement épuisée.

Soudain prise de remords, Senna examina la victime. Il était peu probable que les autres sorcières se risquent à une nouvelle offensive contre le Refuge. L'histoire des régions désertifiées pouvait attendre, au moins quelque temps. Aussi décida-t-elle de prêter main-forte à sa mère.

Lorsqu'elles en eurent fini, après un nouvel afflux de blessées escortées par des Protecteurs, le jour déclinait déjà.

Après s'être lavée puis changée, Senna redescendit dans le salon pour discuter avec sa mère. Entre-temps, une nouvelle victime s'était présentée avec une entorse à la cheville.

D'un geste machinal, la jeune fille tendit l'onguent adéquat à sa mère.

— J'ai besoin de te parler en privé.

— Ce n'est pas le moment, Brusenna, répliqua Sacra, qui appliquait sur la cheville de la blessée une pommade contre les inflammations.

Senna préleva des bandelettes de coton dans la trousse de sa mère.

— Je sais qu'elles ont transformé Harshen en désert, comme elles l'ont fait avec la Tartennie.

Les mains de Sacra s'immobilisèrent.

— Comment as-tu appris ça ?

La sorcière blessée dévisagea les deux femmes d'un œil hagard.

— J'ai la certitude que six régions ont subi exactement le même sort, poursuivit Senna, les bras croisés. Y en a-t-il d'autres ?

— Je reviens tout de suite, indiqua Sacra à sa patiente. (Elle saisit sa fille par le bras, puis l'entraîna à l'extérieur, loin de toute oreille indiscrète.) La Tartennie est la première depuis bien longtemps.

— Combien en tout ? chuchota la jeune fille.

— Elle est blessée, Senna, s'emporta Sacra en désignant la porte du salon. C'est un peu plus important que tes questions stupides.

— C'est tout aussi important, rétorqua l'Apprentie, la mâchoire crispée.

Sacra tourna les talons. En la regardant s'éloigner, Senna comprit que sa mère ne lui répondrait pas. Elle céda à une pulsion incontrôlable.

— Que peux-tu me dire à propos de Calden et Lilette ? lança-t-elle.

Sacra se pétrifia. Le souffle court, elle fit volte-face et empoigna le bras de sa fille.

— Où as-tu entendu ces noms ? siffla-t-elle d'une voix rauque.

Senna se défit des ongles qui lui meurtrissaient la peau d'une secousse brusque.

— Dis-moi la vérité, maman.

Lentement, la guérisseuse desserra les poings. Ses mains tremblaient.

— Où as-tu entendu ces noms ?

— Tu ne me croirais pas si je te le disais.

— Avant d'être promue à la tête de ma discipline, j'ai juré de ne jamais révéler les secrets des Maîtresses, se justifia-t-elle, les paupières closes. Je ne peux rien te dire.

— Tu ne peux rien me dire, ou tu ne veux rien me dire ? s'enquit Senna, les bras de nouveau croisés sur la poitrine.

Sacra soutint le regard assassin de sa fille d'un œil tout aussi noir.

— Ne sous-estime pas la puissance du savoir, Senna. Certaines choses, une fois connues, sont impossibles à oublier, quoi que tu fasses.

— Tu m'as laissée dans l'ignorance pendant de nombreuses années et j'ai bien failli en mourir, répliqua la jeune Apprentie, tendue.

Sacra inspira entre ses dents serrées.

— L'histoire… l'histoire de Lilette et Calden remonte à plusieurs siècles, à un temps où le Refuge grouillait encore de sorcières. Bien avant que nous soyons réduites à cette pitoyable existence, dit-elle en désignant le quartier abandonné.

La jeune fille attendit en vain que Sacra reprenne son explication.

— Et c'est pour ça que tu préfères me laisser dans l'ignorance ?

— Pas l'ignorance, l'innocence.

— Ce n'est pas l'innocence qui va me protéger de ce qui m'attend ou du sort qui guette le Refuge dans son ensemble, s'emporta Senna, les bras levés au ciel.

— Peut-être bien, mais elle pourrait te préserver de toi-même, murmura Sacra. Tu rêves de connaissance, ma fille, mais si cette connaissance devait causer ta perte ?

Une boule de peur noua l'estomac de la jeune sorcière. Était-ce de ça dont parlaient les Maîtresses lorsqu'elle avait surpris leur conversation à l'Arbre du Conseil ? Le début de quelque chose, suivi de la mort de Senna.

— Tu dois me faire assez confiance pour me laisser prendre cette décision seule.

— Avoir été touchée par les Créatrices n'est pas une chance, c'est une malédiction, déclara Sacra, dont les yeux brillaient d'un éclat surnaturel. Tu es un catalyseur, Brusenna. Et les changements auxquels tu présideras te consumeront. (Elle se tourna vers le ciel, comme s'il détenait des réponses.) Je pourrais peut-être te protéger si tu acceptais de venir avec moi.

Ainsi, elle était en danger parce que les Créatrices l'avaient touchée ? L'effroi s'insinua dans son cœur. Elle tenta d'imaginer une vie où elle devrait cacher sa vraie nature et fuir chaque fois qu'on découvrirait son secret.

— Je ne pourrai jamais, maman.

— Et je ne peux t'y contraindre, soupira Sacra.

— Je ne comprends pas bien ce qui me relie à une histoire vieille de plusieurs siècles.

— Dis-moi comment tu as entendu parler de Lilette et je te raconterai ce que Calden et le Refuge ont en commun, déclara Sacra après une hésitation.

Senna rêvait de pouvoir se confier à sa mère et de se délester du fardeau qui pesait sur elle. Elle aurait aimé lui parler de la mort et des terres exsangues qui hantaient ses nuits, de la menace noire, effroyable, qui planait sur le Refuge. Mais lui dire la vérité ne ferait que renforcer l'envie de Sacra de l'entraîner avec elle loin de l'île.

— Je ne peux pas, finit-elle par déclarer.

— Tu ne trouves pas ironique, ma fille, que tu me blâmes de garder des secrets quand tu refuses de livrer les tiens ?

La jeune fille leva les yeux vers les pans de ciel visible à travers le feuillage. À peine quelques heures les séparaient de la nuit noire. Elle avait perdu assez de temps. Elle tourna les talons et s'éloigna. Elle pouvait presque sentir le regard que sa mère posait sur son dos. De si nombreux mystères flottaient entre elles. Mais Senna savait où elle trouverait ses réponses, et comment faire pour les obtenir.

Une certitude dansait dans son esprit : bien que parfois nécessaires, les secrets n'en étaient pas moins dangereux.

Guerres des sorcières

Après avoir franchi en trébuchant les amas de branches abattues, Senna fouilla les baraquements des Protecteurs, le terrain d'entraînement et le champ de tir en quête de Joshen. Même si, en chemin, tous ceux qu'elle avait interrogés lui avaient indiqué avoir vu le jeune homme, lorsqu'elle arriva sur place, elle ne le trouva nulle part.

Quand enfin elle retrouva sa trace, elle resta interdite, choquée même. Elle entendit la voix de son Protecteur, reconnaissable entre toutes, puis un petit rire cristallin. Submergée par une incontrôlable vague de chaleur, Senna pénétra à pas de loup dans la cuisine d'Arianis. Le fumet d'un poisson frit arrosé de citron flottait dans la pièce. Le jeune homme était assis à table, il riait. Tous deux levèrent les yeux en la voyant arriver.

— Tu devrais goûter ce cabillaud, Senna. Je n'en ai jamais mangé d'aussi bon !

La jeune fille ne quittait pas Arianis du regard. Avec de longs cheveux bruns et chatoyants qui ondoyaient sur ses épaules, d'immenses yeux cannelle et une peau incroyablement lisse parée de petites touches de rose, elle était désarmante de beauté. Plus on la regardait, plus son charme opérait.

— Senna ?

— En personne, répliqua la jeune sorcière.

Elle ne savait que trop bien ce que sa consœur voyait en Joshen. Séduisant, grand, le jeune homme possédait de larges épaules et une taille fine. Dans la lueur vacillante de la lanterne, ses cheveux tiraient sur le noir.

Mais Senna connaissait aussi ses secrets : il parlait la bouche pleine, se servait dans l'assiette de sa voisine et se réservait toujours les meilleurs morceaux. Plutôt facile à vivre, il devenait autoritaire et borné dès qu'il s'agissait de protéger sa fiancée. Ses oreilles étaient un peu trop grandes et sa mâchoire trop délicate, même si sa barbe bien entretenue et sa longue chevelure les dissimulaient à merveille.

Malgré tous ses défauts, la jeune fille ne pouvait s'empêcher de le trouver beau.

Il sourit de nouveau en portant la fourchette à ses lèvres.

— Tu en veux ? Il y en a assez, j'en suis sûr.

Senna grommela. Avec lui, il restait rarement assez à manger pour les autres.

— Non. Je n'ai pas très faim.

Surpris, il haussa les épaules et revint à son assiette.

La jeune sorcière détailla sa ravissante consœur de la tête aux pieds.

— Il faut que je te parle, Joshen.

— Je dois de toute façon rentrer faire mon rapport à Reden. (D'une main experte, il enfourna le reste de son plat dans sa bouche, vida sa tasse, puis adressa un signe de tête à Arianis.) Encore merci ! (Senna le suivit à l'extérieur.) J'ai retiré la balle pour le nettoyer avant de le recharger, expliqua-t-il en lui tendant son pistolet. Essaie de le garder au sec.

— Que faisais-tu chez Arianis, Joshen ?

Il la regarda de haut, comme surpris par la bêtise de sa question.

— Tu m'as dit qu'elle était contrariée, alors je suis venu prendre de ses nouvelles et elle m'a proposé de rester pour dîner. Je n'avais presque rien avalé de la journée.

Ce qui signifiait qu'il n'avait pas englouti un banc de poissons entier à lui seul. Senna s'efforça d'oublier sa colère. Après tout, l'attitude du jeune homme partait d'une bonne intention, et la subtilité n'était pas son fort. Pour lui, les choses n'étaient que ce qu'elles semblaient être, rien de plus. Elle prit une profonde inspiration.

— Arianis se sert de toi pour me faire du mal, Joshen.

— C'est à Coyel qu'elle devrait en vouloir, pas à toi, répondit-il après un moment de silence.

— Elle ne peut pas l'atteindre, expliqua Senna avec un haussement d'épaules. Mais moi si. Tu comprends mieux pourquoi elle s'intéresse à toi ?

— Je n'aurais jamais cru que tu étais du genre jalouse, ricana-t-il.

— Joshen…

Il posa une main sur l'épaule de la jeune fille dont les joues avaient rosi, et la serra doucement.

— Tu te fais des idées. Mais si ça peut te rassurer, je garderai mes distances avec Arianis.

Elle voulut lui expliquer qu'il n'était pas question que de jalousie, mais préféra ne pas insister. D'autant qu'ils approchaient déjà de son arbre-maison et qu'elle avait encore de nombreuses choses à lui dire.

— Je n'étais pas venue pour te parler d'Arianis, mais de ce que j'ai découvert.

Elle lui relata l'épisode des cartes. Le jeune homme se figea.

— Par les Créatrices !

Elle serra doucement sa paume blessée, qu'elle avait trop sollicitée. À l'avenir, il lui faudrait en prendre mieux soin.

— Mais je n'ai pas trouvé de carte de Calden ou de Lilette. Je vais devoir aller fouiller dans leur bibliothèque personnelle.

Il la dévisagea et ses traits se durcirent.

— Mais pourquoi courir de tels risques pour une histoire vieille de plusieurs siècles ? (Il se raidit soudain.) Tu cherches encore un moyen de lever la malédiction à toi toute seule, n'est-ce pas ? Tu as l'intention de retourner en Tartennie ?

Elle le regarda droit dans les yeux. Il la connaissait bien, sans doute même un peu trop.

— Oui.

— Nous en avons déjà discuté, Senna ! (Il se pinça l'arête du nez.) Les Tartenniens ont pour consigne de tirer à vue sur les sorcières. C'est trop dangereux. Jure-moi de renoncer à cette folie.

— Je ne peux pas.

— Alors promets-moi au moins que tu me préviendras avant de tenter quoi que ce soit.

Pour qu'il puisse l'en empêcher ? Sans réelle conviction, elle hocha la tête.

— Je veux t'entendre le dire, insista-t-il en s'approchant d'elle.

Mais la jeune fille refusa de céder du terrain.

— Et les tiennes, de promesses ? Celles que tu m'as faites en devenant Protecteur. Tes promesses de toujours me soutenir et me protéger, où sont-elles passées ?

— C'est précisément ce que j'essaie de faire ! Tu es ma sorcière et...

— Je ne suis la sorcière de personne ! s'emporta l'Apprentie. Je n'appartiens qu'à moi.

— Tu dois apprendre à me faire confiance, Senna, reprit-il après avoir pris une profonde inspiration pour retrouver son calme. Et comprendre que je ne cherche qu'à te protéger.

— Moi, c'est le monde que je cherche à protéger, répliqua-t-elle, implacable.

— Je ne te laisserai pas affronter ce type de dangers encore une fois, lui opposa-t-il d'une voix sévère. Tu n'en reviendrais pas vivante.

Au fond d'elle, la culpabilité le disputait à la colère.

— Une menace approche, Joshen, et nous avons tous notre rôle à jouer. Il m'a fallu du temps pour l'accepter, mais maintenant je suis prête à endosser le mien. À ton tour de l'accepter... ou de le refuser. Me soutenir et me protéger ne sont pas toujours synonymes.

— L'accepter ? Non, je ne l'accepte pas !

Les mains dans ses cheveux, il commença à faire les cent pas.

Senna recula. Le jeune homme avait certes affronté tous les périls pour elle, mais ça ne lui donnait en aucun cas le droit d'exiger qu'elle lui obéisse. Elle se retourna, ouvrit la porte de chez elle, se glissa à l'intérieur, puis claqua le battant.

Le souffle court, elle s'adossa au mur et regarda discrètement son Protecteur par la fenêtre. Les sourcils froncés par la contrariété, il gardait les yeux rivés sur la porte close.

S'il n'avait pas été aussi fatigué, peut-être aurait-il insisté pour se charger personnellement de la tirer d'affaire, mais il n'en fit rien.

De longues minutes après le départ du jeune homme, Senna vérifia que son pistolet était bien chargé, puis elle ressortit de l'arbre-maison.

Elle traversa l'île et se dirigea droit vers le préposé à la surveillance de la grotte. Le Protecteur qui se tenait devant la voûte finement ouvragée n'était autre que le partenaire d'entraînement de Joshen : Collum. De près, Senna se rendit compte qu'il était à peine plus âgé qu'elle. Le teint sombre, il avait des cheveux coiffés en tresses et parés d'une myriade de perles. La jeune sorcière fut incapable de le regarder dans les yeux, il lui rappelait trop Leary et le fait que, par sa faute, Joshen avait perdu son meilleur ami.

Collum leva un sourcil en la voyant approcher.

— Tu sais que je ne peux pas te laisser entrer sans permission, Senna.

Son accent, aussi, était proche de celui de Leary. La jeune sorcière tenta de se débarrasser du nœud dans sa gorge.

— Je suis à recherche de Pogg. Est-il rentré de sa pêche ?

Le Protecteur acquiesça dans un cliquetis de verre.

— Il est parti prendre le soleil sur les rochers. Il doit encore y être.

Senna scruta le ciel. Quelques heures les séparaient encore de la nuit.

— Merci…

— Senna ? (Elle s'immobilisa mais ne parvint toujours pas à le regarder en face.) Je m'appelle Collum. Joshen t'a-t-il dit que vous aviez navigué avec mon cousin, Leary ?

À ces mots, la jeune fille eut soudain l'impression que le monde autour d'elle la pressait de toutes parts, lui comprimait la poitrine jusqu'à la priver d'air. Collum lui tendit aussitôt une main secourable. Elle ferma les yeux et s'efforça de maîtriser sa respiration.

— Leary m'a sauvé la vie, articula-t-elle. (Elle ravala ses larmes. Elle refusait de pleurer.) Je suis désolée.

Elle s'éloigna du jeune Protecteur et suivit la direction qu'il lui avait indiquée. Sur place, elle découvrit qu'un éboulement avait emporté toute une portion de l'escalier. Elle escalada tant bien que mal l'amoncellement de pierres jusqu'à apercevoir Pogg. La créature à la peau vert marbré lui faisait penser à une grenouille. Elle avait un large visage pourvu de joues immenses et, à la place du nez, des fentes sombres qui se refermaient lorsqu'elle s'immergeait.

— Il faut que tu m'aides, déclara Senna en se laissant tomber à côté de Pogg.

Le Mettlemot se tourna lentement vers elle. Ses iris n'étaient pas bordés de blanc mais d'un mélange de bleu et de brun proche de la couleur incertaine des yeux des nouveau-nés.

— Seennnaaa ?

Chaque fois que la température de son corps baissait, tous ses gestes semblaient ralentis.

— As-tu toujours tes clés ?

À la manière d'un raton laveur, Pogg aimait ramasser et conserver tous les objets qu'il trouvait. Grâce à sa fascination pour les clés, Senna avait pu, lors de sa première venue sur l'île pourtant déserte, vagabonder librement d'une maison à l'autre.

Une membrane translucide glissa sur les yeux de la créature, qui ne répondit qu'après plusieurs secondes.

— Pogg pêcher poissons frais pour Senna ?

La jeune fille s'efforça de ne pas s'emporter.

— Non, Pogg. Est-ce que tu as toujours tes clés ?

Le Mettlemot se redressa pour adopter tant bien que mal la même posture que son interlocutrice : il aimait imiter le comportement des êtres humains. Dernier représentant de son espèce, il souhaitait à tout prix se faire accepter par les hommes.

— Poissons frais meilleurs.

Il produisit alors un étrange gargarisme guttural, leva le visage vers le ciel, puis secoua la tête de haut en bas à plusieurs reprises, comme s'il tentait d'avaler quelque chose. Il se tourna ensuite vers elle.

— Parfois poissons remonter, expliqua-t-il.

Senna fit un effort pour contenir sa colère et renouvela sa question.

— Oui. Pogg avoir clés, répondit-il, se tournant vers chez lui avec raideur.

Elle le suivit jusqu'à sa modeste demeure, et l'attendit sur le pas de la porte. Des traînées de poussière graisseuse maculaient chaque recoin de son antre. Le sol était jonché de pièces inutilisables et d'objets abandonnés empilés les uns sur les autres ou rangés dans des paniers éventrés et des caisses en bois. Seule une masse informe de couvertures et un nid de feuilles indiquaient que quelqu'un vivait dans ce capharnaüm.

Autrefois, lorsque Pogg et Senna avaient partagé le même arbre-maison, le Mettlemot dormait dans un lit. Il était certes peu soigné, mais il sentait toujours l'iode, pas la graisse de poisson. Depuis le retour des sorcières, il avait pris l'habitude de vivre dans ces conditions. Un peu comme s'il avait renoncé à sa vie d'antan à présent que tous étaient en sécurité.

Il s'empara de deux tasses remplies de galets, sombres d'un côté et clairs de l'autre.

— Jouer ?

Une pointe de remords transperça aussitôt la jeune fille. Depuis son agression, quatre jours plus tôt, elle ne lui avait pas rendu la moindre visite. Peut-être même n'avait-il pas eu vent des événements.

— Pas aujourd'hui. Je n'ai pas le temps.

D'un geste triste, il reposa les tasses. Il se dirigea vers sa couche, fouilla sous les feuilles et dénicha un ensemble hétéroclite de clés pendues à un anneau. Il glissa le trousseau entre ses dents et revint vers Senna à quatre pattes. Il lui adressa un regard étrange – plus encore qu'à l'habitude. La jeune fille s'accroupit face à lui.

— Laquelle permet d'entrer dans l'Arbre du Conseil ?

Il se campa sur ses talons et plaqua les clés contre sa poitrine.

— Pourquoi Senna vouloir clés ?

— Parce que je pense qu'une menace plane sur le Refuge.

Pogg émit un borborygme qui avait valeur à la fois de mise en garde et de marque de désapprobation. Il posa le trousseau à plat sur sa paume palmée et passa les clés en revue.

— Maison de Prenny. Bibliothèque. Dortoir des Sorcerelles... (Tandis qu'il poursuivait son énumération, Senna, captivée, ne quittait pas des yeux les doigts dont la membrane flétrie semblait faite de parchemin mouillé.) Ah... s'exclama-t-il en isolant une grosse clé ouvragée. Salle du Conseil.

Senna s'empara du trousseau.

— Pourquoi besoin tout ? Rendre clés, réclama-t-il en sautillant.

Senna se leva et maintint l'anneau hors de sa portée.

— Je te les rendrai dès que j'en aurai fini.

Il bondit sur la jeune fille et manqua de la renverser.

Elle lui empoigna le bras pour l'immobiliser. Même après les nombreuses heures qu'ils avaient autrefois passées ensemble, le contact de sa peau lisse et caoutchouteuse la répugnait toujours. Honteuse de sa propre réaction, elle raffermit sa prise.

— La Sorcière Noire, Pogg. Elle mijote quelque chose. Je dois l'arrêter.

— Sorcière Noire, siffla la créature entre ses dents pointues.

Une nouvelle vague de remords submergea Senna. Elle se servait de la haine qu'Espen inspirait à Pogg pour lui mentir. Mais elle ne le pensait pas capable de comprendre qu'un danger tout aussi effroyable puisse émaner d'une autre source.

Le Mettlemot émit une lamentation stridente qui lui vrilla les tympans, puis il replongea dans le silence avant de se balancer d'avant en arrière.

— Pogg trouver étoiles de mer dans océan. Pogg pas rapporter.

Soudain, la jeune fille se sentit envahie par la solitude. Son chien raffolait des étoiles de mer que la créature lui offrait.

— Bruke les aurait adorées.

D'une démarche lente et saccadée, le Mettlemot la dépassa pour retourner sur les rochers baignés par le soleil. Son épuisement ne faisait aucun doute.

— Pourquoi ne réclames-tu pas une pièce avec un âtre, Pogg ? Et un lit digne de ce nom ? Il doit y en avoir plein de libres.

Il la regarda par-dessus son épaule. Les nombreuses heures qu'elle avait passées en sa compagnie ne lui avaient pas suffi à décrypter les expressions étranges qu'il affichait.

— Sorcières rentrer. Plus besoin Pogg.

— Va voir Reden, le meneur des Protecteurs, ou l'une des Maîtresses, lui conseilla-t-elle. Et dis-leur que tu veux un arbre-maison à proximité de la caverne. Ils t'en trouveront un, j'en suis sûre.

Pogg poursuivit son ascension. Une effroyable solitude semblait peser sur ses épaules.

Senna serra fort le trousseau de clés avant de le glisser dans la poche de sa robe.

— Dis à Reden que tu as besoin que quelqu'un, une Crécelle ou une Sorcerelle, vienne t'allumer un feu chaque soir.

Les doigts de la créature ne comptant que deux phalanges, il lui était impossible de manier seule une pierre à feu.

Pogg ne répondit pas. Senna se jura que, dès son retour sur l'île, elle veillerait à venir plus souvent jouer aux galets avec lui.

Elle rebroussa chemin dans la pénombre grandissante de la fin de journée. Sorcières et Protecteurs s'affairaient toujours à déblayer les arbres abattus ou à rafistoler les vitres brisées. La tête baissée et dissimulée sous sa capuche, elle se faufila discrètement parmi eux. L'Arbre du Conseil se dressait à proximité de ceux des Maîtresses et de la bibliothèque, qui semblaient tous vides. Une fois à son pied, elle s'assura qu'elle était seule avant de glisser la clé indiquée par Pogg dans la serrure.

Elle referma la porte en douceur, contourna le bureau, puis s'engagea dans l'escalier en colimaçon.

Sur le palier, elle se dirigea vers la salle du Conseil. Fermée. De fines gouttelettes de sueur commencèrent à perler à son front. Elle avait oublié quelles portes ouvraient les autres clés. Elle décida donc de toutes les essayer. Il ne lui restait plus que deux possibilités lorsque la serrure émit un léger déclic.

La gorge nouée, elle se glissa en silence dans la pièce. Une immense fenêtre surplombait le Cercle de Pouvoir. Tous les autres murs étaient couverts de livres.

Elle referma la porte à clé – pour s'offrir un peu de temps en cas de visite impromptue –, tira les lourds rideaux, puis alluma la lanterne dont elle régla la flamme au minimum. À l'infime lueur qui s'en dégageait, elle passa en revue les titres des ouvrages. Sa mère lui avait appris que la première Guerre des sorcières remontait à plusieurs centaines d'années, aussi elle s'orienta vers les ouvrages les plus anciens, mais elle ne découvrit que des récits recopiés de la main d'une Maîtresse de la Lumière à partir de manuscrits plus vieux encore. Aucun n'était toutefois assez ancien. Elle les remit en place et s'intéressa aux reliures les plus délavées par le temps. L'une d'elles attira son attention. L'ouvrage, rédigé par une certaine Merlay alors qu'elle devait avoir une trentaine d'années, dégageait une forte odeur de moisi.

Senna se lança dans sa lecture avec avidité. Elle y apprit que, dans un premier temps, le Refuge ne servait qu'à la formation des Apprenties et que les sorcières adultes s'établissaient où bon leur semblait. La plupart résidaient en Tartennie – apparemment, à l'époque, le Refuge se trouvait lui aussi en Tartennie –, ce qui leur permettait de contribuer au contrôle des saisons grâce à leurs enchantements. Il était fait mention de deux grandes fêtes, l'une au printemps et l'autre en automne, vouées à célébrer l'arrivée de la saison à venir et durant lesquelles l'air s'emplissait de mélodies en tous genres. Des milliers de personnes se rassemblaient pour écouter les chants des sorcières. Senna peinait à imaginer un monde où les hommes se presseraient pour entendre chanter une sorcière.

Elle survola une liste de dates qui correspondaient au premier frimas de chaque région. Les quantités idéales de précipitations et de neige y étaient aussi consignées. Certaines sorcières devaient, elles, se charger des maladies telles que le mildiou. Une invasion de sauterelles était aussi mentionnée.

Merlay faisait état du manque de place pour loger toutes les nouvelles Sorcerelles et de la masse d'argent qui affluait de toutes les nations en gage de leur reconnaissance. Elle avait aussi retranscrit les lettres de doléances de ceux qui s'en remettaient aux sorcières pour secourir les régions les plus pauvres, celles soumises à des tempêtes imprévisibles, à des tremblements de terre, à des épisodes de sécheresse ou à des inondations. Un groupe d'une centaine de sorcières avait été sollicité pour apaiser un volcan qui menaçait le nord de Harshen, mais aucune n'avait regagné le Refuge vivante. Le navire avait percuté des récifs non répertoriés au large de Vorlay et entraîné tous ses passagers par le fond.

Senna, captivée, se redressa.

Avant que Merlay puisse tenter d'en apprendre plus sur cette catastrophe, une guerre avait éclaté entre Harshen et Vorlay. Bien que les combats fissent rage à plusieurs centaines de lieues du Refuge, ils n'en teintèrent pas moins l'aube et le crépuscule d'un voile écarlate.

Peu à peu, le récit se consacra au sort d'une nation complètement décimée. Par les sorcières.

Il fallut des mois à Merlay pour reconstituer la vérité. Le vieux volcan était toujours endormi et ne représentait en réalité aucun danger : Harshen avait menti afin de mettre la main sur un large groupe de sorcières, pour la plupart vieilles et aguerries, ou tout juste en âge de fonder une famille.

Le roi de Harshen, Nis, les fit emprisonner et torturer jusqu'à ce qu'elles acceptent de détruire Vorlay. Mais il ne s'arrêta pas là et s'attaqua ensuite à une seconde cible. Les espions de Merlay lui avaient rapporté que la volonté du roi était, au final, d'imposer son autorité à l'ensemble du monde.

Les sorcières ne possédaient pas d'armée. Elles ne pouvaient compter que sur leurs voix et leurs Protecteurs.

Aussi, elles optèrent pour le seul choix possible. Elles privèrent Harshen de pluie et menacèrent Nis de sévir plus encore s'il ne relâchait pas leurs consœurs.

Inflexible, le roi fit égorger toutes les prisonnières. À l'unanimité, les Maîtresses décidèrent alors de laisser Harshen dépérir. Mais toutes les sorcières ne furent pas du même avis, certaines, même, se rebellèrent, avec à leur tête une jeune fille tout juste Apprentie. Une certaine Lilette.

— Lilette, articula Senna, estomaquée.

Dans le silence de la pièce, le nom roula sur sa langue comme un chant. Lilette n'était donc pas un lieu, mais une personne.

Horrifiée par les actes de ses consœurs, Lilette réunit celles qui étaient prêtes à la suivre et retourna sur ses terres natales. À Calden.

Senna dut fermer les yeux. Ce qu'elle découvrait menaçait de la submerger.

Sacra l'avait pourtant mise en garde. Il était des choses qui, une fois apprises, devenaient impossibles à oublier. La jeune fille commençait à crouler sous le fardeau de la vérité.

Elle rassembla son courage et tourna la page. À partir de ce moment, deux flots de chants contradictoires commencèrent à s'affronter et à malmener les éléments. De terribles tempêtes rasèrent des villages et tuèrent des troupeaux entiers de moutons, les récoltes gelèrent et, sans laisser aux feuilles le temps de tomber naturellement, le froid foudroya les arbres.

La peur qu'éprouvait Merlay, bien que jamais mentionnée, était palpable. Lilette et ses acolytes étaient plus fortes. Assez pour détruire le Refuge à tout moment.

Persuadée de l'imminence d'une offensive de leur part, Merlay avait frappé la première. Aucun détail ne figurait dans son récit, et elle nommait simplement « tragédie » les événements qui avaient suivi. Mais, en lisant entre les lignes, Senna apprit que le Refuge avait porté un coup assez violent pour éradiquer Calden et tous ses habitants. Elle crut même comprendre que la nation entière avait sombré dans l'océan.

Les choses auraient pu en rester là, mais la tragédie se poursuivit. La peur des sorcières se propagea sur le monde et leur puissance devint un objet de convoitise. Des vagues d'enlèvement se succédèrent et de nouveaux conflits éclatèrent un peu partout. Les cinquante années qui suivirent comptèrent plusieurs centaines de milliers de victimes.

Vers la fin de sa vie, Merlay entreprit de rassembler autant de sorcières que possible au Refuge. Elles cessèrent de voyager pour aider les terres frappées par des fléaux, ou aux récoltes les moins abondantes. Toutes se réunirent sur l'île où elles choisirent de se terrer.

Senna apprit encore une chose intéressante. Merlay avait envoyé une de ses disciples s'enquérir de l'état de Calden. Sur place, la jeune femme ne trouva que quelques Mettlemots, de simples têtards livrés à eux-mêmes. Elle décida de les ramener au Refuge. Mais les créatures, endémiques à Calden, supportaient très mal le climat frais de l'île. Merlay s'inquiétait beaucoup pour leur santé.

Sans doute s'étaient-ils peu à peu éteints au fil des siècles. Leur espèce ne comptait à présent plus qu'un seul représentant : Pogg.

Senna connaissait la suite de l'histoire : des années d'un déclin inexorable qui avait conduit les hommes à douter que les sorcières soient réellement dotées de pouvoir.

Puis Espen avait surgi. Espen qui refusait que ses consœurs se cantonnent à œuvrer dans l'ombre. Espen qui voulait forcer le respect du monde. Espen qui avait pris les saisons en otage et n'échangeait leurs pluies que contre des rançons.

De nouveau, les sorcières avaient combattu. Ce fut la seconde Guerre des sorcières. Espen fut vaincue, mais elle ne cessa pas pour autant de livrer sa petite bataille personnelle contre chacune des survivantes. Sa rancœur dura dix ans.

Puis Espen mit au point la futeste, une graine capable de transformer un être humain en arbre et de concentrer toute sa puissance dans un fruit unique. Quiconque consommait ce fruit s'emparait des enchantements qu'il contenait. Espen avait découvert le moyen de s'octroyer le pouvoir d'une autre sorcière.

Dans les premiers temps, le Refuge envoya ses meilleurs éléments combattre Espen. Mais aucun ne revint. Alors les sorcières se terrèrent davantage.

Sacra, à l'époque Maîtresse de la Végétation, avait perdu son mari et sa première fille, assassinés par des Chasseurs de sorcières. Lorsqu'elle apprit qu'elle était de nouveau enceinte, elle s'enfuit en Néfalie – une région réputée pour sa haine des sorcières – où elle était restée jusqu'à ce que les Chasseurs retrouvent sa trace.

Senna ferma les yeux au souvenir de l'horreur qui l'avait saisie lorsqu'elle avait appris que toutes ses consœurs étaient retenues captives et que, si elle ne les libérait pas, les Quatre Sœurs sombreraient dans le chaos où elles entraîneraient le monde avec elles.

Elle s'adossa au mur pour contempler la table noyée sous les livres qui détaillaient la chute des sorcières, autrefois puissantes et respectées, à présent craintes et pourchassées.

Tant de victimes... Tant d'espèces végétales et animales – dont les Mettlemots – sacrifiées.

Mais Senna comprenait chacun des choix terribles faits par ses aînées, elle comprenait pourquoi elles avaient plongé dans un tel gouffre, et elle avait parfaitement conscience que leur déclin se poursuivrait.

— Nous ne pouvons pas combattre le monde, pas plus que nous ne pouvons nous cacher de lui. Nous devons regagner l'amour des hommes, murmura-t-elle.

La lanterne commençait à manquer d'huile et la mèche avait besoin d'être retaillée. Senna frotta ses yeux douloureux. Sa fatigue était telle qu'elle peinait à réfléchir. Tous les faits qu'elle avait découverts tournoyaient dans son crâne où ils se télescopaient comme autant de mouches piégées dans un bocal de verre.

Peu à peu, quelques pensées rationnelles prirent forme dans le chaos. Si une poignée de têtards mettlemots avait survécu, pourquoi pas aussi quelques sorcières ? Peut-être avaient-elles réussi à s'enfuir pour se retrancher du monde et se dissimuler derrière une sorte de barrière ? Alors, après toutes ces années, leur nombre constituerait sans nul doute une menace pour le Refuge. Et si Espen savait où les trouver ?

Senna comprit qu'elle devait quitter l'île, non seulement pour lever la malédiction qui frappait la Tartennie, mais aussi pour découvrir l'ampleur du danger qui les menaçait. Elle resta immobile un long moment, les yeux rivés sur la lanterne, à élaborer des plans jusqu'à ce que le besoin de cligner soit trop fort.

Elle se releva malgré les protestations de ses muscles endoloris, rabattit les clapets métalliques de la lanterne et remit les livres à leur place sur les étagères. Elle souffla la flamme puis jeta un coup d'œil par la fenêtre. Il faisait nuit noire.

Joshen dormait sans doute à cette heure-là. Et même dans le cas contraire, elle ne pourrait pas lui rapporter tout ce qu'elle avait découvert.

Les répercussions des deux Guerres des sorcières n'étaient pas terminées.

Et elles menaçaient de détruire le monde.

Le secret de l'ambre

Lorsque, à l'aube, Senna se glissa en silence dans le salon, elle fut surprise de découvrir sa mère qui l'attendait. Sans un mot, Sacra suivit sa fille dans sa chambre puis s'allongea à côté d'elle. Trop fatiguée pour protester, la jeune sorcière sombra dans le sommeil.

Le lendemain, malgré les réticences de sa fille, Sacra ne la quitta pas d'une semelle. Elle l'accompagna en cours, l'attendit à la sortie de sa classe et l'épaula pour les travaux de remise en état de l'île. Bien que son agression remontât à près d'une semaine, sa main blessée la faisait toujours souffrir lorsqu'elle la sollicitait trop. Aussi les Protecteurs veillaient à ne lui confier que les tâches les moins exigeantes.

La même routine se répéta le jour suivant, mais ce qui contraria vraiment Senna fut de ne pas voir Joshen de la journée. Elle était certes toujours en colère contre lui, mais son absence ne résultait pas de leur simple dispute, et elle ne présageait rien de bon. Peut-être s'était-il blessé ? Et s'il avait besoin d'elle ? Au soir du troisième jour, Senna versa quelques gouttes de somnifère dans le thé de sa mère.

Bien vite, les premiers ronflements résonnèrent dans la chambre de Sacra. La jeune fille en profita pour s'éclipser sans un bruit.

Joshen ne se trouvait pas chez lui. Ni sur le champ de tir. Ni même dans la tente extérieure qui servait de réfectoire aux Protecteurs. Senna vérifia une seconde fois, en vain.

— Brusenna ? (Elle se retourna en sursaut et découvrit Collum qui approchait en silence.) Que fais-tu ici ?

— As-tu vu Joshen ? bredouilla-t-elle.

— Non, répondit le jeune Protecteur, les sourcils froncés. Je n'ai fait que te suivre toute la journée.

— Mais je croyais que seuls Joshen, Reden et Tempnee s'occupaient de veiller sur moi, s'indigna-t-elle. Tous les Protecteurs me surveillent-ils à tour de rôle ?

Collum secoua la tête. Ses perles cliquetèrent.

— Non, nous ne sommes que cinq.

Cinq ? Elle s'efforça de ne pas grimacer.

— Je dois absolument trouver Joshen.

Collum la toisa de toute sa hauteur.

— Suis-moi. Allons demander à Reden s'il connaît son affectation.

Mais le meneur était introuvable.

— Si j'arrive en retard en classe, Arianis va me faire lire le cours à sa place, finit par déclarer Senna à contrecœur.

La récolte des noctelles, qui devait commencer le soir même, reporterait toute possibilité de recherche au lendemain.

Collum reprit sa place dans le sillage de la jeune fille, légèrement en retrait. Senna quitta le quartier des Protecteurs pour se diriger vers l'arbre en forme d'oignon. Malgré les efforts de tous, le Refuge ressemblait encore à un champ de bataille. Les hommes avaient certes presque fini de remplacer les vitres brisées par des planches, mais des éclats de verre et des débris végétaux jonchaient toujours les sentiers.

Chavis, assise devant un tas de cadres cassés, leva la tête.

— Le cours ne peut pas encore reprendre. Le tremblement de terre a endommagé trop de cartes.

Les cartes les plus anciennes n'étaient plus visibles. Senna comprenait très bien pourquoi on avait chargé Chavis et pas une simple Apprentie ou une Sorcerelle de la réfection de cet arbre-maison.

— Où est Arianis ?

— Comment veux-tu que je le sache ? rétorqua la Maîtresse de l'Eau avec un haussement d'épaules.

Senna tenta de se souvenir où elle avait vu sa camarade pour la dernière fois, mais elle l'avait rarement croisée les jours précédents.

Tout comme Joshen. Elle tourna les talons.

— La récolte commencera dès le coucher du soleil. Tu ferais mieux d'aller te reposer un peu ! lança Chavis dans son dos.

Mais Senna l'entendit à peine. Elle resta plantée face à l'arbre-maison d'Arianis, incapable de faire un pas de plus. Hésitante, elle faisait rouler son pendentif entre ses doigts. Il y avait certes un moyen de dissiper ses soupçons à coup sûr, mais il la mettait mal à l'aise. La dernière personne qui s'en était servie avait cherché à la tuer. Cette nuit-là, elle n'avait d'ailleurs échappé que de peu aux griffes de Wardof.

Depuis ce jour, elle n'avait plus jamais quitté le collier dont le poids lui était à présent familier. De là à l'utiliser… De sa main meurtrie, elle parvint tant bien que mal à ouvrir le fermoir. Elle tapota ensuite le bijou contre le métal de sa ceinture. La pierre d'ambre se mit à vibrer et à vrombir doucement. Elle s'agita au bout de sa cordelette, tournoya, puis se souleva lentement pour enfin pointer vers le quartier abandonné, de l'autre côté du Cercle de Pouvoir. Senna s'employa à suivre la direction qu'il indiquait malgré les arbres gigantesques qui lui obstruaient parfois la voie.

Elle s'enfonçait toujours plus entre les habitations désertées. À chacun de ses pas, sa poitrine se serrait un peu plus. Quand, enfin, elle perçut le murmure de deux voix – l'une masculine, l'autre féminine –, elle s'arrêta net, le cœur près de se briser. Elle abaissa la main qui tenait le pendentif.

Lorsque la pierre d'ambre frappa de nouveau le métal, elle retomba, inerte, dans la paume de la jeune fille. Malgré les tremblements qui lui agitaient les doigts, Senna parvint à refermer le collier sur sa nuque. Redoutant de nouvelles révélations difficiles à supporter, elle envisagea de rebrousser chemin et de faire comme si rien de tout ça n'avait eu lieu.

Un éclat de rire d'Arianis balaya ses doutes et elle s'élança vers l'arbre-maison d'où provenaient les voix. Sans prendre la peine de frapper, elle ouvrit la porte et se planta sur le seuil. Joshen et Arianis étaient assis à la table. Une odeur de gâteaux au miel et un fumet familier – même si Senna ne parvint pas à en identifier la source – flottaient dans la pièce.

Joshen, les traits tirés, se leva aussitôt.

— Senna ?

Il lui avait pourtant promis de garder ses distances avec Arianis.

— Alors c'est ici que tu étais pendant ces deux derniers jours ?

— Oui, répondit-il sans hésitation.

Un flot de propos envenimés monta à la bouche de la jeune fille avant de se tarir puis de lui retomber lourdement sur l'estomac. Joshen avait forcément une bonne raison d'être là. Il ne la trahirait pas de cette façon. C'était impossible.

Elle prit une profonde inspiration, mais l'air lui irrita la gorge. Elle reconnut aussitôt les relents d'une potion étudiée en classe. Elle se rua vers la table et s'empara de la tasse du jeune homme. Le bois rendait sa couleur difficile à identifier avec certitude, mais de petits flocons dorés y étaient bien visibles.

Senna trempa un doigt dans le breuvage qu'elle goûta ensuite afin de dissiper ses derniers doutes.

— Sérum de vérité.

Elle riva sur Arianis un regard assassin. Au fond de sa gorge se massaient déjà les paroles d'un enchantement né d'une colère noire. Un chant capable de fendre en deux un arbre-maison. Tout son corps se mit à trembler sous la puissance du sort.

— L'administration de potions de cette catégorie est régie par des règles très strictes, siffla-t-elle. Des règles que toutes les Sorcerelles connaissent par cœur.

Joshen posa un regard dégoûté sur sa tasse.

— Un sérum de vérité. Alors c'est pour ça que je ne pouvais m'empêcher de répondre à tes questions et que je ne pouvais me résoudre à partir ! s'offusqua-t-il, blême.

Senna lui adressa un regard aussi mauvais que celui qu'elle rivait sur Arianis. Elle lui avait pourtant dit que l'Apprentie se servirait de lui. Pourquoi ne l'avait-il pas écoutée ?

— Quand as-tu commencé à en boire ?

Répugné, il reposa la tasse sur la table, comme si elle s'apprêtait à le mordre.

— Il y a déjà un petit moment.

— J'espère pour toi que tu as une raison valable de lui avoir administré une potion sans son consentement, cracha Senna.

La jeune sorcière avait prononcé ces mots sur un rythme proche de celui d'un enchantement aux accents menaçants. Ses sens surdéveloppés lui apprirent que les Quatre Sœurs, à l'affût, écoutaient.

Arianis rejeta ses longs cheveux ondulés sur son épaule et lança un morceau de papier froissé vers Senna.

— Dis-le-moi, toi que les Créatrices ont touchée, dans quels cas peut-on administrer le sérum de vérité ?

Pendant un long moment, Senna scruta le papier sans le voir avant de se tourner lentement vers Arianis. Sans avoir besoin de le déchiffrer, elle comprit ce qu'il impliquait.

— Quand les Maîtresses t'ont-elles promue Gardienne à part entière ?

Le sourire de son interlocutrice, déjà magnifique, devint radieux, mais Senna savait que, au fond d'elle, Arianis était monstrueuse.

— Il y a trois jours. Coyel se sentait un peu coupable de m'avoir écartée à ton profit, je suppose. Nous avons en outre besoin d'un verrier pour réparer les vitres brisées et, vu que notre incapacité à arrêter la secousse et le raz-de-marée a sans aucun doute mis les Néfaliens en colère, elles ont dû choisir un visage inconnu des habitants de Corrieth. Je dois me rendre là-bas au plus vite.

La bouche sèche, Senna se tourna vers le jeune homme.

— Une Gardienne peut recourir au sérum de vérité lorsqu'elle auditionne un Protecteur.

— Sans même l'en informer ? s'enquit-il, les joues empourprées.

Arianis lui décocha un sourire enjôleur, comme si elle s'adressait plus à un enfant capricieux qu'à un adulte dupé.

— Tu aurais résisté si tu avais été au courant. C'est pourquoi les Maîtresses m'ont autorisée à ne rien te révéler. (Elle se tourna vers sa consœur.) Alors comme ça, tu penses avoir pérégriné ? Et nous serions sous la menace de centaines de sorcières qui vivraient en dehors du Refuge ? Je n'aurais par ailleurs jamais cru que tu ailles rendre visite à Espen. Je me demande ce qu'en penseraient les Maîtresses.

— Je n'ai pas pu faire autrement que de lui répondre. J'étais incapable de partir. Je suis désolé, s'excusa Joshen, abattu.

La potion l'avait rendu faible, malléable. Il avait suffi à Arianis de lui intimer de rester pour qu'il obéisse.

— As-tu oublié ce qui est arrivé à la dernière sorcière qui s'en est prise à quelqu'un que j'aimais ? demanda Senna à sa consœur.

Arianis, qui ne sembla rien remarquer de l'accès de rage et de puissance de la jeune fille, crispa la mâchoire.

— Je ne lui ai fait aucun mal.

Encore une fois, Senna dut contenir sa colère. Joshen connaissait presque tous ses secrets et, à présent, Arianis aussi.

— Donne-moi une seule bonne raison de ne pas te laisser pourrir entravée jusqu'au cou dans un cocon de liseron.

Arianis eut alors le bon sens de pâlir.

— Les Maîtresses te jetteraient en prison jusqu'à ce que tu acceptes de me libérer, puis elles t'obligeraient à quitter l'île à jamais.

Un feu si dévastateur bouillonnait en elle que Senna peina à trouver ses mots.

— J'ai combattu des Chasseurs de sorcières. J'ai traversé à l'aveugle un océan plongé dans le brouillard. On m'a tiré dessus. Je porte le poids de la mort d'hommes qui se sont sacrifiés pour moi. J'ai affronté la Sorcière Noire en duel. Et j'ai vu les Créatrices en face. Tu ne me fais absolument pas peur, Arianis. Et tu n'imagines pas à quel point je peux être une ennemie redoutable.

Arianis, visiblement ébranlée, répondit :

— Les Maîtresses ont souhaité que Joshen devienne mon Protecteur.

Bien sûr. Elles feraient tout pour les maintenir éloignés l'un de l'autre. Quelle meilleure solution que de l'envoyer loin de l'île ?

— Joshen, emmène-moi hors de cette pièce avant que je commette l'irréparable.

Il lui obéit sans hésiter et posa une main sur son épaule. La douceur de sa paume irradia en elle et apaisa sa colère. Agitée de tremblements, elle se laissa guider à l'extérieur.

— J'ai choisi Joshen comme Protecteur, lança Arianis dans leur dos. S'il ne m'accompagne pas, il sera destitué de son statut. Est-ce vraiment ce que tu souhaites, Senna ?

Le jeune homme étreignit l'épaule de la jeune fille.

— J'irai parler à Reden. Il va tout arranger.

Senna ne pensait pas que le meneur des Protecteurs puisse faire quoi que ce soit. Les Maîtresses étaient ses supérieures. Malgré tout, elle laissa son fiancé l'éloigner d'Arianis.

— Je leur dirai tout pour Espen, insista la nouvelle Gardienne.

Senna aperçut Collum qui, en partie dissimulé derrière un arbre, surveillait la scène.

— Fais-la taire, Collum, lui ordonna Joshen. Je m'occupe de Senna.

Le jeune Protecteur acquiesça d'un simple hochement de tête.

— Tu es au courant qu'il a l'impression d'être prisonnier sur cette île ? lança Arianis, qui se débattait dans les bras de Collum. Et qu'il lui tarde de pouvoir repartir à l'aventure, s'occuper de ses chevaux et naviguer au grand air ? Tu sais aussi qu'il fera tout ce qui est en son pouvoir pour t'empêcher de quitter le Refuge ?

Joshen fit volte-face. Sa main se porta machinalement vers son mousquet.

— Tu déformes mes propos ! cria-t-il.

Collum claqua la porte sur la réplique d'Arianis.

Senna, dont la colère cédait le pas à la tristesse, regarda Joshen droit dans les yeux.

— Elle les déforme peut-être, mais tu lui as confié tout ça. (Il lui saisit la main et l'entraîna avec lui. Elle sentit à peine le contact de sa paume.) N'est-ce pas ?

Le jeune homme fit la moue, mais le sérum de vérité, encore actif, l'obligea à répondre.

— Mes chevaux me manquent. Le capitaine Parknel et son équipage aussi. Et, parfois, j'ai l'impression que ces falaises forment une cage.

— Et que j'en suis la geôlière ?

— Non, répliqua-t-il aussitôt.

Senna savait qu'il disait vrai. La potion ne permettait aucun mensonge, à moins que la personne ne se mente à elle-même. Elle se mordit la lèvre pour repousser cette pensée.

— Me retiendrais-tu sur l'île contre ma volonté ?

À la réaction de malaise de son Protecteur, elle comprit qu'il s'efforçait de ne pas répondre. Un sentiment de trahison, glacé, lui étreignit le cœur, la privant peu à peu de toute sa chaleur. Elle croisa les bras puis abandonna le jeune homme pour se diriger vers la clairière.

Joshen, les yeux exorbités par l'effort qu'il fournissait pour garder les lèvres scellées, se replaça dans le sillage de Senna en seulement deux enjambées.

Malgré sa colère, elle ne put s'empêcher de compatir. Après tout, ce n'était pas sa faute. Enfin, pas entièrement. Et peut-être pas du tout.

— Tu ne peux rien y faire. La potion est trop forte.

— Oui ! laissa-t-il enfin échapper. Il est de mon devoir de te protéger.

Elle eut l'impression de recevoir un violent coup de poing dans le ventre.

— Et si tu échouais à me retenir, en informerais-tu les Maîtresses ?

— Sans doute.

Elle ferma les yeux. Joshen, la seule personne au monde à qui elle faisait confiance, la trahirait afin de la protéger et l'empêcher d'agir. Désormais, elle ne pourrait plus lui confier aucun secret. *« Si tu n'es pas assez forte sans lui, tu ne le seras jamais, même avec lui. »* Finalement, Sacra avait peut-être raison.

— Je suis désolé, mais le sort des Tartenniens et de ces sorcières qui vivent en dehors du Refuge m'importe moins que le tien, s'excusa-t-il en se massant les tempes.

Il était si grand qu'elle dut se hisser sur la pointe des pieds pour le regarder en face.

— C'est sans importance. Si jamais Arianis rapporte aux Maîtresses que je suis allée rencontrer Espen, elles me retireront leur confiance. Je ne peux pas prendre ce risque.

— Qu'essaies-tu de me dire ? fit-il, soudain tendu.

— Tu vas devoir partir avec elle. Elle ne nous laisse pas le choix.

— Qu'est-ce qui te fait croire qu'elle n'ira pas le leur rapporter malgré tout ?

— Rien. Mais Arianis est allée trop loin en te posant des questions sur moi et ça lui vaudrait des ennuis. Elle cherche simplement à se venger en me prenant quelque chose comme je l'ai fait avec elle, je suppose.

Si Joshen accompagnait la jeune Apprentie à terre, Senna aurait enfin l'opportunité de quitter le Refuge. Parviendrait-elle à abandonner son Protecteur ? Avait-elle le choix ?

— Je ne veux pas partir sans toi.

— Je sais, mais c'est un risque que nous devons courir. En plus, ça ne durera que quelques jours, et puis tu vas naviguer, tu auras la chance de manger autre chose que du poisson et des légumes verts, tu pourras même peut-être retrouver tes chevaux.

— Senna… dit-il, hésitant.

Elle tenta de dissimuler son appréhension derrière un sourire. Sur le sentier, une sorcière approchait dans leur direction.

— Tu dois partir, souffla-t-elle à mi-voix.

Toujours soumis aux effets du sérum de vérité, il hocha lentement la tête.

— Nous allons devoir trouver un souffleur de verre qui accepte de venir travailler sur l'île. Je serai de retour demain, ou dans deux jours tout au plus.

Un sentiment de culpabilité rongeait les entrailles de la jeune fille. Son attitude, pareille à celle d'Arianis, qui consistait à profiter d'une potion pour jouer au jeune homme un mauvais tour la répugnait. L'état actuel de leur relation lui faisait honte.

Elle s'écarta pour laisser passer sa consœur. Mais, au lieu de poursuivre sa route, la sorcière leur bloqua le passage. Désarçonnée, Senna reconnut tout à coup le visage de Drenelle, tordu par la colère.

— Vous autres, les Protecteurs, vous avez calfeutré mes fenêtres n'importe comment ! Une chauve-souris a réussi à s'introduire chez moi. (Devant l'hésitation de Joshen, elle désigna son arbre-maison d'un geste autoritaire.) Allez, au travail !

Le jeune homme ouvrit la bouche pour protester, mais Senna ne lui en laissa pas le temps.

— Vas-y, Joshen. Ne t'inquiète pas pour moi.

La clairière – point de rendez-vous des sorcières avant leur départ pour la récolte des noctelles – n'était plus très loin. De plus, un pistolet et un couteau pendaient à sa ceinture.

Joshen obéit sans se retourner. La soumission à un ordre direct était un autre des effets secondaires du sérum de vérité.

Combien de temps devrait-elle patienter avant de le revoir ? Elle porta un poing à ses lèvres et mordit dans une phalange pour tenter de contenir le flot de ses émotions. Elle refusait de laisser transparaître son angoisse et éveiller ainsi des soupçons chez Joshen.

Drenelle fit volte-face et planta un doigt rageur sur la poitrine de la jeune fille.

— Les Apprenties ne sont pas censées fréquenter les Protecteurs.

Soudain, la Maîtresse de la Terre sembla se pétrifier. Elle avait les yeux rivés sur la gorge de Senna.

La colère prit le pas sur la douleur dans le cœur de la jeune fille qui recula d'un pas. Mais Drenelle s'avança et, d'un geste vif, attrapa le pendentif en forme de croissant de lune. Elle inclina la pierre d'ambre dans la lueur qui filtrait par une fenêtre voisine.

— Où et quand l'as-tu trouvé ?

Senna tira sur son bijou.

— Je l'ai acheté au marché de Gonstower il y a plus d'un an.

— Si ça n'était pas impossible, on aurait presque pu croire qu'il s'agissait de l'original, déclara Drenelle sans le quitter des yeux.

— L'original ? s'étonna Senna, soudain perplexe.

Le regard de son aînée semblait s'enfoncer dans la matière même du pendentif.

— L'ambre est la plus puissante des pierres. Le vent et le soleil durcissent le sang des arbres, que la terre transforme ensuite en pierre. Ainsi, les Quatre Sœurs contribuent à sa formation. Seule une poignée, une infime poignée, de sorcières peut ensuite la manipuler pour lui conférer les propriétés d'une potion. Mais le secret de leurs manipulations a depuis bien longtemps disparu. (Les doigts de Drenelle, comme irrémédiablement attirés par le bijou, tremblaient.) Cinq femmes seulement ont réussi à confectionner un tel pendentif. Je suis en quête de l'un d'eux depuis des décennies et je donnerais n'importe quoi pour en posséder un, pour découvrir le mystère de sa confection. (Elle émit un petit rire forcé.) Tu as là une réplique d'excellente facture. Il est en effet impossible qu'un original se retrouve sur l'étal d'un marché miteux. D'autant que le modèle que tu portes fonctionne par paire.

La jeune fille refusa de céder à l'envie pressante de dissimuler l'objet sous sa main. La Maîtresse ne se doutait pas que Joshen, occupé à chasser une chauve-souris chez elle, portait l'autre moitié de la pierre d'ambre sous sa chemise. Un petit sourire étira les lèvres de Senna. Si Drenelle apprenait que le pendentif était authentique, elle trouverait un moyen de s'en emparer.

— J'espère que vous parviendrez à vous en procurer un.

Mais pas celui-là.

Sur ces mots, elle se détourna pour rejoindre ses consœurs qu'elle entendait non loin de là. Elle sentait le regard incisif que Drenelle plantait dans son dos.

— Tu ne veux pas savoir comment on l'appelait ?

— Comment on appelait quoi ? demanda-t-elle d'un ton innocent.

La Maîtresse plissa les yeux. Elle désigna le pendentif d'un hochement du menton.

— On l'appelait pierre de Lilette. Elle permettait à celui qui la portait de retrouver la personne en possession de l'autre moitié.

La pierre de Lilette. Senna se retint d'ouvrir bêtement la bouche. La moindre réaction anormale éveillerait aussitôt les soupçons de son aînée. Des soupçons qui déboucheraient immanquablement sur une série de questions, puis sur une vérification approfondie de l'objet, et Senna perdrait son pendentif.

Il n'était pas question qu'elle le cède aussi facilement. Pas après que Wardof, le Chasseur de sorcières, l'avait utilisé pour la retrouver et tenter de la tuer. Si une personne avait payé le prix fort pour porter ce collier, c'était bien elle.

— Je le trouvais joli.

Visiblement convaincue, Drenelle grommela.

— Bon, l'obscurité est presque totale. Rejoins vite le Cercle de Pouvoir. La récolte des noctelles va bientôt commencer.

— Oui, Maîtresse.

La jeune fille tourna les talons puis s'élança vers la clairière au pas de course. Dans sa poitrine, son cœur battait à tout rompre.

La récolte des noctelles

Les lianes des noctelles, entortillées à la base des arbres, recouvraient les troncs à mi-hauteur. Visibles uniquement par une nuit sans lune, les cœurs duveteux et couverts de pollen des fleurs émettaient une douce lueur dorée. Phalènes et autres insectes de toutes espèces voletaient nerveusement d'une fleur à l'autre, chargés de grains de pollen qui, dans leur chute, illuminaient l'air de leur éclat safran comme autant de minuscules étoiles filantes. Les sorcières qui entouraient Senna et Mistin avaient la peau tachetée d'un millier de points scintillants.

— Pourquoi sommes-nous là ? demanda Mistin.

Par moments, Senna oubliait que son amie n'était arrivée au Refuge que depuis peu.

— Parce que les noctelles ne fleurissent que quelques nuits par an, à la nouvelle lune, en plein cœur de l'été. Leur pollen permet d'augmenter considérablement la durée de conservation des potions sans en altérer les propriétés. C'est, en quelque sorte, un catalyseur.

Avec une grimace, Mistin fit jouer ses épaules.

— Mais pourquoi ne les récolte-t-on pas pendant la journée ?

— Parce qu'elles se referment avec le jour, soupira Senna.

— On pourrait les ouvrir de force, insista Mistin.

— Non, elles sont trop délicates. On risquerait de les tuer. Elles cesseraient alors de produire des graines et nous n'en aurions plus aucune l'année d'après. (Senna plongea un morceau d'étoffe dans le cœur d'une des fleurs. Une fois le tissu recouvert de pollen, elle le secoua dans un pot de verre, puis renouvela la manœuvre.) J'ai oublié de te remercier de m'avoir prévenue.

— Il n'y a pas de quoi, sourit Mistin.

Suivis par de fins sillages lumineux, les papillons de nuit, qui se percutaient dans leur course effrénée à la précieuse substance, abandonnaient sur les mains de la jeune fille un peu de la délicate poudre de leurs ailes. À sa grande surprise, Senna décela une musique qui émanait des fleurs. Elles appelaient les phalènes. Leurs chants semblaient teinter la nuit d'une myriade de couleurs. La mélodie était si douce et entêtante qu'elle oublia son chagrin et l'accompagna en fredonnant.

Sans échanger le moindre mot, Senna et Mistin s'étaient accordées pour travailler légèrement à l'écart de leurs consœurs. Bien vite, les mains de Senna brillèrent tant que les phalènes, qui les confondaient avec les plantes, commencèrent à les percuter dans leur nuée désordonnée. En temps normal, elle détestait tous les insectes, mais ces papillons étaient si magnifiques qu'ils dérogeaient à la règle. Ils ressemblaient plus à de minuscules oiseaux délicats qu'à des insectes.

Une douce caresse la fit soudain tressaillir. Un des papillons voletait au creux de sa paume. Un autre vint se poser sur son poignet. Elle approcha la main de son visage pour examiner les motifs sophistiqués qui ornaient les ailes de l'insecte. Un troisième s'accrocha à son auriculaire. Les chatouilles que ses petites pattes faisaient courir le long du doigt de la jeune sorcière étaient difficilement supportables, mais elle refusa de céder à son envie de secouer la main par peur d'effrayer les papillons.

Immobile, elle laissa venir d'autres de leurs congénères. Bien vite, ses paumes disparurent sous un grouillement d'ailes, un peu comme si elle portait des gants vivants. Elle supposa que ses cheveux, eux aussi, devaient être chargés d'insectes car, de temps à autre, elle en voyait un qui, agrippé à une mèche, tentait tant bien que mal de remonter.

Le ballet des phalènes l'avait tant absorbée que la voix de Mistin la fit sursauter.

— C'est leur comportement normal ?

— Ils sont un peu perdus sans la lune, murmura-t-elle, comme si elle redoutait de les effrayer.

— Pourquoi ne t'en débarrasses-tu pas ? s'enquit la petite Crécelle, le souffle court.

Mais Senna ne souhaitait pas les brusquer. Au lieu de ça, elle commença à chanter.

Partez, partez, égaillez-vous dans la nuit.
Envolez-vous vers les étoiles scintillantes et la lune tapie.

La mélodie des fleurs souligna l'harmonie de ses mots et les phalènes se dispersèrent dans une explosion d'ailes. Quelques instants plus tard, la masse confuse d'insectes voletait de nouveau maladroitement de fleur en fleur. Mais aucun ne revint vers Senna. Occupée à contempler leur ballet, elle sentait encore le chatouillis de la myriade de pattes sur sa peau.

Son sourire s'effaça dès qu'elle aperçut Mistin, qui la dévisageait bouche bée.

— Tu brilles, Senna.

Elle baissa les yeux et fut frappée de constater que son amie disait vrai. Outre le pollen et la fine poussière laissée par les ailes des papillons, sa peau, même à l'écart de toute lanterne, émettait une faible lueur.

— C'est sans doute pour ça que les insectes venaient sur moi. La lumière a dû les attirer.

— Mais pourquoi est-ce que tu brilles ? insista Mistin avec un soupçon de crainte dans la voix.

Perplexe, Senna secoua la tête.

— Le pollen, sans doute.

— Oui, peut-être…

La jeune sorcière agita ses mains pour débarrasser sa peau de la substance en question.

— Je vais commencer à rebrousser chemin, déclara Mistin.

Un profond sentiment de tristesse envahit Senna lorsqu'elle vit son amie disparaître dans la nuit. Elle se laissa tomber au milieu des fleurs et ravala ses larmes. Elle ne pleurait plus. Cette époque était révolue. Toute à ses efforts pour contenir ses sanglots, elle ne remarqua pas tout de suite le vrombissement qui s'élevait peu à peu.

Un bruit sourd retentit. Elle se releva d'un bond et scruta les alentours.

— Il y a quelqu'un ? (Soulagée qu'un Protecteur veille sur elle en permanence, elle s'adressa à lui :) Euh… celui qui me surveille, tu veux bien te montrer ? S'il te plaît ?

(Mais seul un profond silence lui répondit. La peur lui glaça le sang.) Il y a quelqu'un ? répéta-t-elle.

Le vrombissement lancinant reprit.

— Senna ! À terre !

La main posée sur le pistolet que Joshen lui avait confié, la jeune fille se retourna. Armé de son mousquet et le visage couvert de sang, Reden accourait vers elle. Son esprit enregistra enfin le vrombissement et le reconnut aussitôt : une fronde. Mais ce fut trop tard.

Elle reçut la pierre à la tempe. Elle ne ressentit aucune douleur, mais fut aveuglée par un éclair d'une blancheur immaculée. Elle s'écroula sur le sol, engourdie, les oreilles bourdonnantes.

Elle se rendit vaguement compte qu'une silhouette se penchait sur elle avant de la saisir par les bras pour la traîner dans son sillage. Les ténèbres envahissaient peu à peu sa vision. Pourtant, elle refusait de s'y abandonner.

Nouvel appel de Reden. Détonation de mousquet. Mouvement flou de l'agresseur. Hurlement de douleur de Reden.

Puis le meneur apparut. Accroupi à côté d'elle pour faire écran de son corps, il rechargea son arme sans quitter la forêt des yeux.

— Senna ? (Incapable de trouver l'énergie de répondre, elle garda le silence.) Senna !

— Quoi ? voulut-elle dire dans un marmonnement inintelligible.

Son crâne lui donnait l'impression de s'être transformé en pastèque que l'on aurait jetée du haut de la falaise. La douleur était supportable, mais tout lui paraissait embrouillé.

Reden l'agrippa par le bras pour tenter de la relever.

— Tu peux tenir debout ?

Ses jambes refusèrent de la soutenir. Le chef des Protecteurs la rattrapa et la hissa sur son épaule. Puis il se mit à courir. Les secousses, meilleures alliées des ténèbres, eurent raison de Senna, qui vacillait aux frontières de la lucidité. Soudain, Reden quitta le sentier pour s'enfoncer dans le feuillage. Des plantes la giflèrent. Lorsqu'elle rouvrit les yeux, ils étaient de nouveau sur un chemin. Elle peinait à comprendre.

Puis Reden la reposa enfin au sol en douceur et la serra contre lui. Il remonta sa capuche, comme pour mieux la dissimuler. Il avait le souffle court. Des filets de sueur ruisselaient sur ses joues, mais il ne prit pas la peine de les essuyer.

— Il va falloir que tu marches, Senna. Je ne peux pas nous cacher ici.

Pourquoi ? voulut-elle répondre, mais sa bouche refusait toujours d'obtempérer.

La jeune fille se concentra sur ses pieds, qu'elle s'efforça de faire passer l'un devant l'autre malgré sa démarche titubante. Peu à peu, elle recouvrit ses moyens. Elle parvint à gravir une volée de marches presque sans aide. Pourquoi Reden préférait-il qu'on ne les voie pas ? Pourquoi s'éloigner délibérément de tout secours ? Elle regarda autour d'elle. Elle reconnut le quartier des Protecteurs, mais pas l'arbre-maison devant lequel ils se trouvaient.

— Où sommes-nous ? parvint-elle à articuler.

Elle accueillit cette maigre victoire sur elle-même avec un sentiment de triomphe.

Le meneur fit jouer la poignée de la porte et sembla soulagé lorsque le battant s'entrouvrit.

— Chez Timmus. Il est parti avec Joshen. Nous devrions être en sécurité, ici.

Reden avait les traits tirés, il grimaçait presque. Il aida Senna à s'asseoir sur une chaise puis s'empressa de condamner la porte. La jeune sorcière perçut un son régulier, qu'elle suivit jusqu'à sa source. Les doigts de Reden dégoulinaient de sang dont ils parsemaient le sol de gouttelettes écarlates semblables à de petits joyaux.

Poussée par son envie de l'aider, elle se leva.

— Reste assise, lui ordonna-t-il.

Une puissante nausée lui retourna l'estomac.

— Je vais vomir…

Reden la porta jusqu'à la cuisine.

Elle fut secouée de violents haut-le-cœur, mais le chef des Protecteurs refusa de la lâcher, comme s'il redoutait qu'elle s'effondre à tout instant. Elle était trop mal en point pour éprouver de la gêne.

Lorsqu'elle eut fini, il l'aida à se rasseoir. Elle avait à la fois chaud et froid. Il s'accroupit devant elle, la força à ouvrir les paupières et jura en tartennien.

— Les frondes peuvent être mortelles. Si je retrouve le lèche-bouse qui t'a tiré dessus, je lui en ferai la démonstration. (La jeune fille manqua de s'étouffer en l'entendant prononcer le juron favori de Joshen.) Tes pupilles ne sont pas dilatées, diagnostiqua-t-il.

Il se dirigea ensuite vers une étagère. Questions, doutes et peurs se télescopaient dans l'esprit de la jeune sorcière, sans pour autant parvenir à retenir son attention. Elle reposa l'arrière du crâne contre le mur. Sans doute perdit-elle de nouveau connaissance. Lorsqu'elle rouvrit les yeux, un homme armé d'un couteau se tenait devant elle.

Un sentiment de panique s'éveilla en elle comme un serpent prêt à mordre, le venin de la peur coulait dans ses veines. Elle poussa un cri à glacer le sang. Surpris, l'homme recula.

— Chut, Senna. Je ne vais te faire aucun mal, déclara-t-il en s'approchant de nouveau.

Elle tenta de s'éloigner d'un bond maladroit et hurla de plus belle.

Visiblement contrarié, l'homme abandonna son couteau pour venir plaquer une main sur la bouche de la jeune sorcière. Elle voulut le mordre, mais il serrait trop fort.

Elle se débattit, donna des coups de pied. Le souvenir brûlant, aveuglant, de toutes les précédentes agressions dont elle avait été victime lui revint tout à coup en mémoire. La terreur menaça de la submerger.

À travers le voile de peur qui la coupait du monde, elle entendit l'homme chuchoter son nom.

— Senna. Chut, chut, Senna. Je me suis servi du couteau pour juguler le saignement de mon bras. Je ne te ferai jamais de mal. Calme-toi.

Elle recouvra alors ses esprits. Il s'agissait de Reden, son sauveur, pas de son agresseur. Comment avait-elle pu penser qu'il lui ferait du mal ? Elle s'effondra dans les bras du Protecteur.

Lentement, il ôta sa main.

— Cesse de crier, d'accord ? Je ne veux pas que l'on sache que tu es ici.

Chacun des battements de son cœur résonnait de façon douloureuse dans son crâne. Elle se prit le visage entre les mains.

— Pourquoi ?

— Parce que j'ai la conviction que nous avons semé ton agresseur, répondit-il en se relevant. Et, pour le moment, nous ne pouvons espérer meilleure défense. (Elle comprit qu'il souhaitait l'aider mais hésitait à la toucher. Avec lenteur, il avança une main.) Il faut que tu comprennes que je ne te ferai jamais de mal, Senna.

Elle ferma les yeux et tenta d'apaiser le rythme de son cœur, de refouler son accès de panique. Elle voulut acquiescer mais la douleur qui explosa dans son crâne l'en empêcha.

— Je le sais. C'est juste que…

Avec une grimace, il l'aida à se rasseoir sur la chaise.

— Tu n'oublies pas. Tu n'oublies jamais. Mais le coup que tu as reçu à la tête t'a embrouillé les idées.

Reden comprenait que l'on puisse survivre à une bataille sans pouvoir jamais se débarrasser de la peur qu'elle avait déclenchée. Elle hocha doucement la tête.

— Bois ton thé. Et maintiens la compresse sur ta plaie. Prenny en a fourni à tous les Protecteurs. Elle devrait faire effet.

Senna se cala tant bien que mal sur sa chaise.

— Du thé ? Quand as-tu préparé du thé ? Tu as fait un feu ?

— Pendant que tu étais dans les pommes, répondit-il en se servant une tasse.

— Si nous sommes chez Timmus, comment se fait-il que tu saches où trouver tout ce dont tu as besoin ? grommela-t-elle.

— Grâce aux inspections hebdomadaires, répliqua-t-il, un sourcil dressé. La discipline est le secret de toute armée, et les Protecteurs ne sont rien de plus qu'une armée spécialisée.

Senna s'appliquait à maintenir en place la compresse, qui dégageait une forte odeur d'herbes.

— Toi aussi, tu as reçu un projectile ? s'enquit-elle, un doigt pointé vers la croûte de sang séché qui lui maculait le visage. (Il hocha la tête et sembla aussitôt regretter son geste. Veillant à ne pas brusquer son estomac rétif, Senna sirota prudemment son thé.) Pourquoi n'es-tu pas tombé dans les pommes ?

— Faut croire que j'ai la tête plus dure que toi, répliqua-t-il avec un rictus.

Il se débarrassa de sa cape qu'il jeta dans un coin de la pièce. Senna ne put s'empêcher de remarquer sa manche imbibée de sang.

— Que t'est-il arrivé ?

Reden grimaça en essayant d'examiner l'arrière de son bras.

— Il a tiré le premier. J'ai fait semblant d'être assommé et j'ai attendu. Lorsqu'il s'est élancé vers toi, j'ai fait feu. Malheureusement, je l'ai raté. Je me suis alors rabattu sur mon pistolet, mais il m'a lancé un couteau. Une fine gâchette. Je me demande encore comment il ne m'a pas tué.

— J'aurais pensé le meneur des Protecteurs trop occupé pour veiller en personne à ma sécurité.

Il remonta la mèche de la lanterne. La pièce s'illumina. Il ôta sa chemise, observa la vilaine entaille et marmonna quelques jurons en tartennien.

— Collum est malade, Joshen et Tempnee accompagnent Arianis à Corrieth, quant à Hesten et Deere, ils ont déjà assuré leur quart.

La jeune sorcière baissa la tête.

— Je suis désolée de vous causer tant d'ennuis.

Il ne prit pas la peine de lui répondre. Sa plaie, bien que longue, n'était pas très profonde. Senna grimaça. La formation aux premiers secours était l'une des bases de son apprentissage. Mais la carcasse de porc sur laquelle elle s'était entraînée était déjà morte.

— Si tu veux qu'elle cicatrise et qu'elle guérisse correctement, il faudrait la recoudre, déclara-t-elle.

Il la gratifia d'un regard étrange et désigna son torse nu.

— Qu'est-ce qu'une balafre de plus ?

Elle suivit des yeux les innombrables stigmates qui lui striaient la peau comme autant de lignes sur une carte. Derrière ces marques, le corps était celui d'un soldat de métier, à la fois robuste et musclé.

Il saisit un flacon sur l'étagère, puis en ôta le bouchon avec les dents. Une forte odeur d'alcool assaillit les narines de la jeune sorcière. Il avala trois longues goulées avant de replacer le bouchon.

— Voilà qui devrait faire l'affaire.

Il lui adressa un regard appuyé, puis souleva le volet de verre de la lanterne pour plonger sa lame dans la flamme.

Elle comprit soudain ce qu'il avait en tête. Sa vision se brouilla.

— Oh, non… Tu n'as quand même pas l'intention de faire ça ?

— Cautérisée, une plaie n'a plus besoin d'être recousue.

Senna fut secouée par un nouveau spasme.

— Je vais m'en occuper.

— Je ne pense pas que tu sois en état, déclina-t-il.

Prise de vertige, elle posa le front sur le dos de sa main.

— Pourquoi ne pas demander de l'aide ?

— Parce que je ne sais pas à qui nous pouvons faire confiance.

Elle le dévisagea.

— Et les Maîtresses ?

— Il y a un traître sur l'île, soupira-t-il. Une personne qui occupe une position importante.

— Comment le sais-tu ?

— J'ai mené mon enquête.

La nausée menaçait de l'emporter de nouveau.

— Et tu penses qu'il pourrait s'agir de l'une des Maîtresses ?

— C'est la seule hypothèse logique, acquiesça-t-il. Personne d'autre ne jouit d'assez d'influence pour t'empêcher de quitter le Refuge, laisser l'intrus rôder sur l'île et le couvrir pendant si longtemps. Sans parler du départ de deux de tes Protecteurs attitrés, et de la soudaine maladie d'un troisième. En outre, au moins l'un de mes informateurs a été intercepté.

Intercepté ? Senna jugea préférable d'ignorer ce que cachait ce mot. Elle envisagea tour à tour les différentes possibilités. Coyel, Prenny, Chavis et Drenelle. Soudain, elle écarquilla les yeux.

— Juste avant que je ne me rende au Cercle de Pouvoir pour la récolte des noctelles, et que je me fasse attaquer, Drenelle a ordonné à Joshen d'aller réparer la fenêtre de son arbre-maison.

— Ça pourrait être lié, déclara Reden en se grattant la barbe. Ou pas. Quoi qu'il en soit, tu n'es plus en sécurité ici, et, si Drenelle est bien la traîtresse, elle ne te laissera jamais partir avec moi. Tu vas devoir quitter le Refuge. Cette nuit.

Bouche bée, Senna le dévisagea. Elle s'était préparée à devoir fuir seule, et voilà que Reden lui proposait son aide. La peur qui lui nouait l'estomac diminua quelque peu.

— Cette nuit ?

Il désigna sa lame, que la fumée noircissait lentement.

— Cautériser sera plus rapide.

À l'idée de l'odeur de chair brûlée qui allait emplir la pièce, la jeune fille avait le cœur au bord des lèvres.

— Comment comptes-tu me faire sortir ?

— Je vais ordonner au Protecteur en poste devant la grotte de se retirer, déclara-t-il d'un ton détaché. Puis ce sera à toi de chanter.

Elle ne vomirait pas de nouveau. Elle s'y refusait.

— Et s'il ne se soumet pas ?

— Je l'y obligerai par la force.

Elle prit une grande inspiration pour tenter de calmer ses nerfs.

— Et après ?

Le meneur essuya la sueur qui perlait à son front d'un revers de la main.

— Tu as déjà préparé ton retour en Tartennie.

Combien d'espions sillonnaient l'île pour son compte ? Par petites touches, elle lui révéla son plan qui consistait à regagner la Tartennie pour alléger la malédiction qui pesait sur ses terres, puis trouver Espen afin de lui soutirer le secret des sorcières qui menaçaient le Refuge.

Attentif, Reden ne lui demanda que quelques précisions. Satisfait par ses réponses, il se carra sur sa chaise.

— Il va nous falloir des vivres.

— Mais Joshen… objecta-t-elle.

— Il est déjà en route pour Corrieth, l'interrompit Reden en pointant son arme vers la Néfalie. Nous le retrouverons là-bas.

La jeune fille ferma les yeux.

— Non. Je voulais dire que nous ne pouvons pas l'emmener. Il fera tout pour me retenir.

— Tu en es certaine ? demanda Reden, perplexe.

— Absolument.

— Dans ce cas, nous partirons sans lui.

En quelques mots, elle venait d'abandonner à la fois la seule famille qu'il lui restait et son fiancé. Le Refuge n'était certes pas parfait, mais c'était le seul endroit pour lequel elle avait jamais eu envie de se battre. Si les Maîtresses la bannissaient, elle ne pourrait plus jamais en fouler le sol.

— Je ne pense pas avoir le courage de tout laisser derrière moi.

— Si tu dis vrai, l'île ne sera bientôt plus qu'un souvenir.

Elle se mordit la lèvre et s'efforça de chasser cette éventualité de son esprit.

— Nous serons bannis à vie. Tu sais qu'elles n'hésiteront pas.

Un silence lourd de sens lui répondit. Reden effaça les traces noires de sa lame à l'aide d'un chiffon propre puis, le visage crispé, approcha le couteau de sa plaie.

— Arrête !

— Lorsque tout sera réglé, nous enverrons quelqu'un chercher ta mère et Joshen, si tu veux, proposa-t-il, s'efforçant de ne pas perdre patience.

— Je ne peux pas partir comme ça. J'ai besoin de plus de graines et de plusieurs potions.

Le Protecteur fit jouer sa mâchoire, mais il connaissait l'importance de tels attributs pour une sorcière.

— Peux-tu les récupérer dès cette nuit ?

— La seule personne qui détient toutes celles dont j'ai besoin, c'est Prenny. Mais, en pleine récolte des noctelles, sa maison grouille de sorcières.

Senna retint une grimace. Elle avait déjà dérobé des potions à la Maîtresse de la Végétation par le passé, et l'idée de recommencer lui faisait froid dans le dos.

Reden écarta finalement la lame de sa plaie.

— Quand penses-tu être prête, au plus tard ?

Soulagée, Senna se détendit.

— Demain soir, la seconde nuit de récolte aura lieu dans une autre portion de l'île. Il devrait être plus aisé de se faufiler chez elle. Dès que j'aurai rassemblé les potions dont j'ai besoin, nous pourrons nous éclipser.

Le Protecteur, à la fois contrarié et résigné, s'assit lourdement sur une chaise.

— C'est d'accord. Mais pas un jour de plus. Ton agresseur ne va pas relâcher ses efforts, j'en suis sûr. Nous devons partir dès que possible.

Sur l'étagère qu'il lui indiqua, elle trouva des plantes et des potions familières. Elle versa un peu d'eau salée sur sa plaie, puis épongea le sang. L'entaille, propre, ne serait pas difficile à recoudre, mais leur soudaine promiscuité lui sembla… quelque peu gênante.

— Que vont penser les autres ?

— Les Maîtresses supposeront, à juste titre, que tu es partie sauver la Tartennie. D'autres s'imagineront sans doute que nous nous sommes enfuis ensemble, estima-t-il, impassible.

Senna, dont les joues rosirent subitement, s'affaira à chauffer une aiguille à la flamme de la lanterne.

Reden mordit de nouveau dans le bouchon du flacon dont il avala une longue gorgée.

— Je peux te donner quelque chose de plus fort que ce whisky, proposa-t-elle.

— Je préfère garder tous mes esprits.

Malgré ses tremblements, Senna parvint à effectuer les cinq points de suture nécessaires. Reden avait certes le front couvert de sueur et les muscles bandés, mais il n'esquissa pas le moindre geste et resta parfaitement silencieux. En proie à une nouvelle vague de nausée, la jeune sorcière s'empressa de bander la plaie avant de se laisser retomber sur sa chaise, où elle avala le reste de son thé d'un trait.

Elle posa les yeux sur le flacon de whisky, mais se dit que son estomac ne le supporterait pas. Peut-être plus tard. Au prix d'un effort colossal, elle força ses jambes flageolantes à soutenir son poids.

— Je suis fatiguée. Ramène-moi chez moi, s'il te plaît.

Le meneur déposa sa chemise ensanglantée dans un seau rempli d'eau.

— Non. Tu seras plus en sécurité au milieu des Protecteurs. Avec moi devant ta porte.

Elle ne parvenait toujours pas à accepter qu'une sorcière ne soit pas en sécurité au Refuge.

— Que va penser ma mère ?

— Ce ne sera pas la première fois que tu découches, répondit-il d'un ton neutre.

Une nouvelle vague brûlante lui empourpra les joues. Elle n'aurait pourtant pas dû être surprise par la remarque de Reden. Il ne faisait que reconnaître que des espions quadrillaient l'île pour son compte. Peut-être l'un d'eux l'avait-il surprise. Elle envisagea de lui dire qu'il ne s'était rien passé à ces occasions, mais elle ne tenait pas vraiment à se lancer dans ce genre de conversation. Pas du tout même. Et encore moins avec Reden.

— Elle doit savoir que Joshen vient juste de quitter l'île.

Le chef des Protecteurs pianota du bout des doigts sur la table, puis se leva brusquement.

— Ce pistolet est-il chargé ? (Senna acquiesça.) Verrouille la porte derrière moi.

Elle le suivit d'un pas mal assuré.

— Que vas-tu faire ?

— Je vais envoyer un de mes hommes prévenir Sacra que tu vas bien mais que tu ne rentreras pas chez toi cette nuit.

Senna croisa les bras.

— Elle risque de ne pas apprécier.

— Ferme à clé, lui indiqua-t-il avant de franchir la porte.

Elle obéit puis attendit pendant ce qui lui parut durer une éternité. Le murmure de Reden la fit sursauter. Elle le laissa entrer.

— Il y a un lit à l'étage. Prends-le. Je vais dormir juste devant la porte.

La jeune sorcière ouvrit la bouche pour protester, mais n'en trouva pas la force. Elle souleva le bas de sa robe et s'engagea dans l'escalier. Une fois à l'étage, elle choisit la chambre inoccupée. Juste avant de se glisser sous les draps, elle prit soin de bloquer la porte à l'aide d'une chaise.

Le fardeau d'une sorcière

Des coups assenés contre la porte d'entrée tirèrent Senna du sommeil. Leur écho se répercutait douloureusement dans son crâne. Les yeux mi-clos, elle glissa un regard par la fenêtre. La lumière du jour l'aveugla. Combien de temps avait-elle dormi ?

Elle ôta la chaise qui obstruait le passage, puis avança à pas prudents dans le couloir en quête de la première marche.

— Que fait-elle ici ? tonna la voix furieuse de Joshen.

— Elle a été attaquée. Si je n'avais pas arrêté son agresseur, il l'aurait enlevée, à l'heure qu'il est.

— Quoi ? s'écria le jeune homme.

— Calme-toi, siffla Reden. Elle va bien.

Senna se figea au sommet de l'escalier et regarda en bas.

— Laisse-moi la voir ! (Joshen passa une main dans sa chevelure sombre.) Je t'en prie, Reden. Nous nous sommes disputés à cause d'un malentendu. Je dois lui parler.

Le meneur faisait obstacle de son corps.

— Non. Elle va bien. Je suis monté la voir tout à l'heure. Elle a juste besoin de repos.

— Entendu. Je ne la réveillerai pas. Mais je veux la voir, insista Joshen, qui tentait de contourner Reden.

— De quel genre d'incompréhension s'agit-il ?

Le jeune Protecteur soupira.

— Les choses se sont un peu compliquées ces derniers temps. J'aimerais juste que nous puissions nous parler comme avant.

— Elle a besoin de repos pour se remettre du choc qu'elle a reçu à la tête. C'est plus important que ton envie de lui dire bonjour.

Joshen serra les dents, mais finit par hocher la tête.

— Je dois aller faire mon rapport aux Maîtresses. Tu lui diras que je suis passé ? Et tu envoies quelqu'un me prévenir dès qu'elle se réveille, d'accord ?

— Si elle accepte de te voir.

Joshen sembla se décomposer.

Senna envisagea de l'appeler, mais sa fatigue l'en empêcha. Sans un bruit, elle regagna la chambre et s'effondra sur le lit. Par chance, les cours étaient suspendus pendant la semaine de récolte des noctelles. Elle sombra aussitôt dans le sommeil. Lorsqu'elle rouvrit les yeux, une vive douleur lui tiraillait le ventre et les battements de son cœur résonnaient dans sa tête. À la chaleur humide qui régnait, elle sut que l'après-midi était déjà bien avancé.

Comme elle doutait d'avoir le temps de se rendre jusqu'aux bassins pour se laver, elle se contenta d'une cuvette et d'un tissu mouillé pour s'offrir une toilette sommaire. Elle noua ses cheveux en une tresse grossière destinée à masquer la bosse qui lui déformait l'arrière du crâne.

Une fois au pied de l'escalier, elle découvrit Reden dans la cuisine. Il lui tendit une orange et une tasse de thé. Elle huma la boisson et reconnut aussitôt le parfum des herbes vouées à chasser la douleur et limiter les inflammations. Elle y versa assez de lait pour la rendre tiède, puis l'avala goulûment.

— Joshen est passé en fin de matinée, il te cherchait.

La jeune fille remplit de nouveau sa tasse, puis joua avec l'orange.

— J'ai entendu.

Clairement mal à l'aise, le meneur acquiesça d'un léger hochement du menton.

— Il sait que tu as été attaquée hier soir… ce qui pourrait le décider à t'emmener loin de l'île.

Senna hésita avant de déclarer :

— Tu as sans doute raison, si toutefois on omet de lui parler de la Tartennie et du reste. (Elle se sentit soudain soulagée. Joshen viendrait avec eux. Elle ne serait pas contrainte de tout abandonner derrière elle.) Les Maîtresses penseront peut-être que nous nous sommes enfuis pour nous marier et elles se méfieront moins de mes actions en Tartennie.

— Si vous aviez décidé de vous enfuir ensemble, pourquoi m'emmèneriez-vous avec vous ?

La jeune fille soupira.

— Si elles découvrent nos véritables motivations – ce qu'elles ne tarderont pas à faire, j'en suis sûre –, elles essaieront de m'arrêter, même à distance.

— En sont-elles capables ?

— Peut-être. Je n'en sais rien. Tout dépend dans quelle mesure je parviens à juguler la malédiction. (Elle attendit qu'il lui demande d'exposer dans le détail comment elle comptait s'y prendre. Voyant qu'il n'en ferait rien, elle reprit dans un murmure :) Tu ne vas pas me poser la question ?

— Tu feras de ton mieux, je le sais. Et rien de ce que je ferai ou dirai ne te détournera de ton projet.

Senna éplucha l'orange dont elle porta un quartier à ses lèvres. Elle eut presque envie de sourire. À cette heure-là, le lendemain, elle serait de retour au combat. Envolée la peur constante de subir une nouvelle tentative d'enlèvement !

— Je vais rassembler tout ce dont j'aurai besoin, régler deux ou trois détails, et nous pourrons partir.

Un Protecteur à la silhouette vaguement familière l'attendait à l'extérieur. Il la salua d'un signe de tête.

— Brusenna.

Reden toucha le bras de la jeune fille.

— Je te présente Hesten. Il fait partie de ton escorte personnelle. Il a toute ma confiance. Nos mousquets sont chargés. Je vais passer le premier et Hesten fermera la marche. J'ai vérifié ton pistolet, et tu as ton couteau à portée de main.

Malgré le nœud dans son estomac qui malmenait son petit-déjeuner, elle parvint à acquiescer.

— J'ai aussi mes graines.

— Le choix des armes te revient. (Il scruta attentivement la forêt autour d'eux.) Nous ferons de notre mieux pour garantir ta sécurité, mais reste tout de même sur tes gardes.

La jeune sorcière s'éloigna du quartier des Protecteurs en emportant avec elle une épaisse tranche de pain aux noix pour laquelle elle n'avait plus d'appétit et l'odeur de l'orange qui lui collait aux doigts.

Sacra, les épaules enveloppées dans une couverture, lui ouvrit la porte. À en juger par les cernes profonds qui soulignaient ses yeux de noir, elle avait dû veiller la majeure partie de la nuit. Elle posa un regard suspect sur les deux hommes qui escortaient sa fille.

— Où étais-tu ?

Sans répondre, Senna rentra dans la pièce puis referma derrière elle.

— J'exige que tu me dises la vérité. Qu'est-il arrivé à mon père et à ma sœur ?

Sacra blêmit. D'un pas chancelant, elle s'approcha d'une chaise et s'assit sur son bord.

— Un Protecteur est venu m'avertir hier soir que tu ne rentrerais pas pour dormir, mais que tu étais en sécurité. C'était à propos de Joshen ?

Non. Joshen était parti. Nous nous disputons sans cesse, et je ne sais pas comment arranger la situation.

— Ils sont morts pendant que tu étais enceinte de moi. J'ai retrouvé des dessins dans ta boîte en métal. Mais je ne sais absolument rien d'autre sur eux.

À l'image de la lune et du soleil, leurs conversations poursuivaient sans cesse leur cours sans jamais se rencontrer.

— Tu refuses de quitter cette maudite île avec moi, mais tu es prête à risquer de perdre tout ce que peut t'apporter cet endroit – un apprentissage de qualité, une position d'influence, un avenir radieux – pour un garçon. À quoi joues-tu, Senna ?

Je l'ai peut-être déjà perdu.

Refusant de se laisser distraire, la jeune fille s'assit face à sa mère.

— Tu penses que c'est ce qui t'est arrivé quand tu as épousé mon père ? Que c'est à cause de ce mariage que tu as tout perdu ? (Sacra accepta enfin de croiser le regard de sa fille.) Je n'arrêterai de poser la question que lorsque tu m'auras répondu.

Après un long silence, sa mère reprit enfin la parole.

— Un villageois m'a apporté ces dessins après leur mort. (Elle détourna la tête.) Il a mal dessiné le nez de ton père. Et les yeux d'Arel. Je me rappelle que c'est ce qui m'a frappée quand il m'a tendu les feuilles. Mais, aujourd'hui, lorsque je repense à eux, je les vois tels qu'il les a dessinés.

Senna attendit que sa mère poursuive mais Sacra, le regard perdu dans le vague, resta silencieuse.

— C'est de ma famille dont il est question, maman. J'ai le droit de savoir ce qui leur est arrivé. Je t'en prie.

Deux larmes jumelles coulèrent sur les joues de Sacra.

— Tout est ma faute… Espen nous traquait, l'une après l'autre. La présence des hommes n'étant pas tolérée au Refuge, ton père et ta sœur sont restés en Néfalie. Lorsque j'ai appris que je portais un nouveau bébé, je me suis éclipsée de l'île pour l'annoncer à ton père. Il était terrifié pour moi. Il m'a suppliée de rester cachée avec lui. Mais j'étais alors Maîtresse de ma discipline, et les Quatre Sœurs avaient terriblement besoin de moi. Je l'ai donc laissé avec ta sœur, puis je suis rentrée au Refuge.

Senna se projeta dans son propre avenir. Ses devoirs, sa future famille. Comment faire pour trouver un équilibre entre ces deux composantes, lorsqu'une seule pouvait être satisfaite ?

Sacra ne put retenir un sanglot. Senna se pencha en avant pour poser tendrement ses mains sur les poings crispés de sa mère.

— Les Chasseurs de sorcières lancés à ma recherche les ont découverts, poursuivit-elle. J'étais au Refuge quand j'ai appris la nouvelle. Sur cette île maudite, en sécurité, pendant que ma famille courait un terrible danger. Accaparée par mes devoirs pendant que mon mari et ma fille se faisaient assassiner à ma place.

Les yeux fermés, Senna imagina Sacra telle qu'elle avait dû être avant cette tragédie, à la fois ambitieuse, belle et pleine de confiance. Elle glissa hors de sa chaise et s'agenouilla devant sa mère.

— Ce n'était pas ta faute.

— Ah bon ? répliqua-t-elle à voix basse. J'ai privilégié mon rôle de sorcière à celui de mère de famille. C'est un choix que j'ai répété à des centaines d'occasions. Mais cette fois-là, ils avaient vraiment besoin de moi. Et je n'ai pas répondu présente. (Elle renifla et essuya ses larmes.) Je te vois reproduire les mêmes erreurs que moi. Tu sacrifies tout pour les sorcières et pour un garçon qui t'aime. Mais si tu perds tout ça, que feras-tu ?

Senna fut sur le point de renoncer à son projet, trop risqué, de se rendre en Tartennie. Après tout, peut-être ferait-elle mieux de se cacher jusqu'à ce que tout soit fini ? C'est ce que sa mère avait fait, bien qu'un peu tard pour sauver son père et sa sœur. Mais l'idée de vivre de nouveau dans la peur et l'ignorance la répugnait. Les quelques semaines d'inactivité qu'elle venait d'endurer la détruisaient déjà à petit feu.

— Je m'estimerai heureuse de les avoir connus.

— Et si tu meurs, qu'est-ce que je suis censée faire, moi ? insista Sacra, dont la voix se brisa.

Senna pouvait-elle demander à sa mère de vivre une nouvelle perte ? Sa mort l'anéantirait. Elle la regarda droit dans les yeux.

— Promets-moi de te débarrasser enfin de ce fardeau qui te ronge depuis si longtemps. Promets-moi que tu trouveras un moyen d'être heureuse.

Sacra haussa les épaules en signe d'impuissance.

— Je le porte depuis si longtemps qu'il fait partie de moi, aujourd'hui.

— Eh bien, abandonne cette partie de toi !

— Je… je vais essayer, marmonna-t-elle. Mais tu dois me promettre de survivre à tout ça.

Senna serra très fort dans ses bras les épaules affaissées de sa mère, puis se colla contre son visage humide de larmes.

— Je ferai de mon mieux. Promis.

Comment lui dire au revoir ? Comment lui faire comprendre qu'elle devait partir ? Qu'elle ne reproduisait aucune erreur car aucune n'avait été commise. Mais qu'il était question de choix et qu'elle avait pris les meilleures décisions compte tenu de ce qu'elle savait.

— Peut-être que, finalement, je te ressemble plus que je ne le pensais, murmura la jeune sorcière. Et j'en suis fière.

Sacra grogna, comme si cet aveu la faisait souffrir.

— J'espère que tu es meilleure que moi.

Senna déposa un baiser sur la joue salée de sa mère.

— Je t'aime.

— Moi aussi, répondit Sacra avec un sourire timide.

Elle semblait absorbée par de lointaines pensées. C'était sans doute mieux ainsi. Sinon, elle aurait sûrement compris que la jeune fille lui faisait ses adieux.

Senna monta dans sa chambre pour enfourner ses affaires dans une vieille sacoche élimée. Elle refit ensuite le plein de graines et boucla sa ceinture. De retour dans le salon, elle s'arrêta devant la porte.

— La récolte des noctelles va bientôt commencer.

— Pars sans moi, répondit Sacra avec un geste de la main. Je vous rejoindrai plus tard.

Pour la première fois, Senna comprit pourquoi sa mère avait choisi de se terrer avec elle dans l'enfer qu'était Gonstower. Pourquoi elle l'avait laissée seule, dans l'ignorance. Et elle lui pardonnait ses choix comme elle espérait que Sacra lui pardonnerait de risquer que son cœur vole en éclats de façon irrémédiable.

VOL

Reden, Hesten et Senna se frayèrent un chemin dans l'air chargé d'un nuage de pollen scintillant. Des grains, plus gros, qui tombaient tout autour d'eux en une brume chatoyante, émettaient un surplus de lueur au contact de leurs vêtements.

De temps à autre, la jeune fille posait un regard sur ses bras pour s'assurer qu'ils ne luisaient pas comme la veille. À son grand soulagement, sa peau resta parfaitement terne, à l'exception des petites particules lumineuses accrochées au duvet de ses bras.

L'arbre-maison de Prenny se dressait devant eux. Encore quelques instants et Senna pourrait se glisser à l'intérieur pendant que les Protecteurs monteraient la garde. Ils pourraient ensuite s'emparer d'une des embarcations et disparaître dans la nuit.

Mais bien sûr, rien n'était jamais aussi simple.

— Brusenna ?

Surprise, la jeune fille leva les yeux. Elle découvrit Prenny qui, une lanterne remplie de frais, refermait sa porte derrière elle.

— Comment se fait-il que tu n'aies pas la moindre trace de pollen sur les doigts ? Tu te crois peut-être exemptée de travail aux champs ? (Sans lui laisser le temps de répondre, la Maîtresse de la Végétation s'adressa à Reden.) Et vous autres, là ? Si vous n'avez rien de mieux à faire, j'aurais besoin d'un coup de main pour attraper les plantes en hauteur.

Sur ces mots, elle agrippa le bras blessé du meneur. Une grimace de douleur lui tordit le visage, mais il tint bon.

— Une tâche nous attend, Maîtresse.

— À cette heure de la nuit ? Ça m'étonnerait. Et aucune tâche n'est plus importante que la récolte des noctelles. Vous allez venir avec moi, tous les deux. (Elle lança un regard par-dessus son épaule.) Senna, suis-nous.

Quelques minutes plus tard, ils se trouvaient de nouveau au milieu des sorcières.

— Au travail ! lança-t-elle à Senna avant de se tourner vers une Apprentie plus âgée. Dorri, ne la quitte pas des yeux.

Reden adressa un regard indécis à la jeune fille. Il refusait de la laisser seule et de retarder leur départ, mais ne voulait pas pour autant éveiller les soupçons de Prenny.

— Ne t'éloigne jamais des autres, lui dit-il.

Combien de temps s'écoulerait-il avant que Reden puisse fausser compagnie à la Maîtresse ? En comparaison, se défaire de la surveillance de Dorri revenait à enfoncer une lame dans une motte de beurre.

Courbée au-dessus des plantes, l'Apprentie interpella sa jeune consœur.

— Allez, au travail !

Heureusement, une opportunité ne tarda pas à se présenter. Lorsque les Apprenties se rassemblèrent pour boire, Senna se cacha derrière un arbre, avant de s'éclipser sans un bruit. Aucune lumière ne filtrait par les fenêtres de l'immense arbre à quatre étages de la Maîtresse de la Végétation. La jeune fille retira la clé du trousseau que Pogg lui avait confié pour éviter d'attirer l'attention avec des cliquetis métalliques puis, telle une ombre à l'abri du feuillage, s'approcha en silence de la porte. Une fois au pied de l'escalier, et après une brève hésitation, elle souleva le bas de sa robe et grimpa les marches au pas de course.

Le cœur battant à tout rompre, elle glissa la clé dans la serrure, la fit tourner, et un déclic sonore retentit. Elle souleva le lourd loquet de métal et entrouvrit la porte, qui protesta en grinçant. Elle se faufila ensuite dans l'embrasure, referma derrière elle avec douceur et se précipita dans le salon. Elle fonça aussitôt vers la fenêtre ovale pour en tirer les lourds rideaux. Puis, se fiant à sa mémoire des lieux, elle se dirigea à tâtons vers le poêle.

Une explosion de douleur l'aveugla lorsque son pied heurta la base d'un meuble sombre. Elle ravala un juron et franchit les derniers mètres en boitillant. Elle opta ensuite pour une petite bougie de suif pur dont l'odeur ne risquerait pas d'alerter Prenny. Elle enflamma la mèche grâce aux braises encore rougeoyantes. Un éclat orange, puis jaune, grava sur sa rétine un halo brumeux.

À la lueur de la bougie, elle claudiqua vers une petite vitrine qui lui renvoya l'image fantomatique d'un visage déformé par la culpabilité. Sa chevelure couleur de blé, qui ondoyait de reflets orange et jaunes, lui conférait une inquiétante ressemblance avec la flamme qu'elle tenait. Son regard doré, lui, brillait d'une couleur topaze sombre.

Elle se détourna de son double spectral, choisit une petite clé qu'elle glissa dans la minuscule serrure, puis ouvrit la vitrine. Ses mains moites laissèrent sur la petite porte une empreinte qui s'évapora aussitôt.

Elle sortit dix petites fioles vides mais étiquetées de sa vieille sacoche. Les bouchons cédèrent dans une série de bruits sourds accusateurs. Elle s'essuya les paumes sur sa robe, puis commença par l'Ioa. Elle remplit plusieurs de ses flacons avec les béchers de Prenny qu'elle replaça ensuite dans la vitrine, sur leur petit cercle dépourvu de poussière. Elle accrocha les fioles pleines à sa ceinture de graines.

Ses mouvements étaient rapides et précis, elle ne prélevait chaque fois que d'infimes quantités. Alors qu'elle s'attaquait à la dernière potion, elle entendit juste derrière elle le sol craquer sous le poids d'une personne.

— Qui est là ? demanda une voix.

La jeune sorcière sursauta et renversa du précieux liquide un peu partout.

La femme qui se tenait dans l'embrasure soupira devant le gâchis. Prenny s'avança dans le cercle lumineux de la bougie de suif.

L'esprit de Senna se mit à tournoyer autour d'un millier de mensonges, mais elle sut qu'aucun ne lui sauverait la mise. Aussi, les entrailles nouées, elle préféra garder le silence. Elle aurait mieux fait d'attendre le retour de Reden et Hesten. Avec un Protecteur pour faire le guet, Prenny ne l'aurait jamais prise la main dans le sac.

Les lèvres de la Maîtresse dessinaient une ligne étroite.

— La confection de ces potions représente des années de travail.

— Je sais, reconnut Senna, la tête basse.

Prenny grogna. Elle prit la bougie des mains de la jeune fille puis alluma une grosse lanterne posée sur la table. Elle en fit monter la mèche et un flot de lumière aveuglante inonda la pièce. Elle s'empara de la ceinture de graines de Senna puis abaissa un verre grossissant sur son extravagante monture pour déchiffrer les étiquettes des fioles.

— Par les Créatrices, mais ce sont des potions de combat ! (Elle releva ses lunettes et se massa l'arête du nez.) À quoi peut bien te servir un tel arsenal ?

La langue de la jeune fille lui donnait l'impression de s'être muée en un inutile morceau de viande desséchée.

La Maîtresse referma la vitrine dont elle agita la petite clé sous les yeux de Senna.

— Où te l'es-tu procurée ? Et comment as-tu fait pour t'introduire chez moi ?

Consciente qu'un mensonge ne ferait que causer sa perte, Senna persista dans son mutisme.

Prenny grogna de nouveau puis glissa la clé dans la poche de sa robe.

— Non seulement tu me voles mes potions, mais tu me coûtes aussi un temps précieux. Les fleurs de noctelle ne s'ouvrent que quelques nuits par an. Et, au lieu d'en profiter pour les polliniser, voilà que je perds mon temps avec toi. (Elle réajusta sa cape noire sur ses épaules d'un geste brusque et s'empara de la lanterne.) Tu vas venir avec moi.

Senna envisagea de s'enfuir à toutes jambes, mais elle ne pouvait pas abandonner Reden. Et elle avait besoin de ces potions, sa survie en dépendait en partie.

Elle dissimula autant que possible son visage sous sa capuche, puis vint se placer à côté de son aînée, qui la saisit fermement par le bras, juste au-dessus du coude, et la mena à l'extérieur. Elles approchaient de l'Arbre du Conseil lorsque Senna fit semblant de trébucher. Elle profita de sa manœuvre pour lancer le trousseau de clés dans la végétation et grogna pour masquer le cliquetis métallique. Pogg ne tarderait pas à les retrouver, elle le savait.

Prenny l'aida à se redresser puis, sans la moindre hésitation, elle lui fit traverser la masse de sorcières jusqu'à Coyel, qu'elles trouvèrent penchée sur les noctelles, les doigts recouverts de pollen luminescent.

— Nous avons un problème, déclara Prenny tout de go. Où sont les autres ?

Coyel se redressa avec une grimace. Elle posa un regard indéchiffrable sur Senna puis envoya deux Sorcerelles quérir Drenelle et Chavis. Elle entraîna ensuite ses deux consœurs à l'écart des oreilles indiscrètes.

Chavis arriva la dernière. Toutes étaient tachées de pollen scintillant. Les noctelles revêtaient une telle importance dans la préparation des potions, que même les Maîtresses participaient à leur récolte. Elles formèrent un cercle autour de la lanterne pour protéger sa flamme de la nuée d'insectes qui assaillaient les plantes lumineuses. Senna se retrouva prise au piège.

Coyel se mit à se masser la nuque.

— Très bien, Prenny, qu'a fait Brusenna cette fois-ci ?

La Maîtresse de la Végétation lui tendit la ceinture de graines et la sacoche.

— Je l'ai surprise dans mon salon, en train de voler des potions.

— De voler ? répéta Coyel, incrédule.

Elle s'empara de la ceinture et examina une des fioles à la lumière de la lanterne.

Bien que son cœur semblât sur le point de s'arrêter, la jeune fille s'efforça de garder la tête haute lorsqu'elle croisa le regard déconcerté de la Maîtresse de la Lumière.

— Comment t'es-tu procuré une clé de chez moi ? Et de mon armoire à potions ? demanda Prenny d'une voix ferme.

Senna contemplait le champ et ses consœurs penchées sur le pollen. Arianis évoluait au milieu d'un groupe de filles qui leur lançaient des regards à la dérobée entre deux chuchotements. Au milieu de toutes ces messes basses, Mistin, immobile, ne quittait pas son amie des yeux.

— Vous semblez oublier que j'ai vécu seule sur cette île pendant des mois, expliqua Senna lorsqu'elle eut recouvré sa voix. J'ai alors utilisé la clé de l'armoire à potions de Prenny pour rassembler ce dont j'avais besoin pour affronter Espen.

Prenny ouvrit la bouche, puis la referma. Pour une fois, elle semblait à court de mots.

— Et tu n'as jamais rendu cette clé ? s'enquit Chavis. (Persuadée qu'il lui fallait en dire le moins possible, Senna se contenta de secouer la tête.) Tu as d'autres clés ?

Heureuse de s'être débarrassée du trousseau en chemin, la jeune Apprentie put répondre en toute franchise par la négative.

Drenelle, demeurée jusque-là silencieuse, toucha tour à tour chacun de ses bijoux, comme pour s'assurer qu'aucun ne lui manquait.

— Nous allons devoir fouiller ses affaires. Toutes ses affaires. Qui sait ce qu'elle peut détenir d'autre qui ne lui appartient pas ?

C'étaient là des propos qu'un traître aurait très bien pu tenir. Mais elles ne trouveraient rien, car il n'y avait rien à trouver. L'idée de les voir fureter dans ses sous-vêtements et dans sa malle d'effets personnels mettait Senna mal à l'aise.

— Cette gamine a clairement besoin d'être reprise en main, diagnostiqua Prenny. Je vous avais pourtant bien dit qu'elle n'était pas encore prête pour devenir Apprentie.

— Pourquoi, Senna ? demanda Coyel, visiblement blessée. Pourquoi as-tu dérobé ces potions ?

La colère de Prenny était bien plus facile à supporter que la déception de Coyel.

— Je n'avais pas le choix.

Chavis prit la ceinture des mains de Coyel, puis passa en revue les différentes fioles. Au fur et à mesure, son sourcil s'arqua.

— C'est exactement l'assortiment de potions que je prendrais si je décidais de partir en guerre.

Les autres Maîtresses semblèrent toutes surprises, à l'exception de Prenny, dont le malaise grandissant était perceptible.

— Que veux-tu dire ? demanda Coyel.

— Elle est venue nous harceler tour à tour pour nous demander de lever la malédiction. Aucun doute ne subsiste quant à sa destination. (Elle adressa à Senna un regard accusateur.) Oserais-tu le nier ?

La jeune sorcière regrettait de ne pouvoir s'évaporer sur-le-champ.

— Non.

Son voyage en Tartennie ne constituait que la première étape de son projet, mais elle n'avait aucune intention d'en révéler toute la teneur à ses aînées.

— Où se rendait-elle ? demanda Drenelle.

— Elle se préparait à tenter de lever la malédiction toute seule, grommela Prenny.

— Qu'espérais-tu vraiment accomplir, à part te faire tuer ? s'enquit Chavis, un doigt pointé vers la lointaine Tartennie.

— Tu devrais te réjouir d'avoir échoué dans ton entreprise, commenta Drenelle. Autrement, nous aurions été contraintes de te bannir.

Ce qui aurait constitué la parfaite excuse pour me jeter derrière des barreaux, pensa Senna.

Les ombres étirées que projetait la faible lueur de la lanterne masquaient les yeux de Coyel.

— Il y a autre chose, Senna. N'est-ce pas ? (La jeune fille, qui rêvait de pouvoir se fier à quelqu'un de confiance, dévisagea son aînée.) Je t'en prie, insista Coyel. Je ne peux pas t'aider si j'ignore de quoi il retourne.

Peut-être avait-elle tort de se méfier des Maîtresses, et notamment de Coyel ? Peut-être cherchaient-elles réellement à lui venir en aide ? Mais la mise en garde de Reden résonnait encore dans sa tête.

— Non, Maîtresse. Rien d'autre.

Coyel prit une profonde inspiration.

— Tu fais erreur, Senna. Mais je comprends pourquoi tu agis ainsi. Tu vas rendre ses potions à Prenny. Nous déciderons de ta sanction demain. Quant au sort des Tartenniens, tu n'as pas à t'en préoccuper, nous nous en chargeons à notre façon.

La jeune fille serra les dents. Elle avait besoin de ces potions pour se rendre en Tartennie, mais elle allait devoir faire sans. Déterminée à retrouver Reden afin de quitter l'île au plus vite, elle commença à s'éloigner, mais une voix l'arrêta.

— Elle ne vous dit pas tout.

Quand Arianis s'était-elle approchée ? Senna lui adressa un imperceptible signe de tête pour la prier de tenir sa langue. Mais la jeune Apprentie détourna le regard.

— Elle est allée rendre visite à la Sorcière Noire en secret.

À ces mots, Senna comprit que son monde ne serait jamais plus le même.

Le Chant de la végétation

Le visage de Coyel sembla se décomposer.

— Dis-moi que c'est faux, Senna !

La jeune sorcière eut envie de courir, de se cacher. Mais elle était aussi lasse de toutes ces tromperies, fatiguée de tous ces mensonges.

— Je suis allée voir Espen pour obtenir des réponses.

— Elle ment. Les arbres ne parlent pas, répliqua sèchement Chavis, dont le pouce caressait de façon machinale la crosse de son pistolet.

Senna croisa le regard de son aînée.

— Elle traçait ses mots dans la terre.

— Et que t'a dit la Sorcière Noire ? s'enquit Coyel d'une voix douce.

— Que si j'étais capable de pérégriner, c'était parce que les Créatrices m'avaient touchée. Puis elle m'a livré deux noms et la promesse de m'en dire plus si je venais la voir.

— Quels noms ? demanda Prenny.

— Lilette et Calden.

— Tu as perdu la raison, décréta Chavis.

— Et si tu étais la traîtresse que nous recherchons ? proposa Drenelle, qui jouait avec l'une de ses bagues.

— Pourquoi aurais-je arrangé ma propre agression ? s'offusqua Senna.

— Afin de brouiller les pistes, sans doute, répliqua Drenelle, le regard noir.

Les propos de ses consœurs la meurtrissaient comme une avalanche d'éclats de verre. Elle regarda Chavis droit dans les yeux.

— Avant que je la transforme en arbre, Espen a tenté de m'avertir d'une autre menace. Comme elle n'a pas vécu recluse au Refuge, je me suis dit qu'elle saurait peut-être des choses. C'est alors qu'elle m'a parlé de Lilette et Calden. Je pense qu'une poignée de sorcières a survécu à la destruction et que maintenant, elles nous menacent. Si je veux en apprendre plus, je dois aller en Tartennie pour interroger Espen, je n'ai pas le choix.

Prenny adressa à ses pairs un regard dégoûté.

— Ne prenons pas son égarement pour de la malveillance. Rappelez-vous que, nous aussi, Espen nous a dupées.

— Pourquoi ne pas nous avoir consultées ? demanda Coyel.

Humiliée et irritée par son impuissance, Senna était agitée de tremblements.

— Parce que je vous ai entendues décider que vous ne me diriez absolument rien. Et aussi parce que je suis persuadée qu'il y a encore un traître au Refuge. Quelqu'un qui permet à mon agresseur de rester sur l'île. Quelqu'un qui dispose d'assez de pouvoir et de savoir pour orchestrer tout ça. Et j'en ai conclu que ce ne pouvait être que l'une de vous.

Chavis éclata de rire.

— Cette fille est folle. Complètement et irrémédiablement…

— Tu n'es qu'une Apprentie, Brusenna, intervint Drenelle. Il serait temps que tu t'en souviennes !

— Je suis une Gardienne avant tout ! s'emporta Senna.

— Tu ne mérites pas encore le statut de Gardienne, répliqua Prenny d'une voix à la fois posée et menaçante.

— Le rôle des Gardiennes est de protéger, pas de détruire, rétorqua la jeune fille entre ses dents. Alors, dites-moi, quelles sont celles qui ne méritent pas leur titre de Gardienne ?

— Tu vas trop loin, Senna. (Pour la deuxième fois, le masque impassible de Coyel laissa entrevoir sa colère.) Les décisions que tu as prises ne nous laissent pas le choix. Tu vas devoir rester enfermée jusqu'à ce que nous vérifiions si ce que tu avances est vrai. Et si tu as réellement parlé avec Espen, nous devrons déterminer à quel point elle a déformé ta perception des choses.

— Tout recommence, marmonna Drenelle. Comme la dernière fois.

Prenny accueillit la réflexion de sa consœur avec une grimace.

— Tout quoi ? s'enquit Senna.

Elle regrettait de s'être confiée aux Maîtresses. Elle plaqua ses deux mains sur la marque qui ornait son nombril. Peu importe ce qu'elles lui enlèveraient, jamais elles ne pourraient la priver de son statut de sorcière.

— Joshen est-il au courant ? demanda Chavis avec une pointe de menace dans la voix.

Senna s'efforça de maîtriser ses tremblements. En révélant la manœuvre d'Arianis, elle impliquerait le jeune homme. Hors de question qu'elle répète l'erreur qu'elle venait de commettre.

— Non.

Par chance, Arianis garda le silence.

— Bien, acquiesça Coyel. Ainsi, il ne sera pas banni, mais nous veillerons à lui trouver une autre affectation.

— C'est mon Protecteur ! s'indigna Senna d'une voix brisée.

— Plus maintenant, grommela Chavis.

— Ne serait-ce pas un peu sévère ? Ce garçon est amoureux d'elle, intervint Prenny.

— C'est toi qui nous l'as amenée pour que nous la sanctionnions, tu te rappelles ? répliqua Chavis.

Coyel, visiblement épuisée, se massa les tempes.

— Je me demande si je ne fais pas preuve de trop d'indulgence… Peut-être devrais-je la bannir, tout compte fait ? Quant à Joshen, qu'Arianis semble avoir déjà accepté, il sera affecté à la protection de la jeune Apprentie. Au moins jusqu'à ce que nous ayons tiré les choses au clair. (Elle adressa un regard courroucé à Arianis.) Tu es excusée.

L'Apprentie s'éloigna sur-le-champ.

Senna avait l'impression que tout son être volait en éclats.

— Je pensais que vous seriez les seules à pouvoir m'aider.

— À quoi t'attendais-tu ? rétorqua Coyel, inflexible. Tu viens nous dire que tu communiques avec Espen, la sorcière qui a bien failli toutes nous anéantir, et tu espérais peut-être que je t'adjoindrai un Protecteur et te laisserai partir avec ma bénédiction ?

— Nous ne cherchons pas à te blesser, Senna, intervint Prenny d'une voix douce, chaleureuse même. Mais de tels actes doivent être sanctionnés. Tu as en outre déjà prouvé que tu n'étais pas assez mature pour supporter le poids de tous les espoirs placés en toi. Nous allons mener notre enquête sur ce que tu nous as révélé. En attendant, tu vas devoir faire preuve de patience.

— Va chercher un Protecteur, demanda Chavis à Drenelle, qui s'exécuta aussitôt.

Senna se demanda où se trouvaient Reden et Hesten. Sans doute l'attendaient-ils devant chez Prenny.

— Il sera peut-être déjà trop tard demain, plaida-t-elle en désespoir de cause.

Chavis fit signe à Prenny de s'approcher.

— Tu es peut-être la sorcière la plus puissante de l'île, mais tu n'aurais aucune chance face à nous trois.

Le calme gagna soudain la jeune fille. En effet, elle était bien la plus forte. Mais elle ne souhaitait pas combattre ses consœurs. Du moins, pas tant qu'elle pourrait l'éviter.

— Vous êtes en train de creuser vos propres tombes !

L'Apprentie s'éloignait à reculons en se demandant si, réellement, elle aurait le dessus face aux Maîtresses, lorsqu'elle percuta un homme. Le cœur battant à tout rompre, elle fit volte-face : elle découvrit un Protecteur qu'elle ne connaissait pas, et prit aussitôt ses jambes à son cou.

— Arrête-la ! s'écria Coyel.

Les bras du jeune homme lui étreignirent aussitôt les épaules. Elle eut beau se débattre, le Protecteur ne céda pas. Les blessures de sa main et de sa tête se réveillèrent.

Sans laisser le temps à ses supérieures de réagir, Mistin se jeta sur le Protecteur dont elle martela les bras de ses petits poings.

— Lâche-la ! Laisse-la partir !

La Maîtresse de l'Eau s'approcha pour repousser la minuscule Apprentie, mais la jeune sorcière rivalisa de coups de pied et de griffes. Les autres Maîtresses se joignirent bien vite au conflit. Senna, consciente qu'une seule stratégie pourrait la tirer d'affaire, commença à chanter.

Ô plantes...

Coyel se détourna aussitôt de Mistin pour venir plaquer une main sur la bouche de Senna.

Chavis, le souffle court et les joues striées d'une série de zébrures livides, parvint enfin à immobiliser l'Apprentie venue au secours de son amie.

Le combat, à peine commencé, était déjà terminé.

— Trouvez-moi de quoi la bâillonner ! ordonna Coyel sans ôter sa main de la bouche de Senna.

Prenny dissémina quelques graines qui donnèrent aussitôt naissance à de longues lianes. Les Maîtresses chantèrent jusqu'à ce que les plantes entravent les mains des deux jeunes Apprenties.

Après s'être relevée tant bien que mal, Drenelle ôta une bande de dentelle ouvragée de sa robe.

— Voilà. Ses dents ne pourront pas entamer le tissu.

Senna mordit les doigts de la Maîtresse de la Terre qui, avec un petit cri de douleur, recula. La jeune sorcière en profita pour reprendre son incantation.

Prenny repoussa Drenelle sans ménagement, puis tira une potion d'une petite poche spécialement aménagée sur sa ceinture de graines. Elle ouvrit la fiole dont elle plaça l'embout sous le nez de Senna. Une douce odeur de plantes sucrées commença à l'envelopper. Elle cessa aussitôt de respirer et détourna la tête. Mais il était trop tard.

— Extrait de barbelle, marmonna-t-elle à l'instant où son corps perdait toute vigueur.

Soulevée par les bras du Protecteur, elle tenta de lutter contre le poids devenu insoutenable de ses paupières.

On lui glissa un tissu dans la bouche. Les couleurs du monde alentour n'allaient pas, elles étaient trop ternes, trop floues. Et les sons trop lointains. Elle s'efforça de comprendre ce qui se passait, où elle se trouvait, mais son esprit refusait de raisonner. Était-elle en train de rêver ? Et pourquoi l'arrière de son crâne la faisait-il tant souffrir ?

Coyel, qui releva d'un geste leste la lampe renversée, s'adressa au Protecteur.

— Attache-les solidement dans deux celliers différents pour la nuit. Prenny, accompagne-le pour essayer de calmer Senna.

Des celliers ? Allait-elle devoir leur préparer un dîner ?

— Oui, Maîtresse, acquiesça le Protecteur avant de changer la jeune fille de position dans ses bras.

Prenny s'approcha pour ramasser la lanterne et la ceinture de graines.

Senna voulut hurler son indignation. Pourquoi sa ceinture gisait-elle par terre ? Les potions et les graines auraient pu se renverser !

— Encore combien de temps avant que les effets de ce truc se dissipent ? s'enquit le Protecteur, nerveux.

La Maîtresse de la Végétation lui jeta un regard en coin.

— Plus beaucoup. Tu le sauras dès qu'elle commencera à se débattre, répondit-elle en dépassant le jeune homme pour éclairer la voie.

Mistin, les mains toujours entravées, leur emboîta le pas. Senna voulut leur demander où ils la conduisaient, mais elle avait la bouche obstruée. Gênée, elle tenta de déglutir, mais le tissu roulé en boule résista.

Elle n'avait que vaguement conscience du regard de ses consœurs qui, stupéfaites, observaient la scène. Son bâillon de fortune lui donnait à coup sûr un air idiot.

Tout à coup, la peur lui tordit les entrailles. Leur mort approchait. Elle devait à tout prix s'enfuir. Dès ce soir !

Mais ses mains étaient attachées et un objet lui cisaillait les lèvres. Refusant de laisser voir à Prenny et au Protecteur qu'elle recouvrait ses esprits, elle réfléchit à toute vitesse. Chaque fois qu'elle avait entendu les Quatre Sœurs, les incantations atteignaient leur paroxysme : lors d'un tremblement de terre, d'une tempête ou de l'agonie d'une nation entière.

Aussi, peut-être les chants résonnaient-ils en permanence, mais si bas qu'elle ne les percevait qu'en plein tumulte. Et, si tel était le cas, elle pourrait à tout moment en prendre le contrôle. Sachant qu'elle ne disposerait que d'un laps de temps infime, elle se fit tout ouïe à l'affût des Quatre Sœurs. Peu à peu, elle perçut de lointaines percussions mêlées au chant subtil de flûtes et à des souffles ténus. Leurs notes s'accordaient à merveille, tout en douceur et en légèreté, si bien qu'elle avait d'abord pris ces sons pour ceux de la nature elle-même.

Elle se mit alors à fredonner en rythme avec la mélodie, mais si bas que même le Protecteur ne pouvait l'entendre. Puis, elle en modifia l'air par petites touches. Chaque fois, les éléments lui répondirent en suivant sa voix. Par son chant, elle s'efforça de les mélanger pour qu'ils répondent au mieux à ses besoins.

Prenny s'arrêta soudain.

— Quelque chose ne tourne pas rond.

Un papillon de nuit effleura le visage de la jeune fille, aussitôt imité par une nuée d'ailes, comme attirées par sa peau. Elle sentait leurs petites pattes qui tentaient de s'accrocher à elle.

Le Protecteur haleta.

— Qu'est-ce qui leur prend ? s'étonna Prenny.

À mesure que Senna fredonnait, les papillons affluaient en nuées tourbillonnantes toujours plus denses. Leurs ailes déposaient sur sa peau les plus délicats des baisers.

— Éteignez la lanterne, Maîtresse, demanda le Protecteur dont les muscles des bras se crispaient de plus en plus.

Prenny hésita avant de s'exécuter. Ce qu'elle découvrit alors sembla la pétrifier. Senna luisait. Une douce lumière émanait d'elle en subtils flamboiements dorés. Les chants des Quatre Sœurs l'enivraient. Elle modifia une note et, l'instant suivant, les lianes qui lui retenaient les poignets se relâchèrent. Le vent se chargea de la débarrasser de son bâillon qui retomba mollement sur sa poitrine.

Une main posée sur sa fiole, Prenny poussa un cri de mise en garde. Senna poursuivit alors son incantation à voix haute. Les plantes renversèrent la vieille sorcière et la clouèrent au sol. Elles s'enroulèrent ensuite autour des épaules du Protecteur pour le forcer à s'agenouiller, puis libérèrent Senna de son étreinte. La peur se lisait dans le regard écarquillé de la Maîtresse. Le Protecteur, impuissant, contemplait la scène, bouche bée.

Mistin ne bougeait pas.

— Senna ?

Sans leur prêter la moindre attention, la jeune sorcière s'engagea sur un sentier sinueux vers les falaises qui ceignaient l'île. Elle ne doutait pas de pouvoir appeler un vent assez puissant pour l'emporter de l'autre côté de l'océan, en Tartennie, mais elle devait d'abord s'éloigner de la forêt.

L'instant suivant, elle aperçut Reden et Hesten qui, précédés de Joshen, accouraient à toutes jambes. Arianis et les autres Maîtresses les suivaient de près. Sans doute la subite agitation les avait-elle tous alertés.

Mais Senna n'avait plus besoin d'une escorte. D'un simple mot, elle changea la course du vent qui, de ses rafales, tissa autour d'elle un cocon protecteur impénétrable. Piégés dans l'œil du tourbillon, certains papillons s'agrippaient à elle avec leurs petites pattes duveteuses, tandis que d'autres tournoyaient comme des feuilles mortes emportées par une brise d'automne.

Senna souleva le bas de sa robe et s'élança vers l'un des escaliers sculptés à même la falaise. Une à une, elle monta les marches, suivie par la cape vivante que formait la myriade de papillons malmenés par le vent.

Reden voulut la suivre.

— Senna ! Attends !

Joshen la regarda s'éloigner.

— Qu'est-ce qui ne tourne pas rond ?

Senna leva alors les yeux vers la nuit sans lune et éclata de rire. Pour une fois, au contraire, tout semblait parfaitement à sa place. Parvenue au sommet de l'escalier de pierre, elle fit appel au vent, qui obéit sur-le-champ et l'enveloppa. Ses cheveux et ses vêtements étaient déjà tirés vers le haut.

— Que fait-elle ? s'écria Joshen.

— Elle est comme soûle, répondit Prenny, dont les phalanges étaient exsangues à force de tirer sur ses liens.

— Soûle ? répéta Reden, qui lui prêtait main-forte.

— Oui. C'est l'un des effets secondaires de la barbelle.

La Maîtresse dégagea alors une fiole de la ceinture de graines de Senna pour la lancer sur la jeune fille, mais elle manqua sa cible. Le verre vola en éclats sur la falaise. De petites gouttes aspergèrent néanmoins la cape de Senna et pénétrèrent dans sa peau. L'arôme des fleurs vint la submerger telle une vague.

— Qu'est-ce que c'était ? s'enquit Joshen.

— De l'extrait de barbelle, répondit la Maîtresse de la Végétation.

— Vous lui en avez redonné ! s'indigna le Protecteur.

— Je n'avais pas le choix !

Une douce sensation de torpeur s'empara de la jeune fille. Le vent attendait ses ordres, mais elle les avait oubliés. Il patienta encore un instant avant de se désintéresser d'elle. Senna se sentit sombrer. Dans l'obscurité. Dans ses rêves.

— Elle va tomber ! s'exclama Joshen, écartant Prenny de son chemin.

— Elle n'est pas censée pouvoir contrôler le vent si loin du Cercle de Pouvoir, déclara la Maîtresse, proche de la panique. Et encore moins un vent de cette force-là !

Senna vacilla dangereusement. Ses muscles se liquéfièrent et elle bascula comme un verre de vin que l'on renverse.

Joshen

Joshen, dont le cœur menaçait de se briser à la vue de la jeune fille qui vacillait au bord de la falaise, s'élança à toutes jambes. Senna s'effondra puis bascula dans le vide, aussi inerte qu'une poupée de chiffon.

Joshen tenta de la rattraper, mais elle le percuta de plein fouet et l'envoya au sol, le souffle coupé. Refusant de lâcher sa fiancée, il resta étendu et espéra n'avoir rien de cassé.

— Retiens ta respiration ! (Prenny, écarlate, arracha la cape de la jeune fille, la roula en boule, puis la jeta au loin. Elle inspira ensuite à pleins poumons.) Je ne décèle plus aucune trace de barbelle.

— Comment va-t-elle ? s'enquit Reden, penché sur le couple.

Joshen se redressa en grognant.

— Elle a perdu connaissance, expliqua Prenny dont les doigts fouillaient la robe de la jeune sorcière. Sa cape a reçu le plus gros de l'extrait.

Senna avait cessé de luire. Joshen accueillit ce changement avec soulagement, mais il ne pouvait s'empêcher de trouver anormal l'angle que formait son cou. Elle semblait se flétrir dans ses bras. D'un geste doux, il posa la tête de la jeune fille contre son torse, et la serra avec tendresse. Le faible souffle de Senna contre sa peau le rassura. Il tourna vers Prenny un regard noir.

— Que lui avez-vous fait ? Pourquoi s'enfuyait-elle ? Et, par les Créatrices, pourquoi brillait-elle ?

La Maîtresse choisit une nouvelle fiole, qu'elle plaça sous le nez de Senna. La jeune sorcière tressaillit et sembla chercher à enfouir son visage dans la poitrine de Joshen, comme pour fuir l'odeur nauséabonde de la concoction.

— Senna ? appela le Protecteur en écartant quelques mèches blondes de son visage.

Réveille-toi, ma fille, les paupières tu dois ouvrir.
Que la vie qui bat en toi te donne la force de revenir.

Prenny répétait son incantation pour la quatrième fois quand la jeune fille cilla. Elle posa sur Joshen un regard vitreux, perdu.

— Laissez-la-moi quelques instants, déclara Prenny. Elle n'est pas encore complètement réveillée. (La vieille sorcière chaussa la monture qui pendait à son cou, puis scruta Senna à travers un verre rose.) Je n'ai jamais rien vu de tel.

Coyel, en proie au doute, approcha.

— Je pense que nous devrions nous aussi rester avec elle.

— Avec la quantité de barbelle qu'elle a inhalée, elle ne refera pas surface de la nuit, grommela Prenny. Il ne reste que quelques heures avant le lever du soleil, et nous avons besoin de pollen, Coyel.

— Très bien, accepta la Maîtresse de la Lumière après une hésitation. Que tout le monde retourne à la récolte. Et en vitesse.

— Comment une chose pareille est-elle possible ? demanda Reden, qui aidait Senna à se relever.

Prenny attendit que les trois autres Maîtresses et Arianis se soient éloignées pour examiner les deux Protecteurs d'un œil pensif.

— C'est un phénomène proche du somnambulisme.

L'autre Apprentie, restée sur place, rivait sur Joshen un regard sévère. Elle avait les mains retenues dans le dos à l'aide d'un lien végétal. Il peinait parfois à comprendre les sorcières. Pourquoi ne pas avoir recours à une bonne vieille corde ?

— Et moi ? demanda Mistin.

Prenny émit un râle guttural.

— Ta position n'était déjà pas très favorable. Tu es une élève médiocre et tes talents ont à peine de quoi faire rougir une Crécelle. Mais, maintenant que tu as défié les Maîtresses, nous allons devoir te bannir.

— Je vous en prie, supplia la jeune Apprentie dont le visage s'était décomposé. Je ferai des efforts. Je réussirai à préparer un sérum de vérité. Je vous le promets.

— Je suis désolée, refusa Prenny, la mâchoire crispée. Je ne peux rien faire pour toi.

— Mais je n'ai nulle part où aller ! protesta Mistin, livide. Ma mère et mes sœurs ont été tuées parce qu'elles étaient des sorcières, alors même qu'elles n'étaient que des Crécelles. Ne me condamnez pas au même sort.

Les épaules de la Maîtresse s'affaissèrent.

— Libère-la, ordonna-t-elle à Reden.

Le meneur trancha les lianes avec sa lame.

— Que suis-je censée faire, maintenant ? demanda Mistin dans un souffle.

— Rentre chez toi pour la nuit. Nous viendrons te chercher demain matin. Je ne peux rien faire de plus, même si je le regrette.

La petite Apprentie, qui se massait les poignets, tourna les yeux vers Senna.

— Que va-t-il lui arriver ? C'est mon amie.

— Ne t'inquiète pas pour elle, éluda la Maîtresse avec un geste de la main. Je m'en occupe.

Mistin plissa les yeux, dubitative, mais ne dit rien. Puis elle détala sur le sentier.

— Je les aurais aidées, toutes les deux, si je l'avais pu. Mais, apparemment, les choses ne sont pas censées se dérouler ainsi, grommela Prenny. Suivez-moi, dit-elle aux Protecteurs avant de s'enfoncer plus avant dans l'obscurité.

Joshen entraînait Senna derrière lui. Elle semblait plongée en plein rêve, mais le suivit docilement.

— Où allons-nous ? demanda le jeune homme.

— Je pourrais très bien te retourner la question, répliqua Prenny. Tu comptais l'accompagner en Tartennie, je suppose.

Non ! Pas elle aussi ! Joshen commençait à croire que toutes les sorcières de l'île étaient devenues folles.

— Il n'est pas question qu'elle aille là-bas.

La Maîtresse de la Végétation lâcha un grognement moqueur.

— A-t-elle déjà laissé quoi que ce soit l'arrêter une fois sa décision prise ? Elle partira, d'une façon ou d'une autre. La seule question est de savoir si tu comptes l'accompagner.

Joshen savait que, s'il partait, il ne pourrait plus jamais prétendre au titre de Protecteur, mais il repoussa cette pensée.

— J'irai où elle ira.

Et il était absolument hors de question qu'elle se rende en Tartennie !

— Bien, acquiesça Prenny. Elle aura besoin de toi. Maintenant, suivez-moi.

Reden trottina à hauteur de la sorcière.

— Êtes-vous bien certaine de vouloir nous aider, Maîtresse ?

L'inquiétude de Prenny se lisait sur son visage.

— Cette jeune pousse vit quelque chose d'exceptionnel. Quelque chose qui ne s'est produit qu'une seule fois au cours de la longue histoire des sorcières. En outre, puisque les Créatrices lui accordent leur confiance, je ne vois pas pourquoi nous ne les imiterions pas. Et, si les autres ne sont pas d'accord… Le choix des Créatrices prévaut sur celui des Maîtresses. Mais tu sais déjà tout ça, je présume ? demanda-t-elle en croisant le regard de Reden.

L'air grave, il hocha la tête.

— Oui. J'ai d'ailleurs décidé de partir avec elle.

— Mais tu es notre meneur ! s'écria Prenny, surprise. Les Protecteurs ont besoin de toi ici ! Nous avons tous besoin de toi.

— Je la crois lorsqu'elle dit vouloir sauver le Refuge. Pas vous ?

— Maintenant, oui.

— Alors, ma place est à ses côtés, quelles que soient mes attributions.

La Maîtresse s'approcha du chef des Protecteurs.

— Tu es déjà un traître pour les Tartenniens mais, si tu quittes l'île cette nuit en compagnie de Senna, tout le Refuge pensera la même chose.

Reden prit une profonde inspiration.

— Ce n'est pas au Refuge que va ma loyauté, mais à elle, avoua-t-il en désignant Senna.

— Depuis toujours ? (Il acquiesça.) Tu as dû comprendre avant nous autres, je suppose, soupira-t-elle.

Joshen resserra sa prise sur la main de Senna. Il écarta la Tartennie de ses pensées. Pour le moment, sa seule préoccupation était de quitter l'île avec sa promise.

Ils atteignirent un nouveau cellier dont la Maîtresse ouvrit la porte. Une vague d'air froid et humide fouetta le visage du Protecteur.

— Que faites-vous ?

Prenny descendit quelques marches.

— Vous avez libéré Senna et m'avez enfermée à sa place. Compris ?

Bouche bée, Joshen dévisagea la Maîtresse, qui lui tendit la ceinture de graines et la sacoche de Senna.

— Elle n'a plus à me voler mes potions, puisque je les lui donne. Veillez sur elle. Et ne remettez plus les pieds au Refuge. Plus jamais.

Joshen passa la ceinture à la taille de la jeune fille qui, le regard rivé au loin, dans la forêt, se balançait au son d'une musique inaudible. Il lui remit sa capuche et écarta avec douceur les mèches blondes qui pendaient devant son visage. Elle était bien trop belle et innocente pour supporter de tels fardeaux.

— Je suis désolé, lui murmura-t-il.

Reden posa une main sur la lourde porte, mais hésita à la refermer.

— Si ce qu'a dit Senna est vrai, vous allez avoir besoin de plus de Protecteurs sur l'île. J'ai enrôlé des hommes à Corrieth. Assurez-vous de leur loyauté grâce à vos sérums de vérité, puis faites-les venir. J'espère que vous pourrez en trouver d'autres.

— Je ferai de mon mieux, répondit Prenny, une main sur la bouche.

Le meneur ferma la porte sur le visage levé de la Maîtresse, puis remit la lourde barre en place.

— En route.

Joshen invita Senna à le suivre.

— Comment allons-nous nous enfuir ? demanda le jeune homme.

— Laisse-moi faire, répliqua Reden.

À l'approche de Velveten, ils constatèrent que Collum était de garde. Il avait le visage pâle et les épaules voûtées. Reden savait qu'il était malade, mais il semblait malgré tout alerte.

— Meneur Reden, Joshen, les accueillit-il, les sourcils froncés. C'était quoi, toute cette agitation ?

Reden lui fit signe de s'écarter.

— Laisse-nous passer, Protecteur.

— Monsieur ? s'étonna Collum, visiblement mal à l'aise. Il vous faut un laissez-passer signé des Maîtresses.

— Non. Je n'en ai pas besoin. (Tous savaient pourtant que l'autorité des Maîtresses prévalait sur celle du meneur.) Nous devons l'emmener hors de l'île, Collum. Avant qu'il soit trop tard.

Le jeune Protecteur ouvrit la bouche, mais se ravisa.

Joshen s'approcha de son ami.

— Il s'en est fallu de peu qu'ils parviennent à l'enlever, hier. Une terrible menace plane sur le Refuge, et nous devons l'arrêter. (Devant le silence de Collum, Joshen reprit :) Il est de notre devoir de protéger les sorcières, Maîtresses ou pas, et même contre leurs propres erreurs. Leary le savait.

Collum scruta les lieux dans un cliquetis de perles.

— Elles me banniraient et me dépouilleraient de mon statut. C'était mon rêve, devenir Protecteur.

Joshen, qui avait déjà renoncé au rôle auquel il avait pourtant aspiré toute sa vie, serra les dents. Déchu de son titre de Protecteur, il serait dorénavant pourchassé par ses anciens pairs. Mais tout ça n'avait aucune importance. Seule Senna comptait.

Reden tira un morceau de corde de sa poche.

— Je ferai un nœud assez lâche pour que tu puisses te libérer facilement.

Collum fixa la corde de longues secondes, mais accepta finalement de tendre les mains. Joshen, qui retenait son souffle sans s'en rendre compte, poussa un lourd soupir.

Reden entrava les poignets de Collum d'une main experte.

— Si on te demande pourquoi tu n'as pas appelé au secours, réponds que tu ne te souviens de rien, simplement d'avoir senti une forte odeur de fleurs.

Joshen serra l'épaule de son ami, qui hocha lentement la tête.

Collum s'assit ensuite pour leur permettre de lui lier les pieds. Tandis que Reden ficelait Collum en vitesse, Joshen entraîna Senna dans la grotte.

Le meneur récupéra ensuite deux sacoches dissimulées derrière l'un des appontements. Joshen, déjà dans une embarcation, se retournait pour aider Senna lorsque quelqu'un s'écria :

— Attendez !

Redoutant de découvrir Chavis prête à lui loger une balle en plein crâne, Joshen tourna la tête. Il reconnut alors la sorcière minuscule, un temps entravée en compagnie de Senna. Comment s'appelait-elle déjà ? Mistin ?

— Emmenez-moi avec vous !

Joshen et Reden échangèrent un regard incrédule.

— Non, refusa le chef des Protecteurs.

Il aida Joshen à faire embarquer Senna, puis à l'installer en douceur sur l'un des bancs de nage.

Mistin avança d'un pas, mais resta hors de portée de Reden.

— Emmenez-moi avec vous, ou je vais tout raconter aux Maîtresses. Et elles vous empêcheront de partir.

Le meneur la foudroya du regard.

— La menace n'est pas la plus judicieuse des tactiques, sorcière.

Mistin se prit le visage à deux mains et éclata en sanglots. Joshen détourna les yeux. Par les Créatrices, qu'il détestait voir les filles pleurer !

Reden, que les larmes ne semblaient pas plus émouvoir que les menaces, reprit :

— De toute façon, elles te banniront dès demain.

La jeune Apprentie renifla bruyamment.

— Elles viendront me chercher au petit matin pour me conduire au centre du Cercle de Pouvoir, et toutes les autres sorcières formeront une ronde autour de moi.

Elles m'arracheront le Chant de l'aurore de sorte que je ne puisse plus jamais retrouver le chemin de l'île. Elles m'emmèneront ensuite jusqu'à Corrieth où elles m'abandonneront avec une poignée d'upices en poche. Je vous en prie, ne me forcez pas à subir un tel sort.

Joshen aurait voulu hurler sa frustration. Senna devait quitter le Refuge au plus vite. Ils n'avaient pas de temps à perdre avec les pleurnicheries d'une jeune pousse.

— D'accord, grogna Reden. Tu viendras avec nous jusqu'à Corrieth. Nous ne serons pas trop de trois pour ramer.

— Merci ! Oh, merci ! s'exclama Mistin dont le visage s'était soudain illuminé.

Sans perdre une seconde, elle se rua à bord de l'embarcation, comme si elle craignait que les deux hommes changent d'avis.

Joshen se tourna vers Senna. La jeune sorcière oscillait doucement sans quitter la paroi des yeux. Il se demanda ce qu'elle entendait. S'il se fiait à son expression béate, la mélodie devait être magnifique. Il refoula un subit accès de jalousie. Le rôle de Senna était de chanter, et le sien de tout faire pour qu'elle vive.

— Tes chants sont-ils assez puissants pour nous sortir de là ? demanda Reden à la minuscule Apprentie.

— Non.

Formidable… Joshen caressa les mains de Senna.

— Nous comptons sur tes incantations, mon amour. (Elle resta sourde à son appel.) Senna ?

Voyant qu'elle ne réagissait toujours pas, le Protecteur boucha les oreilles de la jeune fille avec ses mains en coupe.

Elle cilla et tourna vers lui son visage fatigué.

— Joshen ?

C'était la première fois qu'elle le regardait droit dans les yeux. La première fois qu'elle parlait. Il approcha son visage de sorte qu'elle ne voie plus que lui.

— Tu peux chanter pour nous ?

— Chanter ? répéta-t-elle.

Joshen se pencha vers elle et l'embrassa tendrement. Lorsqu'il se recula, Senna le suivit des yeux.

— Entraîne-nous loin de l'île grâce à tes pouvoirs.

Perplexe, elle regarda autour d'elle, puis se concentra sur le petit lac intérieur. Le voile de fatigue qui recouvrait ses traits sembla se dissiper. D'une voix à peine plus forte qu'un murmure, elle entonna :

Ô plantes marines, mes sœurs, entendez ma prière,
Menez-moi hors de ce lieu, que seules voient les sorcières.

Joshen trouva la voix de Senna si belle que son cœur s'emballa. Le monde sembla s'immobiliser, comme pour mieux l'écouter. Le jeune homme n'avait qu'un but : protéger sa fiancée. Mais, en agissant ainsi, ne risquait-il pas de l'étouffer ?

La jeune fille, visiblement contrariée, se tut.

— Ne t'arrête pas, l'encouragea-t-il avec un hochement de tête rassurant.

Elle le regarda sans le voir. Il lui sourit. Elle reprit son incantation. Cette fois, le monde sembla réagir en harmonie.

Avant même qu'elle finisse de répéter ses paroles, une forêt de varech jaillit hors de l'eau glacée. Joshen, qui serrait fermement la jeune fille dans ses bras, tenta de se détendre et de ne pas céder à la panique. Il avait eu beau emprunter cet accès à de nombreuses reprises, la terreur qu'il éprouvait chaque fois semblait ne jamais vouloir le quitter. Les algues encerclèrent la barque, que la lumière de la lanterne peinait à présent à éclairer. Puis l'avant de l'embarcation commença à se soulever.

Joshen s'accrocha du mieux qu'il put au moment où la barque plongea sous la surface. Senna, agrippée de toutes ses forces à la chemise de son Protecteur, ne put retenir un petit cri de panique.

La Sorcière des mers

Lorsque Senna se réveilla, elle perçut un léger roulis accompagné du clapotis caractéristique des vagues. Prise de panique, elle sursauta. Elle se trouvait dans une petite embarcation en compagnie de Joshen, Reden… et Mistin. Tous trois avaient le souffle court et le visage rougi par l'effort. Elle s'agrippa au rebord de bois laqué et se redressa. La crête des flots, que la douce lumière du matin effleurait de ses baisers, scintillait d'une myriade d'étincelles.

La jeune fille regarda son Protecteur droit dans les yeux.

— Je… Comment me suis-je retrouvée ici ? Les Maîtresses… Elles avaient l'intention de me jeter derrière les barreaux.

— Elles n'ont sans doute pas changé d'avis, intervint Reden.

Joshen tendit une gourde à la jeune fille. Pourquoi les accompagnait-il ? N'avait-il pas menacé de tout faire pour l'arrêter ? Elle but quelques gorgées d'eau dans l'espoir de chasser le goût rance qui lui emplissait la bouche.

— Elles t'ont droguée avec un extrait de barbelle, bafouilla Mistin d'une voix nerveuse. Tu en as même reçu quelques gouttes sur la peau, ce qui explique pourquoi les effets ont mis si longtemps à se dissiper. Si le simple fait d'en respirer suffit à t'endormir, imagine la puissance d'un contact direct avec la peau ! La victime ne recouvre totalement ses esprits qu'après plusieurs heures.

Senna frissonna dans l'air glacial du matin et ramena sa cape sur ses épaules.

— Où sommes-nous ?

Joshen désigna une masse sombre au loin.

— Bientôt à Corrieth.

— Comment m'avez-vous fait sortir ? demanda-t-elle en massant sa hanche douloureuse.

— Tu ne te souviens de rien ?

Elle ferma les yeux. Des images affluèrent dans son esprit.

— Des lumières et des phalènes… Le contact de leurs ailes sur ma peau… Une chute. (Elle surprit le regard circonspect de ses amis.) Ai-je rêvé ?

— Non, répondit Reden.

Il lui expliqua comment elle s'était mise à luire puis avait ordonné au vent de l'entourer d'un bouclier impénétrable.

Au souvenir soudain de la puissance qui l'avait habitée la veille, Senna ferma les yeux en quête d'un éventuel reliquat. Mais elle n'en trouva aucun. Elle ne s'était jamais sentie aussi vide.

— Que m'arrive-t-il ?

Les deux hommes se remirent à ramer avec plus d'énergie.

Les Maîtresses auraient tôt fait de remarquer l'absence de Senna. Le temps ne jouait pas en faveur des fuyards.

Malgré la torpeur qui ankylosait encore ses membres, la jeune fille s'assit à côté de Mistin et s'empara d'une rame.

— Comment va ta main ? lui demanda Joshen.

Dans sa tête, Senna compta le nombre de jours qui s'étaient écoulés depuis sa blessure. Un peu plus d'une semaine.

— Ça devrait aller si je fais attention.

Reden lui tendit des bandes de tissu tirées d'une couverture déchirée pour qu'elle s'en enveloppe les mains afin d'éviter les ampoules. Elle s'imprégna du rythme de leurs mouvements, puis se joignit à l'effort collectif. La douleur, bien que toujours présente, était supportable. Il lui suffisait de saisir la rame avec les doigts plus qu'avec les paumes.

Mistin, dont le visage dégoulinait de sueur, jeta un coup d'œil par-dessus son épaule pour estimer la distance qui les séparait encore de la ville.

— Comment se fait-il que tu nous accompagnes ? lui demanda sa consœur.

Joshen lui relata l'intervention musclée de Mistin. Des bribes de souvenirs lui revinrent alors en mémoire et une pointe de culpabilité la transperça. À cause d'elle, la Crécelle serait bannie à jamais du seul endroit où elle pouvait vivre en sécurité.

— Qu'est-ce que je vais bien pouvoir dire à mon frère ? soupira la minuscule Apprentie.

— Ton frère ? s'étonna Senna. Mais je croyais que tu venais de Dresdanie.

— Cord souhaite devenir Protecteur, tu te rappelles ? expliqua Mistin avec un signe de tête vers Corrieth. Ça a toujours été son rêve. (Elle ferma les yeux.) Mais, maintenant, il va s'inquiéter pour moi.

— Dans ce cas, pourquoi ne s'est-il pas présenté à nous ? intervint Reden.

— Il est encore trop jeune, répondit Mistin avec un haussement d'épaules peu enthousiaste.

Il fallait être âgé d'au moins dix-sept ans pour devenir Protecteur.

Senna essuya la sueur qui ruisselait sur son front.

— Que vas-tu faire, maintenant ?

— Je n'en sais rien. Je n'ai nulle part où aller. Cord va se détourner de son rêve. Il n'acceptera jamais de me laisser seule, sans personne pour veiller sur moi, mais il m'en voudra toute sa vie de lui avoir fait renoncer à sa vocation. (Elle renifla bruyamment, puis se tourna vers sa consœur, ses yeux sombres voilés par la confusion.) Et toi, que vas-tu faire en Tartennie ?

Senna souffla pour repousser les cheveux qui lui tombaient sur le visage.

— Lever la malédiction.

— Senna… gronda Joshen en guise de mise en garde.

Mais la jeune sorcière estimait que Mistin avait le droit de savoir. Ignorant l'intervention de son Protecteur, elle reprit :

— Tu pourrais venir avec nous.

— Quoi ? s'écria Joshen.

— Senna ! s'exclama Reden en même temps.

La petite Apprentie lança un regard plein d'appréhension aux Protecteurs.

Sans tenir compte des deux regards furibonds rivés sur son dos, Senna poursuivit.

— Ton aide serait la bienvenue.

— Mais… et Cord ? Il ne me laissera jamais vous accompagner… Il voudra me protéger.

Les quatre compagnons restèrent silencieux. Senna sentit que la tension ambiante retombait peu à peu.

— Pourquoi ne viendrait-il pas avec nous, lui aussi ? lança-t-elle.

La tension monta de plus belle.

— L'idée lui plairait sans doute, admit Mistin.

— Il n'en est pas question ! trancha Joshen dans leur dos.

— Ce n'est pas une simple promenade de santé qui nous attend ! grommela le meneur des Protecteurs. Les dangers ne manqueront pas.

— Senna est mon amie, répliqua Mistin d'une toute petite voix. Et je veux l'aider.

Senna se retourna pour découvrir que Reden scrutait Mistin avec attention, comme un chef de guerre qui examinerait une recrue potentielle.

— Prenny dit que tes chants sont si peu puissants qu'ils en sont presque inutiles.

— J'ai d'autres qualités, répliqua l'Apprentie d'un ton ferme. Mon aide ne sera pas de trop, j'en suis sûre.

— Quel genre de qualités ? s'enquit Reden, qui n'avait pas cessé de ramer.

Joshen adressa au meneur un regard incrédule.

— Ne me dis pas que tu te poses sérieusement la question ! Nous aurons déjà bien assez à faire avec la protection de Senna.

— Je n'ai pas besoin de votre protection, répliqua Mistin, le menton levé. Je sais me battre.

Joshen lâcha un petit rire ironique.

— Et tu crois qu'une demi-portion comme toi aurait la moindre chance face à une armée entière de…

— Je sais très bien manier un mousquet ! cria Mistin sans le laisser finir. Après la mort de ma famille, j'ai grandi dans la rue avec mon frère. Nous avons appris à nous débrouiller seuls.

Senna se raidit. Comme si elle avait besoin qu'on la protège ! Mais Joshen ne sembla par remarquer qu'il l'avait offensée.

L'ancien général des armées tartenniennes, visiblement exaspéré, poussa un bruyant soupir.

— Tu as encore beaucoup à apprendre sur les femmes, Joshen. (Il se tourna vers Mistin.) Si tu nous ralentis, on poursuivra sans toi. C'est compris ?

— Je ne vous ralentirai pas.

Joshen marmonna dans sa barbe. Il semblait trouver suffisant de devoir s'occuper d'une femme, qui plus est une sorcière. Alors une deuxième…

Senna ne lui prêta pas attention.

— Il va nous falloir un navire, déclara Reden.

— Un navire ? grommela Joshen. Il serait peut-être plus sûr de fuir par les terres. La mer se révèle parfois capricieuse.

Senna se rembrunit.

— On ne peut atteindre la Tartennie que par la mer, et tu le sais.

Il soupira.

— Nous ne sommes pas obligés d'aller jusque là-bas, Senna. On pourrait…

Elle dut cesser de ramer pour laisser reposer sa main. Elle fit quelques mouvements pour en chasser les crampes.

— Encore un mot, et tu vas devoir regagner la côte à la nage !

Après un moment de silence, Joshen, la mâchoire crispée, céda.

— Espérons que Parknel et sa *Sorcière des mers* se trouvent à Corrieth.

Senna demanda au vent de porter ses paroles jusqu'au capitaine, pour le prévenir qu'ils avaient besoin de ses services.

Reden attendit qu'elle ait terminé son message avant de reprendre la parole.

— Et s'il ne parvient pas à rentrer au port, ou que le tremblement de terre a endommagé son navire ?

Personne ne prit la peine de lui répondre.

Bien avant qu'ils atteignent Corrieth, les doigts et les paumes de Senna s'étaient déjà couverts d'ampoules. Une brûlure vive lui consumait la main, mais elle s'efforçait de ne pas y prêter attention. Elle observait les dégâts engendrés par la tempête et le raz-de-marée qui avaient frappé la côte quelques jours plus tôt. La cité semblait avoir été relativement épargnée – sans doute ses murailles l'avaient-elles protégée de la vague en partie déviée par les vents. Mais le port, lui, était ravagé : les pontons avaient été arrachés de leurs amarres, le son des marteaux résonnait de toutes parts et l'air charriait l'odeur brûlante du métal chaud et de la cendre. Le spectacle le plus désolant était celui des navires échoués, réduits en pièces, qui parsemaient toute la côte.

Et si *La Sorcière des mers* était parmi eux ?

Senna débarqua à la suite de Joshen sur l'un des appontements encore en place. Ses muscles peinaient à lui obéir.

Mistin s'élança au pas de course sur les planches.

— Je vais chercher Cord, cria-t-elle par-dessus son épaule. Ne partez pas sans nous !

— Avec Senna, nous allons tenter de retrouver *La Sorcière des mers*, annonça Reden après le départ de la minuscule Apprentie. Toi, Joshen, tu vas te rendre à l'écurie des Deux Poulains et revenir avec des chevaux et du fourrage. Rendez-vous sur *La Sorcière des mers* dans une heure. Et si le navire n'est pas à quai, on se retrouve dans la boutique de McBedee.

— Très bien. Ne la quitte pas d'une semelle, Reden.

Le meneur ne prit pas la peine de répondre au jeune Protecteur. Il poussa un franc soupir, balaya les quais du regard, puis commença à interroger les habitants. Très vite, il apprit que le retour de *La Sorcière des mers*, parti depuis des semaines, était attendu sous peu.

— Tu vas devoir les aider à rentrer, dit-il à Senna.

La jeune sorcière s'avança aussitôt à l'extrémité d'un ponton épargné par l'agitation ambiante et invita les vents à accélérer le retour du navire. Moins d'une heure plus tard, un bâtiment sombre au nom tracé en lettres d'or entrait dans le port.

La barbe rousse du capitaine Parknel trahissait son identité. Il manœuvra son navire avec dextérité. Des marins, amarres en mains, bondirent sur les planches. À peine quelques secondes suffirent pour que la passerelle soit déployée. Les marchands de Corrieth affluèrent alors pour décharger la cargaison.

Parknel accueillit Senna à bord avec un large sourire. Il la prit dans ses bras et la serra si fort qu'il faillit l'étouffer.

— Grâce à toi, nous sommes rentrés trois fois plus vite que nous étions partis. D'habitude, il nous faut affronter un vent de face. Si jamais tu as un jour besoin de mes services, je suis ton homme.

En dépit de tout ce qu'elle avait traversé au cours des jours précédents, la jeune fille se surprit à sourire. Sans jamais rien lui demander en retour, Parknel avait accepté de la conduire en Tartennie. Il lui avait fait confiance, s'était battu pour elle et avait cru en elle. Avec Joshen et Reden, il était l'un de ses rares amis.

— Nous aurions besoin de votre aide, capitaine, dit-elle dès qu'il l'eut reposée au sol.

Il joua avec sa pipe, qu'il fit passer de l'autre côté de sa bouche.

— Ma foi, je me doutais que tu ne nous avais pas appelés pour une simple visite amicale, plaisanta-t-il avant de se rembrunir en observant Corrieth. J'ai cru comprendre que les dégâts auraient pu être bien plus importants. Les vents se sont levés d'un coup et ils ont détourné le plus gros de la vague. Une intervention des sorcières ?

Senna acquiesça.

Bien que le Refuge ne fût pas visible depuis le port, elle ne cessait de lancer de petits coups d'œil nerveux vers l'île.

— Je vous dédommagerai pour le manque à gagner.

— Si tu t'engages à nous accorder des vents favorables pour accéder à Tressalay puis en repartir pendant toute une saison, nous serons quittes, proposa-t-il avec un sourire. On va où, cette fois ?

La bouche sèche, elle murmura :

— En Tartennie.

— Quoi, encore ? s'étonna Parknel, la mine soudain défaite.

Mais Senna ne l'écoutait déjà plus. La mélodie ténue – celle qu'elle avait entendue la veille – résonnait de nouveau. Irrésistiblement attirée par le son, elle se pencha par-dessus le bastingage. Elle n'avait que vaguement conscience de la présence dans son dos de Parknel et Reden qui évoquaient déjà les aspects logistiques de la traversée.

Peu à peu, le Chant du vent gagna en puissance. De doux et aérien, il devint sombre et imposant. Son rythme semblait battre contre la peau de la jeune fille. Elle sentait presque le goût salé des embruns et percevait l'approche des vagues qui menaçaient le navire.

— Elles savent que je suis partie.

Derrière elle, la conversation se poursuivait malgré l'imminence du danger.

— Elles sont en train d'invoquer une tempête, déclara-t-elle avant de faire volte-face. Elles cherchent à nous arrêter. Nous devons partir. Maintenant !

Parknel aboya aussitôt une série d'ordres. Reden traversa le navire en toute hâte pour scruter le ponton en contrebas.

— Où est Joshen ?

— Que quelqu'un aille le chercher ! cria Senna.

Des marins couraient en tous sens sur le pont pour préparer le départ. À la proue, la jeune sorcière ferma les yeux pour estimer la force de l'enchantement et la comparer à sa propre puissance. Dans une heure au plus, un furieux orage s'abattrait sur la côte.

Elle fouilla chaque recoin de son être en quête de l'incroyable énergie qui l'avait habitée à peine quelques heures plus tôt. En vain. Elle pourrait certes leur faire gagner un peu de temps mais, aussi puissante fut-elle, elle n'était pas de taille face à un chœur entier de sorcières.

Elle se rua vers la poupe et, tournée vers le Refuge, elle entonna plusieurs chants calmes et apaisants destinés à contrer la tempête. D'une voix douce et posée, elle évoquait la chaleur du printemps, la caresse du soleil, les flots au repos. Tout le contraire des incantations – sombres, chargées de mystère et de danger – qu'elle affrontait. Le mélange improbable se révélait une cacophonie discordante qu'elle se savait être la seule à entendre. Un amoncellement de nuages noirs assombrit le ciel.

Tenter de maîtriser les vents équivalait à débourrer un poulain sauvage. Ils voulaient parcourir le ciel à toute allure, se chamailler avec les nuages. Senna adoucit encore sa voix, comme pour interpréter une berceuse. La tempête sembla se figer, l'écouter. L'espace de quelques instants, la masse sombre se déchira pour laisser passer un rai de lumière.

La canalisatrice du chœur déchaîna alors un nouvel enchantement, et Senna perdit toute emprise sur l'orage. Les nuages dévorèrent le ciel bleu et un coup de tonnerre explosa. Une violente bourrasque lui fouetta le visage. La tempête était à présent bien trop grosse pour être rappelée.

Senna repoussa les mèches qui lui tombaient devant les yeux, puis balaya le pont du regard. Joshen était-il de retour ? Et Mistin ? Impossible de les attendre plus longtemps.

— Capitaine Parknel, nous devons partir tout de suite !

— Nous ne pouvons pas nous risquer au large, c'est bien trop dangereux, refusa-t-il.

— Je nous protégerai ! hurla-t-elle.

S'ils ne parvenaient pas à traverser l'orage, elle serait à jamais coincée à Corrieth, où les Maîtresses n'auraient plus qu'à venir la chercher.

Hésitant, Parknel dévisagea la jeune fille. Quelqu'un cria qu'on avait aperçu Joshen.

— Parfait. Nous partons, grogna-t-il.

Joshen, accompagné d'un jeune garçon d'écurie, s'empressait de rejoindre le navire, mais les chevaux, sans doute effrayés par le bruit de leurs sabots sur les planches du ponton et par la tempête imminente, rechignaient à le suivre.

— Laisse-les ! hurla Senna dans le vacarme ambiant.

— Nous en aurons besoin ! contra le jeune homme.

Des marins transmettaient des balles de fourrage à leurs camarades restés à bord pour qu'ils les entreposent dans la cale.

Senna leva les yeux vers le ciel de suie soudain déchiré par un éclair aveuglant.

— Nous n'y arriverons jamais…

Au même instant, Joshen s'engagea sur la passerelle. L'un des chevaux, à la robe dorée surmontée d'une crinière et d'une queue blanches, se cabra, terrifié. Joshen évita ses sabots avec agilité. Lorsque l'animal reposa les pieds à terre, le jeune homme le saisit à la tête.

— Lancez-moi un bandeau !

Un marin déchira aussitôt un pan de sa chemise, que trois de ses camarades tentèrent de fixer sur les yeux du cheval. Aveuglé, les muscles tressaillants, l'animal cessa de se débattre.

Mistin apparut alors en compagnie d'un jeune homme. Ils se placèrent derrière l'équidé et le forcèrent à embarquer.

Les autres chevaux, bien qu'eux aussi réticents, acceptèrent de monter avec moins de difficulté.

Un coup de tonnerre ébranla le monde. Les chevaux hennirent, les marins crièrent, le navire tangua dangereusement.

— Parknel ! hurla Senna. Vite !

Le capitaine, clairement contrarié, fit la moue puis lança :

— Tous à bord ! Larguez les amarres !

Le Chant du vent

Les marins s'empressèrent d'obéir à leur capitaine puis de repousser le navire à l'aide de longues gaffes. Ils déferlèrent les voiles qui se gonflèrent aussitôt et entraînèrent le navire vers le large.

— Attention ! aboya la vigie.

Une vague les percuta de plein fouet. Senna, bousculée par la masse d'eau glaciale, haleta. Le vaisseau tangua et recula vers le port. Un autre bateau se trouvait sur sa course. Parknel se mit à tourner la barre le plus vite possible.

Un enchantement puissant, destiné à invoquer un vent favorable, quitta les lèvres de Senna.

Lentement, très lentement, les voiles se gonflèrent de nouveau et le navire infléchit sa course. Une seconde vague ébranla *La Sorcière des mers*. Des marins tombèrent du gréement et s'écrasèrent sur le pont en hurlant. Les balles de foin glissèrent et clouèrent plusieurs hommes contre le bastingage. Ils tentèrent de les repousser avant d'appeler à l'aide.

— Nous n'avons pas le temps de les descendre dans la cale, s'écria le capitaine Parknel. Fixez-les avant qu'elles écrasent quelqu'un pour de bon !

Un épais rideau de pluie fondait droit sur eux.

— Que puis-je faire pour aider ? demanda Mistin en se ruant sur le pont supérieur.

— Va à la proue, lui indiqua Senna. Augmentons la portée de nos chants.

La petite Apprentie obéit aussitôt. Au pas de course, elle se fraya un passage au milieu des membres d'équipage affairés.

— Accrochez-vous ! hurlait Parknel à intervalles réguliers.

Aidé par un autre marin, le capitaine s'échinait à maintenir le cap du navire.

Ils franchirent le mur de pluie qui, en un instant, les détrempa jusqu'aux os. Joshen saisit une corde, la passa autour de la taille de Senna, de la sienne, et de celle du marin qui secondait Parknel.

Imperturbable, la jeune fille prononçait à tue-tête un nouvel enchantement. Le bateau s'engouffra dans le trou qu'elle parvint à aménager dans l'orage, et dévala une immense vague qui semblait faite d'éclats de verre. Les marins, agrippés à ce qu'ils avaient trouvé à portée de main, rivalisaient de jurons et de prières. Un éclair zébra le ciel.

— Un peu plus de huit nœuds, capitaine ! lança un des hommes.

— La Sorcière risque de ne pas tenir le coup si nous accélérons encore, répondit Parknel.

Senna cessa de chanter pour essuyer la pluie mêlée d'embruns iodés qui ruisselait sur front jusque dans ses yeux.

À la barre, Parknel redoublait d'efforts et de grognements. En deux enjambées, Joshen fut à ses côtés et saisit les rayons de bois dans ses larges paumes.

— Senna !

— Combien de nœuds ? gronda le capitaine, écarlate.

Le marin observa la corde qui disparaissait le long du navire.

— Trop vite pour que je puisse les compter, capitaine.

Le vent forcit encore, tant et si bien que, même pour Senna, pourtant à quelques mètres de Parknel, les ordres du capitaine devinrent inintelligibles. Les vagues enflèrent, percutèrent *La Sorcière des mers* et renversèrent la jeune fille. La chute lui coupa le souffle.

Malgré les trombes d'eau qui s'abattaient sur son visage, elle aperçut les marins qui roulaient eux aussi sur le pont. Certains furent projetés par-dessus le bastingage. Les cordes qui les retenaient craquèrent sous la charge soudaine de leur poids. Personne ne vint les aider, car personne ne le pouvait.

Les yeux rivés sur le déluge que le ciel déversait sur eux, Senna – bien après Parknel et ses hommes – se rendit compte de la situation. Ils ne cherchaient pas simplement à fuir la tempête qui les aurait retenus à quai, ils luttaient avant tout pour s'en sortir vivants. Les Maîtresses ne s'étaient pas contentées d'une simple tempête, elles avaient invoqué un véritable ouragan.

La chaleur de deux paumes enveloppa soudain ses mains glacées. Joshen, le visage décomposé et ruisselant, lui cria quelque chose.

Elle secoua la tête pour lui faire comprendre que le vacarme de l'orage avait noyé ses mots.

Il colla alors ses lèvres contre l'oreille de la sorcière.

— Pourquoi n'utilises-tu pas toute ta puissance ? Celle que tu as déployée quand nous étions au Refuge ?

— J'ai déjà essayé mais elle est partie.

Elle avait promis à Parknel qu'ils s'en tireraient sains et saufs, et elle avait la ferme intention de tenir parole. Appuyée sur Joshen pour ne pas tomber, elle entonna une douce berceuse :

Ô mers, vos tourments oubliez,
Calme et paix vous devez retrouver.
Ô vents, reposez-vous, car vous êtes las.
Doucement, doucement, soufflez pour moi.

Elle dut répéter son incantation – l'oreille toujours tendue, à l'affût d'une inflexion ou du moindre signe d'apaisement – une bonne dizaine de fois avant de pouvoir en déceler les premiers effets. Lorsque enfin les échos de sa voix lui revinrent malgré le vacarme ambiant, elle leva le visage vers le ciel. La pluie n'avait pas cessé, mais l'ouragan avait faibli. Les flots, bien que toujours agités, avaient perdu de leur rage.

— Continue, Senna, l'encouragea Joshen. Ça marche !

Secouée par une crise de tremblements, la jeune fille vacilla. Ses chants semblaient apaiser la mer comme une main amicale un chien en colère. Très vite, les rayons du soleil lui caressèrent de nouveau le visage. À l'horizon, telle une porte symbolique vers le salut, un immense arc-en-ciel enjambait les flots. Senna jeta un coup d'œil par-dessus son épaule, vers la Néfalie toujours pilonnée par le terrible orage.

Joshen scruta sa promise de la tête aux pieds.

— Comment te sens-tu ?

Avec lenteur, elle leva les mains, que le froid avait rendues presque translucides.

— Pas trop mal. Et toi ?

Le jeune homme s'essuya le visage. Il avait les yeux rougis par le sel.

— Ma foi, je suis toujours en vie, ce qui relève presque du miracle !

— Carver, je te confie le navire. (Parknel, sa pipe toujours coincée entre les lèvres, abandonna la barre aux soins de son second et s'approcha du jeune couple. Il retourna sa pipe, pleine d'une mélasse de cendres détrempées, puis regarda Senna.) Toi et moi, il faut qu'on cause.

Sans un mot de plus, il tourna les talons et descendit les quelques marches qui menaient à sa cabine. Senna adressa un regard inquiet à Joshen avant d'emboîter le pas au capitaine. Elle ramena ses cheveux sur son épaule pour les essorer, puis secoua ses doigts. Parknel ouvrit la porte, se dirigea derrière son bureau où il fit volte-face, la tête haute et les mains dans le dos.

Tout ce qui pouvait être fixé l'était, mais de nombreux livres, des cartes et du linge jonchaient le sol de l'étroite pièce. Senna, frissonnante, les enjamba tant bien que mal. Joshen entra à son tour et se plaça à droite de la jeune sorcière. Reden, le visage blême, referma la porte et compléta le trio.

Le silence se fit, à l'exception du clapotement régulier qui s'écoulait de tous les objets détrempés. Une petite flaque s'élargissait peu à peu sous les pieds de Senna, mais elle n'y pouvait rien.

— Peux-tu me dire ce que c'était ? lui demanda le capitaine à mi-voix.

— Un orage, la devança Joshen, qui fit un pas en avant.

— Peux-tu me le dire ? insista Parknel sans quitter la jeune fille des yeux.

Elle n'avait pas besoin que Joshen la protège. Pas en ce moment. Elle s'avança à son tour.

— C'était un ouragan.

Parknel plaqua les mains sur son bureau et se pencha vers elle.

— J'étais enfant lorsque la seconde Guerre des sorcières a éclaté. Deux groupes de sorcières s'affrontaient, et nous étions coincés au beau milieu de leur conflit. Le navire sur lequel j'étais a coulé. Il a emporté avec lui la plupart de l'équipage. Dont mon père. Seule une poignée d'hommes a survécu. Alors, Senna, reprit-il après un silence, pourquoi les Maîtresses te pourchassent-elles avec un tel ouragan ? Qu'as-tu fait pour qu'elles souhaitent à ce point ta mort ?

Ma mort ? Senna attendit que les effets dévastateurs de ce mot se manifestent, mais elle ne ressentit qu'une espèce d'apathie, semblable à celle qui l'avait envahie lorsqu'elle avait chanté à en perdre la voix.

— À mon avis, elles ne la croyaient pas capable de prendre la mer aussi vite, avança Reden. Je pense qu'elles voulaient simplement l'empêcher de quitter Corrieth.

— Ne me prends pas pour un imbécile, meneur, répliqua Parknel. Cette tempête était faite pour tuer. J'ai failli perdre mon navire. Mon équipage. Tout. J'espère que vous avez une bonne raison de risquer ainsi la vie de mes hommes.

La main de Joshen se crispa sur l'épaule de Senna.

— Vous n'avez pas montré tant d'hésitation lorsque vous nous avez aidés, la première fois.

Parknel s'effondra sur sa chaise.

— La sauvegarde du monde était en jeu, et Senna représentait notre seul espoir. (Il joignit les doigts et se tourna vers Reden.) Si vous voulez que je vous aide, vous allez devoir me dire dans quoi je m'embarque.

Le meneur des Protecteurs dévisagea le capitaine un bref instant avant de lui répondre.

— Il y a un traître sur l'île. Je pense qu'il s'agit d'une des Maîtresses. À mon avis, quelqu'un aura trouvé le moyen de manipuler le Cercle de Pouvoir de sorte qu'il transforme une simple tempête en un redoutable ouragan. Leur envie d'arrêter Senna, aussi forte soit-elle, ne pousserait jamais les Maîtresses à anéantir Corrieth. Elles ont bien trop besoin de ses commerces et de la bienveillance de ses habitants. Et c'est encore plus vrai après le récent tremblement de terre qui a frappé la région.

Parknel sembla s'avachir un peu plus sur sa chaise. Il désigna celles qui lui faisaient face.

— Vous feriez mieux de tout me raconter.

Senna, qui refusait de s'asseoir dans ses vêtements détrempés, resta debout.

— Les sorcières pensent que le Refuge les protège de tout. Mais elles se trompent.

Elle prit ensuite une profonde inspiration avant de tout raconter à Parknel. Elle n'éluda aucun détail, pas même sa rencontre avec Espen.

Le capitaine caressa sa barbe.

— Qu'est-ce qui te fait croire qu'Espen serait prête à te livrer certains secrets ?

— En échange, j'ai promis de l'abattre.

— Et tu comptes tenir ta promesse ? s'enquit-il, impassible.

— Je n'en sais rien, avoua-t-elle d'une petite voix.

Tuer quelqu'un pour sauver sa vie était une chose, mais tuer quelqu'un au nom de la justice ou de la pitié en était une autre.

— Tu penses vraiment que ces autres sorcières représentent un danger pour le Refuge ? Que ce sont elles qui ont déclenché le séisme et envoyé des hommes pour t'enlever ?

Senna poussa un soupir de frustration. Comment les hommes pourraient-ils appréhender quelque chose qui leur était si étranger ? Jamais ils n'avaient entendu la musique des Quatre Sœurs, jamais leurs chants ne s'étaient mêlés à leur voix jusqu'à ce qu'ils perdent la notion même de qui ils étaient : individu à part entière, ou simple force de la nature dans un réceptacle de chair et d'os ?

Elle dégagea les mèches dégoulinantes qui lui collaient au visage.

— Avez-vous déjà su, en regardant un ciel pourtant dégagé, qu'un orage menaçait ? Sans vraiment savoir pourquoi, vous en aviez pourtant la certitude ?

Parknel interrompit la course folle d'une tasse brisée, ballottée sur son bureau par le roulis du navire.

— En résumé, tu voudrais qu'on te fasse confiance les yeux fermés ? Qu'on te croie, même si les Maîtresses pensent que tu te trompes ?

— Oui, grimaça Senna.

— C'est d'accord, grogna Parknel. J'ai été l'un des rares à croire en toi au début. Ce serait stupide d'arrêter maintenant que tu as enfin confiance en toi.

La jeune fille sourit sans un mot. Parknel jeta la tasse inutilisable par terre.

— Quelle direction ?

— La ferme de Kaen.

— Pas très loin de l'endroit où nous avons accosté la dernière fois, c'est bien ça ? demanda le capitaine en se frottant la mâchoire.

Senna acquiesça.

Le capitaine s'empara d'une carte. Il débarrassa le bureau des débris qui le jonchaient d'un vaste mouvement du bras, puis posa le document qu'il immobilisa aux quatre coins avec de lourds objets.

— Je n'ai aucune idée d'où nous nous trouvons, marmonna-t-il. Le mieux est de s'orienter vers l'ouest jusqu'à ce que les premières étoiles apparaissent, décréta-t-il, une boussole à la main. La tempête ne peut quand même pas nous avoir déroutés jusqu'aux Rugissants de Darkwell, espéra-t-il, un doigt planté sur le symbole d'une mer agitée surplombée d'un gros nuage.

— Jusqu'aux quoi ? demanda Senna, soudain inquiète.

Le capitaine leva les yeux.

— Hmm... Pas de quoi s'en faire. On ne peut pas être si loin au sud.

On frappa à la porte.

— Capitaine, le mât de misaine se fendille.

— Ça devient une mauvaise habitude de mettre mon navire à si rude épreuve, grommela Parknel.

— Je vous rembourserai toutes les réparations, offrit Senna sans savoir ni comment ni où elle trouverait l'argent nécessaire.

— J'y compte bien. J'ai l'intention de faire de ce navire le plus rapide que l'océan ait jamais porté. (Il se dirigea vers la porte.) Prends ma cabine, comme la dernière fois, lança-t-il par-dessus son épaule. Tu as besoin de repos.

Du repos ? L'équipage, proche de la panique, courait en tous sens, et il voulait qu'elle se repose ?

— Combien de temps avant d'atteindre la Tartennie ? cria-t-elle avant que la porte se referme.

— Si nous sommes bien là où je crois et que nous continuons à cette vitesse, je dirais quatre jours. Enfin, si *La Sorcière des mers* supporte le rythme.

Ses dernières paroles se perdirent dans le vacarme ambiant.

Senna comprit alors que leur périple commençait enfin. Elle allait pouvoir réfléchir en détail à la marche à suivre. En compagnie de Reden, lui aussi penché sur la carte, elle étudia la Tartennie. Pour la deuxième fois, elle traversait la mer de Darkwell pour aller à la rencontre d'Espen.

Joshen ôta sa cape, qu'il déposa sur le dossier de sa chaise.

— Les Maîtresses n'ont pas exagéré, Senna. La tête des sorcières est bien mise à prix, là-bas. La tienne, tout particulièrement. Si nous sommes contraints d'arrêter les sorcières dont tu parles, soit. Mais il est inutile et dangereux d'accoster de nouveau en Tartennie.

La jeune fille sentit la moutarde lui monter au nez. Ses parents avaient-ils eux aussi connu ce genre de dispute où la survie du monde se trouvait en balance avec leur propre sécurité ? Les choses étaient-elles différentes du temps de Lilette, quand les hommes vénéraient encore les sorcières ?

Les sourcils froncés, Reden se tourna vers Joshen.

— Nous allons voir Espen parce qu'elle sait où se trouvent ces sorcières. Nous accosterons près de chez Kaen, car Senna a besoin d'être dans les terres pour renforcer l'efficacité de ses chants, et que le royaume d'Espen présente un trop grand risque. On pourra aussi en profiter pour s'assurer que ses amis vont bien.

Senna fut surprise que le meneur connaisse aussi bien les arcanes des sorcières.

Manifestement contrarié, Joshen plaqua les paumes contre le dossier de sa chaise.

— Et ensuite ?

Senna inspira une grande bouffée d'air pour recouvrer un peu de calme.

— Riches de ce que nous aurons découvert, nous pourrons avertir les Maîtresses des dangers qui menacent le Refuge.

Reden les regarda tour à tour avant de se diriger vers la porte de la cabine.

— Bon, maintenant que nous sommes d'accord, je vais tenter de dénicher quelques vêtements secs, puis j'irai mettre le frère de Mistin à l'épreuve afin de découvrir s'il peut nous être utile.

Senna frissonna au contact glacial d'un filet d'air qui se faufila par l'embrasure de la porte jusqu'à sa robe détrempée. Elle serra les bras sur ses épaules. Le froid la transperçait jusqu'aux os.

Joshen fouilla dans la sacoche de la jeune fille.

— Tu es gelée. Tu ne peux pas rester dans ces habits mouillés.

Il trouva enfin la chemise et la robe de rechange qu'il cherchait, puis détourna les yeux. Senna ôta ses vêtements, qui atterrirent au sol dans un bruit humide. Lorsque le tissu sec glissa sur sa peau, elle s'émerveilla de la douceur et de la chaleur qu'il dégageait. Elle soupira, enroula ses cheveux en un chignon grossier qu'elle retint à l'aide d'une cordelette.

Le sel lui irritait déjà la peau, mais le bain devrait encore attendre.

Elle entendit Joshen qui fouillait à présent dans ses propres affaires. Elle se retourna : il était en train de se débarrasser de sa chemise. Malgré la tension qui régnait entre eux depuis quelques jours, une vague de chaleur déferla en elle à la vue des larges épaules et des muscles sculptés du jeune homme.

Pour se changer les idées, elle se dirigea vers la fenêtre et scruta le ciel aux sombres reflets violacés qui reculait à l'horizon. Sous sa voûte, le vent et les vagues semblaient s'affronter dans une lutte sans merci. Elle sentit le regard de son Protecteur dans son dos.

— Tu devrais te reposer. Je sais combien tes enchantements t'épuisent, et il faudra que tu sois au mieux de ta forme lorsque nous accosterons en Tartennie.

Pourquoi insistaient-ils tous pour qu'elle se repose ? Elle examina l'image de la jeune fille que lui renvoyait la vitre de la cabine. Ses yeux, soulignés de profonds cernes noirs, étaient injectés de sang. Sa silhouette lui parut trop mince, et sa coiffure catastrophique. Elle tenta de lisser quelques épis du bout des doigts.

— Je vais bien. Je devrais aller invoquer des vents favorables.

— Le navire ne supporterait sans doute pas une allure plus rapide. (Il ajusta sa chemise sur ses épaules charpentées.) Mais, puisque tu refuses de te reposer, peut-être pourrais-tu m'accompagner sur le pont inférieur ? Je vais passer voir les chevaux, et j'aimerais te montrer quelque chose.

Elle suivit Joshen hors de la cabine du capitaine. Dehors, la confusion était totale. Des marins couraient en tous sens, certains nouaient des bouts, d'autres affalaient les voiles déchirées, mais la plupart s'attelaient à des tâches qu'elle ne comprenait pas.

Senna et Joshen se frayèrent malgré tout un chemin jusqu'aux entrailles du navire. Ils se laissèrent ensuite guider par une forte odeur d'étable et un martèlement frénétique.

Le jeune homme s'élança alors au petit trot. Dans la stalle centrale, le palomino donnait de furieux coups de sabots contre les planches.

— Tout doux, mon grand. Tout doux, dit-il, ouvrant le box pour se porter à hauteur de l'animal.

Senna, la gorge serrée par l'inquiétude, retint son souffle. Le cheval, dont les oreilles baissées invitaient à la méfiance, toisa le Protecteur du coin de l'œil.

— Joshen ! l'avertit Senna.

L'animal, toutes dents dehors, s'avança brusquement vers le jeune homme, qui repoussa la tête massive et, d'un geste plein de dextérité, passa deux longes de cuir dans le licol. Il s'empressa ensuite de les nouer de part et d'autre du box, de sorte que le cheval soit coincé entre les deux anneaux. Il avait accompagné sa manœuvre de mots apaisants.

— Je vais devoir te monter sur le pont tous les matins, et nous allons travailler ensemble à maîtriser cette fougue.

— Je connais une potion qui pourrait peut-être faire l'affaire, proposa Senna, heureuse de ne pas être dans la stalle, à la place de Joshen.

— Peut-être. Si les exercices ne suffisent pas et que les effets de ta potion s'estompent en quelques heures seulement. (Il s'essuya les mains sur son pantalon.) Senna, je te présente Sunny.

La jeune fille approcha la paume des naseaux de l'animal pour lui permettre de la sentir. Sunny renâcla avec dédain. La sorcière afficha une moue dégoûtée et se nettoya la paume à l'aide d'une pleine poignée de paille.

— Je n'ai pas l'impression qu'il m'apprécie beaucoup.

Joshen se servit d'un morceau de tissu posé dans le box pour frotter la robe, pourtant déjà brillante, de Sunny.

— Il descend d'une lignée de sportifs. C'est l'un des chevaux les plus rapides que mon père ait élevé, et l'un des plus endurants, aussi.

— Il est très beau.

Une femme éprise de Joshen ne pouvait qu'embrasser sa passion.

— Il court plus vite que n'importe quel autre quadrupède, insista le jeune homme d'un ton fier.

Les qualités de Sunny semblaient en effet évidentes. Le feu ardent qui brûlait en lui l'empêchait visiblement de rester en place. Senna lut dans le regard du Protecteur qu'il attendait une réaction de sa part. Un mauvais pressentiment lui noua peu à peu l'estomac. Ce cheval n'était pas fait pour elle, son piètre niveau en équitation lui interdisait une telle monture, Joshen ne l'ignorait sans doute pas.

— Tu as trouvé en lui le cheval parfait, j'en suis sûre.

Le jeune homme posa sur elle ses yeux d'acier.

— Il n'est pas pour moi. C'est pour toi que je l'ai acheté.

Au prix d'un effort colossal, Senna parvint à conserver une expression impassible.

— Joshen…

Il soupira et frotta de plus belle la robe de Sunny.

— Laisse-moi te faire ce cadeau, d'accord ? Nous allons au-devant de terribles dangers, et je ne suis pas certain de pouvoir toujours t'en protéger… (Il s'éclaircit la voix.) Je t'en prie.

— Si jamais il me désarçonne, je risque de ne pas m'en remettre, plaisanta-t-elle, saisissant la main de son Protecteur.

— Il n'est pas méchant… Juste un peu vif.

— Vif, d'accord. (Le sourire qu'elle s'efforça d'afficher ressemblait plutôt à une grimace.) Tu l'as acheté ? Mais combien ? Et où as-tu trouvé le temps de récupérer un cheval de ton père ?

L'écurie d'élevage se trouvait à trois jours de marche de Corrieth, et la solde d'un Protecteur n'avait rien de mirobolant.

— Je me suis arrangé pour qu'on me l'amène à Corrieth il y a déjà plusieurs semaines. Et son prix ne te regarde pas. (Il soupira.) J'ai toujours eu l'intention de te l'offrir, Senna. Comme cadeau, mais aussi un peu en guise d'excuse. Je suis désolé de t'avoir laissée seule sur l'île au moment où tu avais le plus besoin de moi.

Ainsi, Joshen lui offrait le plus magnifique et le plus dangereux des chevaux pour se faire pardonner.

— C'est moi qui t'ai dit de partir avec Arianis.

Il secoua tristement la tête.

— Encore un exemple d'une fois où j'aurais mieux fait de ne pas t'écouter.

Elle lui donna une tape sur le bras. Un large sourire aux lèvres, il se pencha vers elle. Senna recula d'un pas et le sourire du jeune homme s'évanouit.

Une voix résonna au-dessus d'eux. La tête d'un marin apparut au sommet de l'escalier.

— Le meneur Reden vous cherche, Brusenna.

Joshen l'invita à obéir.

— Je dois m'occuper des chevaux, de toute façon.

— Nous terminerons cette conversation plus tard, soupira-t-elle, résignée.

Le sacrifice d'un Protecteur

Senna émergea de la cale du navire dans la lumière aveuglante du soleil. Elle s'avança sur le pont, mais trébucha sur le bas de sa robe et s'affala… dans une paire de bras solides.

— Oh, je suis désolée !

L'inconnu l'aida à retrouver l'équilibre, mais refusa de s'effacer. Elle releva la tête et sombra dans le regard de jais d'un homme grand, au teint doré, et dont les longs cheveux noirs étaient retenus par une petite ficelle. Transportée par la beauté de ce qu'elle voyait, elle sentit son cœur s'emballer. Mais l'apparence du jeune homme n'en était pas la seule raison… il y avait autre chose.

— Senna ? l'appela Reden.

Elle se dégagea aussitôt des bras de l'inconnu et essuya ses paumes moites contre sa robe.

Mistin approcha en trottinant. Elle avait abandonné la tenue verte des Apprenties au profit d'une tunique et d'un pantalon plus amples.

— Tu connais mon frère, Senna ? (Sous le regard de Reden, l'intéressée, écarlate, secoua la tête.) Cord, je te présente Brusenna, mais elle se fait appeler Senna depuis qu'elle est devenue quelqu'un de meilleur.

Le jeune homme ne l'avait pas quittée du regard. Elle remarqua alors un air de famille avec sa sœur. Il partageait les mêmes yeux en forme d'amande que Mistin, mais ses traits étaient plus marqués. Plus petit que Joshen, mais plus grand que Reden, il était maigre et semblait analyser tout ce qui l'entourait – notamment la jeune fille qui lui faisait face – d'un regard scrutateur.

— Nous sommes-nous déjà rencontrés ? lui demanda Senna. J'ai l'impression de t'avoir déjà vu.

Son expression sombre s'éclaira aussitôt d'un large sourire. Il était certes beau, mais d'une beauté venimeuse. Senna comprit qu'il se servait de ses charmes comme d'une arme, une arme redoutable.

— Si c'était le cas, je ne l'aurais jamais oublié.

Mistin le foudroya du regard. Il tourna vers elle son sourire enjôleur. Elle leva les yeux au ciel.

— Oublie-le, il passe son temps à jouer les séducteurs.

Reden s'éclaircit la voix.

— Si vous voulez bien nous excuser. J'aimerais parler à Senna.

La petite Apprentie saisit le bras de son frère, qu'elle entraîna vers la proue du navire.

— Il ne souhaite pas simplement nous aider, déclara le meneur après leur départ. Il veut devenir ton Protecteur attitré.

Senna haussa un sourcil.

— Un deuxième Protecteur ?

— Il pourrait se révéler utile, avança Reden avec un geste désinvolte.

— Il est doué ? demanda-t-elle, les yeux rivés sur Cord.

— Disons qu'il est compétent, répliqua Reden avant d'ajouter quelques mots en tartennien.

Senna lui adressa un regard en coin.

— Qu'est-ce que ça veut dire ?

— Un piètre soldat vaut mieux que pas de soldat du tout, traduisit-il après une hésitation.

Senna s'imprégna des paroles de Reden, puis elle posa au meneur la question qui la taraudait depuis leur départ de l'île.

— Pourquoi as-tu choisi de nous accompagner ? demanda-t-elle d'une voix douce. À cause de moi, tu avais déjà perdu ton poste de chef des armées tartenniennes, mais maintenant tu as en plus perdu celui de chef des Protecteurs.

— Nous enseignons aux Protecteurs que nous formons comment protéger leur sorcière de toute menace, y compris de leurs propres bêtises, expliqua-t-il en pesant ses mots. Les Maîtresses ne font pas exception à cette règle. À deux reprises, tu as été victime d'une agression en plein cœur du Refuge. Je suis convaincu qu'une personne haut placée se cache derrière tout ça. Il y a un traître sur l'île. Et, qui dit traître, dit trahison à venir. (Avec franchise, il la regarda droit dans les yeux.) Tout tourne autour de toi, Senna. Tu es la clé de cette histoire. C'est pourquoi j'ai choisi de me ranger à tes côtés. (Il posa une main sur l'épaule de la jeune fille.) J'ai bien l'intention de reprendre ma place à la tête des Protecteurs une fois que nous aurons sauvé tes consœurs de leurs propres erreurs.

Senna retint une grimace.

— Tu ne penses pas que nous faisons fausse route ?

Après tout, elle avait trahi la confiance placée en elle par les Maîtresses, mis en péril le bonheur de sa mère et l'amour que lui portait Joshen.

— Certaines causes suprêmes s'imposent d'elles-mêmes. (Perplexe, elle le dévisagea.) Face à un choix où le bien et le mal se mélangent tant qu'ils se confondent, seule la cause la plus importante doit primer.

C'était exactement ce qu'il avait fait en choisissant de sacrifier sa terre natale pour la survie du monde.

— Mais comment savoir quelle cause est la plus importante ?

— C'est bien souvent la décision la plus difficile à prendre qui se révèle la plus avisée à terme.

La jeune sorcière demeura silencieuse pour s'approprier cette réflexion. Reden posa alors une paume sur son dos.

— Bon, et si on allait donner un coup de main aux marins qui réparent les voiles ? lança-t-il.

Senna le dévisagea, incrédule.

— Tu sais coudre ?

— Qui me repriserait mes vêtements si je ne m'en chargeais pas moi-même ? ricana-t-il.

— Mais tu étais chef des armées !

Il posa sur elle un regard bienveillant.

— Ça n'a pas toujours été le cas, Senna. Il fut un temps où je te ressemblais beaucoup.

Au beau milieu de la nuit, la porte de la cabine s'ouvrit avec un grincement. Senna cessa de respirer, mais l'obscurité totale qui régnait dans la pièce l'empêchait de distinguer quoi que ce soit. En dehors des craquements réguliers du navire, elle ne décela aucun bruit suspect.

Elle envisagea de tendre le bras pour réveiller Mistin, mais redoutait que l'intrus comprenne qu'elle l'avait entendu.

Au lieu de ça, elle empoigna la dague qu'elle conservait dans sa ceinture de graines, toujours à portée de main.

— C'est moi, Senna.

Elle soupira, soulagée d'avoir reconnu la voix de Joshen. Il traversa la pièce pour venir s'accroupir près de son lit.

— Que fais-tu ici ? demanda-t-elle, un œil posé sur Mistin, toujours immobile.

— Nous aurions besoin que tu viennes chanter.

La jeune sorcière se drapa dans une couverture, puis précéda Joshen hors de la cabine. Mais, alors qu'elle se dirigeait vers la proue du navire, le Protecteur la retint.

— Les choses vont-elles mieux entre nous ? s'enquit-il.

— Je ne sais pas, dit-elle, tête baissée, au lieu d'un simple non.

— Comment puis-je faire pour arranger la situation ? demanda-t-il, mal à l'aise.

— Joshen… souffla-t-elle. (Comment lui expliquer pour être certaine qu'il comprenne ?) Je n'ai jamais eu confiance en moi. Peut-être parce que j'ai fini par croire en toutes ces moqueries dont je faisais l'objet, enfant. Au bout du compte, je me rabaissais bien assez toute seule, même débarrassée du harcèlement constant des villageois. (Le regard triste qu'il lui adressa dans le clair de lune menaça de la faire flancher, mais elle s'efforça de poursuivre son explication.) Ensuite, je n'ai jamais vraiment eu besoin de croire en moi, tu étais là pour ça. (Malgré sa voix qui faiblissait, elle reprit dans un murmure :) Ce n'est pas ta faute, Joshen. Tu n'y es pour rien. Mais j'ai besoin de me sentir forte. D'avoir confiance en moi. Laisse-moi le temps de découvrir qui je suis réellement.

Devant la mine complètement défaite de son Protecteur, dont les lèvres formaient une infime ligne livide, Senna hésita à poursuivre. Elle détestait les conflits et préférait en général faire comme si tout allait bien. Mais une telle attitude ne servirait à rien, elle le savait.

— Je ne sais plus si je peux te faire confiance, ajouta-t-elle. Tu m'aurais empêchée de quitter l'île, si tu l'avais pu.

Joshen plongea les doigts dans sa chevelure sombre.

— Je cherchais juste à éviter que tu sois blessée. Et tu n'es pas non plus exempte de tout reproche. (Tous deux gardèrent le silence un instant.) Alors, je dois simplement accepter la possibilité de te perdre ? reprit-il d'une voix chargée de colère.

Elle se frotta le visage.

— Je suis née sorcière. Ça fait partie de moi.

Il fit un pas vers elle.

— Tu es avant tout celle que j'aime.

— Oh, Joshen… Tu es tombé amoureux d'une sorcière, et cela a un coût. (Son propre père l'avait payé de sa vie.) Dans ton cas, il risque d'être plus élevé encore, car je deviens plus qu'une simple sorcière. Je ne sais ni comment, ni pourquoi, mais je doute que quiconque parmi nous s'en sorte sans s'affranchir d'un lourd tribut.

Joshen se détourna. Ses muscles saillaient sous sa chemise.

— Je sais. Je le sais depuis des semaines. Mais je ne peux m'y résoudre, Senna. C'est au-dessus de mes forces.

La jeune fille luttait pour ne pas laisser transparaître ses émotions.

— C'est un prix que tu devras payer. Que tu le veuilles ou non.

Il frissonna. Sans un regard en arrière, il se dirigea vers l'écoutille.

— J'ai fini mon quart. On se voit demain matin.

Elle le regarda s'éloigner. Elle aurait voulu le rappeler, quérir le réconfort de ses bras contre l'effroi qui l'habitait, mais il n'était pas encore prêt. Sans doute ne l'était-elle pas non plus. Elle avait le sentiment de s'être perdue... Ou peut-être qu'elle ne s'était jamais vraiment trouvée, au fond ? Quoi qu'il en soit, elle devait apprendre à s'aimer telle qu'elle était avant de prétendre à aimer pleinement quelqu'un d'autre.

— Bonne nuit...

Elle gagna l'avant du navire, où elle invita le vent à souffler dans leur dos. Les bourrasques agitèrent ses cheveux lâches, puis les rabattirent sur son visage. Une violente rafale lui arracha tout à coup sa couverture. Senna tenta de la rattraper, mais elle était déjà hors de portée. La jeune sorcière jura et fit volte-face. Comme s'il était désolé, le vent repoussa les mèches qui lui fouettaient le visage.

La fraîcheur de l'air marin, humide, apaisa certes le feu de sa peau, mais il rendait aussi sa robe de nuit un peu trop moulante à son goût. Elle n'était pas seule sur le pont. Outre le préposé à la barre, un marin posté dans le nid-de-pie assurait en permanence la vigie, conformément aux directives de Parknel. Senna sentit qu'on l'observait. Elle se redressa et surprit le regard de Cord, dont le mousquet reposait contre le bastingage.

Sans doute assurait-il la relève de Joshen. Il ramassa son arme et s'approcha de la jeune sorcière. Les bras croisés sur la poitrine, elle s'esquiva pour se diriger vers la cabine.

— Attends. (Elle accéléra le pas.) Attends, répéta-t-il, lui saisissant le bras.

Comme elle refusait toujours de le regarder, il la força doucement à tourner la tête. Le silence retomba.

— Comment c'est ?

Mal à l'aise, Senna fixait le pont. Si seulement il voulait bien la laisser partir ! Un sentiment étrange l'envahissait chaque fois qu'il s'approchait d'elle.

— De quoi parles-tu ?

— De chanter comme tu le fais… Avec les Quatre Sœurs.

La question de l'aspirant Protecteur la prit au dépourvu. Personne ne la lui avait jamais posée. Elle ferma les yeux. Le vent, plein d'une fougue indomptable, lui faisait penser à un poulain sauvage. La terre, elle, ressemblait plus à un vieillard perclus d'arthrite, lent et fatigué. Les eaux, quant à elles, recelaient, à l'image d'une femme lunatique, d'infinies humeurs et d'innombrables endroits secrets. La lumière du soleil, tel un enfant espiègle, pouvait tout aussi bien éclater de rire que se mettre à bouder. La végétation, enfin… Elle frissonna. Pouvait-elle vraiment partager quelque chose d'aussi intime avec un étranger ?

— Eh bien, si tu prends la végétation, par exemple, on peut dire qu'elle est fiable, finit-elle par répondre. Un peu comme ton mousquet favori, j'imagine.

Cord, visiblement satisfait, croisa les bras. Elle comprit alors qu'il s'efforçait de la détourner de sa frustration. La diversion avait fonctionné. À sa grande surprise, Senna n'était plus en colère. Elle n'aurait jamais pensé que Cord soit de ceux qui se souciaient du bien-être des autres.

Le jeune homme, comme pour cacher sa gêne, se frotta les paumes.

— Je... Il t'a blessée ?

— Joshen ? Bien sûr que non ! répondit-elle, heureuse que l'obscurité dissimule ses joues rosies.

— Vraiment ? insista l'aspirant Protecteur, le sourcil arqué. Dans ce cas, pourquoi es-tu si contrariée ?

— Il m'a fait du mal il y a quelque temps, expliqua-t-elle sans oser le regarder. Et cette blessure n'est pas encore refermée.

Cord lança un coup d'œil vers les marches qui menaient au pont inférieur.

— Ton Protecteur devrait se soucier un peu plus des apparences. On pourrait penser que quelque chose de plus vous lie, tous les deux.

— C'est le cas.

Cord la dévisagea.

— Quoi ? Mais c'est toléré ?

— Savoir ce qui est permis ou pas est-il encore vraiment important ?

Sur ces mots, Senna s'éloigna vers la cabine. Rapide comme l'éclair, Cord la rattrapa une fois encore.

Surprise, elle fit volte-face. Il l'attira à lui. Si près que, battue par le vent, la fine robe de nuit effleurait les vêtements de Cord.

— La prochaine fois que tu sors chanter, pense à t'habiller un peu mieux.

Il baissa alors les yeux sur le corps de la jeune sorcière, à peine dissimulé sous sa tenue de nuit. Au même instant, le vent tourna et plaqua le tissu contre sa peau. Au prix d'un effort colossal, elle se retint de dissimuler sa poitrine à l'aide de ses bras.

Lorsque Cord croisa de nouveau son regard, elle décela dans ses yeux une lueur qui n'aurait pas dû s'y trouver. Une désagréable bouffée de chaleur la suffoqua.

— Si tu espères vraiment devenir un jour mon Protecteur, tu as plutôt intérêt à apprendre à tenir ta langue ! Et à contrôler ton regard.

Cord se rembrunit.

— Bonne nuit, Senna, dit-il avant de lui lâcher le bras.

Puis il traversa le pont sans se retourner.

Irritée et perplexe, elle le regarda s'éloigner. Elle se trouvait arrogante d'avoir estimé qu'elle lui plaisait. Elle n'était pas belle – quoi qu'en dise Joshen. Petite avec des yeux bizarrement dorés et une chevelure de la même teinte, elle était plus étrange que jolie.

Cord avait repris sa place contre le bastingage, et Senna, vêtue de sa seule robe de nuit, le toisait toujours d'un œil noir. Elle recouvra soudain ses esprits et regagna la cabine.

Elle s'allongea en silence à côté de Mistin. Elle aurait voulu s'abandonner au sommeil sur-le-champ, mais il lui restait une dernière chose à faire.

Elle prêta l'oreille à la musique des Quatre Sœurs. Sans résister, elle laissa son âme s'échapper de son corps, puis elle pérégrina jusqu'à se trouver face à Espen. Les branches de la Sorcière Noire, presque toutes dépourvues de feuilles, s'affaissèrent.

— Je suis en route, déclara Senna.

Espen sembla retrouver un peu de vigueur. Elle étira un rameau maladif avec lequel elle griffa la terre.

« Les Tartenniens tirent sans sommation sur les sorcières. (Elle effaça ses quelques mots pour en tracer de nouveaux.) Il y a un autre ennemi. Plus dangereux que les Tartenniens », poursuivit-elle après une pause.

— Lequel ?

« Des chants, écrivit Espen. Venus d'un territoire inconnu. »

La jeune fille serra les bras autour de ses épaules.

— Je serai vigilante.

La promesse de Senna

Senna se réveilla en sursaut, tirée du sommeil par un râle proche de celui qu'émettrait une grenouille à l'agonie : Mistin tentait de contrôler les vents. Quand les chants puissants de Senna permettaient au navire de filer sur les flots pendant des heures, ceux de la petite Apprentie étaient si faibles qu'elle devait les entonner sans discontinuer.

Senna glissa la tête sous son oreiller. Les marins de quart étaient venus la chercher à deux reprises pour qu'elle accentue l'allure de *La Sorcière des mers*, après quoi le sommeil l'avait fuie pendant ce qui lui avait semblé une éternité. Elle était épuisée.

Mais rien n'arrêtait le coassement de Mistin. Avec un grognement de frustration, Senna s'extirpa du lit et demanda qu'on lui apporte de quoi prendre un bain. La baignoire était exiguë et l'eau glaciale, mais au moins serait-elle débarrassée de la démangeaison du sel.

Elle quitta la cabine pour trouver le pont étrangement désert. Parknel, à la barre, affichait une expression qu'elle lui avait vu arborer avant une bataille, comme s'il était déterminé à poursuivre sa route et à braver les tempêtes, les guerres, et même la voix de Mistin. Senna rit sous cape.

Elle surprit alors les regards de Cord et Reden, qui semblaient la supplier d'agir. Deux petites boules de coton dépassaient des oreilles de Cord.

— Pour l'amour des Créatrices, peux-tu lui demander d'arrêter ?

La jeune sorcière traversa le pont pour rejoindre son amie et l'accompagner de la voix. Deux enchantements suffirent à invoquer un souffle continu qui leur garantissait une allure régulière et soutenue pour plusieurs heures.

Avec un sourire radieux, Mistin se tourna vers Senna.

— Je commence à aimer la mer !

Senna posa sur la minuscule Apprentie un regard insistant : une question la taraudait depuis un petit moment.

— Pourquoi m'as-tu soutenue face aux Maîtresses ? Pourquoi risquer de te faire bannir du Refuge ?

— Ah ! Elles auraient de toute façon fini par m'en chasser un jour ou l'autre, tu le sais bien. Elles ne toléraient ma présence sur l'île que parce que je leur servais de bonne à tout faire, et je ne le supportais plus. (Mistin plissa les yeux dans la lumière du soleil.) Elles ne jurent que par la puissance des chants. Jamais elles ne considèrent leurs consœurs pour ce qu'elles sont vraiment. (Elle sourit de plus belle à Senna.) En outre, tu es mon amie et tu avais besoin de moi.

Malgré son humeur exécrable, Senna se surprit à lui rendre son sourire. Une amie… Tout ce dont elle avait toujours rêvé !

— Je suis contente que tu sois avec nous.

Mistin soupira d'aise.

— Laisse-moi assurer ce quart de chant, dit-elle. L'ouragan a dû fatiguer ta voix. Tu t'occuperas de la mi-journée et de la nuit.

Senna voulut protester. Pour maintenir un souffle continu, Mistin devrait redoubler d'efforts, là où Senna n'aurait eu qu'à entonner quelques notes de temps à autre. Mais la petite Apprentie prendrait toute proposition d'aide comme une insulte.

Et Senna sentait que sa voix avait vraiment besoin de repos.

— D'accord, accepta-t-elle.

L'équipage allait devoir prendre son mal en patience.

Soudain, une déflagration la fit sursauter. Derrière elle, Cord abaissait le canon de son arme en acquiesçant aux propos de Reden. Le jeune homme rechargea son mousquet, ajusta sa visée et fit feu. Malgré elle, Senna sursauta de nouveau. Bon sang, qu'elle détestait les armes !

Reden invita les deux amies à approcher.

— Vous allez devoir apprendre à vous servir de ça, dit-il, tendant un pistolet à Senna.

Elle porta la main à sa ceinture de graines d'où elle tira celui que Joshen lui avait confié.

— Je me suis un peu entraînée avec Joshen, mais je n'ai jamais eu à m'en servir pour de vrai. De toute façon, il ne me serait d'aucune utilité en cas d'embuscade, je suppose.

— Sauf s'il est prêt, répliqua Reden, sévère. Une minute suffit à le charger.

— C'est plus qu'il ne m'en faut pour lancer un enchantement, contra-t-elle avec un haussement d'épaules désinvolte.

Le meneur offrit aux deux jeunes filles de petites boules de coton à glisser dans leurs oreilles.

— S'il est armé, c'est plus rapide que de chanter. Toute situation requiert une arme adaptée, Senna. Tu devrais maîtriser chacune d'elles. Dorénavant, tu t'entraîneras deux fois par jour. Je vais aussi vous enseigner quelques mouvements de combat au corps-à-corps.

Mistin refusa les boulettes de coton.

— Peut-être plus tard. J'ai vu qu'on avait apporté de l'eau à Senna et j'aimerais moi aussi prendre un bain.

Reden ne quitta pas des yeux la minuscule silhouette qui s'éloignait vers la cabine.

Un petit sourire moqueur aux lèvres, Senna entreprit de charger son arme.

— Tu avais une femme en Tartennie ?

— Une femme ? répéta le meneur, incrédule. Non. Il est plutôt difficile de demander à quelqu'un d'épouser un soldat qui part souvent sans jamais savoir quand il va rentrer… ou même s'il va rentrer. Et c'est pire encore pour le chef des armées.

Les cours de maniement d'armes que lui avait prodigués Joshen n'étaient plus très frais dans sa mémoire. Lorsqu'elle eut enfin terminé de charger le pistolet, elle repoussa les mèches qui lui tombaient devant les yeux et ajusta sa mire.

— Pourquoi ?

— Parce que Grendi ne faisait preuve d'aucune tolérance à l'égard des soldats qui la contrariaient, expliqua-t-il, les yeux plissés dans la lumière du soleil. Et qu'elle s'emportait facilement. J'ai eu beau occuper mon poste plus longtemps que la plupart de mes prédécesseurs, ma fin était proche. Si je ne m'étais pas enfui avec vous…

— Je l'ai touchée ? demanda Senna, après avoir pressé sur la détente.

— Tout dépend de ce que tu visais, répondit Reden, le sourcil arqué.

— L'eau, dit-elle avec un large sourire.

— Dans ce cas, je pense que tu l'as tuée, ricana-t-il.

Senna remplit le canon de poudre, puis tenta d'y glisser une balle qui lui échappa, tomba par terre et roula sur le pont. Elle proféra le juron favori de Joshen puis s'élança à quatre pattes derrière le projectile.

Lorsqu'elle se releva, Reden l'observait avec un sourire en coin.

— Je t'en prie, moque-toi de moi, lança-t-elle.

— Je ne moque pas, répondit-il avant de plaquer une main sur sa bouche.

Elle envisagea de lui lancer la balle au visage, mais se contenta de recharger son arme et de faire de nouveau feu. Malgré le coton, la déflagration lui vrilla les tympans.

— Pas mal. J'aimerais que tu t'entraînes tous les matins et tous les midis pour améliorer ta vitesse d'exécution jusqu'à ce que tes gestes deviennent parfaitement naturels. (Il la scruta de son regard perçant puis ajouta :) Pourquoi Joshen t'a-t-il demandé de le suivre sur le pont inférieur ?

— Il m'a offert un cheval. Un animal somptueux, rapide et redoutable…

— Le palomino ?

Elle acquiesça.

Reden prit une profonde inspiration qu'il relâcha lentement.

— Ça, on peut dire qu'il s'y connaît, en chevaux !

Si l'amour des chevaux était un prérequis pour toute femme éprise de Joshen, peut-être était-ce aussi le cas pour ses amis.

— Reden ? dit-elle d'une voix douce. Joshen regrette que je sois ici.

Le meneur la dévisagea.

— C'est-à-dire ?

Elle tira de nouveau.

— Il ne veut pas que j'aille en Tartennie. J'ai peur que toute cette histoire ne le dépasse.

— Il a besoin d'un peu de temps. Il faut qu'il reprenne ses marques, qu'il trouve un juste milieu entre son devoir de Protecteur et la nécessité pour toi d'affronter certaines situations périlleuses.

Quelqu'un se racla la gorge derrière eux.

— Si tu tires alors que tu es en mouvement, il faut viser un peu en retrait de la cible pour compenser la vitesse du navire.

Senna reconnut aussitôt la voix de Joshen. Elle se retourna et découvrit qu'il l'observait, le visage tendu et les bras croisés sur la poitrine.

Contrariée, la jeune fille se mit à se masser le front.

Reden désigna son arme d'un signe de tête.

— Continue de tirer. Je reviens tout de suite.

Sur ces mots, il saisit Joshen par le bras et l'entraîna à l'écart.

Senna chercha autour d'elle une autre balle à glisser dans le canon de son pistolet, mais Reden semblait les avoir emportées avec lui. À pas de loup, elle approcha de l'écoutille.

— J'essaie de la protéger !

— En tant que Protecteur, tu es censé la protéger du danger. Tu peux certes remettre ses projets en cause, discuter ses choix, mais jamais la menacer. Tu n'as pas à la forcer. Ton unique rôle est de la suivre où qu'elle aille et de désamorcer au mieux tous les dangers.

— Même si ses choix l'entraînent vers une mort certaine ? s'emporta Joshen avec une pointe de menace dans la voix.

Sans ciller, Reden reprit :

— Il est dans la nature même des Gardiennes de se mettre en danger pour la sauvegarde du monde. Et c'est précisément pour cette raison qu'elles ont des Protecteurs.

Les deux hommes restèrent un instant silencieux.

— Je l'aime, Reden, finit par déclarer Joshen. Je refuse de rester spectateur alors qu'elle frôle la mort sous mes yeux. Je ne le supporterais pas une seconde fois.

— Alors, tout n'est qu'une question d'égoïsme ?

— Quoi ? Mais non, je…

— Tu refuses de la voir blessée et préfères trahir sa confiance ? Ça ressemble étrangement à de l'égoïsme, si tu veux mon avis.

De nouveau, Joshen demeura un moment silencieux, avant de murmurer :

— Je ne peux pas risquer de la perdre.

— Elle court de toute façon un terrible danger. Tu as plutôt intérêt à l'accepter et à cesser de te comporter comme un imbécile avant qu'il soit trop tard.

En se retournant vers l'escalier, le meneur aperçut Senna qui observait la scène. Il lui lança un regard désapprobateur. Elle s'empressa de regagner l'arrière du navire de peur que Joshen ne la surprenne lui aussi.

— Tu avais emporté toutes les balles, dit-elle à Reden d'un ton contrit.

— En effet, reconnut-il, l'œil posé sur la petite bourse qui pendait à sa taille.

— Merci de lui avoir parlé.

— Vous avez besoin l'un de l'autre. (Il fit signe à Joshen de les rejoindre.) Maintenant que tu es plutôt agile avec un pistolet, voyons comment tu te débrouilles au corps à corps, dit-il à Senna.

Pendant les quelques heures qui suivirent, Joshen lui montra comment se défaire d'une prise qui l'immobilisait. Et, plus particulièrement, comment coller ses poings contre ses lèvres pour empêcher que quelqu'un la bâillonne. Il fallait à tout prix qu'elle puisse recourir à ses enchantements – son arme principale –, quelle que soit la situation.

La faille qui s'était ouverte entre eux déversait un poison aux effets lancinants. Il leur faudrait du temps pour s'en débarrasser complètement. Malheureusement, le temps était ce qui leur faisait le plus défaut. Aussi, tous deux s'employèrent à ignorer leur douleur.

Joshen lui fit répéter le même enchaînement de quatre séquences encore et encore.

— On pourrait passer à autre chose ? finit-elle par demander.

— Pas le temps, refusa-t-il sans cesser de lui tourner autour. Mieux vaut apprendre peu de chose, mais en avoir une maîtrise parfaite.

Lorsque l'heure du repas approcha, Senna fut soulagée de disposer enfin d'une excuse valable pour faire une pause.

Elle alla chercher de quoi manger pour quatre et concocta un thé aux vertus apaisantes pour la gorge de Mistin.

Joshen l'aida à transporter les repas jusqu'à l'endroit où la jeune Apprentie coassait d'une voix plus enrouée que jamais. Reden, que l'horrible son ne semblait pas déranger le moins du monde, se tenait à côté d'elle, impassible. Lorsque Mistin eut fini son incantation, le meneur lui adressa quelques mots qui la firent éclater de rire. Bien que le son de sa voix ne fût pas des plus agréables, son rire était magnifique. Reden les vit approcher et toucha le coude de Mistin. La petite Apprentie accepta la tasse de thé avec reconnaissance.

Senna assura la distribution des rations de pain, de pommes et de porc séché.

— Tu vas pouvoir arrêter, Mistin, et économiser ta voix. Le navire aura besoin de toi, si je me retrouve coincée en Tartennie.

— Ça me paraît plutôt compromis, répliqua-t-elle en mordant dans une pomme. Vu que je viens avec toi.

Cord, son déjeuner à la main, vint alors s'asseoir à côté de Senna. La jeune fille s'efforça de contenir son envie de s'écarter de lui.

— Tu penses vraiment pouvoir tenir le rythme ? demanda Joshen, qui s'assit de l'autre côté de Senna.

— Je serai à cheval, imbécile ! rétorqua Mistin avec un regard assassin à l'adresse du Protecteur.

Cord ricana.

Sa sœur le foudroya à son tour de son œil noir. Les deux garçons, mouchés, baissèrent les yeux.

— Si un combat devait tous les trois vous opposer, je parierais sur elle, déclara Reden, hilare.

Senna tendit le pistolet avec lequel elle s'était entraînée à sa consœur, et la discussion fut close.

Après le repas, Reden invita Senna et Joshen à le rejoindre dans la cabine du capitaine. Une fois la porte refermée, il déclara :

— Nous n'allons pas tarder à atteindre la Tartennie, Senna. J'aimerais m'assurer que tu m'obéiras si je te demande de fuir. Si je te dis de regagner le navire, tu le feras ?

— Oui, bien sûr.

— Même si ça implique d'abandonner quelqu'un à terre ? (Elle ouvrit la bouche pour protester, mais il ne lui en laissa pas le temps.) Il arrive que des hommes se fassent capturer et que nous ne puissions les secourir sans risquer des pertes plus lourdes encore. Mais ça fait partie des dangers que nous avons tous accepté de courir.

Elle prit soudain conscience du poids de ses décisions. Joshen et Reden étaient prêts à mettre leur vie en jeu pour elle. En échange, ils n'exigeaient qu'une chose : qu'elle leur obéisse. Sous leur regard insistant, elle comprit qu'ils n'iraient pas plus loin tant qu'elle n'aurait pas formulé sa promesse.

— Si Joshen et toi me dites tous les deux de m'enfuir, j'obéirai.

Reden acquiesça. Joshen, lui, resta sans réaction.

— Terre en vue ! lança un marin à l'extérieur.

Senna se rua vers la proue du navire, où le capitaine Parknel la rejoignit aussitôt.

— Encore combien de temps ? demanda Joshen.

— Nous allons devoir longer un peu la côte, déclara Parknel, qui estimait la distance qui les séparait de leur destination à l'aide de sa longue-vue. Nous devrions arriver au petit matin.

Senna observait la tache brunâtre qui s'étirait à l'horizon.

— C'est ici que les choses commencent.

Malédiction

Tout était mort. La jungle luxuriante, à présent gagnée par la pourriture brune, n'était plus qu'une masse de bois cassant, fragile, qu'aucun vent ne venait agiter. Depuis la fuite des sorcières presque trois mois plus tôt et leur demande aux Quatre Sœurs de sombrer dans le sommeil, aucune brise n'avait plus effleuré la côte. L'air stagnant semblait renforcer l'odeur déjà nauséabonde des cadavres en putréfaction qui jonchaient le sol un peu partout.

Refusant de croire qu'elle était à l'origine d'une telle désolation, Senna s'avança dans la végétation moribonde et les branches craquèrent sous ses pieds comme de minuscules os chétifs. Elle scruta désespérément le paysage en quête d'un signe de vie. Cord et Mistin jouaient déjà les éclaireurs, à l'affût d'éventuels dangers. L'absence de Cord, au moins, était appréciable. Chacun des regards du jeune homme lui donnait la sensation d'une caresse non désirée.

Joshen, sans cesser de balayer des yeux le paysage monochrome, posa une main sur son épaule.

— Senna ?

Il n'était pas aussi frappé qu'elle par le spectacle de dévastation qui s'offrait à eux. Les sens de la jeune sorcière

– qui se ramifiaient jusqu'à ceux des Quatre Sœurs – lui donnaient le sentiment de faire face à un ventre rendu stérile, privé de vie.

— Comment ai-je pu faire une chose pareille, Joshen ?

Enfin, il daigna la regarder.

— Tu n'as pas agi seule. Et vous n'aviez pas d'alternative.

Elle savait que c'était faux. Un autre choix était toujours possible. Elle aurait, par exemple, pu laisser le Chancelier Grendi les tuer, elle et ses consœurs, et le monde aurait continué de tourner. Pour quelque temps, du moins.

Déjà en selle, Reden lui tendit les rênes de sa monture.

Le palomino, nerveux, fit un pas de côté.

— Je peux lui faire confiance ? demanda la jeune fille, méfiante.

Joshen se pencha vers elle pour lui glisser quelques mots à l'oreille.

— J'ai bien l'intention de mettre toutes les chances de ton côté, Senna, crois-moi.

Mais, à ses yeux, ce cheval n'avait rien d'une chance.

— Tu essaies de me dire que Sunny est ton plan de secours au cas où trois Protecteurs épaulés par Mistin échoueraient ?

Le jeune homme ne répondit pas. Senna soupira. Le regard bienveillant de son ancienne monture, Knight, lui manquait.

— Soit. Mais s'il refuse que je le monte, je prends celui de Cord.

L'animal en question avait certes une vilaine tête, mais au moins il était docile. Senna souleva le bas de sa robe et monta en selle.

Pour la première fois depuis qu'il avait découvert sa terre natale ravagée, Reden prit la parole.

— Nous ferions mieux de ne pas trop traîner. Leurs espions nous observent sans doute déjà.

— Comment peux-tu en être certain ? demanda la jeune sorcière, se tournant vers lui.

— C'est ce que je ferais à leur place.

Reden était avant tout un soldat – l'un des meilleurs. Aussi, il ne faisait jamais étalage de ses émotions, mais elles n'en étaient pas moins décelables pour qui le connaissait bien. Au cours des mois précédents, Senna avait passé assez de temps en sa compagnie pour déceler la culpabilité qui le tenaillait à travers son masque impassible et son port trop rigide. Après tout, il avait aidé les sorcières à détruire sa patrie.

— Il n'est pas trop tard, Senna. Nous pouvons encore faire demi-tour, proposa Joshen.

— J'ai perdu bien trop de temps à opter pour les solutions les plus consensuelles au Refuge. Mais maintenant, je compte faire ce qui s'impose.

Reden, qui n'était pas du genre à s'embarquer dans de longues discussions, replongea dans le silence. Lorsqu'une décision était prise, il s'y tenait jusqu'à la fin, quelle qu'elle soit.

Ils adoptèrent la formation convenue plus tôt – Cord et Mistin en éclaireurs, suivis de Reden, de Senna, puis de Joshen qui fermait la marche – et lancèrent leurs montures au galop. Senna jeta alors un dernier coup d'œil à *La Sorcière des mers* ancrée tout près de la côte. Elle regretta de ne plus être à son bord, elle aurait rêvé pouvoir se soustraire au spectacle de désolation dont elle était elle-même responsable.

À bride abattue, ils empruntèrent le chemin qu'elle avait foulé en compagnie de Joshen trois mois plus tôt. La jeune sorcière ne put s'empêcher de remarquer combien il avait changé. La piste, à présent nue, foisonnait autrefois de plantes avides de lumière. La modeste hutte qu'ils avaient aperçue à leur arrivée – celle devant laquelle brûlait à l'époque un petit feu de bois – était déserte, et le foyer n'abritait plus qu'un tas de cendres grises que le vent n'avait même pas pris la peine d'emporter.

L'endroit où ils avaient bifurqué pour semer les soldats tartenniens était recouvert de plantes en putréfaction qu'aucun pas n'avait foulées depuis longtemps. Sunny enjamba un tronc tombé en travers du sentier. Le souffle de son passage ébranla les feuilles desséchées à même les branches. La grange où ils s'étaient réfugiés – elle aussi abandonnée – était à présent bien visible à travers le feuillage clairsemé.

Les chevaux, ruisselants de sueur, peinaient à respirer. Le petit groupe s'arrêta pour permettre aux animaux de reprendre leur souffle avant de repartir de plus belle.

Où avaient fui tous les habitants ? ne cessait de se demander Senna.

Cord les rejoignit à proximité de chez Kaen.

— Nous avons ratissé les alentours avec Mistin. Rien à signaler.

Senna fit trotter sa monture jusqu'à la modeste hutte. Les fantômes de ses souvenirs surgirent tout autour d'elle. Elle bondit à terre pour se diriger vers l'habitation. Joshen et Reden, mousquets parés, la précédèrent.

La jeune sorcière les suivit à travers les deux pièces de la hutte. À l'intérieur, l'obscurité était presque totale. Senna ouvrit grand les yeux et scruta lentement les lieux. Leurs pas avaient soulevé un nuage de poussière. Une odeur de renfermé, typique des bâtiments depuis longtemps abandonnés, flottait dans l'air. Des larmes embuèrent les yeux de Senna, qui éternua.

Accablée par un fort sentiment de culpabilité qui lui comprimait la poitrine, elle se rua vers la pièce adjacente en quête d'un air plus respirable. Elle sursauta lorsqu'un rat détala devant elle. Elle s'efforça de ne pas tourner les talons et entrouvrit la porte. Les nattes avaient disparu, tout comme la nourriture entreposée dans les paniers tressés.

Ainsi, ils étaient vraiment partis. Senna se mordit la lèvre et pria pour ne pas succomber à l'abattement.

Joshen sortit de la hutte.

— Je vais aller voir dans le tunnel. Si Kaen nous a laissé des instructions, il les aura sans doute cachées là-bas.

Toujours à l'intérieur, Senna ferma les yeux et s'adossa au mur décrépit. Où Kaen et sa famille étaient-ils passés ? Et sa sœur, Ciara ?

— Ils sont sans doute encore en vie, quelque part, déclara Reden, comme s'il lisait dans ses pensées.

Elle se ressaisit et découvrit qu'il la dévisageait.

— Tu savais, dit-elle à mi-voix. Tu savais, lorsque tu t'es joint à nous, que notre malédiction mettrait ta patrie dans cet état.

— Oui, reconnut-il après une brève hésitation.

— Alors pourquoi ? Pourquoi avoir accepté de nous aider ?

Le regard perdu à l'horizon, sur le paysage qui s'étendait au-delà de la porte, sans doute repensait-il à la luxuriante végétation qui s'y épanouissait quelques mois plus tôt.

— La cause supérieure, Senna. Si les sorcières meurent, plus personne ne sera en mesure de contrôler la nature, et la vie finira immanquablement par s'éteindre.

Il avait sacrifié sa terre natale pour le bien du monde. Son courage surpassait de loin celui de la jeune fille.

— Nous n'étions pas obligées de maudire les terres, de bannir les orages et d'interdire aux graines de germer.

— Vous deviez affaiblir la Tartennie et, surtout, Grendi, avant qu'elle tente de vous éradiquer, dit-il comme si la situation ne l'affectait pas.

Le contraste avec Senna, que les émotions menaçaient de submerger, était saisissant. Elle dépassa Reden et déboucha dans la lumière stagnante du soleil.

— En tout cas, je pense que nous l'avons bien assez affaiblie. Il est temps de rétablir l'ordre naturel des choses.

Cord, qui était resté en selle pour assurer le guet, tourna vers elle un regard incrédule.

— Je pensais que seul un chœur complet de sorcières pouvait entreprendre une tâche d'une telle ampleur.

— C'est le cas, répliqua Mistin d'une voix douce.

Senna grimaça. Elle ne comprenait toujours pas ce qui lui arrivait, ni pourquoi, depuis qu'elle avait absorbé les chants d'Espen, elle ne cessait de gagner en puissance. Une puissance colossale. Comment, la nuit où ils s'étaient enfuis de l'île, ses enchantements avaient-ils pu surpasser ceux d'une centaine de ses consœurs réunies ? Et pourquoi cette puissance l'avait-elle abandonnée depuis ?

— Je vais faire de mon mieux.

— Je t'aiderai, acquiesça Mistin.

Cord fit passer ses rênes d'une main à l'autre, mais resta silencieux.

— Si tu montes dans les airs, n'importe qui te repérera dans un rayon de cinq lieues, l'avertit Reden sans la quitter des yeux.

— Je sais.

Senna balaya les lieux du regard en quête d'un éventuel groupe d'arbres disposés en cercle, mais n'en trouva aucun. Peut-être était-il possible d'en invoquer un, mais elle ne connaissait pas l'enchantement approprié. Sans un cercle pour canaliser leur puissance, leurs incantations perdraient en efficacité, mais elles devraient s'en contenter.

Senna tendit l'oreille et fut frappée par l'absence totale de musique. Les Quatre Sœurs souffraient, elles devaient se tapir quelque part, tenter de fuir la mort et la destruction qui les affligeaient. La jeune Apprentie fredonna un air doux pour les inciter à se montrer. Peu après, tel un animal blessé et farouche, les Quatre Sœurs approchèrent.

Senna, accompagnée de Mistin, rejeta alors la tête en arrière et adopta une voix autoritaire.

Emporte-moi, ô vent, car sur toi je m'appuie,
Afin que mes paroles gagnent toute la Tartennie.

Les deux amies répétèrent leur appel jusqu'à ce qu'une bourrasque enveloppe Senna. Elle comptait sur le vent pour porter ses mots à l'ensemble de la région. Sa robe s'entortilla autour de ses jambes et elle se sentit plus légère. Les rafales s'engouffraient dans sa chevelure, la tiraient vers le haut, si bien qu'elle devait ressembler à la flamme dorée d'une bougie.

La jeune Apprentie chercha au fond d'elle la puissance qui s'y était trouvée quelques jours plus tôt. Là ! Un infime reliquat. À sa grande surprise, ses pieds quittèrent le sol. Lorsqu'elle eut dépassé le sommet des montagnes arrondies, elle entonna un second enchantement.

Je révoque sur ces terres la prière des sorcières,
Qui ont banni les orages, réduit les plantes en poussière.
Pluies, venez à moi, arrosez ces sols frappés de sécheresse.
Que les graines, enfin, doucement renaissent.

Elle répéta son incantation sans discontinuer et pria pour que ses consœurs du Refuge ne remarquent pas la levée partielle de leur malédiction. Dans le cas contraire, un seul de leurs enchantements, même à travers l'océan, suffirait à contrer les efforts de Senna.

Lorsque le vent l'eut reposée au sol avant de faiblir de nouveau, elle ferma les yeux pour s'ouvrir aux Quatre Sœurs. À son grand soulagement, le vide qu'elle avait ressenti plus tôt avait disparu. Une légère brise lui effleura la peau, et elle perçut la présence d'eau et de plantes. Bien sûr, il s'agissait plus d'un frémissement de vie que d'une résurrection spectaculaire, mais le vide se repeuplait peu à peu.

Le poids de la malédiction s'était amoindri.

— Il n'est pas normal que tant de choses dépendent d'un groupe aussi versatile que celui des humains, commenta Senna.

— Tu as réussi à puiser dans la puissance de la dernière fois, constata Reden.

Tous l'observaient d'un œil émerveillé, comme si elle avait changé de dimension. Elle soupira.

— Oui, mais pas autant que sur l'île. Autrement, j'aurais pu restaurer le paysage tel qu'il était avant, et pas simplement me contenter d'alléger la malédiction.

— Tes chants étaient déjà au moins cent fois plus puissants qu'ils auraient dû l'être, lui assura Mistin.

— Senna ! appela Joshen, qui approchait au pas de course.

Ravie de pouvoir changer de sujet de conversation, la jeune fille le regarda accourir.

— Alors, Kaen a-t-il laissé un mot ?

Les mains sur les genoux, le Protecteur reprenait son souffle. Il acquiesça.

— Ils sont partis. Espérons qu'ils soient toujours en vie.

Senna le laissa la mener vers sa monture avant de lui demander :

— Que disait le mot ?

Joshen lui tendit une fragile feuille de parchemin qu'elle déplia avec délicatesse avant de déchiffrer les griffonnements de Kaen.

Mes espions m'informent que les sorcières ont maudit la Tartennie. Plus aucune pluie ne s'abattra jamais sur ces terres et les graines cesseront d'y germer. À la vue du spectacle de désolation qui s'étale sous nos yeux, je ne peux que les croire. Nous allons emporter tout ce que nous pouvons – y compris les deux chevaux que vous avez laissés – et nous diriger vers la côte. À défaut d'autre chose, nous pourrons toujours compter sur l'océan pour nous fournir du poisson. De là, nous nous dirigerons vers le nord. En chemin, j'essaierai de convaincre les amis des sorcières, et tous ceux que nous croiserons, de nous accompagner.

Soyez vigilants. Mon réseau d'espions affirme que les membres du gouvernement sont plus en colère que jamais, et qu'ils envisagent de sérieuses représailles. J'aimerais pouvoir vous en apprendre plus.

Cette terre n'a plus rien à nous offrir. Plus rien à offrir à personne.

Puissent les Créatrices nous protéger.

Aucune signature ne paraphait le mot.

Senna ouvrit les doigts et laissa le papier tomber au sol, où il commença à s'effriter. Les Créatrices ne protégeraient personne. Elles avaient offert les sorcières à l'humanité. Si les hommes rejetaient ce cadeau, les Créatrices ne les jugeraient pas dignes d'être sauvés.

— Nos chevaux sont en vie.

Elle croisa le regard de Joshen et sut que les mêmes images leur revenaient en mémoire. L'année précédente, Senna, alors traquée par des Chasseurs de sorcières, s'était présentée à l'écurie d'élevage du père de Joshen. Le jeune homme lui avait vendu le premier cheval qu'elle ait jamais possédé : Knight. Il l'avait ensuite accompagnée à travers deux continents et un océan pour affronter la sorcière qui avait causé la perte de ses consœurs.

Et il était encore là, auprès d'elle.

Elle lui adressa un sourire timide. Au milieu de ce paysage dévasté, elle s'accrocha à ses souvenirs les plus radieux et remonta en selle.

Mistin et son frère s'élancèrent au galop. Senna aurait voulu hurler pour leur demander d'attendre qu'elle soit prête, mais le temps jouait contre eux.

— Viens, Senna, l'enjoignit Joshen. Tous les Tartenniens auront entendu ta voix à des lieues à la ronde. Allons-y.

Impatient, Sunny caracolait. L'animal, obstiné, jouait sans cesse au plus malin avec son cavalier, quel qu'il soit. Comme elle regrettait la bienveillance de Knight ! Elle relâcha quelque peu les rênes et sentit sa monture bander les muscles et s'élancer à son tour à la suite des autres.

Reden se retourna pour s'assurer que le jeune couple les suivait bien. Senna refusa de croiser son regard : c'était au-dessus de ses forces.

Lorsqu'ils atteignirent la piste qui longeait la côte, la jeune sorcière aperçut un amas de nuages sombres à l'horizon. Les pluies arrivaient enfin.

— Cette piste va se transformer en un piège de boue infranchissable si nous laissons la tempête nous rattraper, les avertit Reden.

Senna était tellement absorbée par le spectacle qui s'étalait sous ses yeux qu'elle faillit tomber de selle lorsque Sunny s'arrêta net. Heureusement que ses talents de cavalière s'étaient un peu améliorés…

Reden avait fait halte. Cord et Mistin revenaient vers eux au galop.

— Des soldats !

Derrière les deux éclaireurs, une bonne dizaine de Tartenniens en livrée écarlate gagnait du terrain.

Le cheval de Joshen percuta celui de Senna. Le jeune homme jura.

— Ils nous bloquent la route. Impossible de regagner le navire !

Reden semblait prendre la manœuvre des soldats comme un affront personnel.

Senna plongea les doigts dans sa ceinture de graines.

Le meneur fit reculer son alezan à hauteur de Sunny.

— Non, Senna. Mieux vaut fuir.

— Mais ils ne sont qu'une poignée, protesta-t-elle, incrédule. Je peux les tenir à l'écart.

Reden dégaina son mousquet.

— S'ils n'ont pas encore ouvert le feu, c'est uniquement parce qu'ils veulent nous empêcher de regagner *La Sorcière des mers*…

— Jusqu'à l'arrivée de leurs renforts, termina Joshen à sa place.

— Enfonçons-nous dans les terres, lança Mistin, qui avait à présent rejoint le groupe. Ils nous poursuivront autour de la montagne et seront obligés de rester derrière nous.

Sur ces mots, elle fit tourner son cheval et s'éloigna sans regarder si ses compagnons la suivaient.

— Très bon plan ! reconnut Cord avant de s'élancer derrière sa sœur.

— Les chevaux des soldats sont frais, déclara Joshen entre ses dents. Mais les nôtres sont presque épuisés !

— Tu as une meilleure idée ? lui demanda Reden.

Devant l'absence de réponse de Joshen, le meneur imita Cord.

Après une brève hésitation, Senna lança à son tour son cheval au galop. Et, bien sûr, Joshen en fit de même.

Désolation

Presque trois mois plus tôt, cette partie de la jungle était encore impénétrable. À présent, tout ce qui n'était pas réduit en poussière se brisait en mille morceaux sous les sabots des chevaux. Senna aurait voulu se laisser distancer pour planter quelques-unes de ses graines, mais leur course effrénée et ses efforts pour éviter qu'une branche morte ne la désarçonne accaparaient toute son attention.

Dans leur dos, le fracas des soldats se rapprochait à chacune des foulées de leurs montures fatiguées.

Elle devait agir, et vite ! Elle choisit l'une des fioles qu'elle avait emplie d'une potion de Prenny, et en projeta le contenu dans les airs.

Des quintes de toux – qui ébranlèrent tant les hommes que les animaux – l'avertirent du passage des soldats dans le nuage de poudre qui offrait ainsi un bref répit aux fuyards.

— Senna ! cria Joshen.

Elle se retourna juste à temps pour apercevoir une branche basse qui traversait la route à peine quelques mètres devant elle. Elle s'aplatit aussitôt sur l'encolure de Sunny. La branche lui lacéra la peau du dos. La douleur qui irradia en elle lui coupa le souffle.

Lorsqu'ils eurent enfin contourné la montagne, ils bifurquèrent vers la côte. Sunny plongea dans les restes gluants d'un ruisseau à la forte odeur de poisson pourri. Ils commencèrent à suivre son lit jusqu'à la mer, puis remontèrent sur ses rives. Sunny avançait avec peine dans le sable : l'océan ne devait plus être très loin.

Dès que le petit groupe atteignit la plage, la jeune Apprentie piocha une poignée de graines d'hystricade dans sa ceinture. Debout dans ses étriers, elle les lança en l'air et demanda au vent de les disperser derrière eux. Ensuite, ses mots prirent un tour sombre, presque venimeux.

Hystricade, de tes feuilles acérées,
Chair, peau, et os, je t'ordonne de lacérer.

Elle laissa Sunny trotter à la suite des autres et, par-dessus son épaule, regarda les feuilles, tranchantes comme des rasoirs, émerger tout le long du littoral. L'hystricade résultait d'un croisement entre un cactus et une variété de corail. La jeune fille continua de chanter jusqu'à ce que sa voix n'atteigne plus la barrière naturelle, puis elle immobilisa sa monture. Sunny, qui n'appréciait visiblement pas d'être séparé des autres, renâcla. Les rênes bien en main, Senna bondit à terre.

Incapable de ralentir son cheval à temps, Joshen la dépassa en trombe.

— Tu ne peux pas t'arrêter, Senna !

Elle s'empressa de creuser un trou dans le sable puis d'y enfoncer une graine-barrière. Les soldats progressaient à vive allure sur la plage. Joshen ignorait qu'ils tomberaient sous peu sur les buissons d'hystricade de Senna, mais elle n'avait pas le temps de l'en informer.

Ô arbre-barrière, quoi qu'il arrive,
Arrête les hommes qui me poursuivent.

Après avoir fait demi-tour, Joshen mit à son tour pied à terre. Il saisit Senna par les épaules et la força à rejoindre Sunny. La jeune sorcière n'interrompit pas son chant. Un petit arbre poussait déjà à l'emplacement de la graine. Joshen avait tout juste réussi à lui glisser un pied dans l'étrier quand les premiers hurlements retentirent.

Ils ne provenaient pas des soldats, mais de leurs chevaux. Emportés par leur vitesse, les Tartenniens, qui n'étaient plus qu'une demi-douzaine, avaient traversé la moitié du massif d'hystricade avant de s'immobiliser. Les hommes en livrée écarlate tentaient de dégager leurs montures. Certaines, obéissantes, se débattaient avec frénésie. Du sang ruisselait le long de leurs pattes avant jusqu'à leurs sabots griffés. Les autres, pétrifiées, étaient secouées de tremblements de peur et de douleur.

Les hurlements des bêtes étaient presque plus insoutenables que ceux d'êtres humains. Ces animaux étaient innocents, ils ne méritaient pas un tel sort.

Touché par le malheur des chevaux, Joshen ne put retenir un cri de protestation. La sorcière dut puiser tout au fond d'elle la détermination nécessaire pour continuer son incantation. Lentement, l'ombre de l'arbre-barrière les engloutit. Les deux jeunes gens observèrent alors le chaos que Senna avait semé.

L'un des Tartenniens aboya une série d'ordres. Les soldats abandonnèrent leurs montures et entreprirent de contourner l'hystricade. Pour y parvenir, il leur faudrait replonger dans la jungle et, lorsqu'ils reviendraient sur la plage, ils se retrouveraient nez à nez avec l'arbre-barrière.

Le temps ainsi gagné permettrait à Senna et ses amis d'embarquer sans être la cible de tirs de mousquet.

L'arbre-barrière avait atteint sa taille adulte. La jeune fille cessa de se débattre et laissa Joshen l'installer en selle. Ils reprirent alors leur fuite vers les flots. Ils atteignirent sans tarder la petite crique où mouillait *La Sorcière des mers*.

Des hommes de Parknel les attendaient sur la plage. Ils saisirent les chevaux par leurs rênes, leur bandèrent les yeux, puis les forcèrent à monter chacun dans une chaloupe. Senna et deux de ses Protecteurs, quant à eux, prendraient place à bord d'une sixième embarcation, à la fois plus petite et plus rapide. Armée d'une poignée de graines de barbelle, la jeune sorcière s'attaqua à la création d'un large périmètre de plantes toxiques.

Des bruits de bottes résonnèrent non loin d'eux. Joshen la prit par la main et l'entraîna vers les bateaux.

— Laisse-moi planter des barbelles, Joshen ! Elles protégeront les marins.

— Pas le temps ! Ils auront fini de contourner ton arbre-barrière avant même que tu aies planté tes graines.

Il la souleva dans ses bras, puis la déposa dans la petite embarcation.

— Reden ! cria-t-elle.

Le meneur se mit en position de défense derrière le bateau, aussitôt imité par les hommes de Parknel.

— Nous y sommes presque, de toute façon.

Il disait vrai. Le groupe de Mistin ramait déjà vers *La Sorcière des mers*, et deux autres chaloupes les suivaient de près. Seules deux embarcations se trouvaient encore sur le sable : celle de Senna et celle qui devait transporter Sunny. Des marins s'échinaient toujours à faire monter à bord l'animal borné, dont les quatre sabots restaient résolument plantés dans le sable. Deux hommes le poussaient à la croupe, pendant que deux autres soulevaient une de ses pattes antérieures.

— Si vous ne vous étiez pas tant obstinés, tous les deux, nous serions déjà loin, grommela Joshen.

Senna ne releva pas sa remarque. Ils allaient s'en sortir, c'était tout ce qui comptait.

Les marins poussèrent l'embarcation. La coque cessa soudain de frotter contre le sable grossier et ils dérivèrent un court instant, le temps que les hommes embarquent et s'emparent de leurs rames.

Un tir de mousquet fit sursauter Senna. Tel un flot de sang s'écoulant d'une plaie ouverte, des dizaines de cavaliers tartenniens surgirent de la jungle morte. Sans laisser à leurs adversaires le temps de comprendre d'où ils venaient, ils emplirent l'air de projectiles, dont plusieurs s'enfoncèrent dans le bois des chaloupes avec un bruit sourd. Senna se baissa le plus possible et tenta d'éviter la pluie de copeaux. De l'eau commença à s'infiltrer par les nombreux trous créés par les balles.

La mer n'avait pas ralenti les soldats, dont les montures pataugeaient à présent dans l'eau. À leur tour, marins et Protecteurs armèrent leurs mousquets et répliquèrent.

Senna aurait certes pu recourir à ses potions et ses enchantements, mais elle risquait de blesser aussi bien ses amis que ses ennemis. Aussi, avant que la peur la fasse changer d'avis, elle récupéra un des lourds mousquets, l'épaula et le braqua sur l'un des soldats qui fondaient sur eux. Mais un cri détourna son attention.

Un essaim de livrées rouges grouillait autour de la chaloupe de Cord. Un des Tartenniens brandissait une lame, prêt à trancher la gorge du jeune homme. Senna bloqua sa respiration, ajusta sa mire et pressa en douceur sur la détente. Le mousquet rua entre ses mains et la projeta en arrière.

L'homme qui menaçait Cord recula d'un pas chancelant avant de s'effondrer, puis de disparaître sous l'écume. Le jeune Protecteur, bouche bée, se tourna vers elle une fraction de seconde avant de bondir dans la chaloupe.

Elle n'avait pas le temps de réfléchir à ce qu'elle venait de faire. Les soldats, toujours plus nombreux, les encerclaient de toutes parts. Les marins tentaient de les maintenir à distance avec leurs baïonnettes. Senna s'attela à recharger son arme.

Des mains la saisirent par derrière et l'arrachèrent à l'embarcation. Avec un cri, Joshen donna un violent coup de baïonnette, mais le soldat était déjà hors de portée.

Reden rattrapa la jeune sorcière par les jambes et planta ses pieds contre la coque de la chaloupe.

Senna tendit le bras vers la ceinture du meneur, dégaina l'un de ses pistolets et tira à l'aveugle derrière elle. Les mains qui la tenaient la relâchèrent soudain. Reden en profita pour la ramener à bord.

Une nouvelle salve de détonations retentit et l'un des Tartenniens tomba de son cheval. Toujours dans les bras de Reden, Senna aperçut sa jeune amie, Mistin, en position de tir. Une petite volute de fumée bleue s'échappait de son canon, chahutée par les premières langues de l'orage.

Les autres chaloupes répliquèrent elles aussi. Puis ce fut au tour des hommes qui l'accompagnaient de faire feu sur les soldats. Une poignée de marins abandonnèrent le combat pour se saisir de leurs rames. Bien que leur embarcation prenne l'eau, ils parvinrent à s'éloigner de la côte.

D'une main tremblante, Senna s'empara d'un autre pistolet qu'elle rechargea aussitôt, un œil posé sur la chaloupe de Cord. Ils approchaient de *La Sorcière des mers* et, malgré leur feu nourri, les soldats tartenniens ne touchaient que rarement leurs cibles, déjà hors de portée.

Senna et ses amis étaient en sécurité.

Le pistolet lui glissa des doigts et tomba dans la flaque toujours plus profonde qui envahissait la chaloupe.

— Senna… commença Joshen.

— Contente-toi de ramer !

Elle était secouée de tremblements si violents qu'elle manquait de basculer à tout moment. Les trois hommes qui l'accompagnaient étaient tous blessés. Malgré le voile épais qui embrumait ses pensées, elle s'occupa de leurs plaies.

La pluie se mit à tomber. L'eau dégoulinait de ses cheveux détrempés sur son visage.

L'un de ses compagnons perdait beaucoup de sang. Elle plaqua un morceau de tissu contre la plaie qui lui entaillait le flanc, mais échoua à juguler l'hémorragie. Le regard que le marin rivait sur elle se voila peu à peu.

L'embarcation s'immobilisa dans un bruit sourd. Senna leva les yeux dans l'ombre de *La Sorcière des mers*.

Les épais nuages noirs avaient enfin atteint le rivage. Les marins arrimèrent la chaloupe et commencèrent à la hisser.

Une main tira la jeune fille par le bras pour l'inviter à se relever.

— Je suis désolé, Senna. (Joshen l'aida à monter dans le navire de Parknel, puis lui passa tendrement un tissu humide sur le visage.) Tu as fait tout ce que tu as pu.

Elle secoua la tête. Elle avait certes déjà pris part à des affrontements, mais aucun n'avait jamais été aussi brutal que celui-là. Elle avait tué un homme à bout portant, et un autre était mort dans ses bras.

La plupart des chaloupes avaient enfin atteint *La Sorcière des mers*. Les marins étaient parvenus à charger Sunny – les quatre fers en l'air – à bord. Le reste de l'équipage, quant à lui, manœuvrait déjà le canon situé à la poupe pour l'orienter vers les soldats tartenniens qui, incrédules, le visage dégoulinant de pluie, observaient le ciel.

Quatre marins avaient trouvé la mort. Une bonne dizaine d'autres étaient blessés. Senna, à l'abri dans la cabine de l'un des officiers, pansait leurs plaies à l'aide de plantes. Tous la remercièrent avec beaucoup de respect. Elle dut chaque fois détourner la tête pour ne pas laisser transparaître sa frustration. Ces hommes avaient risqué leur vie pour celle d'un cheval stupide. Joshen lut l'expression sur son visage et lui retourna un regard noir. Elle accepta alors de faire face aux marins pour les remercier d'avoir sauvé Sunny.

Elle tourna ensuite les talons pour regagner sa cabine, mais Cord lui bloquait le passage.

— Peux-tu faire quelque chose pour moi ?

La vue du sang qui s'écoulait de sa clavicule sur son torse dénudé arracha une grimace à la jeune fille. Elle l'invita à entrer.

— Allonge-toi.

Il avait eu de la chance. À quelques centimètres près, il aurait eu la carotide touchée. Après lui avoir administré une bonne rasade de whisky, Senna lava sa plaie à l'eau salée, puis l'anesthésia à l'aide d'herbes avant de la recoudre avec application. Elle y apposa ensuite un mélange de plantes destiné à éviter les inflammations, la fièvre et les infections. Enfin, elle enveloppa le tout dans un bandage propre.

Elle éprouva une certaine fierté d'être parvenue à recoudre une plaie sans trembler. Ses talents de guérisseuse s'étaient améliorés. Elle s'attaqua ensuite à la préparation d'un thé qui accélérerait la guérison. Pendant que le breuvage chauffait, elle se sécha les cheveux à l'aide d'une couverture.

Cord l'observait en silence.

— Tu m'as sauvé la vie.

Elle haussa les épaules, reposa la couverture et vérifia sa décoction.

— N'exagérons rien, ta plaie n'était pas si profonde.

Le ricanement du jeune homme se transforma en grimace et il porta d'instinct une main vers sa blessure.

— Je ne parle pas de ton rafistolage, mais du soldat que tu as abattu.

Le couvercle de porcelaine que Senna tenait entre ses doigts lui échappa et se fracassa au sol. Elle en contempla les fragments, que jamais elle ne pourrait recoller. Un sanglot enfoui tout au fond d'elle menaça de la terrasser. Elle plaqua une main sur sa bouche pour le contenir. Hors de question qu'elle pleure ! Elle en avait fini avec les larmes.

— Il m'aurait égorgé. Il a quand même réussi à me faire une sacrée entaille en tombant. (Cord avait les yeux rivés sur le mur.) Tuer un homme, ça te change en profondeur.

Senna revivait la scène dans ses moindres détails : le soldat qui tombait au ralenti dans les flots, l'odeur de la poudre, l'inconnu qui avait essayé de l'enlever… Elle sentait même les ecchymoses qui naissaient là où ses mains brutales l'avaient agrippée.

Cord secoua la tête. Sa chevelure sombre dansa sur ses épaules.

— Certaines morts laissent plus de traces que d'autres.

Senna fut soulagée que le jeune homme y accorde de l'importance.

Il se tourna alors vers elle. Le feu qui brûlait dans ses iris la surprit.

— Ne les regarde jamais droit dans les yeux, lui conseilla-t-il. Ne les regarde pas mourir. Et ne pense jamais à eux. C'est compris ?

— C'est douloureux, dit-elle d'une petite voix.

— C'est normal. Mais moins tu enregistreras de détails de ces scènes, moins elles te tourmenteront. (Elle repoussa ses mèches blondes derrière ses oreilles et acquiesça.) Tu t'en remettras. Les sorcières sont peut-être plus délicates dans leur maniement du mousquet, mais elles n'en sont pas moins mortelles.

Senna s'absorba dans la contemplation de l'orage et de la pluie qui s'abattait contre la vitre : un subtil mélange de chaos et d'ordre.

Reden fit alors irruption dans la pièce. Il grimaça en s'asseyant sur l'une des chaises. Il paraissait quelque peu hagard.

— Cesse de culpabiliser, Senna. En temps de guerre, des hommes meurent.

— Suis-je donc si facile à lire ? se demanda-t-elle à voix haute.

Le meneur ramassa la couverture dont elle s'était servie pour ses cheveux, et s'essuya le visage.

— Pas pour tout le monde.

— Seulement pour tes Protecteurs, commenta Cord avant d'éclater de rire.

Joshen choisit ce moment pour entrer à son tour.

— Tu n'es pas son Protecteur. (Il se tourna vers Senna.) J'aurais besoin de ton aide pour l'un des chevaux. Apporte tes herbes.

Sans un mot de plus, il tourna les talons et repartit d'où il était venu.

Senna s'empressa de le suivre. Une fois auprès des animaux, Joshen coinça l'un des sabots de Sunny entre ses jambes et regarda Senna.

— Il s'est blessé à la fourchette.

— Où ça ? demanda la jeune fille, les sourcils froncés.

— C'est l'intérieur du sabot, la partie la plus tendre, expliqua Joshen, relâchant la jambe de l'animal.

— On peut toujours le monter ?

— Nous n'avons pas vraiment le choix répliqua-t-il avec une moue contrariée.

Senna l'observait. Elle savait combien il souffrait chaque fois qu'il forçait ses chevaux à se dépasser. Et ce n'était pas la première fois qu'il mettait leur vie en danger pour elle.

— Tu pourrais lui confectionner un cataplasme ? reprit-il. Quelque chose qui atténue la douleur et résorbe l'inflammation ?

— Oui, bien sûr.

— Tu me l'apportes dès que tu l'as fini ?

Elle acquiesça.

Joshen grogna puis s'éloigna de ses chevaux… et de sa fiancée.

— Je dois me réapprovisionner en poudre noire et en balles pour mon mousquet. Je reviens.

— Tu es en colère, déclara-t-elle.

Il s'arrêta au milieu de l'escalier.

— Oui. Mais pas contre toi. Nous l'avons échappé belle. (Il se passa une main dans les cheveux.) Tu ne sais pas ce que j'éprouve quand un danger te menace et que je dois me mettre sur son chemin pour tenter de t'en protéger sans savoir si je serais à la hauteur.

Elle souffrait de le voir partir ainsi, mais elle ne trouvait rien à lui dire pour arranger les choses. De retour dans la cabine, elle s'attela à la préparation du cataplasme pour Sunny avant d'opter pour la seule activité capable de combler le vide qui la rongeait de l'intérieur. Enveloppée dans sa cape sous la pluie battante, elle se dirigea vers la proue du navire où elle fit naître un vent favorable.

Ils longèrent la côte et croisèrent plusieurs îles. Pour la première fois, elle aperçut des habitants. Malgré la distance, elle percevait leur détresse tandis qu'ils pataugeaient dans le sable mouillé.

Quelques heures plus tard, elle reconnut la baie où était nichée Carpel, la capitale de la Tartennie. Rien ne subsistait de la cité à l'exception de quelques vestiges qui saillaient vers le ciel comme autant d'ossements dans un charnier mis au jour. La désolation qui régnait lui étreignit le cœur.

La Sorcière Noire

Dans la pénombre grisâtre du petit matin, Senna observait la ville de Zaen à mesure que le navire pénétrait dans la baie. Des souvenirs refirent surface, des souvenirs qui lui firent serrer sa cape sur ses épaules, malgré la douceur ambiante.

Joshen rivait lui aussi ses yeux plissés sur la cité abandonnée.

— Nous devrions attendre un peu et envoyer des éclaireurs.

Mais le temps leur était compté. À chaque heure qui s'écoulait, Senna se sentait un peu plus pressée par le danger. Bien que ses consœurs leur aient tourné le dos, elle refusait d'en faire de même à leur égard.

— On ferait mieux d'y aller. Maintenant.

Les bras croisés, Reden scrutait lui aussi le paysage.

— Ils vont envoyer des navires à notre poursuite. Autant agir en vitesse et repartir avant qu'ils ne nous rattrapent.

Parknel tira sur sa pipe.

— Si jamais ils nous repèrent dans cette baie, ils nous y coinceront.

— Je vote pour les éclaireurs, déclara Cord, le visage levé vers le ciel.

— Vous n'entendez pas ce que j'entends, pas plus que vous ne ressentez ce que je ressens. (Senna ferma les yeux et se mit en harmonie avec les Quatre Sœurs.) C'est un peu comme si mon corps était une harpe et que les Quatre Sœurs en manipulaient les cordes. Leur mélodie est chargée de douleur et de désespoir. Il est peut-être déjà trop tard pour sauver le Refuge.

— Nous ne leur serons d'aucune aide si nous mourons, objecta Joshen, lui offrant une main qu'elle saisit sans un mot.

Après un silence prolongé, Reden reprit la parole :

— Pourriez-vous envoyer quelques-uns de vos hommes sécuriser les quais et leurs alentours, capitaine ? Mistin et Cord, préparez-vous à partir en éclaireurs dès que possible.

Les dents de Parknel grincèrent contre sa pipe.

— Très bien, direction le port ! (Il tourna les talons pour regagner la barre du navire.) Tous au gréement ! Armez les canons et les mousquets ! Et surtout, les gars, ouvrez l'œil !

Une fois le navire arrivé à destination, des marins bondirent sur le ponton pour y nouer les amarres. On alla ensuite chercher les chevaux que l'on força à emprunter la passerelle. Le fracas des sabots sur les planches de bois résonna aux oreilles de Senna tandis que Cord et sa sœur s'élançaient vers la ville. La minuscule Apprentie et le Protecteur avaient emporté autant d'armes et de munitions qu'ils pouvaient en transporter. Sous la direction de Reden, les marins se déployèrent pour sécuriser la zone.

Senna, tous les muscles tendus, patientait sur le pont en compagnie de Joshen. Le jeune homme s'éclaircit la voix.

— Je voulais te dire que j'ai décidé de renoncer à mon combat. (Elle étudia son profil, les muscles saillants de sa mâchoire.) La décision n'a pas été simple. Elle m'a coûté beaucoup plus que ce que j'étais prêt à donner. Mais, maintenant, je comprends. En me battant pour toi, c'est en réalité contre toi que je luttais. Je te… (Sa voix se brisa. Il toussota et reprit :) Je te rejetais. Je te poussais sans le savoir vers ce que je redoutais le plus au monde. Et ça ne peut plus durer.

— Merci… murmura Senna d'une voix chargée d'émotion.

Il acquiesça. Ses doigts effleurèrent la clavicule de la jeune fille lorsqu'il se saisit de la bague qu'elle gardait au cou, à côté de son pendentif.

— Maintenant que nous avons quitté le Refuge, tu pourrais la porter.

Le contact de la peau de Joshen l'inonda d'une vague de chaleur.

— Oui, tu as raison.

Sans se départir de son regard interrogateur, il tendit la main vers le fermoir du collier. Senna ramena alors ses longs cheveux sur ses épaules et se retourna. Joshen libéra l'anneau qu'elle glissa aussitôt à l'un de ses doigts.

Il afficha alors le sourire qui ne manquait jamais de la bouleverser, celui qui soulignait ses yeux et son front de petites rides amusées. Ce sourire qu'elle attendait depuis si longtemps. Elle se pencha en avant et se lova entre ses bras.

Elle se rendit soudain compte que c'était là qu'elle se sentait vraiment chez elle. En sécurité dans les bras de Joshen. Tant qu'elle pourrait s'y blottir, tout irait bien.

Un trop court instant plus tard, un marin se présentait déjà au bout du quai pour leur indiquer que la zone était déserte.

Le capitaine Parknel emprunta la passerelle aux côtés de Senna.

— Tu ne veux vraiment pas que nous t'accompagnions, tu en es certaine ?

— Vous n'avez pas de chevaux. Nous irons plus vite sans vous. (Elle plissa les yeux dans le soleil.) Et vous, vous ne craignez pas de nous attendre ici ?

— J'ai plus d'un tour dans mon sac, répliqua-t-il en se tapotant l'arête du nez. On ne reste pas capitaine aussi longtemps que moi sans de bonnes raisons.

Senna sentit qu'on l'observait. Elle se retourna et découvrit l'équipage aux premières loges. Parknel la salua d'un hochement solennel de la tête avant de remonter à bord. Une boule d'inquiétude se forma au creux du ventre de la jeune fille.

— Nous serons de retour avant même qu'ils apprennent que nous sommes ici, lança-t-elle.

Parknel acquiesça, mais elle eut le sentiment qu'il ne partageait pas son optimisme.

En compagnie de Joshen, elle trottina vers le bout du quai, là où les attendaient Reden et les chevaux.

Ils retrouvèrent Cord dès les premiers lacets pavés de la route.

— Mistin a pris une demi-lieue d'avance, comme la dernière fois, les informa-t-il. J'assurerai ensuite son relais, puis elle le mien. Comme ça, nous pourrons couvrir le double de distance. Si vous entendez des coups de feu, c'est qu'il y a un problème.

Senna, qui regrettait son petit-déjeuner de pain et de porc séché, s'efforça d'ignorer la peur qui lui nouait l'estomac.

— Et s'il y en a un, comment sommes-nous censés réagir ?

— On bat en retraite, trancha Reden, catégorique.

Le long de la muraille qui ceinturait la cité, ils croisèrent de nombreuses maisons bâties sur les flancs de la montagne arrondie. Bien que la malédiction ne remontât qu'à trois mois, les modestes huttes croulaient déjà sous le poids de la désolation. Sunny claudiquait légèrement, surtout lorsqu'ils empruntaient des passages rocailleux.

Le petit groupe traversa une forêt délavée de ses couleurs par les implacables rayons du soleil. Sunny fit soudain un écart brutal. Senna se cramponna aux rênes tandis que sa monture, le regard affolé, se cabrait de plus belle. Elle s'agrippa si fort à la crinière du cheval que ses doigts blanchirent. Reden épaula son mousquet qu'il braqua derrière elle. Le canon de l'arme cracha un épais nuage de fumée et de poudre incandescente.

Un cri inhumain déchira l'air. Joshen jura.

Sunny s'élança dans un galop effréné. Senna sentait le corps musculeux de l'animal qui se ramassait avant de s'étirer brutalement. Elle dut faire preuve de tout son talent pour le forcer à s'arrêter. Malgré tout, le cheval continuait d'agiter la tête en tous sens, comme un poisson qui chercherait désespérément à se libérer d'un hameçon. La sorcière se retourna vers ses compagnons. Une immense panthère noire titubait sur une branche. Elle poussa un rugissement terrible. Ses os saillaient sous sa robe unie. Malgré le sang qui s'écoulait de sa poitrine, l'animal approchait.

Joshen ajusta sa cible à son tour, puis tira. Le fauve s'écroula sans un bruit. Une fois à terre, il paraissait plus petit, maigre, même. Il devait vraiment être affamé pour oser s'attaquer au petit groupe.

— Les détonations auront sans doute résonné sur plus d'une lieue à la ronde, grommela Reden qui, tout comme Joshen, rechargeait son arme d'une main experte.

Ils se remirent en route. Senna ne quitta le cadavre noir des yeux que lorsqu'il ne fut plus qu'une masse lointaine et indistincte.

Peu après, Cord les rejoignit au galop. Il grogna en apprenant que l'objet des tirs n'était autre qu'une panthère.

— Je vais dire à Mistin de ne pas s'inquiéter. Nous ne sommes plus très loin maintenant.

Ils avaient déjà traversé deux montagnes lorsque le matin céda la place à la mi-journée. Ils retrouvèrent Mistin et son frère devant le bosquet enchevêtré – la barrière quasi impénétrable qui ceignait le domaine d'Espen. Les arbres qui formaient la muraille végétale, presque tous morts, resteraient insensibles aux enchantements de Senna. Aussi, le petit groupe dut se frayer un chemin à coups de lames. Lorsqu'ils débouchèrent enfin dans la lumière du soleil, Senna avait les bras zébrés d'égratignures.

Peu après, ils s'engagèrent dans une clairière déserte. Reden, Cord et Mistin se déployèrent pour sécuriser l'endroit. L'air, épais, était difficile à respirer. Un second orage approchait, Senna le sentait. Lorsqu'elle aperçut l'arbre d'Espen, une vague d'effroi la submergea tout entière.

Joshen approcha à sa hauteur et lui prit la main. Leurs regards se croisèrent et, sans le moindre mot, ils se comprirent. Ils avaient tous deux déjà affronté la mort en ces lieux.

Après avoir mis pied à terre, la jeune sorcière invita son cheval à la suivre. En compagnie de Joshen, elle traversa la clairière pour faire face au grand arbre dont l'état avait empiré depuis sa dernière Pérégrination. Des pans entiers d'écorce gisaient au pied du tronc dénudé. La plupart des feuilles avaient disparu, et celles qui restaient étaient rongées par la rouille et couvertes de cloques séchées.

Senna retrouva l'endroit où Espen avait tracé ses mots et attendit. Mais les branches se contentèrent d'osciller en silence dans le vent. Arrivaient-ils trop tard ?

— Espen ?

L'arbre s'ébroua mollement avant de se redresser. Les dernières feuilles, telles les écailles d'un lézard mourant, tombaient à mesure qu'Espen se penchait pour griffer le sol.

« Trop tard. »

Senna serra les poings.

— Trop tard pour quoi ? Arrête tes énigmes stupides et dis-moi tout !

Espen lissa le sol.

« Trop tard pour sauver le Refuge. Calden arrive. »

Senna blêmit. Elle eut l'impression que tout son sang la quittait. Elle s'accrocha à Joshen pour ne pas tomber.

— Calden ? Mais ses sorcières ont été tuées lors de la guerre qui les a opposées à celles du Refuge. Seule une poignée a survécu.

La branche dont se servait Espen se brisa. Comme si elle ne l'avait pas remarqué, ou qu'elle n'y accordât aucune importance, elle reprit ses griffonnements.

« Calden n'a pas été détruite. »

Comment une telle chose était-elle possible ? Après les événements, seuls de rares têtards peuplaient encore la région.

— Que veux-tu dire ?

« Le Refuge n'est pas la seule île capable de se déplacer. »

Calden était une île ?

— Comment savoir si ce que tu dis est vrai ?

« Tu le sais. »

Elle le savait, en effet. La mélodie que jouaient les Quatre Sœurs avait les sombres accents d'un terrible présage.

— Quand ? demanda Senna.

« Bientôt. »

Si toute l'île de Calden avait été épargnée, combien de milliers de sorcières en descendaient des siècles plus tard ? Senna était agitée de tremblements incontrôlables.

— Où sont-elles ?

« Dans le berceau des tempêtes », traça Espen.

Qu'est-ce que ça signifiait ? La main de Senna trouva celle de son Protecteur.

— Qu'est-il en train de m'arriver ? Comment se fait-il que je sois presque aussi puissante qu'un chœur entier de sorcières ?

Les branches d'Espen tressaillirent et Senna comprit que la Sorcière Noire riait.

« Tu ne te rends pas compte », répondit-elle dans la terre.

— De quoi ? De quoi est-ce que je ne me rends pas compte ? insista la jeune fille entre ses dents.

« Lilette… »

La branche traça une entaille sur le sol avant de se figer, complètement raide.

Ses dernières feuilles tombèrent lentement.

— Espen ?

Pas de réaction. Senna avança d'un pas prudent, saisit la branche et tendit l'oreille. Mais seul le silence lui répondit.

La Sorcière Noire était morte. La jeune fille n'avait même pas eu à la tuer. Elle essuya la rouille qui lui maculait les doigts.

— Senna ?

La jeune fille fit volte-face pour découvrir la silhouette voûtée d'une vieillarde qui venait de dépasser Reden. Joshen épaula son mousquet.

— On a toujours peur de la vieille Desni, à ce que je vois !

Senna s'élança vers elle avec un cri.

— Vous êtes vivante !

La vieille femme tendit les bras pour accueillir la jeune sorcière.

— Vous n'auriez pas dû venir, grommela-t-elle.

— Les autres, Kaen, Ciara, comment vont-ils ?

— Ils remontent le long de la côte pour sortir enfin des terres maudites, expliqua Desni.

— Mais alors, que faites-vous encore ici ? demanda Senna, le souffle court.

La vieillarde tourna les talons et entraîna Senna avec elle. Aux aguets, Joshen les accompagna.

— Je suis vieille et fatiguée. Je ne veux plus me battre. Alors je suis rentrée dans ma forêt, sur la colline qui abrite ma maison depuis toujours. Lorsque j'ai aperçu les navires pleins de soldats qui affluaient du nord, puis entendu des coups de feu en provenance de ce satané endroit, j'ai compris que ce ne pouvait être que toi.

Des navires pleins de soldats ? Des Tartenniens, sans doute. Ils devaient se diriger droit vers la baie où mouillait *La Sorcière des mers*. Par les Créatrices, était-il déjà trop tard ?

— Mistin, passe devant, aboya Reden. Va voir si le navire est attaqué. S'il ne l'est pas, trouve un moyen d'avertir Parknel. S'il l'est, reviens tout de suite.

La frêle Apprentie partit aussitôt au galop. Senna prit les mains de la vieille femme. Ses phalanges semblaient aussi fragiles que les os d'un oisillon. Malgré les battements de son cœur qui lui martelaient la poitrine, la jeune sorcière ne pouvait repartir sans avouer la vérité à Desni.

— Votre fille, Tiena… Elle est morte.

À ces mots, quelque chose en Desni sembla se faner. Le contraste avec la joie qu'elle avait exprimée lors des retrouvailles avec sa fille, dont Espen l'avait séparée pendant des décennies, était saisissant.

— Comment ?

Senna s'efforça de refouler son chagrin.

— Elle a été touchée pendant que nous fuyions la Tartennie. Son corps repose dans l'océan.

— Je n'aurais même pas le réconfort de pouvoir me recueillir sur sa tombe, déplora Desni, les yeux fermés.

Joshen se pencha pour glisser quelques mots à l'oreille de Senna :

— Nous devons y aller.

Desni repoussa la jeune fille vers Reden, qui gardait leurs montures. Senna se mit en selle.

— Allez-vous-en. Ils sont après elle, souffla la vieille femme.

La jeune sorcière se retourna vers elle.

— Venez avec nous.

Desni lui adressa un sourire plein de tristesse.

— Non. Je préfère rester ici et attendre la fin.

Reden invita son cheval à pousser celui de Senna, pour inciter la jeune fille à rebrousser chemin au plus vite.

— Combien sont-ils ? Quand arriveront-ils ?

— Fuyez, répliqua doucement Desni. Aussi vite que l'eau tombe du ciel.

Tous se tournèrent vers l'est, Reden en tête du cortège et Joshen fermant la marche. Malgré la fatigue évidente de leurs montures, ils les poussèrent jusqu'à leurs limites. Sunny, dont le boitillement s'était aggravé, suait abondamment. Une écume blanchâtre s'accumulait contre les bords de son tapis de selle. Mais il ne leur restait plus qu'une montagne à contourner avant d'atteindre Zaen.

La musique des Quatre Sœurs adoptait un tempo de plus en plus effréné.

— Nous n'y arriverons jamais, chuchota Senna pour elle-même.

Joshen, qui l'avait entendue, donna un coup de rênes sur la croupe de son cheval pour qu'il se porte à hauteur de Sunny.

— Que se passe-t-il ? Ressens-tu quelque chose ?

Elle lui adressa un regard apeuré.

— Oui. Une terrible menace.

Sunny tourna la tête. Ses naseaux étaient si évasés que Senna distingua l'éclat rouge de la chair à l'intérieur. Toutes les veines de sa tête saillaient.

— Nous ne pouvons pas continuer. Morts, les chevaux ne nous seront plus d'aucune utilité, cria Joshen à l'intention du meneur.

À contrecœur, Reden ralentit l'allure de sa monture, puis accepta de mettre pied à terre.

— Courons à côté d'eux.

Ils s'exécutèrent aussitôt jusqu'à être à leur tour couverts de sueur.

Lancé au galop, Cord accourut en sens inverse.

— C'est trop tard ! Ils nous bloquent l'accès au bateau.

— Où est Mistin ?

L'Apprentie aurait dû être la première à repérer les soldats et revenir les en informer. Elle aurait dû être avec Cord.

— Je n'en sais rien, avoua-t-il.

Par les Créatrices ! se dit Senna. C'était elle qui avait insisté pour qu'ils continuent. Elle s'adossa à l'épaule détrempée de Sunny pour ne pas perdre l'équilibre, et s'efforça de chasser ses craintes pour se concentrer sur la marche à suivre.

Elle décida d'avancer un peu, afin de pouvoir observer l'océan caché en grande partie par la montagne. L'écho lointain des canons se mêlait aux martèlements de son cœur, qui résonnait à ses tempes.

— Senna… lança Joshen, une main tendue pour la rattraper. (Le regard qu'elle lui adressa alors par-dessus son épaule l'incita à baisser la main.) On ne peut rien faire pour eux.

— Tu oublies un détail, grommela-t-elle. Vous avez une sorcière que les Créatrices ont touchée avec vous. Je peux agir.

Joshen et Reden échangèrent un regard perplexe.

— Tu en es certaine ? demanda le meneur.

Elle acquiesça.

— Non ! Les Tartenniens n'ont aucune pitié pour les sorcières… Imaginez le sort qu'ils réserveront à Senna ! s'écria Cord. Nous devons l'emmener le plus loin possible de cet endroit. Tout de suite !

Joshen lâcha un petit rire.

— As-tu déjà essayé de la forcer à faire quelque chose dont elle n'avait pas envie ? Je te le déconseille fortement. (Il adressa un sourire timide à Senna.) Nous pouvons essayer, à condition que tu promettes de suivre les ordres de Reden.

Elle hocha vivement la tête.

— C'est promis.

Cord jura dans sa barbe.

Senna remonta en selle et guida Sunny autour de la montagne. Le paysage marin se dévoila peu à peu. Deux navires bloquaient toute retraite à *La Sorcière des mers*. La jeune fille sursauta lorsque des déflagrations retentirent.

Sous ses yeux incrédules, *La Sorcière des mers* vira face au vent. Comment était-ce possible ? Aucun voilier ne pouvait remonter contre le vent.

— Comment…

— Ils ont monté des poulies sur la coque et en ont aussi fixé sur les quais, expliqua Reden en se portant à sa hauteur. En tirant sur les cordages, ils peuvent orienter le navire au mieux et répliquer.

— Parknel ne mentait pas quand il disait qu'il avait plus d'un tour dans son sac.

Elle éprouva une étrange fierté pour le capitaine à la barbe rousse. Le spectacle était saisissant, mais des panaches orange sanguin attirèrent son regard vers le rivage. Des marins, retranchés autour des poulies, défendaient leur position à l'aide de mousquets.

— En avant ! s'écria Senna, piquant aussitôt des deux.

Sunny bondit avant de faire tout de suite volte-face. Pourquoi refusait-il d'obéir ? C'est alors que la jeune fille aperçut la main de Joshen agrippée au mors de l'animal.

— Pas plus près.

Elle assena un nouveau coup de talons à son cheval qui, confus et apeuré, décrivit un cercle sur lui-même.

Reden en profita pour saisir l'autre extrémité de la bride. À l'image des navires tartenniens qui bloquaient *La Sorcière des mers*, les deux hommes immobilisaient Senna.

— Ils sont au moins dix fois plus nombreux que nous. Si tu te joins à la mêlée, ils te captureront sur-le-champ.

Elle ouvrit la bouche pour protester. Ne comprenaient-ils pas qu'elle devait approcher de l'océan pour que sa voix l'atteigne ? Mais elle se rappela la promesse qu'elle avait faite à ses Protecteurs.

Ainsi, il lui faudrait se contenter d'espérer que ses chants soient assez puissants pour les tirer d'affaire. Elle sortit ses pieds des étriers et bondit à terre.

— Toujours aucune trace de Mistin ? Elle aurait pu m'aider.

— Je vous l'ai déjà dit, répliqua Cord, la mâchoire crispée. Je ne sais pas où elle est.

Senna entrevit soudain l'état d'esprit qui animait sans doute Desni. Si vraiment la fin était proche, autant la vivre jusqu'à son terme. Senna escalada le flanc de la montagne jusqu'à un petit affleurement rocheux.

— Je vais devoir faire preuve d'une maîtrise absolue. Ne brisez ma concentration sous aucun prétexte.

Cord, Joshen et Reden disposaient déjà mousquets et poires à poudre tout autour d'eux. Senna suivit leur exemple et rechargea le pistolet que lui avait confié Joshen, avant de le déposer avec précaution à ses pieds pour éviter que la poudre ne se renverse.

Reden s'appropria les lieux sans cesser de scruter la jungle à l'affût d'un signe de leurs ennemis.

— Si je t'en donne l'ordre, je veux que tu remontes en selle et que tu t'enfuies sans te retourner. Je dois avoir ta parole.

Senna hocha la tête.

Joshen ôta le bouchon de sa poire avec les dents, puis remplit le bassinet de son arme.

— Tout ça ne m'inspire rien de bon…

Les bras en croix, Senna prêtait l'oreille aux chants lancinants des Quatre Sœurs. Elle se mit à fredonner pour en modifier la mélodie. Peu à peu, les Quatre Sœurs recouvraient leur puissance. La jeune sorcière, qui refusait d'offrir une cible trop facile à ses adversaires, ne demanda pas au vent de la soulever dans les airs.

À la place, elle invoqua deux vagues colossales qui naquirent de part et d'autre de *La Sorcière des mers* et éloignèrent les navires tartenniens de ses compagnons. Elle s'adressa alors aux vents pour qu'ils s'engouffrent dans leurs voiles et les entraînent encore plus loin. Des marins tartenniens commencèrent aussitôt à grouiller dans les gréements pour affaler les voiles, mais le navire du capitaine Parknel était déjà hors de portée de leurs canons.

Son cœur se serra lorsqu'elle comprit que sa manœuvre ne suffirait pas. En effet, les deux bâtiments tartenniens s'élançaient derechef à l'assaut de *La Sorcière des mers*, pendant que d'autres, au large, faisaient cap sur la baie à vive allure.

Pour le moment, néanmoins, *La Sorcière des mers* se trouvait en sécurité. Elle reporta donc son attention sur les membres d'équipage qui livraient bataille sur le rivage. Elle chargea une brise de les alerter. Qu'ils se tiennent prêts à regagner le navire.

Les yeux rivés sur un groupe de Tartenniens, Senna écoutait la mélodie de la terre. Au prix d'une intense concentration, elle parvint à la modifier de sorte qu'elle accumule une poche d'énergie pure juste sous leurs pieds. Instable, l'énergie cherchait à se dissiper, à se propager dans le sol, mais Senna tint bon, elle parvint à la maintenir confinée. Lorsque la puissance accumulée menaça de la dépasser, elle cessa de chanter. Une terrible explosion envoya un immense panache de terre rougie dans les airs.

Aussitôt, les marins abandonnèrent les cordages pour se précipiter à bord des chaloupes échouées à proximité. Ils les poussèrent à l'eau et ramèrent avec l'énergie du désespoir. Senna s'employa à maintenir les soldats et les navires ennemis à distance jusqu'à ce que tous les marins aient regagné *La Sorcière des mers*.

Puis elle se remit à chanter, et imposa son propre rythme à la musique jusqu'à former une violente bourrasque destinée au seul navire de Parknel. Le bateau gagna de la vitesse et glissa entre les deux vaisseaux tartenniens.

Malgré la distance qui la séparait de la scène, Senna crut discerner un homme à la poupe du bateau : le capitaine Parknel. Tous deux savaient très bien qu'en menant le navire en sécurité, elle se privait de sa seule possibilité de retraite. Mais, en combattant aguerri qu'il était, il ne lui avait sans doute pas échappé que les soldats et les navires tartenniens empêchaient déjà le petit groupe de se replier.

D'après Reden, il fallait parfois choisir d'abandonner quelques hommes pour la survie du plus grand nombre. Malheureusement, Senna, Mistin et les Protecteurs faisaient partie de ces sacrifiés.

La jeune sorcière donna à son enchantement assez de puissance pour qu'il accompagne Parknel et son équipage jusqu'aux portes de la Néfalie. Ainsi, aucun vaisseau tartennien ne pourrait jamais les rattraper.

Le souffle court, elle s'ébroua pour chasser la sensation d'étourdissement qui la gagnait peu à peu. Elle s'approcha du bord de l'affleurement.

— C'est bon. On peut y aller.

Elle s'apprêtait à bondir au sol lorsque le monde explosa tout autour d'elle.

Assourdie par la déflagration, la jeune fille revint à elle au pied de la montagne. Cord l'entraîna près des chevaux affolés sans cesser de hurler une série d'ordres.

— Que s'est-il passé ? demanda-t-elle.

— Un boulet de canon a pulvérisé le rocher sur lequel tu te tenais, lui expliqua le jeune Protecteur, mort d'inquiétude.

Joshen et Reden ouvrirent le feu sur des soldats tartenniens incroyablement proches.

— D'où viennent-ils ?

— Ils ont afflué juste après le tir du canon. Ils se sont sans doute séparés du groupe principal dès qu'ils t'ont entendue chanter.

Joshen et Reden tirèrent une nouvelle salve avant de reculer, puis de répéter la manœuvre. Ils étaient tous deux en train de recharger leur mousquet lorsqu'un Tartennien mit le meneur en joue. Senna poussa un hurlement.

Surgie de nulle part, Mistin bondit hors de la jungle. Elle épaula son arme et tira aussitôt. Le soldat s'effondra.

— Mistin, tu es vivante ! s'écria son amie.

La petite Apprentie délaissa son mousquet pour vider ses deux pistolets qu'elle replaça ensuite dans leurs étuis. Toutes ses armes étaient à présent déchargées. Senna s'attendait à ce qu'elle les rejoigne auprès des chevaux, au lieu de quoi elle plongea une main sous sa chemise. Dans un mouvement si rapide qu'il en fut presque flou, elle lança un couteau qui, avec une précision surnaturelle, faucha un des soldats qui fondaient sur Reden et Joshen.

Sous le choc, Senna observait d'un œil incrédule le ballet macabre de son amie.

— Monte ! lança Cord en soulevant Senna.

La jeune fille s'empêtra dans ses étriers. Soudain prise de vertige, elle vacilla et dut s'agripper au pommeau de la selle pour ne pas tomber.

L'assaut meurtrier de Mistin, qui ne cessait de repousser les soldats tartenniens, permit à Joshen et Reden de rejoindre leurs compagnons au pas de course.

— En route ! lança Reden à la jeune Apprentie qui gagnait toujours plus de terrain sur leurs assaillants.

Elle lança un dernier couteau avant de se précipiter vers le petit groupe. Elle ramassa le mousquet qu'elle avait abandonné plus tôt et d'un bond se mit en selle.

Senna, qui avait cessé de respirer sans s'en être aperçue, poussa un soupir de soulagement. Ils allaient s'en tirer.

Mais presque aussitôt, ses espoirs volèrent en éclats : d'autres soldats venaient de surgir de la forêt. Ils se placèrent entre elle et ses Protecteurs pour les empêcher de fuir.

Malgré la danse effrénée de leurs baïonnettes, Reden et Joshen furent forcés de reculer vers le premier groupe de soldats. Les hommes en livrée écarlate étaient vingt fois plus nombreux.

L'espace d'un bref instant, les yeux de Joshen croisèrent ceux de Senna. Elle y lut une terrible prise de conscience et, à son tour, elle comprit. Les deux Protecteurs étaient pris au piège. Elle plongea en son for intérieur pour tenter d'y puiser la puissance qui l'avait animée peu avant, mais la fameuse énergie l'avait abandonnée. Elle ne pourrait rien chanter sans risquer de blesser les hommes qu'elle voulait secourir.

D'un lancer à la précision extraordinaire, Mistin sauva la vie de Reden.

— Il ne m'en reste plus qu'un, déclara-t-elle en rechargeant son pistolet.

Cord épaula son mousquet et tira. Une partie du second groupe de soldats se détourna des Protecteurs pour s'élancer vers lui.

— Fuis, Senna, fuis ! aboya Reden, qui parait un coup de baïonnette.

Mais la jeune fille était comme pétrifiée, incapable de quitter son fiancé des yeux.

— Senna ! Tu as promis ! cria à son tour Joshen d'une voix où perçait déjà le chagrin.

En effet. Elle avait promis d'obéir si tous les deux le lui demandaient. Mais une vague de terreur déferla en elle. Elle la ravagea complètement, consuma tous ses sentiments et la laissa comme morte.

— Je ne peux pas.

Cord s'approcha d'elle pour assener un coup sur la croupe de Sunny.

— En avant !

L'animal s'élança à la vitesse de l'éclair. Senna se retourna. La dernière image qu'elle vit fut celle de Joshen qui, les yeux révulsés et dans un grognement de douleur, tombait au sol au milieu d'une nuée de manteaux écarlates.

Senna hurla. Les Quatre Sœurs semblaient tellement à l'écoute des émotions de la jeune sorcière qu'elles réagirent. Le monde se mit à trembler.

Le Chant de la terre

Senna s'effondra sur le sol dur. Elle enfouit le visage entre ses mains. La vie de Joshen était-elle le prix à payer pour son imprudence ?

Cord, grimaçant, ôta sa chemise. Mistin murmura à voix basse en découvrant son dos hérissé de nombreuses échardes, pareilles à de petites plumes. Elle entreprit de les lui enlever une à une. Cord accueillait chacun des gestes de sa sœur avec un grognement et une grimace. Mistin versa délicatement un peu d'eau sur les plaies du jeune homme pour en laver le sang.

Senna était incapable de détourner le regard. Elle n'avait jamais vu son amie tenir un couteau, mais restait sous le choc de son agilité face aux soldats. Mistin avait dissimulé des lames partout sur son corps. Une telle dextérité ne pouvait s'acquérir qu'au prix de centaines d'heures d'un entraînement assidu.

Sans prévenir, un souvenir glacial refit surface dans la mémoire de Senna. Un inconnu la surplombait, une lame à la main. Lame qu'il avait ensuite lancée vers Reden, le blessant au bras.

Le souffle court, elle reporta son attention sur Cord. Une myriade de cicatrices zébrait sa peau. Son corps ressemblait à celui du meneur. C'était plus le corps d'un soldat de métier que celui d'un aspirant Protecteur. L'une des balafres, pourtant, semblait plus récente que les autres. Elle était encore renflée et violacée, comme guérie de frais.

Les images d'un homme la poursuivant par une nuit sans lune lui revinrent à l'esprit, suivies de la sensation du bâillon qui lui meurtrissait les lèvres, puis du tesson de verre qu'elle avait enfoncé dans les entrailles de son agresseur, et du sang chaud qui avait dégouliné sur ses doigts.

La tessiture de Mistin, grave, aurait facilement pu être prise pour celle d'un ténor. Et Cord s'exprimait d'une voix de basse.

Malgré les tremblements de ses mains, Senna arma le chien de son pistolet. Lorsqu'elle releva la tête, Cord l'observait d'un œil inquiet.

Elle surpassa la douleur qui la paralysait et se remit debout.

— C'était vous.

Mistin leva les yeux à son tour. Une partie de ses longs cheveux bruns lui couvrait le visage. Elle semblait si jeune, si innocente. Comment avait-elle pu faire une chose pareille ?

— C'est vous deux que j'ai entendus l'autre soir dans l'arbre-maison. Vous qui m'avez attaquée. (Elle pointa alors un doigt vers la cicatrice qui striait le flanc de Cord.) Et c'est toi que j'ai poignardé.

Sans un mot, le frère et la sœur se levèrent.

Le fait qu'ils ne nient pas bouleversa la jeune sorcière.

— Pourquoi ? s'emporta-t-elle.

— Nous ne te voulions aucun mal, expliqua Cord, les mains en l'air.

Il avait un accent. Elle l'avait déjà entendu… lors de furtifs murmures échangés au cœur de la nuit. D'instinct, elle porta les doigts à l'arrière de son crâne, à l'endroit de sa récente blessure.

— La pierre n'était pas destinée à m'assommer, peut-être ?

— Euh… si, mais nous ne pouvions pas vraiment nous permettre de te laisser chanter, avoua Cord, qui abaissa les bras.

— Pourquoi ?

Sa douleur transparut tant dans sa voix qu'elle regretta d'avoir posé sa question.

Mistin restait parfaitement immobile, comme si elle craignait que le moindre mouvement brusque n'effraie Senna.

— Nous essayions de te sauver la vie, expliqua-t-elle d'une voix tout à coup pourvue d'un accent.

Senna éclata d'un rire sans joie. Elle braqua son arme sur la poitrine de Cord.

Le jeune homme observa le canon de l'arme de longues secondes avant de lever les yeux vers Senna.

— Tu as l'intention de me tuer ?

— Je n'ai pas encore pris ma décision, répliqua-t-elle sans trembler.

Silencieux, Cord patienta.

Le chagrin et la colère l'incitaient à presser sur la détente. Mais le souvenir du soldat qu'elle avait abattu était encore frais dans sa tête. L'odeur de la poudre. Le vide soudain. Ses muscles se relâchèrent. Elle n'avait rien d'un assassin. Elle approcha des chevaux à reculons et saisit les rênes de Sunny de sa main libre.

— Mistin, demanda Cord d'une voix tendue.

La jeune Apprentie ferma les yeux, comme pour mieux tendre l'oreille.

— Laissons-la partir.

Veillant à garder sa cible toujours en joue, Senna monta en selle et cala à l'aveugle ses pieds dans les étriers. La musique qui l'entourait changea soudain de tonalité. C'était tout bonnement impossible. À moins que…

D'autres sorcières sont présentes dans les parages ! comprit-elle tout à coup.

Mais elle n'eut pas le temps de réagir. Le sol explosa sous ses pieds. Sunny retomba lourdement au sol. Une jambe coincée sous le poitrail musculeux de l'animal, Senna, incapable de respirer, eut l'impression que la douleur paralysait ses poumons. Sunny roula et se releva tant bien que mal. La jambe de la jeune fille était enfin libre.

Elle inspira avidement une grande bouffée d'air chargé de poussière et fut secouée d'une quinte de toux. Le vent, dont le rugissement noyait tous les autres sons, la plaquait à terre de toute sa furie. En un éclair, le palomino disparut entre les arbres.

Joshen lui avait offert ce cheval. Et elle l'avait perdu. Encore une fois.

Tremblante de la tête aux pieds, Senna s'imprégna de la musique ambiante. Elle respira calmement, puis se mit à chanter. Son air et celui des sorcières luttèrent âprement pour le contrôle de la mélodie. Peu à peu, le vent qui la clouait au sol faiblit. Malgré ses membres flageolants et le sang qu'elle perdait, elle se releva.

Mistin était à présent accompagnée d'une bonne dizaine de femmes qui, le visage tordu par l'effort, tentaient toujours de contrer le chant de Senna. À l'image de la jeune Apprentie, toutes portaient une longue tunique et un pantalon ample. À leur taille pendait une ceinture de graines.

Des sorcières. Des sorcières étrangères au Refuge. Ces femmes étaient celles dont Senna avait senti la présence quelques jours plus tôt, celles qui représentaient une menace pour leurs homologues du Refuge. Les sorcières de Calden. Senna s'était mise à leur recherche, mais elles l'avaient devancée.

Elle fit tournoyer le vent autour d'elle, puis repoussa les sorcières sans leur laisser le temps de prononcer le moindre enchantement. Elle entonna ensuite le Chant de la terre. Une pression colossale naquit sous les pieds du petit groupe, et le sol se mit à vibrer. Les sorcières, terrifiées, furent brusquement fauchées.

Encore quelques notes et la terre les avalerait. Juste revanche du sort qu'elles avaient tenté d'infliger à Senna quelques jours plus tôt.

Sombre, humide, profond et froid

Un couteau tremblota dans la paume de Mistin, qui regarda son amie droit dans les yeux. Puis, avec une moue résignée, la jeune Apprentie laissa lentement retomber sa main contre sa hanche.

Mais son geste ne lui épargnerait pas la fureur de Senna. Pas après sa trahison et tous ses mensonges.

Gouffre béant, ouvre-toi.

— Senna ! l'appela Cord, un doigt pointé vers l'est.

Au loin, les soldats tartenniens fondaient sur eux à vive allure.

Pensait-il vraiment qu'une menace aussi anodine lui sauverait la mise ? Non. Senna était bel et bien déterminée à en finir avec ces sorcières. Ensuite, elle s'occuperait des soldats.

Sables, roches et minéraux

Sous le groupe de sorcières, le sol sembla ramollir. Elles s'y enfonçaient peu à peu.

Au plus profond...

Quelque chose la percuta soudain de plein fouet. Elle fut projetée à terre avec une violence telle que son enchantement se mua en un effroyable cri de douleur, qu'un bâillon fit taire sur-le-champ. Elle sentit le poids d'un homme sur son corps. Puis des mains lui lièrent les poignets. Au prix d'un terrible effort, elle parvint à relever la tête.

Les traits déformés par les remords, Cord tendait un bras vers elle, comme s'il souhaitait intervenir, lui porter secours. Mais, avec sa sœur, il s'était chargé de détourner son attention pendant qu'un homme approchait à pas furtifs dans son dos. Elle le foudroya d'un regard empli d'une rage trop longtemps contenue tandis qu'on finissait de serrer ses entraves.

Cord, pantelant dans le vent qui se dissipait lentement, laissa retomber son bras.

Des hommes en tuniques sombres encerclèrent la jeune fille. Bien qu'elle les vît pour la première fois, elle comprit aussitôt qu'ils étaient les Protecteurs des sorcières de Calden. On la força à se relever. Elle se rendit alors compte que sa ceinture de graines avait disparu.

Mais, bientôt, tout ça n'aurait plus aucune importance. Les Tartenniens étaient à présent si près que Senna distinguait chaque détail de leurs uniformes.

Quatre sorcières, qui ne semblaient pas éprouver la moindre peur, s'approchèrent de Senna. Une petite armée de Protecteurs – mains crispées sur les mousquets et visages sévères – leur emboîta le pas.

— Est-ce bien Brusenna ? demanda l'une des sorcières du quatuor à Mistin.

— Oui, répondit la jeune fille sans oser croiser le regard de son amie.

Senna redressa les épaules et toisa cette nouvelle menace avec dédain.

— Oui, sourit la sorcière qui avait posé la question. C'est bien elle.

Elle avança d'un pas. Elle ressemblait quelque peu à Mistin, de même que toutes les autres, d'ailleurs. Cord partageait lui aussi leur chevelure sombre, leurs yeux en amande et leur peau dorée.

— Je m'appelle Krissin, ajouta-t-elle. Voilà bien longtemps que nous te cherchions.

Vespide

Emplie d'un sentiment d'effroi, Senna reconnut l'autorité naturelle que dégageait la sorcière. Elle ressemblait tant à Coyel dans ses attitudes que les deux femmes auraient pu être sœurs. Krissin devait être Maîtresse de sa discipline – la Lumière, sans doute. Senna se rappela soudain avoir déjà entendu son nom, le soir où elle avait surpris les chuchotements qu'échangeaient Mistin et Cord.

— Je vais te faire une faveur, Brusenna. Je veux bien te débarrasser de ce bâillon, à condition que tu promettes de ne pas chanter. Si tu ne respectes pas ta parole, tu seras brutalement ramenée au silence, puis de nouveau ficelée et bâillonnée pendant tout le trajet. Qu'en penses-tu ?

Senna hocha à peine la tête.

Cord lui libéra les poignets avant de trancher son bâillon.

— Désolé.

Une boucle de ses cheveux blonds dans la main, il la surveillait comme il l'aurait fait d'un cobra énervé prêt à bondir sur sa proie.

Mais Senna ne succomba pas à ses pulsions. Il lui faudrait du temps pour faire ployer les Quatre Sœurs. Ce dont elle ne disposerait pas : une foule de sorcières et de Protecteurs l'encerclait.

L'une des Maîtresses toucha l'épaule de Krissin.

— Ils arrivent.

Prudente, Krissin afficha une expression impassible et surveilla l'avancée des Tartenniens.

— Emmenez-la au navire. Faites vite et sans un bruit. Avant qu'ils la voient.

Avant qu'ils me voient ? Mais ils m'ont déjà vue, pensa Senna.

Cinq Protecteurs, dont Cord, l'encadrèrent. Krissin semblait attendre patiemment l'arrivée des soldats.

La réalité sauta soudain aux yeux de la jeune fille. Si ces sorcières ne fuyaient pas, c'est parce qu'elles étaient les alliées des Tartenniens !

— Impossible… lâcha-t-elle dans un souffle.

Accroupie à l'avant du groupe, Mistin l'observait, un couteau dans chaque main.

— Lorsque tu t'es absentée, c'était pour aller chercher tes consœurs, déduisit Senna.

Mistin acquiesça d'un geste qui avait valeur à la fois d'excuse et de promesse. Puis elle disparut entre les arbres à l'avant du groupe. Senna devina qu'elle devait faire office d'éclaireur d'élite.

Cord approcha pour la prendre par le bras. Elle se dégagea d'un geste brusque.

— Comment avez-vous pu faire alliance avec eux ? (Le jeune homme revint à la charge, puis commença à l'attirer hors de vue des Tartenniens.) Et, puisque vous êtes alliés, pourquoi ne pas lever la malédiction ?

— Et révéler ainsi notre existence aux sorcières du Refuge ? (Elle entendait à présent les soldats qui conversaient avec les sorcières, mais ne cessa pas de se débattre pour autant. Cord la força alors à lui faire face.) Grendi a promis un monceau d'or à qui lui rapportera ta tête. Nous ne pourrons pas te protéger si elle découvre que tu es avec nous.

Plus rien ne semblait avoir de sens. Grendi était réputée pour sa haine farouche des sorcières. Alors, pourquoi s'associer avec elles ? Senna, elle, était une ennemie des Tartenniens. Alors, pourquoi leurs alliés chercheraient-ils à la protéger ?

La jeune fille essaya de trouver une explication rationnelle à ces réalités pourtant contraires. Calden et la Tartennie la pourchassaient… et elle se retrouvait à présent, plus impuissante que jamais, aux mains de ses ennemis. Peut-être vaudrait-il mieux que les Tartenniens la capturent ? Si elle criait assez fort pour attirer leur attention, au moins elle saurait où se trouvait Joshen.

Elle fut secouée d'un sanglot si violent que ses jambes cessèrent de la supporter.

— Fais-la avancer, Cord, gronda un des Protecteurs.

— Écoute-moi, Senna, lui dit-il, s'agenouillant près d'elle. Grendi sait qu'elle peut se servir de Joshen pour te manipuler. Elle fera tout pour qu'il reste en vie.

Elle leva son regard embué de larmes vers le jeune homme. Il était si proche qu'elle sentait son souffle à la fois sucré et épicé, aux relents de réglisse. C'est alors que lui revint en mémoire la réaction viscérale qui l'avait animée lors de leur première rencontre sur le navire. Sur le moment, elle n'avait pas su à quoi l'attribuer. Mais, visiblement, son corps se souvenait de détails que son cerveau avait oubliés. Cord l'avait déjà tenue dans ses bras, lorsqu'il l'avait attaquée par une nuit sans lune et qu'elle lui avait enfoncé un éclat de verre dans l'abdomen.

Il tendit la main pour essuyer les larmes de Senna, mais elle détourna la tête.

— Je regrette de ne pas t'avoir tué la première fois.

Il laissa retomber sa main.

— Si les Tartenniens te capturent, ils n'auront plus aucune raison de garder Joshen en vie, lâcha-t-il d'une voix ferme. Tu comprends ?

Une bouffée d'espoir naquit en elle et elle respira de nouveau.

— Et Reden ?

— Senna… grogna Cord.

— Parle ! exigea-t-elle, les poings crispés sur la chemise du jeune homme.

— Grendi lui voue une haine encore plus farouche qu'à toi, avoua-t-il entre ses dents.

En d'autres termes, le meneur était condamné. Un cri de douleur poignant quitta les lèvres de la jeune sorcière. Elle pensait avoir accepté que les choses puissent mal tourner. Elle avait délibérément choisi de risquer sa vie pour sauver le Refuge. Joshen et Reden semblaient si indestructibles qu'elle n'avait jamais vraiment pris la pleine mesure des périls auxquels ils s'exposaient.

À présent, les soldats étaient tout proches. Au moindre cri, elle tomberait entre leurs mains.

Elle prit alors une décision. Elle allait accompagner les sorcières tant qu'une évasion resterait envisageable, puis elle retrouverait Joshen et le libérerait à son tour, quel que soit le prix à payer. Elle se laissa donc entraîner par Cord.

Les Protecteurs, aussi silencieux que des spectres, se déployèrent parmi les arbres moribonds. En dehors de sa respiration saccadée, la jeune fille ne perçut plus rien que le fracas lointain des vagues.

Cord s'arrêtait souvent pour lui permettre de boire et soulager ainsi le feu qui lui asséchait la gorge. Enfin, ils atteignirent la ville que Senna avait aperçue lors de sa première venue en Tartennie. Les leçons de géographie qu'on lui avait inculquées lui en révélèrent le nom : Epal.

Les Protecteurs surgirent tout à coup de la forêt pour venir flanquer Senna et Cord. Malgré le calme sinistre qui régnait dans la cité, la jeune sorcière surprenait parfois les contours d'un visage sale qui les observait. Les débris, soufflés par le vent, s'accumulaient au pied des bâtiments encore debout, tandis que les plus gros décombres restaient plantés au milieu des rues. Une sandale d'enfant attira son regard. L'une des lanières de cuir était brisée et la jeune fille ne put s'empêcher de s'inquiéter pour son propriétaire.

Toute cette dévastation… était en partie de son fait. Elle avait simplement souhaité rétablir ce qui pouvait encore l'être, et en apprendre un peu plus sur le danger qui menaçait le Refuge. Mais à présent que Joshen… Senna baissa la tête et ne releva plus les yeux.

Ils approchèrent enfin des quais où était amarré le navire des sorcières de Calden. Il était plus petit que celui de Parknel et sa ligne de flottaison plus haute. Ses voiles aussi étaient différentes. Il semblait rapide. Sur sa coque, en lettres bleues, se détachait son nom : « *Mirage.* »

Cord la guida vers une petite cabine située sur le pont supérieur. À l'exception d'un lit, d'une bassine et d'un pot de chambre, la pièce était vide. Senna foudroya le jeune homme du regard mais, à son grand désarroi, il ne parut pas s'en émouvoir.

— Tu devrais t'asseoir. Je sais que tu es à bout de forces, lui dit-il.

Bien que ses muscles tressaillissent de fatigue, Senna resta debout.

Peu après, Mistin entra et brisa le silence pesant qui s'était installé. Elle avait les bras chargés d'un plateau de nourriture qui fit aussitôt saliver Senna.

Sans le moindre regard pour son amie, la jeune Apprentie s'assit sur le lit, croisa les jambes et leva la tête.

— Tu n'as que deux possibilités : soit tu manges et tu restes en forme, soit tu jeûnes et tu dépéris.

Senna ne reconnut pas Mistin dans cette fille forte et pleine de confiance. Son personnage d'Apprentie chétive n'avait-il été, lui aussi, qu'un tissu de mensonges ? Peut-être était-elle celle qui avait attaqué Senna avec une fronde.

— Si tu essaies de chanter, nous te ferons taire, l'avertit-elle. Les Protecteurs accourront, et tu n'auras plus le loisir de retenter ta chance.

Senna évalua la situation. Peut-être aurait-elle le temps d'entonner quelques notes avant qu'ils l'assomment et la bâillonnent, mais pas assez pour un enchantement complet.

— Êtes-vous vraiment frère et sœur ? demanda-t-elle avec dégoût. Ou est-ce que tous les habitants de Calden se ressemblent ?

Les yeux de Mistin s'étrécirent.

— Ce n'est pas parce que tous ceux qui viennent de Calden ont le teint mat que nous nous ressemblons tous. Mais tu as raison, nous ne sommes pas de la même famille. Juste des amis.

Toutes les histoires que Mistin lui avait racontées à propos de son enfance dans les rues, de sa mère et de ses sœurs assassinées, d'une vie passée dans la peur… Tout ça n'avait servi qu'à l'apitoyer.

— Y a-t-il seulement une chose de vraie dans tout ce que vous m'avez raconté ? s'enquit Senna, les poings crispés.

Mistin se rembrunit.

— Nous sommes vraiment tes amis.

Une brutale envie de frapper la jeune fille s'empara de Senna. Mais, si elle souhaitait s'enfuir, elle aurait besoin de toutes ses ressources, ainsi que de sang-froid. Elle s'assit donc sur le rebord du lit et commença à manger. Une couche de fromage onctueux recouvrait une épaisse tranche de pain moelleux. Le tout était surmonté de viande marinée dans une sauce aigre-douce. L'espace de quelques instants, seul le bruit de ses mastications résonna dans la pièce.

Senna avait pris Cord et Mistin pour des amis, mais elle s'était trompée.

— Quel sort me réservez-vous ? demanda-t-elle enfin.

Les deux Caldenniens échangèrent un regard.

— Nous allons te conduire à l'abri, répondit Mistin.

Senna s'empara d'une pleine poignée de baies. Une explosion à la fois acide et sucrée lui emplit la bouche. Les fruits libérèrent de petites noix.

— À l'abri de quoi ?

— Des Tartenniens et des sorcières du Refuge, expliqua Cord.

— Et qui va me protéger de vous ? grogna Senna.

— Nous ne te voulons aucun mal, répliqua Mistin, visiblement peinée.

Ça ! Ils lui avaient déjà fait du mal, et à de nombreuses reprises. Elle les dévisagea. Mistin ne pouvait pas avoir agi seule. Ses chants n'étaient pas assez puissants pour lui permettre d'accéder au Refuge *via* le petit lac souterrain.

— Qui est l'autre traîtresse ? Drenelle ?

Mistin sembla vouloir dire quelque chose, mais Cord lui assena un coup de coude et la foudroya du regard.

— Pourquoi ne répondez-vous pas ? insista Senna, dont les yeux passaient de l'un à l'autre.

Après un haussement d'épaules, Cord ramassa le plateau et quitta la cabine.

Senna se lava les mains dans l'eau de la bassine. Peu après, les mouvements du navire lui apprirent qu'ils avaient largué les amarres.

Elle abandonnait Joshen derrière elle. Qui savait quel sort Grendi lui réservait ? Et à Reden ? Si toutefois ils étaient encore en vie... Elle s'étendit sur le lit – aussi loin que possible de Mistin – et fit tourner sa bague autour de son doigt, encore et encore.

Joshen allait bien. Elle allait s'évader, puis elle les libérerait, lui et Reden. Elle s'accrocha à cet espoir comme à un mantra qu'elle répéta en boucle dans sa tête.

La porte de la cabine s'ouvrit de nouveau, mais Cord avait laissé la place à Krissin, accompagnée par l'écho des voix de ses consœurs. Senna s'assit sur la couche. Son envie de chanter menaçait de prendre le dessus. Mais elle ne ferait que lui coûter le peu de liberté qui lui restait encore. Aussi, l'Apprentie s'efforça de prendre son mal en patience.

— Tu vas venir avec moi, Senna. Mistin, tu nous accompagnes, déclara Krissin.

La jeune sorcière rassembla son courage et suivit la Maîtresse hors de la pièce. Elle fut surprise de constater que le crépuscule approchait. Plus aucune terre n'était visible à l'horizon. Sans doute étaient-ils déjà loin des côtes. À la façon dont le vaisseau fendait les flots, Senna déduisit qu'ils naviguaient à vive allure. Au loin, d'énormes nuages noirs, synonymes d'orage, s'amoncelaient.

Krissin précéda les deux jeunes filles jusqu'à la cabine du capitaine dont elle referma la porte derrière elles. Senna se dirigea vers le fond de la pièce. Mistin la suivit comme son ombre sans la quitter des yeux.

Krissin alluma une douzaine de bougies.

— Sais-tu qui nous sommes ?

— Vous êtes les sorcières venues vous emparer du Refuge, répliqua Senna.

— Oui, reconnut Krissin, impassible.

— C'est vous qui avez envoyé un tremblement de terre frapper l'île ?

— Parfait, sourit Krissin. Mistin m'a fait part des soupçons grandissants de vos Maîtresses. Nous avions besoin d'une diversion durable.

— Sans vous soucier des ravages que subirait la côte néfalienne ? Ni des morts que le séisme causerait ?

Le sourire se transforma en grimace.

— Si. Et c'est tout à fait regrettable.

Senna renifla.

— Pourquoi avez-vous envoyé Mistin et Cord m'enlever ?

— Parce que tu étais le seul obstacle qui se dressait entre nous et le Refuge, expliqua Krissin, occupée à se servir une tasse de thé.

— Je ne suis qu'une simple sorcière.

— Oui, mais je sais ce qui est en train de t'arriver.

— Ah bon ? Et qu'est-il en train de m'arriver ? répéta Senna dans un souffle.

La Maîtresse approcha de la fenêtre.

— Chaque enchantement influe sur la musique ambiante. Mais toi, cette musique, tu es capable de l'entendre. La puissance de tes chants varie, jusqu'à atteindre parfois celle d'un chœur entier de sorcières, avant de retrouver un niveau presque normal.

Senna secoua la tête. Comment Krissin pouvait-elle en savoir autant ?

— Je ne vois pas le rapport avec le reste.

Krissin se pencha vers elle.

— Tes consœurs ignorent comment fonctionnent réellement les enchantements. Nous ne faisons que renforcer la musique des Quatre Sœurs et, parfois, nous parvenons à l'infléchir en notre faveur. Mais nous ne pouvons pas l'entendre. Toi, en revanche, tu en es capable. Mieux encore, tu peux toi-même créer de la musique.

Créer de la musique ? s'étonna Senna, soudain à court d'air. Était-ce vraiment ce qu'elle avait fait ?

— Comment savez-vous tout ça ? Et comment pouvez-vous savoir quoi que ce soit à mon sujet alors que Calden a disparu depuis des siècles ?

— Nous avons des espions, des gens comme Cord et Mistin, qui nous tiennent informées des évolutions du monde. (Dans la lumière des bougies, des ombres noires dansaient sur le visage de Krissin.) Il y a bien longtemps, les illusions d'une jeune sorcière se brisèrent lorsqu'elle découvrit comment le Refuge traitait le monde. En toute discrétion, elle s'entoura d'un petit groupe de disciples. Une nuit, elle s'introduisit dans les bibliothèques secrètes des Maîtresses pour subtiliser de nombreux ouvrages remplis de secrets. Puis, en compagnie de ses camarades, elle fuit vers sa terre natale : Calden.

Senna connaissait déjà l'histoire.

— Mais Calden a été détruite.

Krissin soutint le regard de la jeune fille.

— Pas détruite. Seulement déplacée.

Les mots qu'Espen avait griffonnés dans la terre lui revinrent soudain en mémoire.

— Mais il aurait fallu plusieurs centaines de sorcières pour…

— Oh, vraiment ? l'interrompit Krissin avant de siroter quelques gorgées de thé.

— Vous le savez parfaitement, insista Senna, les yeux plissés.

Krissin fit la moue. Ce secret ne faisait visiblement pas partie de ceux qu'elle était disposée à partager.

Les sorcières pouvaient en effet déplacer le Refuge, à condition d'être assez nombreuses. Senna ignorait cependant – au même titre que ses consœurs – qu'une telle chose fût possible pour d'autres îles. Pourtant, elle en avait la preuve vivante sous les yeux.

— Comment avez-vous pu rester cachées pendant si longtemps ?

Krissin fit courir son pouce sur l'anse de sa tasse.

— Tu comprendras quand tu seras sur place.

Senna se laissa tomber sur une des chaises, puis se servit un thé qu'elle agrémenta d'une généreuse cuillerée de crème épaisse.

— Est-il vraiment indispensable de faire tant de mystères ?

— Je n'ai pas l'intention de te révéler tous nos secrets, Senna, sourit la Maîtresse. Sache simplement que je ne te ferai aucun mal. En réalité, mes consœurs et moi avons un profond respect pour toi et pour ce que tu as fait. Tant que tu resteras à ta place, nous te traiterons comme une invitée de marque.

Senna sentait la présence des Quatre Sœurs en elle. En une fraction de seconde, elle pourrait leur commander de couler le *Mirage* ainsi que les navires qui croisaient dans un rayon de cent lieues.

Krissin sembla remarquer un changement sur les traits de son interlocutrice.

— N'y pense même pas. Mistin t'assommerait et nous serions obligées de te droguer jusqu'à la fin du voyage. Et je ne puis te garantir que les potions n'altéreraient pas tes facultés ou ne te rendraient pas dépendante.

Senna ravala sa colère. Krissin avait raison. Elle attendrait le moment opportun.

— Après ma victoire contre Espen, je pensais avoir sauvé bien plus que mes seules consœurs. Mais je me trompais, n'est-ce pas ? Des centaines de sorcières caldenniennes auraient tout à fait pu reprendre le flambeau après notre disparition et remettre le monde sur le droit chemin. Celui-ci n'a, en réalité, jamais vraiment été en danger.

Krissin fit rouler une poignée de baies dans sa paume.

— Tu as tort de te mésestimer, Brusenna. Tout comme tes consœurs, nous cherchions nous aussi à échapper à Espen. Elle aurait très bien pu nous renverser comme elle l'a fait avec le Refuge.

La Maîtresse se leva et invita la jeune fille à la suivre.

Senna, qui n'avait pas vraiment le choix, obéit.

Krissin la reconduisit jusqu'à sa minuscule cabine.

— Mistin va rester avec toi pour s'assurer que tu ne tentes rien de stupide. Je te déconseille de jouer à la plus maligne avec elle. Elle est notre meilleure vespide. Tu ferais bien de te reposer. Une journée éprouvante nous attend demain.

Sur ces mots, la porte se referma et le loquet cliqueta.

Senna laissa le temps à ses yeux de s'accoutumer à l'obscurité.

— Vespide ?

Mistin s'affala sur le lit et riva les yeux au plafond.

— Une sorcière formée au combat. Je t'avais bien dit que les aptitudes des sorcières ne se mesuraient pas à la seule puissance de leurs enchantements, ajouta-t-elle après une hésitation.

Bien qu'à bout de forces, Senna refusait d'accepter son destin sans lutter.

— Je n'ai jamais dit le contraire, grommela-t-elle.

— Je sais, chuchota Mistin dont les yeux scintillaient dans le noir. C'est aussi pour ça que je suis ton amie.

Senna eut envie de hurler sa colère.

— Les véritables amies ne se mentent pas. Elles ne se trahissent pas. Et elles ne fomentent pas de tentatives d'enlèvement !

— Celle-là si, répliqua Mistin avec malice. (La jeune vespide se tourna sur le ventre, puis, d'un ton plus sérieux, ajouta :) Rares sont ceux qui me regardent avec autant de bienveillance que toi. On ne peut pas dire que les sorcières du Refuge en aient beaucoup fait preuve à mon égard. Je suis petite. Je suis une femme. Je suis jeune. Et, pire que tout, mes talents d'enchanteresse sont médiocres. Mais j'ai trouvé un moyen de convertir toutes mes faiblesses en forces. Les autres ont tendance à me sous-estimer, ils ne m'accordent que rarement leur attention. Ce qui fait de moi l'espionne parfaite. Inutile d'être grande et puissante pour apprendre à lancer un couteau, ou pour devenir secrétaire des Maîtresses.

— Ou pour se faire passer pour mon amie. (Senna se frotta les yeux.) Tu sais très bien qu'elles ne sont pas animées de mauvaises intentions.

— Cette guerre couve depuis des siècles, répliqua Mistin d'une voix ferme. Lorsqu'elle sera terminée, tu seras la bienvenue parmi nous, si c'est toutefois ce que tu souhaites.

La bienvenue parmi les sorcières de Calden, mais plus parmi celles du Refuge. Senna, appuyée contre la porte, se laissa glisser par terre. Voilà ce contre quoi Espen avait tenté de la mettre en garde. Voilà la menace qui planait sur le Refuge.

Les falaises de l'île ne pouvaient pas en protéger les habitantes. Pas contre d'autres sorcières.

Lieux interdits

Étendue sur le matelas plein de bosses et les yeux rivés au plafond, Senna s'inquiétait du sort de Joshen. Elle se remémora tous les événements, revécut chaque scène et prit conscience de la foule d'erreurs qu'elle avait commises, du grand nombre de mauvaises décisions qu'elle avait prises. Allongée à ses côtés, Mistin dormait en silence. Un moment, elle avait envisagé de profiter du sommeil de son « amie » pour lancer un enchantement mais, compte tenu de l'exiguïté de la cabine, la moindre série de notes aurait immanquablement réveillé la jeune fille. Et Mistin était rapide comme l'éclair.

Malgré tout, Senna avait hésité à franchir le pas. Elle avait déjà réussi à faire parler sa puissance en recourant aux Quatre Sœurs. Mais où irait-elle, perdue sur un navire au beau milieu de la mer de Darkwell ?

Elle avait eu beau regarder par la minuscule fenêtre qui surplombait la couche commune un nombre incalculable de fois, elle n'avait jamais rien distingué d'autre que des flots houleux sous un ciel orageux. Seule son ouïe la renseignait encore sur son environnement. Des cris de marins lui parvenaient parfois malgré le ronronnement de la pluie, du vent et du perpétuel enchantement qui aidait à propulser le navire.

Ce détail piqua la curiosité de Senna. La sorcière qui chantait était puissante, elle aurait pu se contenter de proférer un enchantement de temps à autre, mais elle ne s'était interrompue qu'à l'occasion de quelques courtes pauses depuis leur départ, plusieurs heures plus tôt.

Tout à coup, la voix se tut. Le silence, à l'exception des bruits de bottes, s'installa. Puis, soudain, un nouveau chant retentit. Quatre sorcières au moins devaient avoir uni leurs forces. Aussitôt, une violente bourrasque se leva et le navire fila de plus belle.

La puissance dégagée par le petit groupe risquait de mettre à mal le mât du navire.

— Elles ont perdu la tête ? se demanda Senna à voix haute.

Mistin s'assit sur le lit pour tendre l'oreille.

— Nous fonçons sur la barrière, expliqua-t-elle d'une voix pâteuse. Nous devrions être rentrées à la tombée de la nuit. Je n'aurais jamais cru que je reverrais ma maison un jour.

— Où sommes-nous ?

— Tu as déjà dû entendre parler des Rugissants de Darkwell.

Un sourire endormi sur les lèvres, Mistin se rallongea.

Les Rugissants de Darkwell… Senna connaissait ce nom, mais elle ne se rappelait plus quand elle l'avait entendu. Était-ce cet endroit qu'Espen avait appelé « le berceau des tempêtes » ? Senna repoussa ses couvertures et s'agenouilla devant la vitre, le menton posé sur le rebord de la fenêtre. L'obscurité qui régnait à l'extérieur était si épaisse que la jeune fille eut l'impression qu'ils progressaient dans du velours. Une fois encore, seuls un océan infini, d'épais nuages et des trombes d'eau s'étalaient sous ses yeux.

Senna tourna le regard vers le sillage du navire. À la lueur d'une lanterne qu'elle ne voyait pas, elle releva la direction des vagues et l'angle des nappes de pluie. Ils naviguaient contre les éléments. Ce qui expliquait sans doute pourquoi une sorcière avait dû chanter toute la nuit, mais pas qu'elle fût rejointe par trois de ses consœurs.

Senna se tourna vers l'avant. Une vision étrange attira son regard. Un miroitement coloré transparaissait à travers le rideau de pluie. Une paroi courbe, dont les teintes allaient du vert foncé au bleu violacé, se détachait dans l'orage et s'étirait à perte de vue.

Un effroyable pressentiment écrasa la jeune fille de son terrible poids : si le navire touchait le scintillement, quelque chose d'horrible se produirait. Il leur fallait à tout prix faire demi-tour et ne jamais revenir ! La terreur qui l'avait envahie était si vive que ses méninges semblèrent cesser de fonctionner. Seule une pensée obsédante résonnait dans son esprit : fuir. Un petit cri de panique lui échappa.

— Ça va passer, tenta de la réconforter Mistin, qui s'était mise à lui caresser le dos.

Une explosion de couleur irradia dans toute la cabine à l'instant où le navire s'enfonça dans la paroi. Une musique aux accords étranges envahit la jeune sorcière. Senna grimaça, mais se laissa peu à peu gagner par ce chant où il était question d'oubli et de lieux interdits.

Quelques secondes plus tard, la mélodie se tut brusquement. En proie à la confusion, Senna rouvrit les yeux. L'orage n'était plus qu'un souvenir. Tout semblait calme et apaisé. Elle s'approcha de la fenêtre.

La paroi, chatoiement liquide de couleurs vives, n'avait plus rien de menaçant. Senna comprit enfin. Cette barrière ressemblait beaucoup à celle que ses consœurs érigeaient dans les Cercles de Pouvoir pour se protéger pendant qu'elles chantaient. Mais, au lieu de constituer un rempart infranchissable, celle-là instillait un sentiment d'effroi et la certitude d'une fin tragique dans le cœur des visiteurs indésirables.

— Comment est-ce possible ?

Mistin bâilla.

— Les courants et les vents maintiennent les navires à l'écart, et les orages se chargent d'aveugler leurs équipages. Si, malgré tout, de petits curieux parviennent à s'approcher assez, la barrière les empêche de passer, comme elle repousse tous ceux qui ne sont pas de l'île, ou qui l'ont quittée, comme moi. J'ai longtemps craint de ne jamais pouvoir rentrer chez moi, mais la barrière a changé il y a deux semaines environ. Elle se contente à présent de terrifier ceux qui s'en approchent, mais on peut la traverser dans les deux sens. Je ne sais pas vraiment pourquoi.

Senna sentit son pouls s'accélérer. La première fois qu'elle avait pérégriné, elle s'était heurtée à un mur infranchissable qu'elle avait dû altérer pour qu'il la laisse passer.

— Si personne ne pouvait la traverser avant, comment as-tu fait pour quitter Calden ?

— Sortir ne pose pas vraiment de problème. Mais il est, ou plutôt était, impossible de revenir.

Mistin se retourna et remonta les couvertures sur ses épaules. Elle n'avait visiblement pas fini sa nuit.

Sitôt après sa première traversée de la barrière, Senna se souvenait avoir été attaquée par des sorcières qui vivaient sur une île non loin d'un territoire montagneux. Calden était à un peu plus d'un jour de la Tartennie par les mers. Les pièces du puzzle s'emboîtaient enfin.

Au-delà de la mer d'encre, des bâtiments, dont les vitres reflétaient l'éclat des bougies, scintillaient au clair de lune. Le navire se dirigeait vers l'embouchure d'une large rivière.

Ils ralentirent à son approche. Agrippée à l'encadrement de la fenêtre, Senna sentait le navire lutter contre le courant. Les chants qui émanaient du pont supérieur leur permirent de progresser par à-coups réguliers. Ils réduisirent de nouveau l'allure juste avant l'embouchure, qu'ils franchirent lentement.

Senna observait la cité silencieuse. Des poutres de bois dépassaient des toits, et les murs semblaient faits d'une espèce de plâtre. Malgré l'heure tardive, elle aperçut des habitants qui, tous vêtus d'amples tuniques et de sandales, vaquaient à leurs occupations.

Elle posa ensuite les yeux sur la rivière et sursauta en découvrant Pogg qui s'y ébattait, un poisson entre les dents. Elle s'apprêtait à pousser un cri quand elle vit un autre Pogg un peu plus loin. Puis un troisième. Elle s'accroupit alors sur les talons.

Pogg n'était pas le dernier des Mettlemots. Il vivait simplement à l'écart de ses congénères. Bouleversée par le nombre et l'ampleur des erreurs commises pas ses consœurs, la jeune sorcière ferma les yeux.

— Je suis désolée, Pogg, articula-t-elle à voix basse.

Elle risqua un nouveau coup d'œil par la fenêtre. À l'arrière-plan de la ville, elle distingua de petits bosquets sombres parés de feuilles minuscules. Sur le flanc d'une colline, un troupeau de moutons, tel un nuage égaré dans le ciel, dormait paisiblement. Peu à peu, le paysage changea. Les terres devinrent plus arides, balayées par les vents. Et Senna succomba à la fatigue.

— Ils vont bientôt venir nous chercher, l'informa Mistin, qui venait de la réveiller.

Une fois de plus, Senna se tourna vers la fenêtre. Dans la lumière encore timide du petit matin, le monde adoptait des teintes grises, granuleuses et floues qui rendaient indistincts tous ses détails. Le navire était amarré à l'un des pontons d'une nouvelle ville.

Senna démêla ses cheveux du mieux qu'elle put à l'aide de ses seuls doigts, lissa sa robe avec le plat de la main, puis enfila ses chaussures. Elle était prête lorsqu'un groupe de quatre Protecteurs, dont Cord, ouvrit la porte de la cabine. Derrière le quatuor, Krissin et ses pairs attendaient qu'on abaisse la passerelle.

Cord, un sourire aux lèvres comme pour minimiser le rôle de l'escorte, déclara :

— C'est l'heure.

— Aucun de nos navires ne peut s'aventurer plus loin qu'Ilyss, expliqua Mistin à l'oreille de Senna. Nous allons emprunter d'autres embarcations, plus petites.

Cord, qui ne doutait pas que Senna obéirait sans réserve, s'écarta de l'embrasure de la porte. Par les Créatrices, qu'elle aurait aimé lui donner tort ! Mais les quatre Protecteurs et Mistin la réduiraient au silence dès qu'elle entrouvrirait les lèvres.

— Je n'ai plus aucune confiance en toi. (Elle adressa un regard en coin à Mistin.) En toi non plus, d'ailleurs.

Cord avança d'un pas. Sa proximité la révulsa.

— Lorsque j'étais à deux doigts de la mort et que je me cachais de tes consœurs du Refuge, j'ai surpris certaines de leurs conversations. Elles t'accusaient de mentir, de tout faire pour te rendre intéressante. Même Joshen a essayé de t'empêcher de quitter l'île. Alors, Senna, qui sont tes véritables amis ?

Comment osait-il dire du mal de Joshen ? Elle le gifla si fort que ses doigts la firent souffrir. Comme un seul homme, les autres Protecteurs s'avancèrent d'un pas.

— Il ne l'a pas volé, commenta Mistin.

Cord se massa la joue et rassura ses pairs d'un geste.

— Elle a peut-être raison.

Krissin se tourna vers le petit groupe. Elle brandit alors une fiole pleine d'une solution bleu vif à l'attention de Senna.

— Je n'hésiterai pas à m'en servir, si tu m'y obliges.

Malgré la douceur de l'aube, Senna se sentit envahie par une vague glaciale. L'arvise la rendrait aussi docile et malléable qu'une poupée de chiffon. Elle crispa les poings, réveillant la douleur de sa blessure à la paume, et s'éloigna de Cord.

Krissin replaça la fiole dans sa ceinture de graines avant de s'engager sur la passerelle. Le bruit de ses sandales contre le bois détonait avec le claquement sec des chaussures de Senna. À contrecœur, la jeune sorcière lui emboîta le pas. Encadrée par son escorte de Protecteurs en livrée sombre, elle se dirigea vers le quai principal.

Ils embarquèrent à bord d'un bateau plus petit, sculpté avec maestria dans un fût de bois précieux. Senna fit courir ses doigts sur la coque, en quête des jonctions entre les différentes planches, mais fut surprise de n'en trouver aucune. L'embarcation tout entière semblait avoir été façonnée à partir d'un tronc unique grâce à un enchantement.

Abasourdie, elle retira sa main. Jamais elle n'avait entendu parler d'un enchantement capable de sculpter un bateau, pas plus qu'elle n'aurait pu imaginer qu'il en existât de tels. Les sorcières de Calden étaient-elles plus savantes que leurs homologues du Refuge ? Et plus puissantes ?

Si tel était le cas, qu'attendaient-elles d'elle ? Une sorcière valait-elle que l'on se donne tant de mal ? Krissin avait raison, la puissance de Senna enflait par moments, mais jamais assez pour rivaliser avec l'ensemble de ses consœurs de Calden.

Les Protecteurs dénouèrent les amarres puis prirent place dans l'embarcation. Les sorcières qui entouraient Senna invoquèrent alors un vent si précis et canalisé qu'il semblait souffler pour leurs seules voiles. Le bateau accéléra jusqu'à rebondir sur la rivière tel un galet qui effectuerait des ricochets.

Avec les premières lueurs de l'aube, la rivière se peupla peu à peu. Des hommes, que le passage des sorcières ne semblait pas émouvoir le moins du monde, lançaient puis ramenaient inlassablement leurs filets par-dessus bord. De complexes systèmes d'irrigation alimentaient des bosquets au feuillage minuscule et des champs de plantes grimpantes. Senna, émerveillée, les observait attentivement.

Krissin sembla remarquer l'intérêt de la jeune fille.

— Bien que la jungle tartennienne ne soit distante que d'une centaine de lieues, nous jouissons ici d'un climat bien différent. Encore un cadeau de tes consœurs. Mais comme tu le vois, nous avons su nous adapter.

— Alors c'est ça, Calden.

La nation que les sorcières avaient asséchée en la privant de pluie avait trouvé un moyen de survivre. Une immense vague de soulagement déferla en elle. Malgré les innombrables ravages qu'avaient causés les Gardiennes, les hommes s'étaient accrochés à la vie. Comme ils le faisaient chaque fois.

— Non, plus maintenant. Depuis que la région s'est relevée de ses cendres, nous l'avons rebaptisée Caldendre.

Une foule de questions tournoyaient dans la tête de Senna sur le nombre de sorcières caldendriennes, leur barrière et leurs enchantements.

— Nous voguons sur cette rivière depuis plusieurs heures maintenant. Comment est-il possible de déplacer une île aussi vaste ? Il faudrait que des milliers de sorcières unissent leurs forces.

— C'est une déduction d'une logique implacable, commenta Krissin, le regard perdu dans les champs avoisinants.

Quelle réponse étrange… Mais Senna se retint de lui poser d'autres questions, qu'elle percevait comme autant d'aveux de faiblesse.

Peu à peu, la chaleur du jour absorba l'humidité ambiante. Senna commença à ressentir la morsure du soleil, déjà de plomb, sur sa peau. Elle rabattit sa capuche et accueillit sans broncher les quelques degrés supplémentaires que le tissu sombre lui imposait en contrepartie de sa protection.

Krissin lui tendit un morceau de pain aux noix accompagné de fromage de chèvre. Malgré une soif terrible, elle s'endormit, terrassée par la fatigue.

Lorsqu'elle rouvrit les yeux, l'air était nettement plus frais. Senna, dont les muscles étaient endoloris par sa sieste à même le bois du bateau, massa son épaule engourdie et se redressa. Le paysage qui défilait sous ses yeux la pétrifia. Les collines arides avaient laissé place à de massives montagnes qui la surplombaient comme autant de vieillards rabougris aux crânes chauves coiffés d'une couronne de neige.

La jeune fille resserra sa cape sur ses épaules frissonnantes et regarda par-delà la foule de Protecteurs qui lui obstruait une partie de la vue. Ce qu'elle découvrit la frappa plus brutalement encore que le changement soudain de paysage. Une ville resplendissante s'épanouissait entre deux pics. Une ville faite d'une myriade d'arbres-maisons.

— Où sommes-nous ? demanda-t-elle, stupéfaite.

— C'est la cité de Lilette, notre ville sacrée, déclara Krissin d'un ton empli de respect. On ne peut y accéder que par la rivière, expliqua-t-elle, un doigt tendu vers les arbres immenses, véritables sentinelles végétales, qui bordaient le cours d'eau de chaque côté. L'entrée est en permanence surveillée par nombre de nos plus jeunes

Protecteurs. Impossible de pénétrer sans l'une de nos embarcations. Tout inconnu serait fait prisonnier sitôt son arrivée sur les quais, sans espoir, la plupart du temps, d'en repartir un jour.

Sans espoir d'en repartir un jour. Senna s'humecta les lèvres.

— Pourquoi m'avez-vous amenée ici ? Qu'attendez-vous de moi ?

— Ce n'est pas à moi d'en décider.

— Je ne comprends pas. Vous êtes pourtant la Maîtresse de la Lumière.

— Ici, les choses sont un peu différentes. En tant que Maîtresses, nous contrôlons certes le climat de Caldendre ainsi que nos disciplines respectives, mais c'est la Compositrice qui veille au respect des lois.

Les sorcières cessèrent de chanter, et le bateau, encore mû par son inertie, vint buter doucement contre le quai. Certains des Protecteurs bondirent à terre pour nouer les amarres tandis que les autres aidaient les sorcières à descendre sur le ponton.

Un habitant de la ville accourut à la rencontre de Krissin. Il conversa avec la Maîtresse sans quitter Senna des yeux. Une curiosité évidente se lisait sur son visage. Puis, il tourna les talons et repartit aussi vite qu'il était arrivé.

Il croisa un petit groupe de femmes sur le quai. Toutes portaient une tunique et un pantalon proches de ceux de Krissin, quoique plus sobres. Senna comprit soudain que ces femmes l'attendaient. *Depuis longtemps.* Comme si elles savaient qu'elle allait arriver et s'étaient préparées à sa venue.

— Qu'attendez-vous de moi ? répéta-t-elle.

Krissin désigna la cité d'un mouvement du menton.

— La Compositrice souhaite te parler.

On invita la jeune fille à descendre du bateau, à remonter le quai, puis à s'enfoncer dans la ville. L'endroit grouillait d'habitants – des Protecteurs, des enfants, des sorcières, beaucoup de sorcières – qui entraient et sortaient des arbres-maisons.

— Mais combien êtes-vous ?

— Tu n'en as même pas vu la moitié. Les autres Gardiennes vivent mêlées à notre peuple.

— Je croyais qu'il était impossible de quitter la cité de Lilette ?

Krissin rit.

— Seules les sorcières et leurs Protecteurs le peuvent. Les autres sont condamnés à rester.

Senna observait ses homologues caldendriennes. Elle ne décela de peur sur aucun de leurs visages. Au contraire, toutes semblaient heureuses, sereines et prospères. Autant de bénédictions qui faisaient défaut à ses consœurs du Refuge et pour lesquelles elles se battaient en vain.

Sans doute le Refuge avait-il joui du même épanouissement avant que ses effectifs soient décimés par les guerres et la peur, avant qu'Espen fasse voler en éclats les restes fragiles d'une confrérie déjà chancelante. Face à tout ce qu'elles avaient perdu, Senna eut envie de pleurer.

L'air pur de la montagne se mêlait à d'agréables parfums de fleurs et à de délicieux arômes épicés. Krissin et son groupe se faufilèrent dans la forêt d'arbres-maisons jusqu'au cœur de la cité où se dressait un tronc immense qui surplombait largement tous les autres. Ils traversèrent une haie peu engageante dont l'entrée était gardée par des Protecteurs au regard acéré.

— Nous venons de pénétrer dans la cour intérieure. Certains ont des châteaux dotés de plusieurs tours mais nous, nous avons nos arbres, expliqua Krissin. Chacun d'eux équivaut à une chambre dans un château.

Des Protecteurs en livrée noire, toujours plus nombreux, encadraient en silence les portes de l'arbre colossal. Krissin, qui avait remarqué le regard scrutateur de Senna, le désigna d'un signe de tête.

— Il abrite la salle d'audience de la Compositrice.

La jeune fille redoutait de devoir y entrer, mais le petit groupe bifurqua vers un arbre adjacent.

— Celui-ci sert aux bains.

L'arbre ne ressemblait à aucun autre. On l'aurait cru constitué de centaines d'arbrisseaux enchevêtrés dans une course effrénée vers la canopée. De petits nuages de buée enveloppaient ses branches disjointes. Les Protecteurs prirent position de chaque côté de la porte, et les femmes invitèrent Senna à entrer. Ce qu'elle découvrit à l'intérieur lui coupa le souffle. L'arbre s'était développé, grâce à des enchantements, autour d'une source naturelle. Une mosaïque de tuiles d'un bleu uni dessinait des arabesques. Le bassin était alimenté par une fine cascade d'eau fumante. Serviettes, savons et huiles étaient disposés sur des tables sculptées à la force de la voix, à même le bois. Une épaisse mousse d'un vert profond recouvrait les parois. Un mélange d'odeur de terre mouillée et de parfums sophistiqués emplissait l'air. Senna le trouva entêtant.

À sa grande horreur, les femmes l'entraînèrent vers un tabouret et commencèrent à la déshabiller.

— Non, haleta-t-elle. Je peux me débrouiller seule.

Voyant qu'aucune ne l'écoutait, Senna en repoussa une sans ménagement. Toutes firent claquer leur langue. Un sourcil dressé, Krissin brandit sa fiole d'arvise.

La mâchoire crispée, Senna se laissa frictionner avec du savon puis arroser d'eau brûlante. Ce bain était mille fois pire que celui qu'elle avait failli prendre avec Ciara. Les sorcières ne la laissèrent s'immerger dans le bassin – et encore, à peine quelques instants – que lorsque sa peau fut rouge d'avoir été trop frottée.

Sitôt après, elles la tirèrent hors de l'eau pour l'enduire d'une huile aux relents de résine sucrée. On lui démêla les cheveux, que l'on tressa en une longue natte qui reposait sur le côté de son cou. On lui enfila une tunique bleue finement brodée, un pantalon, et ses chaussures furent remplacées par une paire de sandales. Pour finir, on lui passa un délicat bracelet de lianes et de fleurs dorées autour du poignet.

Debout face à un miroir, elle peina à reconnaître la jeune fille vêtue de bleu et d'or qu'elle découvrit.

— Tu ressembles à un rayon de soleil dans un ciel azur, déclara l'une des femmes à l'accent prononcé.

Elle fut aussitôt entraînée hors de l'arbre, puis confiée à un autre groupe de Protecteurs. Bien que Senna fût encerclée et perdue dans une ville qu'elle ne connaissait pas, Krissin semblait toujours craindre qu'elle tente de s'enfuir, et qu'elle y parvienne. Et la Maîtresse avait raison. Senna pourrait en effet leur fausser compagnie, mais pas sans détruire la moitié de la cité de Lilette par la même occasion.

La peur lui nouait de plus en plus l'estomac à mesure qu'elle gravissait les hautes marches de l'arbre d'audience.

— Il serait assez peu judicieux de manquer de respect à quelqu'un d'aussi puissant que la Compositrice. Et, s'il te plaît, ne tente rien de stupide. Tu es en plein cœur de la cité de Lilette. Nous ne te laisserions pas t'enfuir.

Senna poussa un soupir de frustration.

— Je pourrais quand même renverser quelques arbres avant que vous m'arrêtiez.

— Ils te tueraient, répliqua Krissin, soudain blême.

Les Protecteurs en faction devant l'entrée ouvragée ne quittaient pas la jeune fille de leur regard méfiant. Krissin lui ouvrit la porte avant de s'écarter.

Senna essuya ses paumes moites sur sa tunique. Elle était enfin libre de ses mouvements pour la première fois depuis que les Caldendriennes l'avaient capturée. Elles lui laissaient voir la Compositrice seule ?

Elle redressa les épaules et pénétra dans la pièce.

La Compositrice

La porte se referma derrière elle avec un bruit sourd. Senna se figea. L'endroit était au moins cent fois plus vaste que la plus grande salle qu'elle ait jamais vue. Les fenêtres projetaient sur l'espace des fragments d'arcs-en-ciel. Des plantes grimpaient le long des parois. Elles emplissaient l'air de leurs couleurs et de leurs parfums.

Senna tourna lentement sur elle-même pour s'imprégner du spectacle inédit de fleurs et d'arbres qu'elle n'avait jamais contemplés auparavant, pas même en illustration. Mais elle ne vit la Compositrice nulle part. Aussi, elle fureta au hasard dans la pièce immense en quête de son hôte. Les plantes, par leur étrangeté et leur variété, attiraient sans cesse son attention. Elles émettaient aussi une mélodie différente de celles qui poussaient au Refuge, une musique plus colorée, aux accents épicés. Senna plaça ses mains en coupe sous une des fleurs pour en inhaler la fragrance.

— Elles sont magnifiques, n'est-ce pas ?

Senna fit aussitôt volte-face. La voix lui avait semblé érodée, fatiguée d'avoir trop chanté, d'avoir prononcé d'innombrables mots. Ce n'était, en tout cas, pas celle d'une sorcière très puissante. Une vieille femme, assise sur un petit banc de bois joliment sculpté, tenait un déplantoir à la main. Sur sa peau couraient de fines lignes arachnéennes qui s'entrecroisaient. Elle planta son outil dans le sol, dont elle dégagea un rhizome. Elle le débarrassa de la terre qui retomba sur sa tunique déjà salie. Puis elle chantonna, d'une voix aussi grinçante qu'une selle neuve, à l'intention des plantes.

Soulagée, Senna soupira. Cette vieillarde n'était, de toute évidence, qu'une simple jardinière.

— Je suis venue voir la Compositrice, déclara-t-elle.

— Elle a souvent du retard. Tu ne veux pas t'asseoir et aider une vieille femme ?

Senna s'approcha. Le claquement de ses sandales résonna dans toute la pièce. Soucieuse de ne pas salir sa tunique, elle prit place à l'extrémité du petit banc. La jardinière lui proposa une bêche.

— Nous devrions éclaircir un peu ce massif si nous ne voulons pas que ces fleurs s'étouffent.

Senna obéit et déracina une partie des rhizomes agglutinés. Ils cédèrent sans difficulté. La vieille jardinière avait sans doute déjà assoupli le sol.

— Ce sont mes préférées, reprit la femme. Elles sont à la fois résistantes et magnifiques. Utiles aussi, puisqu'elles regorgent d'ingrédients-clés pour la préparation de plusieurs potions. Mais leur plus grande force est aussi leur pire faiblesse. Leurs racines sont si développées qu'elles ont tendance à étouffer leurs voisines, ce qui, je suppose, doit leur valoir la haine des autres plantes.

Cette vieillarde avait-elle toute sa tête ? Senna plongea de nouveau les mains dans la terre et tira une racine dont la forme évoquait celle d'un petit homme ventru. Elle la déposa dans la corbeille à déchets.

— Il faut vraiment que je voie la Compositrice.

La vieille jardinière, imperturbable, poursuivit ses explications.

— Au final, elles finissent même par s'étouffer les unes les autres. La pourriture commence alors à les ronger par le milieu jusqu'à laisser un horrible trou. Les plantes restantes dépérissent peu à peu. Il n'y a plus assez d'eau et de nutriments dans le sol pour les satisfaire toutes. (Elle brandit un nouveau rhizome fraîchement exhumé.) Mais mes mots ne consolent sans doute pas beaucoup cette racine, n'est-ce pas ? Pourquoi celle-ci plutôt qu'une autre ?

La gorge de Senna commençait à la démanger.

— Nous ne sommes pas en train de parler de fleurs, n'est-ce pas ?

La vieille femme abandonna le rhizome dans la corbeille.

— Il n'existe pas de réponse objective. Seul le jardinier décide.

Senna souffla tout l'air que contenaient ses poumons.

— Vous êtes la Compositrice.

La vieillarde essuya la sueur qui perlait à son front où elle laissa une large trace de terre.

— Je m'appelle Ellesh. Et toi, Brusenna. Tu es venue pour obtenir des réponses.

Senna scruta son hôte avec une attention redoublée et remarqua alors ce qui lui avait échappé au premier coup d'œil. Le regard d'Ellesh était vif et aussi affûté qu'une lame.

La Compositrice reposa son déplantoir puis s'épousseta les mains.

— Écoute-moi. Je vais te raconter l'histoire d'une femme qui a changé le cours de l'histoire. Elle s'appelait Lilette.

Senna attendait cet instant depuis si longtemps qu'elle doutait de sa réalité.

Ellesh se redressa avec une grimace.

— Sa mère était morte loin de chez elle. C'était une inconnue que personne n'a jamais pu identifier. Une autre femme, qui ne pouvait enfanter, accueillit et éleva Lilette. La petite fille apprit assez tôt qui elle était vraiment. Aussi, elle se rendit au Refuge pour y parfaire son apprentissage, mais tomba sur un groupe de femmes qui ne faisaient que punir les élèves récalcitrants.

— Je ne… commença Senna.

Elle eut l'impression que le regard d'Ellesh la transperçait.

— Par période, les Maîtresses, d'habitude magnanimes, se muaient en tyrans impitoyables pour s'acharner sur le monde et ses habitants lorsqu'elles pensaient que ceux-ci ne se comportaient pas comme il fallait. À l'époque de Lilette, elles étaient dans une de leurs périodes despotiques.

Les yeux rivés sur le ciel du soir par l'une des fenêtres, Senna visualisa la scène dépeinte par Ellesh, celle de femmes prêtes à marchander leurs enchantements contre une promesse d'argent ou de pouvoir.

— Le monde a ses propres rythmes, sa propre musique. Je le sais, je les ai entendus.

— Tu as raison, acquiesça la Compositrice. Mais nos voix modifient ces chants.

Pressée de comparer l'histoire de Caldendre à celle du Refuge, la jeune fille se pencha en avant.

— Pourquoi Lilette est-elle partie ?

— Vous partagiez un certain nombre de raisons, soupira Ellesh. Une nation s'est élevée contre les sorcières. En représailles, les Gardiennes l'ont privée de pluie. Lilette les a priées de se raviser, mais elles ont refusé. Alors, entourée de ceux qui étaient prêts à la suivre, elle est venue à Calden. Et c'est pour ça que les sorcières du Refuge l'ont tuée.

Senna réfléchit quelques instants.

— Elles disent que je suis comme elle, elles ont peur de moi. Mais pourquoi ? Je n'ai jamais rien voulu d'autre que leur salut.

Après de longues secondes, la Compositrice répondit enfin.

— Parce qu'elle aussi a vu les Créatrices. (Elle croisa le regard ébahi de Senna.) Et qu'elle aussi a changé.

Une vague de chaleur embrasa la jeune fille, qui baissa les yeux sur ses mains. Outre la terre qui les maculait, ses paumes blanchâtres portaient des traces de brûlures causées par le maniement des potions, des zébrures encore fraîches nées de sa fuite dans la jungle et, bien qu'elles ne fussent pas visibles, des taches de sang. Ces mains étaient tout sauf celles d'un héros.

— Lilette s'est mise à percevoir la musique de la nature, poursuivit Ellesh d'une voix douce. Sa puissance, chaque jour un peu plus grande, a commencé à inquiéter ses aînées, un peu comme toi aujourd'hui. Elle aurait pu anéantir le Refuge, mais elle n'avait pas l'âme d'une jardinière. L'idée de pratiquer une coupe claire était au-dessus de ses forces.

Senna observait les magnifiques fleurs et leurs racines dénudées entassées dans une corbeille en attendant d'être broyées menu puis utilisées pour la confection de telle ou telle potion.

La Compositrice s'approcha d'une bassine d'eau dans laquelle elle se lava les mains avec soin.

— Les sorcières du Refuge, effrayées par Lilette, ont déchaîné un ouragan à travers l'océan, sans se soucier des navires ou des marins qu'il rencontrerait dans sa course folle. Les malheureux, démunis face à une tempête d'une telle violence, car protégés depuis des siècles par ces mêmes sorcières, furent accablés par un déferlement d'éclairs qui déchira le ciel, accompagné de grêlons aussi gros que des oiseaux morts qui détruisirent tout ce qu'ils frappèrent. La terre trembla, s'éventra en gouffres abyssaux et se convulsa en immenses montagnes. (Après s'être essuyé les mains sur une serviette sèche, la Compositrice tira un livre d'une sacoche.) Voici ce qui reste du récit de Jolin Lyon, ancienne Maîtresse de la Végétation et amie de Lilette. Il a été retranscrit par l'un de ses petits-enfants. Le témoignage, lui, a été recopié chaque fois que le précédent ouvrage commençait à se désagréger. (Ellesh ouvrit le livre à une page précise. La reliure craqua et ses feuilles bruissèrent comme celles d'un arbre sec.) Des milliers d'entre nous sont mortes, lut-elle. Les bâtiments s'effondraient les uns après les autres. La foudre et la grêle frappaient tous ceux qui tentaient de fuir les décombres. Le Cercle ayant échoué, Lilette brava la tempête pour en créer un nouveau, seule, chose que personne n'avait jamais tentée, et qu'aucun n'a jamais reproduite depuis. Elle s'est ensuite élevée dans le chaos du ciel malgré le déferlement d'éclairs qui la chahutait de toutes parts.

» Puis elle a chanté. Des formes lumineuses ont semblé prendre vie tout autour d'elle. La puissance de leur éclat nous a forcés à nous couvrir les yeux. Et, soudain, la tempête s'est apaisée… Elle a reflué. Le soleil a transpercé les nuages et Lilette a déclaré : « Je nous croyais prêtes. J'avais tort. Mais un jour, une sorcière incarnera enfin la femme dont le monde a besoin. Patientez et observez. Car, ce jour-là, les sorcières surgiront de nos cendres et le monde renaîtra. » (La Compositrice referma le livre.) Lilette a déplacé Calden loin au sud et érigé une barrière protectrice tout autour de l'île. On ne l'a jamais revue depuis.

Senna se lava à son tour les mains dans l'eau à présent trouble.

— Et vous pensez que j'incarne la réponse que vous attendez, que je suis née pour vous sauver ?

— Non, ricana Ellesh. Les héros ne naissent pas héros. Ils le deviennent. Beaucoup, dont Espen, ont eu l'opportunité de sauver les sorcières. Es-tu celle dont parlait Lilette ? Peut-être, mais je ne compte pas attendre d'en avoir le cœur net. Voilà des siècles que nous projetons de quitter cette île. En maudissant la Tartennie, tes consœurs ont fait de toi notre alliée. Puis, tu as prouvé que la barrière pouvait être détruite. Nous n'aurons pas de meilleure occasion.

— Mais Grendi déteste les sorcières, objecta Senna, qui se séchait les mains.

La Compositrice dévisagea la jeune fille.

— C'est tout à fait vrai. Mais il y a une chose qu'elle déteste plus encore : tes consœurs du Refuge. J'ai accepté de restaurer la Tartennie et de détruire son ennemi. Elle n'est plus en position d'exiger quoi que ce soit de nous.

Senna repensa à toutes les femmes, et surtout à sa mère, qu'elle avait laissées derrière elle et ferma les yeux.

— Qu'est-ce qui vous garantit que les Tartenniens tiendront leur promesse ?

— S'ils ne le font pas, je coulerai leurs navires jusqu'au dernier, et jamais leurs terres ne guériront.

Avec toute l'armée tartennienne pour les appuyer, les sorcières de Caldendre disposaient d'une force de frappe largement suffisante pour anéantir le Refuge. D'autant que les Maîtresses ne soupçonnaient absolument pas la menace.

— Que savez-vous des sorcières qui vivent au Refuge ? Les avez-vous déjà rencontrées ? Avez-vous conscience du bien qu'elles font ?

Ellesh désigna la Tartennie d'un signe de tête.

— Comment peux-tu encore tenir de tels propos après ce qu'elles ont fait subir à la Tartennie ? Si nous ne les en empêchons pas, elles raseront de la carte toutes les nations qui auraient le malheur de les contrarier.

— Parce que vous, vous agiriez différemment, peut-être ? demanda Senna, les bras croisés sur la poitrine.

— Absolument.

— Alors pourquoi ne pas commencer dès maintenant ? Le Refuge abrite une foule d'innocents, parmi lesquels de nombreuses Sorcerelles et des Apprenties.

— Ta Maîtresse de l'Eau ne t'a-t-elle pas enseigné que toutes les guerres s'accompagnaient de victimes collatérales ? s'enquit Ellesh après une hésitation. Ces personnes méritent-elles de mourir ?

— Vous ne trouvez pas ironique de vouloir punir les sorcières du Refuge pour un crime que vous allez vous-mêmes commettre ? répliqua Senna d'une voix pleine de colère.

La Compositrice, dont les mouvements manquaient de fluidité, replaça le livre dans la sacoche.

— Lorsque le Refuge aura capitulé, Grendi me livrera les survivants. Je veillerai à ce qu'ils soient accueillis à Caldendre.

— Le fait de sauver quelques survivants ne justifie en rien le meurtre de tout un peuple.

— Tu nous as libérées, Senna, déclara Ellesh, le regard sévère. En maudissant la Tartennie, vous nous avez offert l'armée dont nous avions tant besoin. Tu as joué un rôle indiscutable dans tout ça. En outre, les Créatrices t'ont touchée. Je ne prendrai jamais le risque de te faire du mal. Ni celui de te défier, d'ailleurs.

Senna se demanda si le moment d'agir était venu. Devait-elle chanter pour tenter de prévenir ses consœurs du Refuge ? Elle se trouvait au creux d'un arbre colossal. Jamais le vent ne pourrait atteindre sa destination intact.

— Certaines décisions sont difficiles à prendre, Brusenna. Mais quelqu'un doit pourtant s'en charger, soupira Ellesh. Si j'échoue à restaurer le monde, ton tour viendra alors.

Laissant la jeune fille à ses hésitations, la vieille jardinière recula jusqu'à la porte pour s'adresser aux Protecteurs à travers le bois épais.

— Allez me chercher Cord, exigea-t-elle sans quitter Senna des yeux. Mistin m'a beaucoup parlé de toi. Tes

Maîtresses te craignent, tes pairs te maltraitent et tes Protecteurs te contredisent sans cesse.

Agitée de tremblements, Senna la regarda en face.

— Vous êtes cruelle.

— Tu n'as pas confiance en moi, Brusenna, ce pour quoi je ne saurais te blâmer car, moi non plus, je n'ai pas confiance en toi. Seul un fou laisserait la menace que tu représentes évoluer librement parmi les siens. D'autant que nul ne sait où s'arrêtera ta puissance. On m'a vivement recommandé de t'enfermer sous terre, bâillonnée et ligotée, jusqu'à la chute du Refuge. D'autres m'ont même invitée à te tuer. (Senna eut soudain du mal à respirer. Elle se sentait transpercée par le regard acéré de la Compositrice.) Mais j'ai pensé à une autre solution.

— Laquelle ? s'enquit la jeune fille, consciente que ses chances d'évasion s'amenuisaient un peu plus à chaque seconde.

La porte s'ouvrit et un souffle frais fit danser la pointe de ses cheveux contre son cou. Cord, l'air grave, pénétra dans la pièce.

— Que tu fasses de Cord ton Protecteur, déclara Ellesh en désignant le jeune homme du menton.

Le regard de Senna passa de l'un à l'autre.

— J'aime autant l'idée de la grotte.

— Ne sois pas si bornée, grimaça Cord.

Ellesh exhiba un petit pot rempli d'onguent. À son odeur musquée, Senna reconnut aussitôt la potion utilisée pour faire d'un homme un Protecteur.

— Tu seras libre de flâner comme bon te semble dans la cité de Lilette.

Sans entraves… elle aurait de bien meilleures chances de s'enfuir. Elle dévisagea néanmoins Cord d'un regard assassin.

— J'ai déjà deux Protecteurs.

Le jeune homme garda le silence.

Elle hésita. Ellesh était bien trop avisée pour lui offrir l'opportunité de s'enfuir ou d'avertir le Refuge. Aussi, faire de Cord son Protecteur reviendrait à se laisser enfermer. Appâtée par la possibilité de fuir, Senna accepterait-elle de tomber dans leur piège ? Avait-elle vraiment le choix ?

Reconnaissant le masque de la défaite sur le visage de la jeune fille, la Compositrice lui confia le pot.

— Chante.

— D'accord, accepta Senna, les yeux rivés sur l'onguent aux effluves entêtants.

— Notre enchantement est légèrement différent du vôtre, l'informa Ellesh, soudain plus détendue.

— Compositrice, peut-être… commença Cord.

Mais la vieille femme le fit taire d'un geste autoritaire. Bien que contrarié, Cord obéit.

Senna posa les yeux sur la partition que lui tendait la jardinière.

Compagnon d'une sorcière, de ses consœurs Protecteur,
Par ce serment te lie, loyal de corps et de cœur.

D'un pas hésitant, Senna s'approcha de Cord.

Le jeune homme faisait la moue.

— Ellesh, elle ne…

— Chut, murmura la Compositrice. C'est bientôt fini.

Cord ouvrit la bouche pour protester de nouveau, mais Senna connaissait déjà l'enchantement par cœur. Elle le répéta en marchant vers lui. Puis elle s'enduisit les lèvres de potion afin qu'elles s'imprègnent de la puissance de son chant, qu'elle poursuivit d'une voix douce. La musique des Quatre Sœurs l'enveloppa comme un millier de fils de soie.

Pour sa troisième et ultime répétition, Senna fit face au jeune homme. En levant les yeux, elle découvrit que l'inquiétude qui lui déformait les traits avait cédé la place à l'émerveillement. Ses chants avaient beau inspirer toujours la même réaction, elle ne cessait de la surprendre. Ce masque de ravissement lui rappelait chaque fois qu'elle ne serait jamais aussi belle que sa voix.

— Prolonge la note finale le temps de compter jusqu'à huit, murmura Ellesh.

Senna acquiesça, puis remonta la manche de Cord d'une main hésitante.

Une.

Les fils de soie se mirent à tournoyer de plus belle, comme emportés par un ouragan.

Deux.

Cord, bien qu'il ne les vît pas, sembla percevoir un changement. Un désir ardent animait son visage.

Trois.

Devant son bras dénudé, Senna hésita. Elle n'avait fait d'un homme son Protecteur qu'une seule fois. Joshen.

Quatre.

Le cœur serré, elle se tourna vers Ellesh, qui lui fit signe de poursuivre.

Cinq.

Senna croisa le regard insondable de Cord. Elle regrettait chacun de ses gestes. Son instinct semblait vouloir la mettre en garde.

Six.

Elle ferma les yeux et pensa à Joshen.

Sept.

La puissance de ses mots bourdonnait sur ses lèvres.

Huit.

Elle déposa un baiser sur le bras de Cord, puis recula et examina l'empreinte parfaite de ses lèvres qui se détachait en vert. Soudain, les filaments blancs qui tourbillonnaient autour d'eux se resserrèrent brusquement. Elle fut projetée dans les bras solides de Cord, qui l'empêcha de tomber.

Rapide comme l'éclair, Ellesh plaça le poignet de Senna contre celui du jeune homme, puis elle glissa une minuscule lame à double tranchant entre leurs bras.

Senna cilla et secoua la tête. Confuse, elle dévisagea ses ennemis. Quelques gouttes de sang chaud et collant perlèrent entre sa peau et celle de Cord. Elle ressentit un léger picotement, proche de la caresse d'une plume, au creux de son poignet.

Elle recula d'un bond. Sous la tache aux reflets écarlates, une lune gibbeuse décroissante se découpait sur l'avant-bras de Cord. La marque n'était pas normale. Elle aurait dû épouser la forme d'un cercle complet. Surprise, la jeune fille constata que la sensation de picotement n'avait pas disparu. Le cœur serré par une terrible angoisse, elle tourna le poignet. Sous la coupure superficielle, un croissant de lune se dessinait sur sa peau.

Elle examina la marque de Cord et se rendit compte qu'en accolant leurs deux poignets, ils traceraient un cercle parfait. Le sourire satisfait d'Ellesh éveilla en elle un effroyable pressentiment.

— Qu'avez-vous fait ?

— Il y a bien longtemps, nous avons découvert comment transposer les principes de confection de la pierre de Lilette à la potion que nous utilisons pour lier un Protecteur à sa sorcière, expliqua-t-elle en désignant le pendentif que Senna portait autour du cou. Le lien que Cord et toi entretenez sera d'autant renforcé. Cord sera dorénavant en mesure d'assurer efficacement ta protection.

Le collier. Ce collier dont les deux parties étaient immanquablement attirées l'une par l'autre. Quelque part, Joshen en détenait la seconde moitié. Senna vacilla. Cord était à présent lié à elle d'une façon encore plus intime.

— Renforcé à quel point ?

— Il saura en permanence où tu te trouves, répondit Ellesh avec un haussement d'épaules.

— Comment ?

— Grâce à la connexion née du mélange de vos sangs.

— Tu le savais ! s'emporta-t-elle, un regard meurtrier rivé sur le jeune homme, qui baissa les yeux.

Joshen. Elle était liée à un autre que Joshen. Elle se rua vers la bassine dans laquelle Ellesh s'était lavé les mains. Elle saisit le savon et frotta avec frénésie. De petites billes sanguinolentes colorèrent l'eau en rose. Senna planta ses ongles dans sa chair, comme pour arracher le croissant qui s'y détachait. Sa peau pâle vira au rouge vif, elle s'orna de griffures, mais la marque ne s'effaça pas.

Cord lui empoigna le bras.

— Elle ne partira pas, Senna.

Le contact du jeune homme fit naître en elle une étrange sensation, comme un savoir depuis longtemps oublié. Et une masse d'émotions mélangées : une forme d'espoir teinté de terreur et d'un désir latent.

Ses épaules s'affaissèrent. L'eau de la bassine imbiba le devant de sa tunique. Elle aurait beau se trancher le bras, le lien persisterait malgré tout, elle le savait. Il coulait dans ses veines.

— Je te ressens.

Le poids du pendentif lui parut soudain insoutenable et la bague de Joshen semblait se resserrer autour de son doigt, comme s'il réagissait à sa trahison.

— Pourquoi ? Pourquoi m'as-tu fait une chose pareille ?

— Si ce n'avait pas été moi, un autre aurait pris ma place, expliqua-t-il sans oser croiser son regard. Et je ne l'aurais pas supporté.

La jeune fille crispa les poings.

— Tu essaies de me dire que tu as agi par gentillesse ? Que c'est par gentillesse que tu m'as enchaînée à jamais ?

Cord ne lui répondit pas, mais c'était inutile car elle ressentait les remords qui le tenaillaient. L'écho lointain d'une émotion profonde, l'ombre d'un sentiment sincère.

Accrochée à son envie de s'enfuir, elle se ressaisit. Elle allait trouver un moyen de prévenir le Refuge et de s'affranchir de ce lien.

— Cord ? appela Ellesh.

— Elle pense à son évasion, répondit-il, les yeux baissés.

Senna manqua de s'étouffer.

— Veille à ce qu'elle échoue.

La jeune fille se sentit aussi entravée qu'avec un bâillon dans la bouche et les poings liés dans le dos. Elle recula d'un pas, transféra son poids sur sa jambe d'appui, arma son bras et assena un puissant coup de poing à la mâchoire de son Protecteur. Bien qu'il ait vu le coup venir, et sans doute perçut l'intention de Senna, il refusa de se dérober.

Une douleur aiguë lui vrilla la main. Elle résista à l'envie de la serrer contre sa poitrine et, sourde aux protestations qui lui parvenaient de la mâchoire de Cord, dépassa les deux Caldendriens sans les regarder. Arrivée devant la porte, elle s'immobilisa.

— Vous êtes pires encore que ne l'ont jamais été les sorcières du Refuge. Tous les deux.

Cord garda les yeux rivés au sol. Ellesh eut la décence de paraître embarrassée.

— C'était nécessaire, se justifia-t-elle. Je refuse de risquer que tu sois blessée ou tuée, toi que les Créatrices ont touchée.

Senna quitta l'arbre en trombe.

L'écho de leur voix résonna dans son dos.

— Cord ?

— Elle n'a aucun plan. Elle fuit simplement sans but précis.

— Suis-la.

Le jeune homme s'exécuta.

Senna le sut car elle sentait sa présence. Aussi sûrement qu'elle déduisait la position du soleil à la chaleur des rayons qui lui chauffaient la peau, elle savait que Cord se trouvait trois pas derrière elle, légèrement sur sa gauche.

Mais ce n'était pas tout. Les émotions du jeune homme filtraient aussi en elle, à tel point qu'elle peinait à identifier la frontière qui les séparait des siennes.

Son corps. Son esprit. Rien ne lui appartenait plus.

Elle courut à toutes jambes pour fuir l'horreur de sa situation, mais comment pourrait-elle échapper à son propre sang ?

La malédiction du sang

Senna ramena les genoux contre la poitrine. Les sillons salés de ses larmes – à présent taries – lui étiraient la peau des joues. Elle baissa les yeux vers la cité de Lilette, moitié ville, moitié forêt. Le soleil du soir couvrait le paysage d'un voile doré.

Elle sentait la présence de Cord derrière elle, assez proche pour l'empêcher de se jeter de la falaise au cas où l'idée lui traverserait l'esprit. Telles étaient les pensées du jeune homme, pas les siennes. Avec un grognement, elle observa l'à-pic qui plongeait devant elle. Ce ne serait pas une si mauvaise idée, tout compte fait. Peut-être devrait-elle s'élancer, sentir le souffle du vent tout autour d'elle, puis plus rien.

Elle perçut l'inquiétude grandissante de Cord, suivie du crissement des graviers sous ses sandales. Il s'assit à proximité. Senna se raidit. La main avec laquelle elle l'avait frappé la faisait encore souffrir. Elle ne pensait pas s'être brisé un os, mais peut-être foulé le poignet. Malgré tout, elle ne regrettait pas son geste. Elle envisageait d'ailleurs de recommencer.

— Non, lâcha-t-il d'une voix sèche. Je souffre comme si tu m'avais déboîté la mâchoire. Et tu risques d'avoir besoin d'une main valide. (Elle le toisa d'un regard noir, envahie par une irrépressible envie de le frapper de nouveau.) Je ne te laisserai pas faire, dit-il doucement.

Elle grimaça. Malgré tous ses efforts pour se couper de ses émotions et de la douleur qui sourdait, Cord était parvenu à lire dans ses pensées. Mais s'il était capable de manipuler leur lien à son profit, sans doute l'était-elle aussi. Elle se concentra sur le fragile tourbillon d'émotions qui se mélangeaient aux siennes, à l'image d'un subtil nuage de lait qui se dilue dans un thé chaud. Sa mâchoire le faisait souffrir au niveau de l'articulation. Elle le sentit ébranlé, terrifié, et désolé.

Elle délaissa les regrets du jeune homme et approfondit son inspection. Leur lien lui fit penser à une membrane perméable qui laissait passer les émotions et les pensées de Cord, puis les déversait, *via* le croissant de lune qu'elle portait au poignet, dans son sang où elles se mêlaient aux siennes.

Par les Créatrices, comment Joshen réagirait-il ? Senna se prit le visage à deux mains et appuya la base de ses paumes contre ses yeux gonflés. Pour la première fois de sa vie, elle avait l'impression de savoir qui elle était vraiment, et de quoi elle était capable. Elle était enfin prête pour reconstruire sa relation avec Joshen. Mais il était loin d'elle, retenu captif ou…

Non ! Elle repoussa l'éventualité de sa mort. Il devait être en vie. Elle se remémora la douceur de ses mains dans son cou, la chaleur de ses lèvres à la fois délicates et avides. Toute la beauté du monde ne survivrait pas à la mort de Joshen.

Cord émit un discret sifflement.

— Espèce de sale lèche-bouse, arrête de fouiner dans ma tête ! s'emporta-t-elle, soudain écarlate.

Il s'éclaircit la voix.

— Joshen et toi... Je ne savais pas.

Elle le foudroya du regard.

— Comment ça, tu ne savais pas ? Comment pouvais-tu ne pas savoir ?

Il se releva et se dirigea vers la ville. Il espérait que la distance masquerait l'horrible sensation qu'il éprouvait et voulait à tout prix museler. Après une dizaine de pas, rattrapé par son devoir de ne pas s'éloigner de Senna, il s'arrêta, les poings serrés contre les hanches.

— J'ignorais que les choses étaient allées aussi loin.

Senna s'était levée sans s'en rendre compte. La jalousie, le trouble et un déni obstiné déferlaient en elle comme autant de vagues déchaînées. Elle chancela et recula d'un pas.

Cord, qui vivait par procuration la prise de conscience de la jeune fille, se tendit. Il prit une profonde inspiration, mais ses épaules s'affaissèrent.

— Chaque fois que je vous ai vus ensemble, vous vous disputiez. Je ne savais même pas que vous vous appréciiez encore. Je n'aurais jamais imaginé que vous aviez prévu de vous marier. Je suis désolé.

Le choc et l'incrédulité de Cord envahirent l'esprit de Senna. Elle recula de nouveau, mais son pied ne trouva que le vide. Elle s'était approchée de l'à-pic sans s'en apercevoir. Malgré les grands moulinets de ses bras, elle bascula en arrière.

Avant même qu'un cri d'effroi quitte ses lèvres, Cord la rattrapa par le bras et la tira sur la terre ferme, se plaçant entre elle et le bord de la falaise.

Le contact de ses mains la brûla, mais d'une façon agréable. Comme si elle avait retrouvé une partie d'elle-même qu'elle ignorait avoir perdue. La connexion qu'ils entretenaient s'ouvrit pleinement et déversa en elle un flot d'informations.

Cord la relâcha une seconde avant qu'elle ne s'écarte d'un bond. Elle avait entrevu ce qu'il conservait dans sa poche. Elle céda à son impulsion et y plongea la main. Ses doigts rencontrèrent une surface lisse et douce. Elle tira sur un petit carré de cuir souple qu'elle ouvrit. À l'intérieur, elle découvrit une mèche de cheveux blonds qui lui appartenait. Cord l'avait nouée en son centre.

Rouge de honte, il la lui arracha des mains. En la débarrassant de son bâillon, il lui avait par accident coupé quelques cheveux, qu'il avait gardés précieusement.

— Ce n'est pas moi que tu aimes, déclara-t-elle, le souffle saccadé. C'est ma voix.

Elle perçut les émotions qui l'animaient tandis qu'il la regardait droit dans les yeux. Sa longue chevelure et son regard d'or lui faisaient penser au miel ambré. Il rêvait de toucher la fine ligne qui ornait sa lèvre inférieure, d'y faire courir son pouce. Il aurait voulu se serrer contre elle, prendre dans ses bras sa frêle silhouette. Mais c'était avant tout le son de sa voix qui l'envoûtait.

Senna pressa ses paumes sur ses tempes pour repousser ces pensées venues de Cord.

— Arrête ! Tu ne m'aimes pas !

Mais le flot d'émotions était intarissable. Alors qu'il se remettait de sa blessure à l'abdomen, Mistin l'avait caché tout près de l'arbre-maison de Senna, afin qu'il puisse surveiller ses moindres faits et gestes. Il l'avait alors écoutée chanter, l'avait observée pendant des jours.

Elle n'aurait jamais cru pouvoir se sentir souillée à ce point.

— C'est par mon corps que tu es attiré, par mes chants… Pas par moi !

Il se rembrunit et tendit la main vers elle.

— N'est-ce pas ainsi que naît l'amour ?

— Non ! (Elle l'évita comme s'il risquait de la brûler avec ses doigts.) L'amour ne se résume pas à ça. C'est un choix que l'on renouvelle chaque jour.

Elle se sentait salie de l'intérieur, un peu comme si elle avait trahi Joshen. Elle ferma les yeux et pensa de nouveau au jeune homme. À sa ténacité, à sa façon de jurer quand il était en colère, à sa manière de manger. Il avait tout abandonné pour la suivre avant même d'avoir entendu sa voix. Leur amour s'était nourri de leur amitié.

Pas comme celui que Cord prétendait lui porter et qui ne reposait que sur les apparences, sur sa voix aussi dorée que ses cheveux et ses yeux. Sur ses mains douces et délicates. Elle essaya de repousser les pensées du jeune Caldendrien.

— Tout ça n'est qu'une attirance, pas de l'amour, conclut-elle avant de s'éloigner de lui.

Il était vrai que sa relation avec Joshen avait connu quelques heurts au cours des semaines précédentes. Mais ses sentiments pour lui n'avaient pas changé. Elle lança un bref coup d'œil vers le rebord de la falaise et se demanda si elle aurait le temps d'y pousser Cord.

— Depuis que je suis en âge de tenir un bâton, je n'ai cessé de m'entraîner au combat.

Il brûlait de l'attirer à lui, mais fit cette fois preuve de bon sens.

Senna, les poings serrés sur les hanches, se redressa.

— Je te commande de contrôler tes pensées. Je suis ta Gardienne et, en tant que telle, je t'ordonne de m'obéir et de garder tes distances. Je t'interdis de me toucher de nouveau.

Cord laissa retomber son bras tendu.

— Très bien. Mais rappelle-toi que les ordres de la Compositrice prévaudront toujours sur les tiens.

Le front haut, Senna répliqua :

— Et si je lui parlais de tes sentiments pour moi et que j'exigeais un autre Protecteur ?

— C'est inévitable, Senna, répliqua-t-il avec un haussement d'épaules. Tu ressens ce que je ressens. Peux-tu imaginer ce que tu éprouverais si j'embrassais une autre fille, si je l'épousais ?

Elle frissonna à la pensée des vagues de passion qui filtreraient par leur lien. Ce serait là la plus immonde des formes de voyeurisme.

— Pourquoi as-tu fait ça ?

Mais elle connaissait déjà la réponse. Si Cord avait refusé, Ellesh aurait choisi quelqu'un d'autre, un parfait inconnu.

Par les Créatrices, cette femme allait payer pour ses actes !

Senna tourna les talons et dévala la montagne à toutes jambes. Elle opta pour un chemin qui semblait serpenter vers l'arbre le plus imposant : celui de la salle d'audience. À peine avait-elle couvert une dizaine de mètres qu'un tronc lui bloquait déjà le passage. Le chemin se divisait en deux. Senna emprunta la voie de droite, et s'éloigna du centre de la ville. Dès qu'elle le put, elle s'engagea sur la première bifurcation à gauche, mais le sentier finit de nouveau par l'éloigner du centre. Apparemment, aucun de ces chemins n'était rectiligne. Tous louvoyaient sans fin dans la forêt.

Cette disposition des arbres n'avait rien de fortuit, c'était un choix délibéré des Gardiennes qui comptaient ainsi désarçonner tout assaillant éventuel, pensa Cord. Il semblait vouloir lui indiquer de prendre l'embranchement central. Furieuse qu'il s'immisce ainsi dans ses pensées, Senna poursuivit sur celui de gauche. Quelques mètres plus loin, elle déboucha au beau milieu d'un groupe de Sorcerelles qui, visiblement émerveillées, la gratifièrent d'une timide révérence.

Une forte odeur d'herbes flottait dans l'air. Dans une tente voisine, de jeunes élèves confectionnaient leurs premières potions. Sous le regard de Senna, l'une d'elles coinça une de ses mèches rebelles derrière son oreille puis, fredonnant d'une voix douce, elle broya une feuille entre ses doigts, la malaxa jusqu'à ce qu'elle forme une petite boule qu'elle laissa tomber dans sa préparation. Senna eut l'impression de se voir quelques semaines plus tôt.

Elle passa ensuite à côté d'un arbre-maison dans lequel des sorcières, dont les voix vibraient de l'innocence de la jeunesse, travaillaient leurs gammes. Où qu'elle aille, son teint clair tranchait avec les couleurs riches des peaux, des cheveux et des yeux des autres habitants. Sorcières et Protecteurs se figeaient sur son passage pour l'observer avec une pointe de déférence dans le regard.

Elle était bel et bien perdue quand Mistin surgit tout à coup de la forêt.

— Tu es toujours en colère contre moi ?

— Tu m'as trahie ! répliqua Senna. Je devrais être en Tartennie en ce moment, en train d'essayer de libérer Joshen et Reden, mais tu m'as entraînée de force dans un endroit où je ne peux rien faire pour eux. J'ai remarqué le regard que Reden posait sur toi. Comme si tu étais quelqu'un de rare, de précieux. Mais, toi, tu l'as abandonné à une mort certaine !

Le visage de Mistin, émue, s'assombrit.

— J'ai tenté de le sauver ! J'ai même sorti et donc exposé à vos yeux mes couteaux pour lui venir en aide ! Mais les Tartenniens les ont piégés, dit-elle d'une voix qui s'étiola en fin de phrase.

Si la jeune Caldendrienne avait voulu éveiller un sentiment de culpabilité chez Senna, elle avait échoué.

— Tu aurais dû les secourir, Mistin ! Lorsque j'ai entrepris ce voyage, je savais que je risquais ma vie. Je m'étais préparée à mourir. Mais pas à ça ! (Senna, dont le cœur battait à tout rompre, s'approcha de la vespide.) Tu leur as servi d'espionne. Elles ont envoyé un séisme ravager le Refuge sur la base de tes rapports. Combien sont morts à cause de toi ?

Mistin recula.

— Je suis désolée.

Si Senna avait disposé d'une arme, elle aurait blessé son ancienne amie. Peut-être mortellement.

Cord fit alors son apparition.

— Senna…

La suite de sa mise en garde silencieuse filtra dans son esprit. La jeune sorcière s'éloigna de la main qu'il lui tendait.

— Savais-tu que la Compositrice avait l'intention de m'asservir ?

Mistin recula de nouveau.

— Quoi ? Mais comment ça ?

— Ellesh m'a forcée à faire de ton « frère » mon Protecteur, expliqua Senna, un doigt pointé sur le jeune homme. Je suis maintenant liée à lui.

Le petit soupir étouffé de Mistin confirma qu'elle ignorait tout des projets de la Compositrice.

— Ce genre de lien ne s'établit d'habitude que si la sorcière et son Protecteur sont mariés.

Le regard de Mistin se posa alors sur la magnifique tunique de Senna, son bracelet doré et sa tresse sophistiquée.

Avec un sentiment d'épouvante, l'Apprentie se demanda si elle revêtait la tenue de mariage locale. Elle se débarrassa brutalement des attaches qui lui retenaient les cheveux, arracha son bracelet et le lança au jeune homme.

Cord le rattrapa sans le regarder, puis le glissa dans sa poche, avec la mèche de cheveux d'or.

Senna se mit en quête d'un autre objet pour le lui projeter à la figure.

— Je suis désolée, Senna, répéta Mistin avant d'emboîter le pas à la jeune fille. J'ignorais qu'elle ferait une chose pareille.

Senna refusa de laisser les mots de la Caldendrienne franchir ses défenses.

— Ne me parle pas comme si nous étions amies. Tu n'es pas mon amie.

Elle ramassa une lourde pierre avec laquelle elle visa Cord. Mais le jeune homme l'intercepta sans difficulté.

Mal à l'aise, Mistin se mit à danser d'un pied sur l'autre.

— Je suis une sorcière de Caldendre. Tu es une sorcière du Refuge. Si nous sommes incapables de surmonter nos différences, comment pourrait-on seulement espérer des autres qu'elles le fassent ?

Senna trouva une seconde pierre.

Le visage sévère, Cord la laissa l'atteindre.

— Ça y est, ta crise est passée ?

Senna s'efforça de se calmer. Elle prit une profonde bouffée d'air qu'elle expira doucement.

— Seul un crétin vous donnerait sa confiance.

Mistin sembla se ratatiner sur elle-même.

— Nos peuples sont peut-être ennemis, mais ils sont aussi frères. Et tu as besoin de moi. Tant que mes actes ne contreviendront pas à mes ordres, je ferai tout mon possible pour t'aider.

Elle disait vrai. Senna avait en effet besoin d'elle. Peut-être pourrait-elle utiliser leur relation à son avantage.

Après un long silence, Mistin émit un petit ricanement.

— Par les Créatrices, s'il y a une tête dans laquelle je n'aimerais pas être en ce moment, c'est bien celle de Cord !

Senna leva une main pour repousser une mèche de cheveux de son visage.

— Je n'arrive pas à retrouver l'arbre d'Ellesh. Je me perds sans arrêt, ici. (Elle regarda Mistin droit dans les yeux.) Comment as-tu fait pour me retrouver ?

La petite Caldendrienne la guida vers un autre chemin.

— Tu ne passes pas inaperçue, par ici. Il m'a suffi de poser quelques questions.

Une infime pointe d'espoir filtra par le croissant de lune de son poignet. Elle se concentra sur les pensées qui l'accompagnaient. Cord, une dizaine de mètres en retrait, se disait que si Senna parvenait à travailler avec Mistin, peut-être le pourrait-elle aussi avec lui. Elle se raidit et lui retourna un regard courroucé.

Il avait raison. Le lien qu'ils partageaient ne se refermait jamais. Il lui faudrait trouver un moyen de vivre avec.

Mais pas aujourd'hui. Aujourd'hui, elle était encore trop en colère.

Un remplacement

Un sourcil dressé, Mistin les observa tour à tour.

— Viens, les Maîtresses t'attendent. Elles ont organisé un grand dîner avec les autres dirigeants.

— Dans ce cas, pourquoi ont-elles besoin de moi ? grommela Senna.

— Je n'en sais rien, répondit Mistin avec un haussement d'épaules.

Senna suivit la jeune Caldendrienne jusqu'au centre de la cité, dans ce que Krissin avait désigné comme leur château. Les Maîtresses l'attendaient dans l'un des arbres. À part la Compositrice, tous les dirigeants étaient présents. Il y avait là trois hommes et de nombreuses femmes, environ une dizaine. Qui pouvaient-ils bien être ?

Cord répondit partiellement à la question non formulée de Senna par le biais de leur lien. L'homme assis le plus à droite se prénommait Jarlin. C'était le meneur des Protecteurs. Mais pour les autres, elle ne reçut que de vagues impressions, comme si Cord les connaissait mal.

Senna, qui cherchait à percer les mystères de leur lien, lui lança un regard en coin. Elle ressentait un flot constant d'émotions qui émanait de lui et, de temps en temps, certaines de ses pensées – notamment lorsqu'il souhaitait lui dire quelque chose – parvenaient à filtrer, mais de manière très sporadique.

— Senna ?

Elle se rendit soudain compte que Mistin l'appelait depuis déjà quelques instants.

— Elles t'ont prévu une place. On se retrouvera plus tard.

Senna agrippa fermement le bras de son ancienne amie.

— Ne me laisse pas.

Mistin cligna des yeux, puis s'approcha de l'oreille de la jeune fille.

— Je n'ai pas ma place dans ce genre de réunion.

— Dans ce cas, je ne reste pas non plus, décréta Senna, les entrailles nouées par la peur.

Elle était toujours en colère mais, bien que Mistin soit son ennemie, au moins elle la connaissait. La Compositrice l'avait conviée à un dîner en compagnie des dirigeants de Caldendre, sans qu'elle en comprenne la raison.

Gênée, Mistin balaya la pièce du regard.

— S'il te plaît, insista Senna entre ses dents.

La minuscule Caldendrienne adopta une allure résolue et se dirigea vers une femme que Senna n'avait encore jamais vue. Elle ressemblait quelque peu à Chavis, avec son pantalon, sa tunique courte et les armes qui ornaient sa poitrine.

La femme leva la tête et scruta Senna, toujours immobile sur le palier.

— Cord peut se charger de surveiller sa sorcière, déclara-t-elle.

En entendant le nom du jeune homme, Senna ressentit sa présence. Il se tenait contre un mur, au milieu d'autres Protecteurs, une main prête à dégainer son arme.

— Cord n'est pas le bienvenu, gronda Senna.

La femme écarquilla les yeux. Après quelques instants, elle adressa un imperceptible hochement de tête à Mistin, qui trouva une chaise et s'installa à côté de Senna, que la faim tenaillait déjà.

Assise en face, Krissin souleva son verre en souriant.

— Mange ce que tu veux, fais-toi plaisir.

Senna envisagea de refuser par principe. Mais la faim et la faiblesse ne l'aideraient sûrement pas à s'enfuir.

Mistin lui indiqua le plat le plus savoureux – préparé à base de légumes mélangés avec des baies aigres-douces séchées, des noisettes caramélisées, et un assaisonnement rose vif au goût d'oignons et de vinaigre. Mistin emplit ensuite leurs assiettes d'une viande marinée dans une sauce visqueuse, elle aussi accompagnée de baies et de noix.

Senna passa en revue les différents convives assis autour de la table. Elle surprit quelques bribes de conversation, où il était notamment question d'échanges commerciaux et de commandes d'armes. Elle mangeait distraitement ce qu'elle devait bien considérer comme le régime de base des sorcières (constitué de légumes, d'herbes, de baies et de noix – tous des végétaux dont la croissance était facile à enchanter).

Mais, alors qu'au Refuge le poisson abondait, à Calden, la viande semblait régner sans partage. Avec prudence, elle en porta un morceau – qui se révéla tout aussi aigre-doux que la salade – à sa bouche. Pourquoi le monde entier, à l'exception de la Néfalie, se sentait obligé de servir les viandes sucrées ?

— Qu'est-ce que c'est ? demanda-t-elle.

— De l'agneau aux aigrelles, chuchota Mistin.

La douce saveur sucrée qui lui flattait le palais la força à reconnaître qu'elle commençait à s'y habituer. Voire à l'apprécier.

— Joshen aurait adoré ce repas.

Elle ne se rendit compte qu'elle avait parlé à voix haute que lorsque Mistin répondit d'un ton espiègle :

— Il adorait tous les repas.

Un petit sourire triste déforma les lèvres de Senna.

— Certes. Mais celui-là lui aurait particulièrement plu.

Mistin serra le bras de sa camarade.

— Lorsque tout ceci sera fini, que nous aurons vaincu le Refuge et la Tartennie, nous le retrouverons et le libérerons. Je te promets de faire tout mon possible pour qu'il ait un jour l'opportunité de goûter à tous ces plats. D'accord ?

Les yeux posés sur son assiette, Senna sentit la bile lui monter à la gorge. Elle s'amusait pendant que Joshen subissait sans doute le plus effroyable des sorts. Elle s'était même laissée aller à oublier de détester Mistin. *Utilise-la, tout comme elle l'a fait avec toi*, se répéta-t-elle en silence.

— Qui est-ce ? demanda Senna, un doigt discrètement pointé vers la femme qui avait permis à Mistin de rester.

— Elle s'appelle Fallin. C'est la responsable de mon ordre.

— Ton ordre ? répéta Senna, perplexe.

— À Caldendre, chaque discipline s'accompagne d'un ordre spécifique, que les sorcières peuvent rejoindre si leurs forces y sont plus adaptées. (Mistin passa en revue les différentes sorcières assises à la table.) L'Eau est ainsi associée aux vespides, lesquelles sont formées aux arts féminins de la guerre aux côtés des Protecteurs – ce qu'elles peuvent aussi devenir, si elles le souhaitent. La Végétation s'accompagne d'herboristes et de guérisseuses, la Terre de marchands, et la Lumière d'enseignants.

Senna prit une nouvelle bouchée d'agneau sucré.

— Alors Fallin doit rendre des comptes à votre Maîtresse de l'Eau ?

— Non. Pas plus que les lacs n'en rendent à la mer. (Mistin s'administra à son tour une portion de viande avant de poursuivre.) Ensemble, les trois groupes de dirigeants forment la Triade. Le vote collectif des Maîtresses compte pour une voix, tout comme celui des ordres. La Compositrice détient la dernière. Comme je te le disais, reprit-elle après une pause, ici, nous savons qu'une sorcière ne se résume pas à ses aptitudes au chant.

Senna scruta Fallin du coin de l'œil. Elle eut la certitude que la responsable dissimulait des lames sous ses vêtements.

— Seules les moins douées pour le chant rejoignent un ordre ? (Mistin grimaça.) Je suis désolée, mentit Senna. Mais j'ai besoin de savoir.

Le voile de tension qui planait sur le visage de la Caldendrienne sembla se dissiper.

— Pas toujours. Fallin, par exemple, est une Niveau 5.

Senna hocha la tête. Ainsi, Fallin était au moins aussi puissante que Prenny.

— Au final, toutes les sorcières appartiennent soit à une discipline, soit à un ordre affilié à cette discipline ?

— Exact, acquiesça Mistin.

— Et si l'une d'elles refuse ?

— Elles ne te laisseront pas partir, Senna, anticipa Mistin avec une pointe de pitié dans la voix.

— Elles ne pourront pas me garder ici éternellement, chuchota Senna à l'oreille de sa camarade, malgré son envie de hurler.

— Lorsque le Refuge sera vaincu, tu n'auras nulle part d'autre où aller, répliqua Mistin à mi-voix. Et tu n'es pas le genre à abandonner tes semblables, je le sais. Nous avons besoin de toi.

Une douleur diffuse étreignit la jeune fille. Avant qu'elle ait pu répondre, le brouhaha des conversations s'interrompit soudain et tous les convives se levèrent.

La Compositrice fit son entrée. Sa simple présence suffisait à mettre Senna mal à l'aise.

Mistin lui assena un léger coup de coude.

— Tu dois te lever, lui souffla-t-elle.

Devoir témoigner du respect à cette femme lui retournait l'estomac. Non seulement en raison du sort qu'elle lui avait fait subir, mais aussi à cause de celui qu'elle réservait au Refuge. Les yeux – emplis de colère – rivés sur son assiette d'agneau, Senna refusa de se lever malgré les « Compositrice » murmurés tout autour d'elle.

Un silence outré retomba dans la pièce. Consciente du poids des regards posés sur elle, Senna releva la tête et découvrit que tous, y compris Ellesh, la toisaient d'un œil mauvais. Elle resta néanmoins assise.

Après un soupir, la Compositrice s'approcha du brasero dont elle ôta une théière pleine d'eau frémissante. Avec application, elle remplit plusieurs tasses de thé qu'elle distribua ensuite à tous les convives.

Elle finit par Senna à qui elle tendit une tasse ébréchée. La jeune fille n'esquissa pas le moindre geste et laissa la vieille femme patienter le bras tendu.

Mistin tenta de la mettre en garde d'un regard appuyé, tandis qu'un silence pesant s'abattait de nouveau sur la pièce.

Sans montrer le moindre signe de déstabilisation, Ellesh déposa la tasse devant la jeune fille, puis regagna sa chaise. Les autres dirigeants se rassirent.

La Compositrice souffla sur sa tasse fumante avant de la porter à ses lèvres.

— Si j'ai sollicité cette réunion, c'est pour nommer ma remplaçante.

Les Maîtresses échangèrent des regards gênés. Les Protecteurs présents dans la pièce paraissaient, eux aussi, mal à l'aise. Senna repoussa son breuvage.

Ellesh, qui ne releva pas la provocation, poursuivit.

— Les Protecteurs assurent la sécurité de leurs sorcières, les Maîtresses s'occupent de la nature, et les ordres veillent sur notre population. Quant à moi… (Elle prit une profonde inspiration.) Je suis votre juge. Notre relation est bâtie sur la confiance et la poursuite de buts communs. Mais j'ai brisé cette confiance. (Elle croisa les mains sur les genoux et regarda ses convives tour à tour.) Lorsque les sorcières du Refuge ont maudit la Tartennie, Millay et moi savions que nous n'aurions plus très longtemps à nous cacher. Nous avons alors envoyé des espions de par le monde, tant pour découvrir comment elles avaient survécu et qui les avait sauvées, que pour nous assurer la victoire dans la bataille à venir.

Senna supposa que Millay était la Maîtresse de l'Eau qui, assise à côté de Fallin, portait elle aussi, malgré son âge certain, une tenue guerrière. La jeune fille se pencha vers sa voisine.

— Je croyais que vous ne pouviez pas traverser votre barrière jusqu'à récemment ?

— Nous n'étions pas capables de rentrer, mais nos chants, eux, le pouvaient, répondit Mistin sans quitter la Compositrice des yeux.

Senna se surprit à éprouver une pointe de compassion pour celles qui avaient quitté Caldendre. Elle aussi avait dû fuir sa terre natale, sans espoir de la revoir un jour.

Ellesh riva son regard sombre sur Senna.

— C'est ainsi que nous avons appris l'existence d'une sorcière touchée par les Créatrices. Le cycle se refermait enfin comme il avait commencé : avec la naissance d'un être à la puissance inégalée. (Sa voix se fit plus douce et elle sembla s'adresser à la jeune fille seule.) Imagine mon désarroi lorsque j'ai appris que tu t'étais alliée au Refuge. Aussi, j'ai envoyé Mistin et Cord pour qu'ils tentent de t'enlever.

— Nous ne sommes pas obligées d'en venir aux armes, intervint Senna, détournant les yeux face au regard perçant de la Compositrice. Laissez-moi leur parler.

— Tu sais très bien qu'elles ne t'écouteront pas, répliqua Ellesh d'un ton grave.

Senna ferma les yeux. La Compositrice avait raison. L'alliance formée entre Caldendre et la Tartennie avait anéanti cet espoir.

— Je ne vois pas en quoi vous avez brisé notre confiance, Compositrice, déclara Krissin après s'être éclairci la voix. Nous avions toutes approuvé ces décisions.

Ellesh porta la tasse à ses lèvres, puis la reposa doucement sur la table.

— J'ai lié Brusenna à un Protecteur.

Krissin grimaça. Des murmures de surprise s'élevèrent un peu partout dans la salle.

— Mais on ne le fait que pour les sorcières qui sont mariées à leur Protecteur.

— La pauvre petite…

— Pas étonnant qu'elle ait refusé de se lever.

Senna perçut aussi la gêne muette des Protecteurs en faction derrière elle. Une pointe acérée de honte émanait de Cord.

L'une des Maîtresses parla alors plus fort que les autres.

— Vos actes vous sont dictés par une cause supérieure, qui sans doute nous dépasse.

— J'ai bien peur que Brusenna ne soit pas de cet avis, répondit Ellesh, dont les yeux restaient rivés au loin. (Elle sentait le poids écrasant de leurs regards, de leur silence de plomb.) Nous sommes à l'aube de notre guerre, pourtant nous devons d'ores et déjà penser à notre avenir. Lorsque nous aurons vaincu ces sorcières, nous leur demanderons de se joindre à nous. Et, en échange, nous leur offrirons quelque chose : que l'une d'elles prenne ma place. (Senna leva tout à coup les yeux. Le regard sombre d'Ellesh ne la quittait pas.) Le Refuge aura besoin d'une preuve de notre bonne volonté. C'est pourquoi je vous propose de faire de Brusenna notre Compositrice.

— Compositrice Ellesh, objecta Krissin d'une voix prudente. Brusenna n'est encore qu'une enfant.

— Non, grommela Ellesh. Plus maintenant. Elle est jeune, c'est vrai, et elle commettra des erreurs, mais pas plus que moi-même ou une autre. (Krissin ouvrit la bouche pour protester, mais Ellesh leva la main et la fit taire d'un regard autoritaire.) Elle a reçu le toucher des Créatrices. As-tu oublié ce que cela signifie ?

Senna, objet de tous les regards, se raidit. Cela signifiait que les Créatrices l'avaient choisie. Qu'elle pouvait entendre la musique des Quatre Sœurs, et même créer la sienne. Ce toucher était synonyme de puissance.

Krissin retomba dans le silence.

Le regard rivé sur la jeune fille, Ellesh sembla de nouveau s'adresser à elle seule.

— Je t'offre tout ce dont tu as toujours rêvé. La chance de changer les sorcières en profondeur. D'améliorer leur mode de vie. De faire que leur peuple les respecte. Qu'elles deviennent des sorcières puissantes, bienveillantes et qui n'abusent plus de leurs talents.

Malgré l'animosité que lui inspiraient ces femmes, Senna se sentit tentée par la proposition. Ellesh voyait juste sur bien des points, mais sans doute une alternative était-elle encore possible.

Ellesh brandit sa tasse.

— À notre future Compositrice !

Toutes l'imitèrent avant de boire une gorgée de thé.

À travers le brouillard qui lui engourdissait l'esprit, Senna perçut l'inquiétude de Cord et la voix de Mistin.

— Bois.

Elle examina le liquide brunâtre. Elle envisagea de refuser, mais les propos que Coyel avait prononcés deux semaines plus tôt lui revinrent en mémoire. Une position élevée lui offrirait la possibilité de changer les choses, de protéger ses consœurs survivantes. Le pouvoir de faire en sorte que toutes les sorcières soient traitées avec le même respect. La tasse de thé lui sembla aussi lourde que le poids qui lui écrasait le cœur. Elle fit l'effort d'avaler deux petites gorgées, mais ne put se résoudre à en boire plus. Le liquide était trop amer. Et familier, même si elle ne parvint pas à l'identifier. Elle retint une grimace et reposa lourdement sa tasse sur la table.

— Tu dois finir, insista Ellesh sans la quitter des yeux.

Senna porta de nouveau la tasse à ses lèvres et fit semblant de s'exécuter.

La Compositrice inclina la tête en avant.

— Lorsque cette bataille sera derrière nous, je me retirerai et céderai ma place à Brusenna. (Elle dévisagea tour à tour chacun des convives et ajouta :) Si quelqu'un veut émettre une objection, qu'il le fasse maintenant. (À la grande surprise de Senna, personne ne se manifesta.) Très bien, acquiesça Ellesh. Que cette décision soit consignée dans les Chroniques de la Loi.

Millay, les mains à plat sur la table, se leva.

— Comme vous le savez, j'ai donné ordre ce matin à nos navires de se tenir prêts. En ce moment même, des embarcations chargées de graines et de potions descendent la rivière. Le lancement de nos opérations aura lieu ce soir.

De faibles murmures s'élevèrent, mais ils ne témoignaient ni surprise, ni frustration. Tous savaient déjà à quoi s'attendre.

Tous à l'exception de Senna. Elle glissa discrètement sa tasse sous la table et déversa le reste de son breuvage par terre : un geste de défi dérisoire. Elle se frotta les yeux. Les semaines qui venaient de s'écouler avaient été longues et éprouvantes. Elle était épuisée. Malgré tout, elle décida de puiser dans ses réserves pour trouver un moyen d'accéder aux navires en partance. Mais avant tout, il lui faudrait parvenir à échapper à la vigilance de Cord.

Elle sentit qu'il l'observait. Sans doute n'ignorait-il déjà plus rien de ses projets. Il devait forcément exister une solution. Son impuissance semblait la paralyser peu à peu.

— Maintenant, je dois de nouveau te présenter mes excuses, Brusenna.

La jeune fille sursauta : Ellesh se tenait à côté d'elle, à quelques pas seulement. La Compositrice s'empara de la tasse vide dont elle examina l'intérieur.

Senna, qui n'appréciait guère qu'on la surplombe ainsi, se leva à son tour. Elle dut faire un effort pour ne pas tituber sur place.

— Pourquoi, Ellesh ? demanda-t-elle, refusant de gratifier la Compositrice de son titre honorifique.

— Parce que je t'ai droguée, répliqua Ellesh, qui d'un signe invita Cord à approcher.

Senna prit une profonde inspiration. Une inertie anormale lui engourdissait les membres et un poids insoutenable lestait ses paupières. Elle se souvint alors de la puissante amertume de son breuvage.

— Mais tout le monde a bu le même thé, protesta-t-elle.

— La poudre somnifère tapissait déjà la tasse ébréchée.

Senna sentait la présence de son Protecteur dans son dos, prêt à la rattraper en cas de chute. Mais elle n'avait pas bu l'intégralité de son thé. Son geste de défi, certes dérisoire, pourrait finalement lui sauver la mise.

Sauf que Cord était au courant. Elle se tourna vers lui et le pria à travers leur lien de n'en rien dire. Il bouillait de colère, mais pas contre elle. Sa rage était dirigée contre Ellesh.

Sa prise de décision filtra jusqu'à Senna : il ne dirait rien à la Compositrice car il refusait de lui fournir une nouvelle occasion d'abuser de Senna. Au lieu de ça, il veillerait sur elle et la protégerait des dangers. Il en fit le serment à l'instant où Senna s'effondra contre lui.

D'un geste leste, il souleva le corps inerte dans ses bras.

Visiblement éprouvée, Ellesh se frotta le visage.

— Je t'ai trahie à deux reprises, mon enfant, j'en suis désolée. Mais c'est mieux ainsi. Il est préférable que tu te réveilles lorsque nous serons déjà loin. Trop pour que tu puisses tenter d'intervenir ou que tu mettes ta vie en péril. Malgré tout, je suis vraiment désolée.

Senna peinait de plus en plus à se concentrer. Elle parvint tout de même à articuler d'une voix pâteuse :

— Lorsque je serai Compositrice, je vous le ferai payer.

Ellesh partit d'un petit rire sans joie.

— C'est ce que nous verrons, Brusenna. C'est ce que nous verrons.

Sommeil éternel

Des bruits de pas tirèrent Senna du sommeil. Elle se redressa d'un bond. Les effets de la drogue pesaient toujours sur elle, mais elle les combattait de toute sa détermination. Dehors, il faisait encore nuit. Peut-être n'était-il pas trop tard ? Mais, avant même qu'elle ait atteint la porte, Cord faisait déjà son apparition. Consciente que leur lien trahissait chacune de ses pensées, elle tenta de réfléchir à sa fuite sans en formuler les plans dans sa tête.

Cord la saisit par le bras pour l'entraîner vers le lit.

— Retourne te coucher.

Elle redoutait que la douce chaleur de la couche ne la laisse plus repartir si elle y replongeait.

— Qu'est-ce qui te donne le droit d'entrer comme ça ?

Il était en effet inconvenant pour un homme d'entrer dans la chambre d'une sorcière.

Il cilla à plusieurs reprises, comme s'il peinait à garder les yeux ouverts.

— Beaucoup considèrent notre lien comme aussi intime que celui du mariage.

Senna ne releva pas la remarque, mais le dévisagea avec attention. Il semblait aussi fatigué qu'elle. Serait-il possible que le somnifère l'affecte aussi ? Que son efficacité se répartisse entre leurs deux organismes ? Heureusement qu'elle n'avait pas bu tout le contenu de sa tasse !

Était-ce pour rester éveillé qu'il faisait les cent pas dans sa chambre ?

Senna passa mentalement en revue les différentes potions qu'elle pourrait utiliser, bien qu'elle n'en ait aucune – pas plus que de graines, d'ailleurs – à sa disposition. Elle ne pouvait compter que sur ses propres ressources.

Comme Joshen lui manquait ! Elle repensa à un autre moment où le sommeil avait tenté de l'emporter dans ses profondeurs. Un chant l'avait sauvée. Un chant fait de magie pure. Non pas né d'un quelconque enchantement ou d'une vulgaire potion, mais de la rencontre magique entre deux âmes.

À voix basse, elle entonna une berceuse que sa mère lui chantait quand elle était enfant, à une époque où elle ignorait tout des dangers et de la trahison.

Clairs de lune et anneaux irisés,
Ombres mutines et étoiles amusées,
Voguent élégants sur les flots animés.
Le lion se prélasse au milieu des fleurs parfumées
Dans le jardin de tes rêves enchantés.

Les épaules de Cord, appuyé contre le chambranle de la porte, s'affaissèrent. Derrière lui, d'autres Protecteurs chargés de la surveiller se mirent à fixer le foyer d'un œil vitreux. Dans un sursaut, le jeune homme sortit de sa torpeur, passa une main sur son visage et posa sur Senna un regard fatigué.

— Que fais-tu ?

Veillant bien à contenir toute pensée d'évasion, Senna s'enfonça dans son lit pour dissiper la méfiance de son Protecteur, puis elle poursuivit son chant, qui eut un effet immédiat : l'un des gardes bascula en arrière, un autre posa le front sur la table et Cord, les paupières closes, tituba.

Concentrée sur sa seule berceuse, Senna répéta son couplet. Les jambes de Cord flageolèrent. Il se ressaisit d'un bond. À moitié endormi, il observait la jeune fille et luttait pour ne pas succomber à la fatigue.

S'en remettant à son dernier espoir, Senna se leva avec élégance. Elle traversa la pièce d'une démarche lente et chaloupée. Sans cesser de chanter d'une voix maîtrisée, elle s'approcha de Cord et lui saisit doucement la main.

Leur lien sembla se raviver. Il les emplit de la joie simple que l'on éprouve lorsque l'on retrouve un bien qu'on ignorait avoir perdu. Cord se laissa séduire par le chant. Senna était parvenue à l'enchanter. Elle évita de se demander comment. Avec douceur, elle l'invita à s'étendre à côté d'elle sur le lit. Puis, appuyée sur un coude, elle répéta encore et encore les mêmes notes. Pourtant, le chant semblait avoir ses limites. Les mêmes que la fois précédente.

Les lèvres encore vibrantes de la puissance de son enchantement, Senna déposa un baiser doux et tendre sur celles de Cord. Avec un imperceptible soupir, le Protecteur s'endormit.

Un sentiment de triomphe déferla en elle. Cord s'agita. Senna musela aussitôt ses émotions et fredonna sa berceuse une fois de plus. Elle traversa la pièce à pas de loup et, concentrée sur ses seules paroles, referma doucement la porte derrière elle.

Les deux gardes affectés à sa surveillance dormaient profondément. L'un d'eux ronflait même. Toujours sans un bruit, Senna s'enveloppa dans la cape de Cord qui, bien trop longue, traînait par terre mais la garderait au chaud et dissimulerait son teint pâle de Néfalienne.

Senna cacha son visage sous la capuche avant d'ouvrir la porte de la pièce principale, puis de quitter aussi discrète que possible l'arbre-maison. Pour plus de sécurité, elle continua de chantonner sa berceuse.

Dans l'espoir que la distance estomperait sa connexion avec Cord, elle s'éloigna aussitôt de l'arbre et parcourut plusieurs dizaines de mètres avant de s'orienter dans la direction qu'elle pensait être celle du port. Un calme inquiétant régnait dans la cité. Elle marcha un long moment avant de s'arrêter pour scruter les alentours.

Après avoir surmonté toutes ces épreuves, elle allait rater son évasion à cause d'un maudit dédale végétal ! Les paumes plaquées sur les yeux, elle commanda à son cerveau engourdi de réfléchir.

Comment les Caldendriens s'y retrouvaient-ils ? Senna se remémora sa traversée de la forêt en compagnie de Mistin et Cord. Elle se souvint d'avoir remarqué leurs brefs coups d'œil à droite et à gauche. Sans doute se repéraient-ils grâce à des signaux. Mais lesquels ?

Senna étudia les différents embranchements qui s'offraient à elle en quête d'un détail qui lui indiquerait la direction à suivre.

Mais Mistin et Cord ne s'intéressaient pas aux sentiers. Ils regardaient les arbres. La jeune fille s'immobilisa. La mousse se développait sur la face nord des troncs. Levant les yeux, elle aperçut quelques bribes de ciel étoilé. Grâce à ses voyages à bord du navire de Parknel et aux rudiments de navigation qu'elle avait appris, elle fut capable d'identifier le nord avec certitude. Munie de ces nouveaux repères, elle bifurqua à gauche et se dirigea vers la rivière. Elle ne regardait plus le sentier mais se concentrait sur la mousse et les étoiles.

Après avoir louvoyé un long moment, elle aperçut une silhouette féminine qui, un paquet serré contre la poitrine, se faufilait en courant entre les arbres. Guidée par son instinct, Senna s'élança à la suite de l'inconnue, prenant soin de rester un peu en retrait. Bien vite, d'autres filles se joignirent à la première. Senna dut accélérer pour ne pas se faire distancer. Lorsque le petit groupe atteignit enfin l'embarcadère, il se composait d'une dizaine de filles.

Seule une embarcation était encore à quai. Les autres sorcières avaient sans doute déjà redescendu la rivière vers son embouchure afin d'embarquer sur des navires plus importants et traverser l'océan pour se rendre au Refuge. Senna allait devoir trouver un moyen de se mêler aux jeunes filles, puis de se glisser à bord de l'un des gros navires si elle voulait avoir une chance d'empêcher les sorcières de Caldendre d'anéantir ses consœurs.

— Il était temps ! soupira un Protecteur. Les autres sont partis il y a déjà un moment.

— Je suis désolée, répondirent en chœur les sorcières.

Senna garda le silence par crainte que son accent ne la trahisse. Malgré l'obscurité qui régnait, elle préféra garder sa capuche et se fondre dans l'ombre de la fille qui la précédait.

Elle étouffa ses doutes et embarqua à la suite des autres.

Le Protecteur, visiblement contrarié de faire partie du dernier voyage, leur emboîta le pas.

— Allez vous reposer. Nous devrions atteindre Ilyss au petit matin.

Il finit de dénouer les amarres puis, comme les autres Protecteurs déjà embarqués, prit position près du rebord afin de faire descendre le fleuve à l'embarcation.

Senna s'allongea à même le pont, couvert pour l'occasion de paille et de couvertures. Certaines sorcières s'assirent pour regarder la cité de Lilette rétrécir dans leur sillage. D'autres ne tardèrent pas à s'étendre. Senna, qui avait trouvé une place près du bastingage, tournait le dos au petit groupe. Elle s'enveloppa dans la cape de Cord et céda à l'appel lancinant de la potion.

Un peu plus tard, elle se réveilla en sursaut, soudain prise de panique. Tout son flanc gauche était trempé. Apparemment, le bateau prenait un peu l'eau. Incapable de retentir un grognement, elle se redressa. L'aube ne tarderait pas à poindre, pourtant l'obscurité était encore profonde et aussi douce qu'une caresse sur la joue.

La petite embarcation manœuvra au milieu de navires beaucoup plus imposants pour rejoindre son appontement.

Senna tenta de se rassurer. Rien ne semblait justifier la peur qui lui rongeait les entrailles. Mais la panique refusa de refluer. Elle comprit soudain que ce sentiment n'était pas le sien. Sans doute Cord s'était-il réveillé et avait-il constaté sa disparition.

À son grand soulagement, le lien lui semblait moins fort qu'avant. Elle savait vaguement dans quelle direction se trouvait le Protecteur, mais n'avait aucune idée de la distance qui les séparait. Avec un peu de chance, lui aussi peinerait à la localiser. Elle s'efforça de ne penser à rien.

La fatigue qui l'accablait, telle une maladie tenace, semblait ne jamais vouloir s'estomper. Malgré ses frissons, Senna se leva pour se joindre aux files de sorcières qui patientaient dans la confusion et le vacarme ambiants des quais.

Les lieux grouillaient de marins qui orientaient les sorcières vers les dizaines de navires énormes, treuillaient des palettes à leur bord ou évoluaient dans les gréements. L'un de ces vaisseaux était sans doute celui qui avait amené Senna à Caldendre.

À tout moment, quelqu'un risquait de glisser un regard sous sa capuche et de découvrir son teint caractéristique. La tête plus basse que jamais, elle marmonna une excuse à l'adresse d'un marin et rebroussa chemin vers l'embarcation pour y faire mine de chercher quelque chose.

Le Protecteur qui avait réceptionné le petit groupe sur le quai, la veille au soir, l'aperçut alors. Il se fraya un chemin au milieu de la foule.

— Toi, là, dépêche-toi. Tu dois rester avec les autres sorcières de ton chœur. Si elles partent sans toi, tu ne les retrouveras jamais.

Il lui tendit la main pour l'aider à débarquer. Consciente que la couleur de sa peau la trahirait à coup sûr, elle fit semblant de ne pas la voir et descendit par ses propres moyens.

Curieux, le Protecteur l'examina de plus près. Une pointe de méfiance déformait ses traits. Il la prit par le coude.

— Viens avec moi. Je vais m'assurer que tu rejoins bien ton groupe.

Il fallait qu'elle lui échappe. Sur-le-champ.

À cet instant, des hommes qui chargeaient une caisse à l'aide de poulies et de cordages tirés par des chevaux crièrent de concert pour ordonner au Protecteur et à la jeune sorcière de s'arrêter : la cargaison tanguait dangereusement. Le Protecteur quitta enfin Senna des yeux.

— Ça y est, je me rappelle où je l'ai mise, marmonna-t-elle dans sa barbe pour dissimuler son accent.

Il lui adressa un regard contrarié, mais lui lâcha le bras. Elle opta alors pour la seule chose à faire : elle disparut de sa vue le long du bateau, s'assit sur le ponton, puis se laissa glisser dans l'eau. Le choc glacial eut raison de la fatigue qui l'engourdissait encore un peu.

Ses sandales et ses vêtements chargés d'eau l'empêchaient de nager. Elle ouvrit le fermoir de sa cape qu'elle laissa couler au fond de la rivière. Elle plongea sous la surface et parvint à rester immergée assez longtemps pour se cacher de son trop curieux Protecteur derrière le bateau. Lorsqu'elle ressortit la tête de l'eau pour reprendre son souffle en silence, de l'autre côté de la coque, elle l'entendit qui la cherchait partout à grand renfort de grognements et de questions. Elle ne pensait pas qu'il abandonnerait facilement ses recherches mais ne pouvait rien faire pour l'y inciter.

Ravie que ses métamorphoses en phoque lui aient appris que des échelles couraient souvent de part et d'autre des navires, elle localisa les barreaux les plus proches et s'extirpa de l'eau. Ses vêtements étaient lourds, ses membres ankylosés, et le métal lisse sous ses sandales. Parvenue à mi-hauteur, elle glissa et se cogna violemment les tibias contre les échelons.

Suspendue par les bras, elle chercha désespérément à se rétablir. Au prix d'un effort douloureux, elle parvint à se hisser jusqu'au dernier barreau. Mais le pont grouillait de sorcières, de Protecteurs et de marins. Jamais elle ne pourrait monter à bord sans qu'on la remarque. Elle s'agrippa de toutes ses forces à l'échelon et attendit que l'agitation cesse.

Ce qu'elle ne fit pas. Alors que le navire s'éloignait du quai pour gagner l'océan, Senna était toujours bloquée. L'aube se leva enfin. Les vêtements de Senna finirent par sécher, et le soleil brûlant chassa ses derniers frissons. Très vite, la chaleur devint étouffante et la robe de la jeune fille, à peine débarrassée de l'eau de la rivière, s'imbibait déjà de sueur.

La panique de Cord semblait s'être apaisée. Elle le sentit qui approchait. Il avait quitté la cité de Lilette, guidé par sa seule envie de retrouver la jeune sorcière. Malgré tout, elle ne l'estima pas capable de les rattraper avant qu'ils gagnent le large de Caldendre.

Elle noua ses bras du mieux qu'elle put autour du barreau métallique et somnola par brèves périodes. Sa soif devint vite aussi insupportable que son besoin de se soulager. Malgré ses nombreux changements de position, une partie de son corps était toujours engourdie.

Plus d'une fois, elle croisa le regard ébahi d'un habitant qui l'observait, bouche bée, depuis la rive. Impuissante, elle se contentait de lui adresser un sourire et un petit geste de la main. À sa grande surprise, tous lui rendirent son salut. Elle aperçut nombre de Mettlemots et fut frappée, malgré leur taille variable, par leur ressemblance confondante avec Pogg.

Ils ne franchirent l'embouchure qu'à la mi-journée. Sur le pont, l'affluence diminuait : Senna espéra pouvoir grimper à bord sans être vue. Mais une bourrasque qui portait un message en provenance de la cité de Lilette leur parvint alors. Les mots qu'elle charriait étaient confus, à peine intelligibles. Toutes les sorcières douées pour le chant ou pour la guerre ayant quitté les lieux, Senna supposa que l'avertissement émanait des plus faibles d'entre elles – les Crécelles – restées sur place.

Elle ne put s'empêcher d'éprouver une pointe de pitié pour ces jeunes femmes, même si leur message indiquait qu'elle avait fui et se trouvait sans doute à bord de l'un des navires.

Le silence qui suivit ne dura qu'une fraction de seconde.

— Fouillez le navire ! tonna la voix puissante de Krissin. Et sur-le-champ !

Senna raffermit sa prise et pria pour que personne n'ait l'idée de jeter un coup d'œil par-dessus bord. À l'issue d'une fouille qui lui parut durer des heures, les équipages annoncèrent n'avoir trouvé aucune trace de la jeune fille.

À présent loin des côtes de Caldendre, le cortège filait à vive allure vers la barrière chatoyante. Le soupir de soulagement qu'émit Senna lorsqu'elle l'eut franchie resta coincé dans sa gorge. Elle était perdue, effrayée et seule. Et de l'autre côté de la barrière. La tempête déchaînée qui régnait sans partage sur les Rugissants de Darkwell l'assaillit aussitôt mais, tétanisée par l'effroyable vision d'une interminable file de navires sombres qui s'étirait sous ses yeux, elle perçut à peine la morsure des vents.

L'armada, ponctuée de taches écarlates, battait pavillon tartennien. À cette distance, la silhouette de Senna était certes indistincte, mais le temps lui était compté, elle le savait. Elle ne pouvait pas rester agrippée là et risquer qu'un Tartennien l'aperçoive. Elle préférait encore tenter de se faufiler à bord.

Elle saisit le dernier échelon d'une main tremblante et glissa un œil sur le pont qui grouillait d'activité et n'offrait aucune cachette.

— Autant en finir au plus vite, s'encouragea-t-elle dans un souffle.

Elle se hissa alors sur le bastingage et se laissa retomber à bord. Elle se redressa lentement et étira ses muscles engourdis par l'absence prolongée de mouvement.

Tous, sur le pont, se figèrent.

Krissin fut la première à réagir. Escortée par une phalange de Protecteurs, elle fondit sur Senna qu'elle agrippa par le bras.

— Espèce d'inconsciente ! Te rends-tu compte de ce que tu as fait ?

Trop fatiguée pour s'inquiéter de son sort, Senna répliqua simplement :

— J'ai soif, et besoin de me soulager.

— Nous devrions la ramener à terre, proposa l'un des Protecteurs.

— De combien de temps penses-tu que nous disposions avant que les Gardiennes du Refuge perçoivent nos chants ? demanda-t-elle avec une moue. Maintenant que nous avons passé la barrière, nous ne pouvons plus nous arrêter. (Elle tourna la tête vers les sorcières qui se tenaient en retrait.) Envoyez un message à celles restées dans la cité de Lilette. Dites-leur que nous l'avons trouvée, mais veillez à ce qu'aucun navire tartennien ne vous entende.

— S'ils apprennent qu'elle est avec nous, ils la tueront, souligna le Protecteur.

— Ils n'ont aucun moyen de savoir qu'elle est ici, soupira Krissin.

— Maîtresse, lança un marin. Un capitaine tartennien demande l'autorisation de monter à bord.

Le teint de Krissin vira au gris pâle.

— De notre navire ? Mais pourquoi ne s'adresse-t-il pas à Millay ? C'est elle notre chef de guerre.

Le marin secoua la tête.

— Leur chaloupe approche déjà, Maîtresse.

— Emmenez Brusenna à l'abri des regards, ordonna-t-elle à deux Protecteurs. Si elle tente quoi que ce soit, assommez-la.

Les deux hommes empoignèrent Senna par les bras. Ils l'entraînèrent dans la cabine exiguë d'un officier et lui ordonnèrent de se taire avant de refermer la porte.

Senna se précipita sur le pot de chambre. Puis elle patienta dans l'obscurité. De la sueur commença à ruisseler le long de son dos. Bien vite, des voix s'élevèrent sur le pont. Incapable de discerner les mots prononcés, Senna se hissa sur le rebord de la couchette.

La porte de la cabine ne resta pas fermée très longtemps. Dans l'embrasure de la porte, Krissin, sévère, dévisageait Senna. Elle adressa un signe de tête aux Protecteurs qui l'accompagnaient.

— Retournez sur le pont avec les autres. Et tenez-vous prêts. (Ils s'exécutèrent et Krissin referma la porte.) Les Tartenniens savent que tu es à bord.

Chaque battement de son cœur envoyait dans ses veines une vague glaciale d'effroi.

— Quoi ? Mais Comment ?

Cord perçut sa peur, elle le sentit. Mais elle refusa de se laisser distraire.

— Je n'en sais rien, répondit Krissin. Mais si je ne te livre pas, ils menacent de rompre notre alliance. Et s'ils ne nous attaquent pas sur-le-champ, les sorcières du Refuge le feront. Nous leur avons déjà révélé notre présence. Dans tous les cas, une guerre va éclater. Une guerre qui pourrait très bien ne pas tourner à notre avantage. Je ne peux me permettre d'échanger des centaines de vie contre la tienne, quand bien même tu es l'élue des Créatrices et notre future Compositrice.

Senna enfouit le visage dans ses mains et sursauta quand Krissin lui lança une outre d'eau, un quignon de pain et un peu d'agneau séché.

— Garde tout ça près de ta poitrine. C'est encore l'endroit le plus sûr.

— Sauf s'ils décident d'abuser de moi.

Krissin sembla se radoucir.

— Essaie de rester en vie jusqu'à ce que les combats soient terminés. Nous surveillerons le navire sur lequel tu auras embarqué, puis nous négocierons ta libération.

Senna doutait de survivre aussi longtemps. Krissin ouvrit la porte de la cabine et fit sortir la jeune fille. Senna plissa les yeux dans la luminosité qui écrasait le pont et les silhouettes sombres qui s'y trouvaient. Lorsqu'elle les reconnut, une vague de terreur la paralysa. Grendi posait sur elle un regard acéré. Ses cheveux, épais et noirs, bien que légèrement grisonnants sur les tempes, s'entortillaient en structures complexes sur le haut de son crâne. La soie de sa robe sans manches ondoyait comme la surface d'un lac. De ses doigts pendait le croissant d'ambre que Senna avait confié à Joshen. Le bijou tirait sur sa cordelette et pointait droit vers la gorge de la jeune fille.

— Non… lâcha Senna sans s'en apercevoir.

Grendi saisit délicatement le pendentif qu'elle frappa contre une de ses bagues en métal. Aussitôt, la pierre retomba dans le creux de sa main. Un large sourire carnassier étira ses lèvres.

— Brusenna. Quelle joie de te retrouver. Je suis si contente que tu aies choisi de traverser cette abominable barrière pour nous rejoindre. Nous avons tant de retard à rattraper.

La peur enserra l'âme de Senna entre ses griffes glaciales.

— Qu'avez-vous fait à Joshen ?

Le Chancelier se tapota la lèvre inférieure d'un air songeur.

— Joshen, Joshen… Ah, oui ! Le Protecteur qui refusait obstinément de parler de toi, malgré toutes les tortures qu'on lui faisait subir. Ce n'est que lorsque nous avons mis la main sur cette vieille femme – comment s'appelait-elle déjà ? Ah, oui, Desni – que j'ai enfin appris le secret de ton collier. (Grendi glissa le croissant d'ambre dans sa poche d'un geste délicat. Elle se tourna ensuite vers sa garde rapprochée.) Emmenez-la dans l'autre navire. Ligotée et bâillonnée.

Des mains l'agrippèrent sans ménagement.

— Que lui avez-vous fait ? hurla la jeune fille. Qu'avez-vous fait ?

Impassible, Grendi se retourna lentement.

— Je leur ai offert le choix entre le sommeil éternel et la torture. Ils ont opté pour la méthode douce.

Les muscles de Senna cessèrent de la porter. Elle s'effondra sur le pont, mais c'est à peine si elle sentit la douleur qui lui brûla les genoux.

— Non…

Grendi ne la quittait pas des yeux. Une pointe de satisfaction semblait illuminer ses traits.

— La torture est un art complexe, Brusenna. La frontière entre la souffrance et la mort est ténue. Et le corps humain a ses limites.

Une haine farouche explosa dans la poitrine de la jeune sorcière. Des mots brûlants, qui semblèrent lui couvrir la langue de cendres, jaillirent de sa bouche : un enchantement capable de mettre le monde entier à feu et à sang.

Flammes et braises ardentes
Embrasez tout de votre fureur brûlante
Que seules ne restent plus que scories et cendres fumantes.

— Arrêtez-la ! aboya Grendi, déjà cernée par une épaisse fumée.

Des vagues d'une chaleur infernale rugirent partout sur le navire. Les genoux de Senna, à peine protégés par le fin tissu de sa tunique, se couvrirent instantanément de cloques.

Un violent coup à la mâchoire l'obligea à se taire. On lui glissa un bâillon entre les dents et une corde rêche mordit dans la chair de ses poignets. Entraînée à l'écart, elle lança un dernier regard à Krissin.

La Maîtresse de la Lumière, rouge de honte, détourna les yeux.

Le Chant de l'eau

Senna était trop horrifiée pour crier. Trop horrifiée pour penser. Une seule chose était certaine : elle désirait mourir.

Joshen était mort. Par sa faute. C'était elle qui l'avait entraîné en Tartennie malgré les risques évidents qu'ils encouraient. Ses yeux refusaient de lui obéir, les sons lui parvenaient déformés, et son corps ne lui envoyait plus aucun signal. La douleur étouffait peu à peu tous ses autres sens.

De son côté, Cord tentait en vain d'attirer son attention par le biais de leur lien, mais un insecte entêté aurait eu plus de succès face à une fenêtre close.

Grendi s'approcha tant que les effluves de son parfum douceâtre emplirent les narines de Senna. Satisfaite, elle observa ses hommes attacher la jeune sorcière au mât par la taille, les bras levés au-dessus de la tête.

— Nous atteindrons le Refuge dans deux jours. Tu seras alors aux premières loges pour assister au spectacle de ton peuple – de ta patrie – réduit en miettes tout autour de toi. Un peu comme tu me l'as fait subir en Tartennie.

Senna s'humecta les lèvres.

— Vous aviez promis à Ellesh de lui remettre les survivants. Si vous ne tenez pas votre promesse, elle coulera votre flotte.

Grendi se pencha en avant. Ses mèches brunes vinrent chatouiller le visage de la jeune fille.

— Qu'elle la coule. (Elle sembla se délecter de l'expression de dégoût qui déforma les traits de Senna.) Lorsque tout sera fini, nous te pendrons et exhiberons ton cadavre dans toute la Tartennie jusqu'à ce que tu finisses par pourrir comme tout le reste. (Elle recula et s'adressa d'une voix ferme aux soldats qui l'accompagnaient.) Ni nourriture ni eau.

Elle tourna ensuite les talons et disparut.

Les yeux fermés, Senna tressautait au rythme de ses sanglots.

Pendant deux jours et une nuit, la jeune fille resta ligotée au mât d'artimon. Le jour, le soleil lui brûlait la peau, et la nuit, des cloques la déformaient. Sa langue enfla dans sa bouche. Incapable de produire de la salive ou des larmes, elle gardait les paupières et les lèvres closes.

Ses bras, toujours au-dessus de sa tête, lui faisaient l'effet de poids morts. Elle tentait d'agiter ses doigts de temps à autre, mais sans certitude d'y parvenir réellement. Peut-être ses mains s'étaient-elles déjà nécrosées ? Mais même cette terrible perspective ne semblait pas l'atteindre. Elle ne pouvait ni s'asseoir, ni se reposer. Et elle avait soif – terriblement soif.

Étrangement, elle puisait un certain réconfort dans la présence de Cord, toujours plus proche. Par moments, elle parvenait même à se réfugier en lui quelques instants.

Bien qu'elle lui infligeât de partager sa douleur, le Protecteur accueillait ses intrusions avec bienveillance. Sans ce lien, elle ne pensait pas qu'elle aurait survécu aussi longtemps.

Sans doute avait-elle somnolé car, lorsqu'elle entrouvrit les yeux, la nuit était déjà profonde. La présence de l'outre dissimulée sous sa tunique l'obsédait. Elle sentait le liquide qu'elle contenait à travers la membrane, percevait chaque clapotis provoqué par ses mouvements.

La nuit précédente, à la faveur de l'obscurité, elle avait tenté de l'atteindre pendant plusieurs heures, si bien que les cloques qui lui couvraient la mâchoire avaient fini par se percer et suinter sur sa chemise. Mais elle se devait d'essayer encore.

Elle faufila son menton sous le tissu sale de sa tunique et tira la langue autant que son bâillon le lui permettait, dans l'espoir de l'enrouler autour du bouchon. Elle s'affaissa pour que les cordes remontent l'outre plus près de son visage. Après des heures d'effort, sa nuque était percluse de crampes et son cou ruisselait d'un liquide inconnu – sans doute ses ampoules suintaient-elles de nouveau, ou peut-être était-ce du sang.

Soudain, elle décela une présence devant elle. Depuis combien de temps le garde tartennien l'observait-il ? Il ne pouvait plus ignorer la présence de l'outre. Les traits tirés, il semblait l'étudier. Puis, après un furtif coup d'œil alentour, il dénoua l'outre qu'il porta aux lèvres de Senna d'une main agile.

Sous le choc, elle le dévisagea, bouche bée.

Il la tira de sa torpeur et l'aida à boire. À cause du bâillon, une grande partie de l'eau ruissela sur les côtés de sa bouche, mais son goût était inouï. Le corps de Senna l'accueillit comme un sol désertique absorbe la pluie. Lorsque l'outre fut vide, le soldat s'arrangea pour la faire disparaître. Avec des gestes doux et mesurés, il fouilla sous la tunique de la jeune fille et récupéra le pain sec dont il lui glissa un morceau dans la bouche. Incapable de mâcher, elle le laissa ramollir avant de l'avaler.

Senna chercha les yeux de son bienfaiteur pour le remercier d'un signe de tête, mais le soldat refusait obstinément de croiser son regard. Il finit de lui administrer le reste du pain, puis regagna sa position.

La jeune sorcière se sentit sombrer dans le sommeil mais, à la différence du précédent, elle savait que celui-là ne serait pas son dernier.

Le fracas lointain d'un orage la ramena à la réalité. Elle cligna des yeux à plusieurs reprises, puis scruta l'horizon. Un épais tapis de nuages noirs roulait vers eux. Des éclairs gravèrent sur ses rétines leurs zébrures lumineuses. Elle perçut un changement dans l'atmosphère. L'air était chargé de signes annonciateurs. Un ouragan approchait.

Cord, dont elle ressentait la proximité à travers leur lien, devait avoir embarqué sur un des navires caldendriens. Senna se demanda comment il avait pu si facilement la rattraper.

Les yeux fermés, elle prêta l'oreille à la mélodie des Quatre Sœurs. Un flot continu d'enchantements tordait ses rythmes naturels vers une musique plus sombre, sinistre. Les Gardiennes du Refuge tentaient de refouler l'armada. Mais les sorcières caldendriennes aménageaient des trouées de temps calme qui permettaient à leurs navires de progresser en plein cœur de la tempête.

Dans leur affrontement, les deux salves de notes donnaient naissance à un vacarme dissonant qui écorchait les oreilles de Senna. Les mâchoires crispées, la jeune fille s'efforçait de réfléchir malgré l'insoutenable cacophonie.

Une bourrasque ébranla soudain l'équipage. Le navire escalada une vague de la taille d'une montagne, jusqu'à ce qu'il semble s'enfoncer dans le ciel. Plus il approchait de la crête, plus son allure faiblissait. Senna douta de sa capacité à franchir le monstre d'écume. Elle l'imaginait déjà qui reculait dans une course folle et soumettait l'équipage au tir nourri de l'équipement projeté en tous sens.

Mais le navire parvint à atteindre le sommet de la vague, où il sembla s'immobiliser. Puis il bascula en avant et dévala l'autre versant à une vitesse effrénée. Senna en eut le vertige. Le navire s'écrasa au creux de la vague dans une colossale gerbe d'écume qui balaya le pont et percuta la jeune fille de plein fouet. L'eau, glaciale, lui coupa le souffle et lui brûla les yeux. Haletante, elle ruisselait de toutes parts.

Chaque fois qu'elle éclatait, la foudre révélait la cohue des marins tartenniens disséminés un peu partout sur le relief maritime accidenté. Un éclair transperça le ciel et fondit sur l'un des navires au pavillon écarlate. Mais un second, surgi de nulle part, intercepta sa course. Les deux éclairs disparurent dans un fracas assourdissant qui vrilla les tympans de Senna.

La guerre avait commencé.

Pendant ce qui lui sembla durer des heures, ils s'échinèrent à progresser dans la tempête. Aussi impuissante que le navire auquel elle était ligotée, la jeune fille inclina la tête en arrière et, bouche ouverte, elle profita de l'eau de pluie pour se désaltérer. Elle se sentait mieux. Si seulement elle pouvait cesser de frissonner !

Soudain, à travers la pénombre surnaturelle qui baignait les lieux, elle reconnut le dessin caractéristique de la houle qui butait contre les falaises du Refuge.

Elle voulut crier à ses consœurs de le déplacer. Elle imaginait le chaos qui devait régner sur l'île : des Sorcelles chargées de messages courant en tous sens, les sorcières qui, réunies au Cercle de Pouvoir pour chanter en chœur, s'accrochaient à leur certitude que jamais ni les Tartenniens, ni les Caldendriens ne franchiraient leur muraille naturelle. Sans doute envisageaient-elles cette guerre comme un siège qui consisterait pour elles en une simple attente, le temps que les flots se chargent de réduire en pièces les flottes ennemies.

Lorsque les navires furent assez près, le capitaine donna ordre de virer parallèlement aux falaises, puis d'armer les canons de bordée. Senna ne comprenait pas l'intérêt de la manœuvre. Espérait-il abattre ces murailles épaisses de plusieurs mètres à l'aide de simples boulets de fonte ?

Une déflagration retentit sous ses pieds mais, au lieu de boulets traditionnels, une nuée d'ancres modifiées, suivies de longues cordes, s'envola dans le ciel.

Certaines s'écrasèrent contre les falaises dans une pluie d'éclats meurtriers, tandis que d'autres rebondirent mollement sur les flots. Mais quelques-unes parvinrent à s'accrocher à la roche. Une vague scélérate frappa le navire qui s'éloigna du Refuge, accompagné de sa volée de grappins. On remonta les ancres à bord et l'on rechargea les canons pour une seconde salve. Cette fois, les grappins tinrent bon.

La peur de Senna monta d'un cran.

Des soldats tartenniens, fusil gainé dans le dos, s'accrochèrent aux cordages puis, à la seule force des bras, se dirigèrent vers les falaises immobiles. Personne n'était là pour entraver leur progression. Un cri franchit ses lèvres. Mais l'avertissement n'atteignit jamais les oreilles de ses consœurs. Si elle n'avait pas été ligotée au mât, elle se serait effondrée à genoux sur le pont. Le garde qui lui avait donné de l'eau se tourna vers elle. Elle perçut un éclat de pitié dans son regard.

L'une des ancres céda dans un fracas retentissant. Le garde se retourna aussitôt. Sur le pont, les marins saisirent la corde lâche et tirèrent en rythme pour ramener les soldats détrempés en sécurité. En un rien de temps, un groupe d'hommes en tenue écarlate gisait sur le pont, bras en croix et souffle court. Mais ses effectifs avaient fondu, plus de la moitié des soldats avaient péri noyés.

Une nouvelle bordée de grappins transperça les cieux. Les soldats, déjà remis, entreprirent une nouvelle traversée. Les autres ancres tenaient bon.

Lorsque les sorcières du Refuge prendraient conscience du danger, il serait déjà trop tard.

Senna visualisa le Refuge d'antan : écrin resplendissant qui abritait une colonie florissante de sorcières et de Protecteurs loués pour leur puissance et leur savoir-faire. Si les Tartenniens l'emportaient, il ne resterait qu'un tas fumant de pourriture et de cendres chaudes.

Une perspective qui lui était insupportable.

Elle tira de toutes ses forces sur ses liens. La corde grossière lui cisailla les poignets déjà à vif mais refusa de céder. Senna s'affaissa. La situation était désespérée. Elle avait eu beau faire tout son possible, ça n'avait pas suffi.

Un éclair, surgi de nulle part, s'abattit sur le flanc du navire. Une vague électrique se propagea sur le pont détrempé et ébranla la jeune fille. Elle ne voyait rien de la scène qui se déroulait derrière elle, mais elle sentit une forte odeur de brûlé, entendit des hurlements terrifiés et perçut le martèlement de dizaines de bottes contre le bois. Un soldat la dépassa en trombe. Il assena un terrible coup de poing au visage de son geôlier. Perplexe, elle ne comprenait pas pourquoi un Tartennien attaquait l'un de ses camarades. Mais le soldat en question n'était pas un Tartennien.

C'était Cord, vêtu d'une veste d'uniforme trop petite pour lui et à demi boutonnée sur sa poitrine. Dans le chaos ambiant, son teint mat et ses cheveux sombres lui permettaient de passer inaperçu.

Agenouillé au-dessus du garde inconscient, il tira un couteau de son étui de cheville.

— Non ! s'écria Senna malgré le bâillon.

Elle ne pouvait se résoudre à laisser Cord le tuer.

Avec un grognement exaspéré, le Protecteur retourna l'arme et frappa le soldat à la tempe avec le manche. Il entraîna ensuite le corps inerte hors de vue, puis vint se plaquer contre Senna pour jeter un coup d'œil derrière elle. La douce chaleur qu'il dégageait réconforta la jeune fille.

Le souffle de ses mots effleura la bouche de Senna.

— Je pense que personne n'a rien vu. (Une vive douleur déforma ses traits lorsqu'il posa le regard sur la jeune sorcière.) Je suis tellement désolé, Brusenna.

Il libéra Senna du bâillon qui l'empêchait de fermer la bouche depuis deux jours. Les muscles de sa mâchoire tremblaient de manière incontrôlable. Cord trancha ensuite les liens de ses poignets. Les bras de la jeune fille retombèrent lourdement devant elle. Incapable de soulever leur poids mort, elle fut tout de même soulagée de constater, à leur couleur violacée, qu'ils ne s'étaient pas nécrosés.

— Comment ? cria-t-elle pour se faire entendre dans la tempête.

— Tu croyais peut-être que j'allais t'abandonner ?

Le jeune homme cisailla la corde qui retenait Senna au mât. La lame lui entailla légèrement la peau, mais quelle importance ? Elle était enfin libre. Affaiblies, ses jambes cédèrent sous son poids.

Cord l'aida à descendre sur le pont où elle s'effondra en un petit tas détrempé. Accroupi à côté d'elle, le jeune homme la souleva pour la débarrasser de la masse de corde.

Peu à peu, ses bras et ses mains revinrent à la vie. Des milliers de pointes chauffées à blanc semblaient lui transpercer la chair.

— Comment nous as-tu rattrapés ? demanda-t-elle malgré la douleur.

— La Compositrice a piqué une colère noire quand je lui ai appris que tu t'étais enfuie, expliqua-t-il sans cesser de lui frictionner les mains pour aider le sang à circuler de nouveau. Elle m'a alors envoyé à bord d'un navire plus petit et plus rapide, et fait en sorte que je vous rejoigne au plus vite. Avec Krissin, nous t'observions depuis notre bateau. C'est elle qui a envoyé l'éclair. Pas mal comme diversion, non ?

— Mais comment es-tu monté à bord ? insista-t-elle d'une voix éraillée.

Cord porta alors une outre aux lèvres de Senna. Un bouillon tiède, riche, lui emplit la bouche. Son goût la tira de sa torpeur. Elle saisit l'outre et avala goulûment.

Le jeune homme, dont la culpabilité d'avoir laissé sa protégée lui fausser compagnie filtrait à travers leur lien, ne la quittait pas des yeux.

— J'ai nagé.

Senna manqua de s'étrangler et recracha une pleine gorgée du succulent bouillon. Elle en récupéra une partie dans sa main et la ravala aussitôt sans la moindre honte.

— Avec ce temps ?

Il acquiesça.

Il avait bravé ces eaux glaciales, ces flots déchaînés, juste pour la secourir ? Voilà qui expliquait sans doute la pointe d'appréhension qu'elle avait éprouvée un peu plus tôt. Elle avait partagé, sans le savoir, sa peur de plonger dans l'océan démonté. Elle baissa les yeux.

— Tu n'aurais pas dû. C'était bien trop risqué.

Il glissa un nouveau coup d'œil derrière le mât et observa les Tartenniens.

— Il faut nous en aller au plus vite.

Bien qu'animée d'une force qu'elle n'avait plus ressentie depuis des jours, Senna ne parvenait pas à se réchauffer. Dans le dos de Cord, elle observait la surface de la mer qui ondulait violemment, comme malmenée par une gigantesque main invisible.

— Mais comment ? Je ne crois pas être capable de nager là-dedans. Je ne sais vraiment pas comment tu as fait.

Cord sortit une fiole de la poche de son pantalon.

— Grâce à ça nous pourrons regagner l'un des navires caldendriens.

La jeune fille reconnut aussitôt la potion d'Ioa, celle qui permettait à un humain de se métamorphoser en phoque. Elle lui prit le mélange topaze des mains. Le verre manqua de lui glisser entre les doigts. Elle scruta les centaines de soldats qui, accrochés comme des vêtements mouillés à une corde à linge, pendouillaient au-dessus des flots agités. Ils avaient déjà couvert la moitié de la distance.

— Je dois prévenir les sorcières du Refuge.

Cord, les mains posées sur les épaules de Senna, la repoussa contre le mât.

— Tu ne peux rien pour arrêter ça. Personne ne le peut. La seule chose à faire est d'aider les survivants.

— Il n'y aura pas de survivants. Grendi se contrefiche que vous restauriez ses terres ou que vous couliez toute sa flotte. Ma mère vit sur cette île, Cord.

Le jeune Protecteur recula, comme si ses paroles l'avaient brûlé. Leur lien apprit à Senna que la brûlure était bien réelle.

— En partant tout de suite, nous pourrons prévenir les Protecteurs. Ça leur permettra d'arriver à temps sur les falaises, expliqua-t-elle d'une voix radoucie.

Cord baissa la tête. Il avait su ce qu'elle lui dirait à peine libérée, mais ça ne l'avait pas empêché de voler à son secours.

— Je dois te ramener avec moi, Senna.

— Viens avec moi au Refuge ! dit-elle en lui prenant la main. Aide-moi à les sauver.

— Si tu y retournes, tu mourras avec les autres. Si toutefois elles ne te jettent pas d'abord au fond d'une cellule.

— Je ne décide que de mes actes, pas de leurs réactions, répliqua-t-elle. Mais je dois assumer les deux.

Il ouvrit la bouche pour répondre, mais des voix leur parvinrent, assez proches pour être intelligibles malgré la tempête. Cord se plaqua avec elle contre le mât.

— Que tu viennes ou non avec moi, je vais au Refuge, lui souffla-t-elle à l'oreille.

Il percevait le désespoir de la jeune fille, comme elle ressentait le sien.

— Je pourrais très bien t'en empêcher, dit-il, jetant un furtif coup d'œil derrière le mât.

— Je t'ai sauvé la vie, répliqua-t-elle d'une voix haletante. Et, pour me remercier, tu n'as pas trouvé mieux que de me faire souffrir et trahir ma confiance.

Il grimaça comme si elle l'avait giflé.

— Je viens juste de te sauver à mon tour. Nous sommes quittes.

Elle le regarda droit dans les yeux. Leurs visages ruisselaient abondamment sous la pluie.

— Nous ne le serons jamais. Si vraiment tu m'aimais, jamais tu ne m'aurais arraché tout ce à quoi je tiens. Pas plus que tu ne m'empêcherais de secourir ceux que j'aime.

Cord la dévisageait comme s'il était capable de lire dans son âme. Soudain, elle se rendit compte qu'il sollicitait leur lien.

— Mais tu aimes Joshen ?

Senna eut l'impression qu'une partie d'elle-même mourait.

— Avec Ellesh, vous me l'avez arraché bien avant que les Tartenniens le tuent. Tu le sais très bien.

Elle répugnait à l'admettre, mais ce n'était que la stricte vérité.

— C'est d'accord, accepta-t-il avec un léger hochement de tête. Mais dépêche-toi de nous transformer.

Senna ôta sa tunique détrempée puis, frissonnante dans sa seule chemise, s'agenouilla. Cord se débarrassa à son tour de sa tenue de soldat. Arrosé par la pluie et les embruns, son torse scintillait.

La jeune sorcière chanta à voix basse afin que ses mots n'atteignent pas les oreilles des Tartenniens. Avec les restes de la substance visqueuse dont elle s'était enduit les lèvres – lesquelles vibraient à présent de puissance – elle traça des lignes du front jusqu'au nombril de Cord. Son doigt glissa sans difficulté sur le corps musculeux du Protecteur.

Sous son regard ardent, Senna se rendit compte que sa tenue, imbibée de pluie, était presque transparente. À tel point que le tissu laissait deviner les contours de son tatouage en forme de croissant de lune. Cord lui prit le visage dans ses larges paumes chaudes. Il se pencha vers elle et posa ses lèvres sur celles de Senna. Leur douceur la bouleversa, mais elle ne voyait que Joshen. Ne pensait qu'à Joshen.

— J'avais besoin de savoir comment c'était, déclara Cord sans la quitter des yeux. (L'afflux de tristesse franchit leur lien. Les pensées de Senna la trahissaient.)

Un jour, tu ne penseras plus qu'à moi lorsque je t'embrasserai.

À cette perspective, Senna eut l'impression qu'on la poignardait dans le cœur. Elle rejeta la tête en arrière et dévisagea le jeune homme. Était-il vraiment amoureux d'elle ? Elle ne le pensait pas. De l'idée qu'il se faisait d'elle, peut-être, mais pas de celle qu'elle était réellement.

— Ce n'est pas la première fois que nous nous embrassons.

— Ça ne comptait pas, grommela-t-il. Tu m'avais piégé.

Une première vague de douleur le força à la relâcher. L'Ioa commençait à faire son œuvre.

En vitesse, Senna enchanta de nouveau la potion avec laquelle elle traça une ligne jusqu'à son propre nombril.

Cord, plié en deux, émit un grognement.

— Ça venait d'où, ça ? demanda une voix.

Un soldat surgit de derrière le mât. Bouche bée dans un premier temps, il ne tarda pas à dégainer son épée.

— Qu'est-ce que tu fais à la prisonnière ?

D'un mouvement à l'agilité surprenante, Cord lança son couteau. Le soldat s'effondra. Un second appela à l'aide. En deux grandes enjambées, Cord récupéra son arme sur le cadavre et fit taire l'appel au secours.

Sa peau se mit à ondoyer. Il serra les dents et parvint à contenir un puissant râle de douleur.

Une vague de Tartenniens affluait vers eux. Cord les repoussa dans une macabre chorégraphie de scintillements métalliques. Les premiers tremblements s'emparèrent à leur tour de Senna. Elle les ressentit jusque dans ses os.

— Vite ! enjoignit-elle à Cord, lui saisissant le bras. Avant qu'il soit trop tard.

Veillant à rester entre elle et leurs assaillants, Cord recula jusqu'au bastingage.

— La sorcière s'échappe ! hurla un soldat.

Senna enserra Cord par la taille, et tous deux basculèrent par-dessus bord.

VELVETEN

Pendant sa chute, ses os s'effilèrent. À demi métamorphosée, elle heurta la surface de l'océan avec une telle violence qu'elle eut l'impression d'atterrir dans un champ d'orties. Tandis qu'elle se tordait de douleur dans les eaux glaciales, ses os achevèrent de se reformer. Lentement, très lentement, la douleur reflua. Pour la première fois depuis d'innombrables heures, la morsure du froid ne lui était plus insupportable.

Elle cessa de se débattre et s'efforça de recouvrer ses esprits. La mer, bouillonnante, était plongée dans l'obscurité. La visibilité était réduite et la nage, au milieu des courants contraires, presque impossible.

Cord ramena sa queue sous lui et l'observa d'un œil incrédule. Senna se rapprocha pour lui donner un petit coup de museau. Bouche bée, il la dévisagea de son regard liquide. Guidée par la finesse de son odorat et la sensibilité de ses moustaches, Senna suivit les effluves d'algues qui lui parvenaient.

Lorsqu'elle approcha des falaises de l'île, elle se mit en quête d'un tapis d'algues en forme de lune gibbeuse. Enfin, elle entrevit l'entrée de la grotte – une cavité obstruée par la végétation marine – et s'élança en avant.

Quelque chose fonça soudain hors de Velveten. Senna n'avait perçu qu'un reflet métallique à la faveur d'un éclair lorsque Cord bondit devant elle. Le Protecteur se cambra et poussa un hurlement effroyable.

La douleur de Cord se déversa en elle par le biais de leur lien. Le goût métallique du sang remplaça celui, iodé et minéral, de l'océan dans sa bouche. Horrifiée, elle découvrit un harpon fiché dans le flanc du Protecteur. Un nuage écarlate colorait l'eau tout autour de sa plaie. Senna, à l'affût de leur agresseur, pivota.

Se propulsant à toute vitesse à la manière d'une grenouille, Pogg passa en trombe devant elle. Le Mettlemot préparait déjà un second tir. Sans doute lui avait-on confié la surveillance de Velveten et ordonné de combattre toute sorcière qui chercherait à s'y introduire sous l'apparence d'un phoque. Senna rugit quelque chose qu'il ne comprit pas.

Elle saisit doucement la nageoire de Cord entre ses dents et l'entraîna, aussi vite que possible, vers la surface. Elle frissonna. Elle avait de nouveau froid : les effets de la potion se dissipaient. Jamais elle ne pourrait atteindre Velveten sans ses attributs de phoque. Si elle ne sortait pas en vitesse de l'eau, Cord et elle finiraient noyés.

Du coin de l'œil, elle aperçut Pogg qui ajustait sa visée. Elle entraîna Cord dans une brusque plongée pour éviter le harpon. La nageoire du Protecteur, qu'elle avait mordue un peu fort, se mit à saigner. Le harpon fendit les eaux juste au-dessus de leurs têtes. Senna reprit sa fuite en avant. Un frisson ondula sur sa peau et une forte démangeaison naquit au milieu de sa queue, là où ses jambes menaçaient de reprendre leur forme humaine. Elle battit frénétiquement de son appendice et, guidée par ses nageoires, serpenta près du fond de l'océan.

Pogg visa une troisième fois. Senna accéléra avec l'énergie du désespoir. Elle atteignit enfin l'entrée de la grotte sous-marine et évita de peu le harpon qui alla se ficher dans un rocher tout proche.

Le boyau d'accès était plongé dans une obscurité totale. Senna dut se fier à son odorat et à ses moustaches pour progresser vers la surface. Loin au-dessus d'elle, elle entrevit la lueur vacillante d'un feu de bois. La démangeaison de sa queue se mua en une douleur vive. Sa peau se fendit. Ses membres reprirent leur forme humaine.

Sa vitesse décrut tout à coup malgré ses efforts désespérés pour atteindre la surface. Elle empoigna Cord par la taille et battit des jambes à toute allure. Une brûlure atroce lui ravageait les poumons. Jamais elle ne pourrait couvrir toute la distance, pas avec le poids inerte de Cord à soutenir.

Il voulait qu'elle l'abandonne, l'exigeait sans réserve. Mais elle refusait d'envisager une telle possibilité, et le jeune homme était trop faible pour protester.

Pogg, un nouveau harpon à la main, surgit à leur suite dans le boyau. Il arma son bras mais ouvrit de grands yeux dès qu'il reconnut la silhouette de Senna. Il lâcha son arme et se rua vers le jeune couple. Il saisit les épaules des deux jeunes gens de ses doigts palmés, puis fonça vers la surface. Ils progressèrent d'une façon irrégulière, faite de nombreuses poussées suivies d'autant d'arrêts.

La vision périphérique de Senna commençait à s'assombrir. Elle toucha délicatement Cord et usa de leur lien pour lui dire combien elle était désolée.

Pogg fournit un dernier effort. Senna, enfin à l'air libre, inspira avec avidité. Le Mettlemot la poussa en avant. Malgré le froid qui la tétanisait, la jeune fille laissa la créature se charger de Cord et nagea vers la rive.

— Aider elle ! s'écria Pogg.

— Pogg ? lui répondit une voix hésitante.

— Aider !

Senna tenta de se hisser sur le ponton, mais ses muscles refusèrent de soulever son poids. Pantelante, elle planta ses doigts gourds dans le bois. Les planches vibrèrent sous le poids de bottes. Elle leva les yeux et découvrit une bonne dizaine de mousquets pointés sur elle. Tant de choses lui étaient arrivées depuis quelques jours qu'elle s'en remit à la décision de la personne en charge de tirer ou de l'épargner.

— Brusenna ?

Elle fit courir son regard le long d'un des sinistres canons jusqu'au visage de celui qui avait parlé.

— Collum ?

Le Protecteur posa son arme, saisit la jeune fille sous les aisselles et la hissa sur le ponton.

— Brusenna ? Mais tu as été bannie. Comment as-tu pu franchir la flotte tartennienne… et nager dans ces eaux glaciales ?

— Aidez mon Protecteur. Il est blessé, dit-elle, désignant Cord d'un faible hochement du menton.

Deux des hommes qui accompagnaient Collum s'exécutèrent. Pogg se hissa à côté d'eux et poussa un cri de lamentation suraigu qui leur vrilla les tympans. Il ramena ensuite les genoux contre la poitrine et commença à se balancer d'avant en arrière.

— Pogg pas savoir phoque être Senna ! Pogg pas savoir ! répétait-il inlassablement.

— Qui est-ce ? demanda Collum, hagard.

Senna rampa jusqu'à Cord, dont la blessure la laissa sans voix.

— Il a besoin d'une guérisseuse.

— La guerre accapare toutes les autres sorcières. Tu es la seule à ne pas livrer bataille, intervint Beck, le second de Reden.

Elle se coupa des gémissements de Pogg pour tenter de trouver une solution. Mais si elle ne soignait pas Cord elle-même, aucune autre ne le ferait.

Le harpon semblait profondément enfoncé dans la chair, un flot de sang s'échappait de la plaie. La chaude couleur ambrée de Cord avait cédé la place à un gris pâle, et ses lèvres avaient tourné au violet sombre. Sa respiration était saccadée, haletante, comme si ses poumons refusaient de se remplir d'air.

Senna sentit l'ampleur de sa médiocrité lui écraser le cœur. Cette blessure dépassait de loin ses aptitudes de guérisseuse.

— Cord, murmura-t-elle.

Le jeune homme semblait incapable de se concentrer sur elle. Seules la confusion et une vive sensation de défaite filtraient par leur lien. Il toucha le visage de Senna du bout des doigts comme pour s'assurer qu'elle était bien réelle. Elle ne put retenir une grimace en découvrant les marques de morsure qui lui meurtrissait la main.

— Senna ?

La jeune sorcière posait sur le harpon un regard désespéré.

— Je pourrais essayer de l'enlever. Si j'arrive à arrêter le saignement, peut-être que…

Cord grimaça et inspira faiblement.

— Non. Laisse-le. (Senna ouvrit la bouche pour protester.) Tu es venue pour avertir tes consœurs, lui rappela-t-il.

— Mais je dois…

— Je suis en train de mourir, Senna, parvint-il à articuler malgré la douleur.

Les mots de Cord la meurtrirent au plus profond de son être. Elle aurait rêvé qu'il se trompe, mais elle savait qu'il avait raison. Elle le ressentait. Peu à peu, le corps de Cord s'éteignait et leur lien s'estompait. Elle ne pouvait plus rien pour lui.

Il sourit et lui caressa la joue.

— Tu es triste. Je le sens.

Elle se mordit la lèvre pour refouler ses larmes. Agrippée aux derniers filaments ténus de sa détermination, elle se tourna vers Beck.

— Des Tartenniens se dirigent vers les falaises. Vous devez les arrêter ! (Elle écarquilla les yeux devant la foule de Protecteurs massés dans la grotte.) Mais d'où venez-vous, tous ? Et que faites-vous ici ?

— Nous gardons Velveten, répondit Collum.

— Ils ne vont pas tenter d'accéder par le lac intérieur, mais par les falaises ! insista-t-elle, un doigt pointé vers l'escalier le plus proche.

— C'est impossible, répliqua Beck. Si un navire essaie de s'approcher pour déployer des échelles, il sera aussitôt broyé contre les falaises. Ce bassin est le seul accès possible !

Senna serra les dents et ravala sa frustration.

— Ils se sont servis de leurs canons pour projeter des grappins de leur confection. À l'heure qu'il est, une armée de soldats tartenniens s'en sert pour monter à l'assaut de nos falaises !

— Tomes, Thayer, allez vérifier, leur ordonna Beck.

— Il sera trop tard, protesta Senna. Ils avaient déjà parcouru la moitié de la distance lorsque nous sommes partis.

Beck la dévisagea.

— Les Maîtresses ne te font pas confiance. Qu'est-ce qui me dit que des dizaines d'embarcations tartenniennes ne vont pas débarquer ici dès que nous aurons le dos tourné ?

Elle lui planta la peau à vif de ses poignets tuméfiés sous le nez.

— J'ai risqué ma vie pour m'échapper et venir vous prévenir. (À l'expression qu'il affichait, elle comprit qu'il en faudrait plus pour le convaincre. Elle se raccrocha à tout ce qui pourrait donner du crédit à ses propos.) Reden croyait assez en moi pour m'accompagner lorsque j'ai quitté l'île. S'il l'a fait, c'est parce qu'il savait que j'étais la seule à pouvoir sauver le Refuge.

Après une brève hésitation, Beck aboya une série d'ordres.

— Tous aux falaises ! Gardez vos mousquets à l'abri jusqu'à ce que vous en ayez besoin. Une poudre humide ne vous sera d'aucun secours. (Les Protecteurs se précipitèrent hors de Velveten.) Pogg, retourne dans l'eau pour surveiller l'approche d'éventuelles sorcières changées en phoques.

Le Mettlemot interrompit ses trilles affligés le temps de se tourner vers Senna.

— Pogg pas savoir.

La jeune fille inspira à pleins poumons pour se donner du courage.

— Je sais. Tu peux plonger. Ça va aller.

La créature disparut sous la surface du lac en même temps que ses lamentations perçantes.

À l'entrée de la grotte, Beck se figea.

— Collum, reste ici avec elle et surveille l'accès. Si elle essaie de s'enfuir, tue-la. Si les Tartenniens débarquent, réduis Velveten en ruines.

— Mais, meneur, détruire la grotte constituait notre dernier recours.

— Si elle ment, c'est le seul qui nous reste.

Senna posa la tête de Cord sur ses genoux pour lui caresser doucement les cheveux. Sa main glaciale enveloppa celle de la jeune fille.

— Pars. Va les aider, dit-il.

Elle ne prit conscience des larmes qui ruisselaient le long de ses joues que lorsque l'une d'elles s'écrasa sur le visage du Protecteur. Elle l'essuya aussitôt.

— Je refuse de t'abandonner.

— Tu ne l'as pas fait, répliqua-t-il, pressant sa main. Tu es restée avec moi. Dans l'eau.

Senna eut l'impression que son âme volait en éclats. Avec Cord, c'était une part d'elle-même qui mourait.

— Cord…

— Pars. (Il lui glissa alors un objet dans le creux de la paume. Senna baissa les yeux et découvrit la fiole d'Ioa.) Tu pourrais en avoir besoin.

Elle secoua la tête.

— Non.

— Maintenant nous sommes quittes, murmura-t-il dans un souffle. Tu m'as sauvé la vie. Et moi la tienne. Deux fois. Qu'en dis-tu ?

Une larme coula sur l'arête de son nez tandis qu'elle acquiesçait. Elle l'essuya du revers de la main.

— Nous sommes plus que quittes.

Cord grogna et le coin de sa bouche tressaillit.

— Tu vas réussir. Je le sais… depuis le début.

Ses yeux roulèrent dans leur orbite et son corps, secoué par un dernier râle douloureux, se figea.

Le lien qu'ils avaient partagé ne permettait plus à Senna de savoir où Cord s'était retranché. Elle inclina la tête pour déposer un baiser sur son front et, cette fois, elle ne pensa qu'à lui. Lorsqu'elle se redressa, leur lien avait disparu.

Le tonnerre gronda. Un éclair l'aveugla, mais elle ne cilla pas.

À côté d'elle, Collum sursauta.

— Par les Créatrices, il n'est pas tombé très loin !

Senna serra Cord dans ses bras. Il l'avait trahie. Il lui avait sauvé la vie. Et, à sa façon, il l'avait aimée. Comment pourrait-elle l'abandonner ? Les Protecteurs ne parviendraient à contenir les Tartenniens que quelques instants. Ils avaient beau être près de deux cents, ils ne faisaient pas le poids face aux milliers d'assaillants.

Si les sorcières alliaient leurs enchantements à la furie des armes, peut-être parviendraient-ils à ralentir assez la progression de l'ennemi pour déplacer l'île. Senna savait qu'elle ne pouvait rien pour Cord, plus maintenant. Mais elle pouvait encore prêter main-forte à ses consœurs.

— Tu ne le laisseras pas tout seul, d'accord ? demanda-t-elle à Collum.

— Sauf si je ne peux pas faire autrement, accepta Collum.

— Adieu, mon ami, dit-elle, reposant avec délicatesse la tête de Cord. J'espère te revoir un jour.

Collum, qui regardait ailleurs, lui offrit sa cape.

Elle se souvint alors que sa chemise, détrempée, ne cachait presque rien de son corps. Mais la douleur causée par la mort de ses semblables rendait dérisoire tout sentiment de gêne.

— Non. Étends-la plutôt sur Cord.

— Je lui trouverai une couverture, refusa Collum. (Voyant que la jeune fille n'esquissait pas le moindre geste, il prit une profonde inspiration.) Il n'en a plus besoin, Senna. Plus maintenant. Mais toi, tu es gelée.

À contrecœur, Senna accepta le vêtement. La chaleur résiduelle de Collum la fit frissonner.

— Tu ne vas pas me tirer dessus ? lui demanda-t-elle.

Après tout, elle avait été bannie du Refuge, et les Protecteurs avaient leurs ordres.

— Je te fais confiance, concéda-t-il avec une moue.

Elle aurait presque préféré qu'il n'en fût rien. La plupart de ceux qui lui avaient fait confiance en étaient morts.

— Tu promets de veiller sur lui ?

La question était stupide. Plus rien ne pourrait blesser Cord. Mais elle éprouvait le besoin de la poser.

— Promis, acquiesça Collum.

Au prix d'un terrible effort, Senna parvint à quitter sans un regard en arrière la lueur enfumée de la caverne pour la pénombre trouble de la tempête. Elle souleva le bas de la cape et, tête baissée sous l'assaut déchaîné de la pluie, s'élança à toutes jambes sur le sentier. Le chant de toutes ses consœurs, si coordonné qu'il semblait entonné d'une même voix, lui parvint. Le chœur se tut et Senna reconnut la voix vigoureuse de Chavis qui relâchait la puissance combinée de toutes les autres.

Tempête brûlante et aveuglante, de ta furie déchaînée,
Frappe les navires qui menacent notre contrée.
Que les éclairs aveuglants provoquent des incendies,
Que les flots démontés repoussent la vague ennemie.

Senna atteignit le Cercle de Pouvoir à l'instant où Chavis scandait sa dernière note. Une explosion de lumière assourdissante retentit tout autour d'elle. L'onde de choc qui suivit la projeta violemment au sol. Incapable de recouvrer son souffle, Senna observait les arcs électriques qui enjambaient la barrière. Ils faiblirent aussitôt puis s'éteignirent.

L'instant d'après, une nouvelle série d'éclairs éventra le ciel de l'autre côté des falaises. Certains, interceptés dans leur course, se tordirent dans le ciel. D'autres en revanche semblèrent atteindre leur cible. Un terrible grondement de tonnerre ébranla le monde.

Senna peinait encore à se relever quand Chavis canalisa un second enchantement.

Un contre-chant s'éleva des flots environnants.

Chavis se tut pour reprendre son souffle, et Senna profita du silence inquiet pour crier :

— Les Tartenniens ont débarqué sur l'île !

Plus de deux cents paires d'yeux se tournèrent vers elle. Quelques jours plus tôt, une telle attention l'aurait paralysée. Mais la timidité lui sembla, elle aussi, bien dérisoire face à la mort de ses semblables.

— Nous devons la déplacer, et sur-le-champ ! ajouta-t-elle.

Un silence abasourdi suivit son appel.

— Pff, les Tartenniens ne sont que des hommes ! déclara Drenelle, avec un geste plein de mépris qui fit scintiller ses bagues. Ce sont les sorcières que nous devons craindre.

Des dizaines de ses consœurs prirent en même temps la parole.

— Comment a-t-elle pu revenir sur l'île ?

— Qu'est-ce qui te fait penser que tu as le droit de…

— Elle ment !

Le cri de Sacra résonna malgré le vacarme ambiant.

— Brusenna ?

Leurs regards se croisèrent un bref instant, mais suffisant pour que Senna lise une forme de soulagement teinté de regret dans les yeux de sa mère.

— Silence ! cria Coyel.

— Nous avons déjà discuté de tout ça, déclara Drenelle. Tout ce que nous avons à faire, c'est attendre patiemment qu'ils s'usent les dents sur notre muraille de pierre.

— Les soldats tartenniens auront bientôt atteint les falaises… Nos Protecteurs seront incapables de les contenir. Vous devez déplacer l'île.

— C'est impossible, trancha la Maîtresse de l'Eau, dont un pouce courait sur le manche du pistolet accroché sur sa poitrine.

Comme pour souligner les propos de Senna, une salve de mousquets retentit le long des falaises. Toutes les sorcières, en parfaite communion, tournèrent la tête de concert vers la bataille qu'illuminait la foudre.

Abasourdie, Prenny dévisagea Senna

— Par les Créatrices, elle a raison !

Les gemmes qui ornaient les doigts de Drenelle, tels les yeux d'un redoutable serpent, scintillèrent dans la pénombre.

— Ce débat est stérile. Nous n'avons plus la puissance nécessaire pour déplacer le Refuge. Plus maintenant.

Coyel regarda sa consœur de longues secondes.

— En es-tu absolument certaine ?

Drenelle acquiesça.

Chavis, comme en proie à une peine profonde, ferma les yeux.

— Tu n'aurais pas dû revenir, Brusenna.

— Toutes ensemble, nous pourrions y parvenir, rétorqua Senna sans tenir compte du chagrin de la Maîtresse de l'Eau.

— Non ! s'écria Sacra.

— Aucune sorcière ne dispose d'une telle puissance, répliqua Chavis. Et, quand bien même ce serait le cas, tu n'espères tout de même pas que nous te confiions seule le contrôle du Cercle ? C'est hors de question. Si les Tartenniens atteignent nos falaises, nous réduirons la roche en poussière sous leurs pieds et nous les pilonnerons avec un déluge d'éclairs.

— Mais vos Protecteurs sont avec eux sur ces falaises ! s'offusqua la jeune fille, bras écartés et paumes ouvertes. Et les soldats bénéficient de l'appui des sorcières de Caldendre !

— Les sorcières de Caldendre ? répéta une voix incrédule.

— C'est ainsi qu'elles ont renommé Calden après la tentative du Refuge de détruire la région il y a des siècles. Depuis, elles sont restées cachées derrière une barrière infranchissable.

Un silence abasourdi retomba sur l'assemblée. Seules les Maîtresses semblaient comprendre.

Prenny fut la première à reprendre la parole.

— Nous avons refusé de l'écouter, et voyez ce qui arrive. Je ne compte pas rester sans rien faire pendant que vous reproduisez la même erreur. (Lentement, pour ne pas briser le lien qu'elle partageait avec ses consœurs, la vieille sorcière se leva.) Vous avez peur d'elle, de ce qu'elle devient, et je peux le comprendre. Moi aussi, j'avais peur au début. Mais Brusenna n'est pas Lilette.

— Et si notre enchantement n'est pas assez puissant et qu'il se désintègre à peine relâché ? rétorqua Chavis, véhémente. L'île sera réduite en miettes et nous périrons toutes !

Senna pensa à Cord. À Joshen. À Reden. Tous morts pour l'avoir aidée à délivrer son message. Elle avait surmonté bien pire que les craintes de quelques femmes âgées, et elle en était ressortie plus forte. Elle n'avait plus peur.

— Sans doute méritez-vous le sort qui vous attend, mais les Sorcerelles, les Apprenties et toutes les autres Gardiennes ? s'emporta Senna. C'est pour elles aussi que je suis revenue. Si vous refusez de regarder la vérité en face, peut-être qu'elles l'accepteront.

Parfois, seule l'insurrection permettait de changer les choses. Sans doute le temps de la révolte était-il venu.

— Tu nous demandes de te croire sur parole lorsque tu prétends être assez puissante ? demanda Chavis.

— Oui, répliqua Senna, les yeux plissés.

— Moi, je pense que tu ne l'es pas. (Chavis se tourna vers Drenelle.) Et toi ?

— La puissance nécessaire pour déplacer un tel volume de terre… commenta Drenelle en secouant la tête. Nous sommes très loin du compte.

La tête haute, Senna fit face à Coyel, dont le vote était décisif.

— On en revient toujours au même point, Maîtresse. C'est votre vision contre la mienne.

— Imaginons que tu parviennes à déplacer l'île… que se passera-t-il ensuite ? Pourquoi les Tartenniens cesseraient-ils tout à coup de nous attaquer ?

— Vous devrez abandonner le Refuge et partir vous terrer ailleurs, ou accepter de rejoindre Caldendre, expliqua Senna.

— Comme si nous pouvions faire confiance à ces femmes ! grommela Prenny.

Un éclair, plus proche que les autres, arracha une grimace à Drenelle.

— Maintenant que nous connaissons l'intention des Tartenniens de nous envahir, nous pourrions les repousser.

Coyel, d'abord aussi immobile qu'une statue de marbre, s'affaissa comme si le poids sur ses épaules était devenu insoutenable. Elle regarda tour à tour les sorcières qui l'entouraient.

— Pour lancer cet enchantement, nous allons devoir monter sur les falaises. Répartissez-vous derrière le cordon de Protecteurs et utilisez le vent pour repousser les Tartenniens. Puis, lorsque tous les Protecteurs seront derrière nous, nous invoquerons un bouclier. (Elle marqua une pause.) Ensuite, Brusenna pourra déplacer l'île.

— Non ! s'écria Sacra, qui rompit le Cercle pour, au pas de course, venir se placer entre sa fille et les Maîtresses. (La barrière scintilla en milliers de fragments qui se dissipèrent comme autant d'étoiles filantes.) Je refuse de la laisser mourir.

Mourir ? Senna ne comprit pas.

— Vous aviez promis que nous ne l'utiliserions pas de cette façon… que nous ne la laisserions pas mourir ! aboya Prenny. Cette promesse, nous l'avons toutes faite !

Dans le regard que Coyel échangea avec Sacra, Senna entrevit des restes de leur ancienne amitié.

— Si elle dit vrai, elle est la seule à disposer de la puissance nécessaire. (La Maîtresse se tourna alors vers Senna.) Je suis désolée.

Sacra tomba à genoux devant sa fille.

— Jamais une sorcière n'a survécu à cet enchantement, Brusenna. Pas même Lilette.

La jeune fille s'agenouilla dans l'herbe mouillée pour serrer sa mère dans ses bras.

— Tu savais depuis le début que j'allais mourir, n'est-ce pas ?

— J'ai essayé de te prévenir, répondit Sacra, qui tremblait de la tête aux pieds. Je savais que le Refuge t'utiliserait pour servir ses seuls desseins, comme il l'a fait avec moi. C'est pour cette raison que j'ai voulu t'en tenir à l'écart, puis que j'ai insisté pour que tu quittes cette île.

L'amour, telle la promesse d'un arc-en-ciel majestueux après l'orage, rayonna dans la poitrine de Senna.

— C'est notre seule chance.

— Non ! cria Sacra. Je vais le faire. Je vais canaliser l'enchantement.

Senna distingua alors le contour d'une arme sous le manteau de sa mère. Toutes ses consœurs en portaient une elles aussi. Elles ne disposeraient que d'un tir avant que la pluie rende leur poudre inutilisable.

— Tu n'es pas assez puissante, maman.

— Non ! Je ne te laisserai pas faire !

La tristesse ouvrit une plaie béante dans le cœur de Senna. À l'évidence, sa mère ne céderait pas, elle ne le pouvait pas. Désespérée, la jeune fille chercha de l'aide dans le regard de ses consœurs. Elle remarqua alors que les lèvres de Prenny bougeaient en silence. La vieille sorcière exhiba discrètement une fiole d'un bleu criard et s'approcha sans un bruit de Sacra.

Senna reconnut aussitôt l'arvise. La potion priverait sa mère de libre arbitre. Pour toujours. À moins qu'un antidote ne lui soit administré dans les heures suivantes.

Senna ferma les yeux. C'était la seule solution. Elle adressa à Prenny un imperceptible hochement de tête.

La vieille sorcière plaqua ses lèvres sur celles de Sacra, dont le regard sembla se vider, sans lui laisser le temps de réagir. Puis elle lui ordonna d'accompagner les autres sur les falaises.

— Je veille sur elle, promit-elle à Senna.

La jeune fille, dont le cœur semblait s'être transformé en rocher de glace, regarda sa mère s'éloigner.

— Dites-lui combien je suis désolée.

Prenny acquiesça avant de rattraper ses consœurs.

Coyel saisit Senna par la main.

— Cette fois, vu que nous ne pourrons pas établir de contact physique les unes avec les autres, nos esprits ne seront pas liés. Es-tu certaine de bien maîtriser l'enchantement ?

— Même sans lui, je pourrai déplacer l'île.

— Non, hurla Drenelle, tu ne le pourras pas ! Je te le répète : c'est impossible. Nous allons toutes mourir !

— Des propos prévisibles de la part de la traîtresse que vous êtes, répliqua Senna.

Drenelle recula comme sous le coup d'une gifle.

— Moi, une traîtresse ? Je ne suis pas une traîtresse.

— Vraiment ? Lorsque j'ai été attaquée la première fois, vous avez tout fait pour nous empêcher de retrouver mes agresseurs. Et, la deuxième fois, vous avez éloigné Joshen de moi, leur offrant ainsi une opportunité en or pour m'enlever.

— C'est ridicule, protesta la Maîtresse de la Terre, les bras levés au ciel.

Coyel scruta son homologue d'un œil inquiet.

— Drenelle ?

— Je le jure, je n'œuvre pas pour Caldendre.

La Maîtresse de la Lumière, en proie au doute, resta immobile quelques instants avant de prendre sa décision.

— Tu vas rester près de moi jusqu'à ce que cette histoire soit tirée au clair.

— Ça n'aura plus aucune importance, rétorqua Drenelle, blême. Si elle tente de déplacer le Refuge, l'île va se disloquer.

Senna grogna. Laisser Drenelle en liberté serait inconsidéré, mais elle n'avait pas de temps à consacrer à de vaines discussions.

Coyel prit Drenelle par le bras.

— C'est elle que les Créatrices ont choisie. Ça ne peut pas être anodin. Adieu, Brusenna, dit-elle, se tournant vers la jeune fille.

Toutes les sorcières s'étaient déjà précipitées vers les falaises. Senna se retrouva seule. Elle allait mourir. La perspective la terrifiait, lui retournait l'estomac, mais elle refusait de fuir ses responsabilités.

Elle repensa à Joshen, qui était mort pour elle. À Reden et à Cord. À son père et à sa sœur qu'elle n'avait jamais connus. Elle prit alors conscience que la plupart des personnes qu'elle aimait avaient déjà rejoint les Créatrices. Bientôt, elle irait les retrouver. Peut-être n'y avait-il aucune raison d'avoir peur, après tout.

Elle rejeta la tête en arrière et laissa la pluie ruisseler sur son visage, comme pour dissiper ses dernières appréhensions.

Elle était prête.

La traîtresse

— Brusenna !

Chavis traversa la clairière à la rencontre de la jeune fille, Arianis sur les talons. Rapide comme l'éclair, Chavis dégaina son pistolet qu'elle pointa sur Senna depuis l'abri offert par sa cape.

— Je n'ai pas l'intention de laisser un stupide vote nous entraîner vers une mort certaine ! lança-t-elle. Attache-lui les poignets, Arianis.

Senna, surprise, ne put que cligner des yeux. La bouche d'Arianis, telle celle d'un poisson arraché à son milieu naturel, bougeait sans un son.

— Arianis ! aboya Chavis.

La Gardienne sursauta et tira une longue corde de sa cape.

— Je suis la seule à devoir mourir, déclara Senna.

— Je me suis entraînée toute ma vie pour la guerre, contra Chavis avec un ricanement sinistre. N'essaie pas de m'apprendre comment on mène une bataille.

Arianis enroula la corde autour des poignets déjà à vif de Senna. Le matériau rêche s'enfonça dans les plaies à peine refermées.

— Combien de morts vous faut-il, Chavis ? siffla Senna entre ses dents.

Arianis tenta de la bâillonner, mais Senna referma la mâchoire à peine la corde eut-elle franchi ses incisives, comme le lui avait enseigné Joshen. Sans doute était-ce la première fois qu'Arianis bâillonnait quelqu'un car elle ne sembla pas remarquer son erreur, laquelle échappa aussi à l'attention de Chavis.

— Je n'ai aucune leçon à recevoir de toi, répliqua la Maîtresse.

Arianis, dont les mains tremblaient de plus en plus, finit de nouer la corde.

— Elles vont s'apercevoir que je suis partie si je n'y retourne pas en vitesse, déclara-t-elle avant de s'essuyer les paumes sur sa cape.

Elle n'avait visiblement aucune envie d'être impliquée dans cette affaire.

Chavis, qui veillait toujours à protéger son arme de la pluie, la congédia d'un geste.

— Très bien. Vas-y. Je te rejoindrai sur les falaises.

La Gardienne, les yeux rivés sur Senna, hésita. Puis elle recula doucement.

Senna, qui refusait de la supplier, la regarda s'éloigner sans un mot.

Libérés de la lutte acharnée que leur livraient les sorcières, les éclairs foudroyèrent la clairière de leurs langues assassines. Chavis fit signe à Senna de s'éloigner du Cercle de Pouvoir. Où l'emmenait-elle ? En jouant du menton, la jeune fille parvint à se défaire de son bâillon.

Au même instant, elle reconnut le son caractéristique d'une arme dont on enclenche le chien.

— À la moindre note, je tire. C'est clair ?

Senna ne doutait pas de la détermination de Chavis.

— Je vous en prie, écoutez-moi, l'implora-t-elle sous la pluie. Si je ne déplace pas l'île, nous mourrons toutes.

— Comment diable as-tu fait pour échapper aux Tartenniens ? demanda Chavis, que la supplique laissait de marbre.

Senna manqua de s'étrangler de surprise.

— Comment l'avez-vous appris ?

Chavis se raidit.

— Appris quoi ?

— Que c'étaient les Tartenniens qui me retenaient captive et pas les Caldendriens.

Senna ne s'aperçut qu'elle avait cessé de marcher qu'en sentant le canon de l'arme de Chavis entre ses omoplates.

— Tu l'as dit tout à l'heure.

Senna avança d'une démarche trébuchante. Elles pénétrèrent dans la forêt, légèrement à l'abri du vent. D'énormes gouttes de pluie accumulée sur les feuilles les éclaboussaient. Un éclair déchira le ciel de ses dents acérées.

— Non, c'est faux. Le seul moyen que vous aviez de le savoir, c'est…

Elle laissa sa phrase en suspens et fit volte-face. Chavis planta son arme sur la poitrine de Senna qu'elle poussa par terre.

Certains détails prenaient soudain tout leur sens.

— Lorsque j'ai vaincu Espen, elle détenait les ceintures de graines de toutes les Maîtresses… sauf la vôtre.

Chavis, dont le regard affichait une noirceur insondable, pointa son pistolet vers le cœur de sa cadette.

— Tu ne sais pas de quoi tu parles.

— Je me suis trompée. Ce n'était pas Drenelle la traîtresse. C'était vous ! Vous avez laissé Cord et Mistin évoluer librement sur l'île !

À l'expression qu'affichait Chavis, Senna comprit que la Maîtresse n'avait prévu de la conduire nulle part. Elle la dévisagea. La réalité glaciale la transperça. Chavis ne l'avait pas entraînée dans la forêt pour l'enfermer derrière des barreaux, mais pour la tuer.

La terreur la paralysa. Sa voix refusait de franchir ses lèvres. De toute façon, rien n'avait plus d'importance. La balle de Chavis lui transpercerait le cœur bien avant qu'un quelconque enchantement fasse effet.

La Maîtresse sembla se rendre compte que Senna, trahie par son expression, n'ignorait plus le sort qui l'attendait.

— Ce n'est pas ce que tu crois, déclara-t-elle. Lorsque j'ai lu pour la première fois les récits des événements passés, j'ai compris à quel point nous étions devenues des monstres. Espen avait le pouvoir de nous contrôler, de contenir nos débordements. Alors j'ai décidé de travailler pour elle, d'œuvrer de l'intérieur.

— Pourquoi est-ce que vous me racontez tout ça au lieu de simplement tirer ?

Chavis, qui devait avoir vu le dégoût qu'elle lui inspirait sur les traits de Senna, se raidit.

— Parce que je veux que tu saches que je n'ai pas d'autre choix que de te tuer. J'étais à ta recherche lorsque tu as trouvé Espen. Elle était persuadée de pouvoir te vaincre en duel. Son orgueil aura causé sa perte.

— Ma mère et les autres ont toujours affirmé que la traîtresse avait été tuée. Est-ce vous qui l'avez exécutée ? Avez-vous assassiné une innocente ?

— Non, répondit la Maîtresse, impassible. J'ai seulement fait en sorte de lui donner l'air coupable aux yeux de toutes après sa mort.

— Et à propos de Caldendre ?

Chavis haussa les épaules, comme si plus rien n'avait d'importance à ses yeux.

— Elles sont venues me trouver, mais il a fallu que tu gâches ça aussi.

En proie à un brusque désespoir, Senna secoua la tête. Elle ne put que cracher d'une voix venimeuse :

— Sale traîtresse !

— Les sorcières de Caldendre sont les plus à même de contrôler le monde, grommela Chavis. Tu le sais aussi bien que moi. En outre, elles sont bien plus fortes que nous, surtout maintenant qu'elles bénéficient de l'appui des Tartenniens. Nous n'avions aucune chance de remporter cette guerre. Mais, si nous capitulons sans résister et que nous accusons peu de pertes, nous pourrons rejoindre Caldendre et renverser les Tartenniens. C'est bien mieux ainsi.

Senna répugnait à le reconnaître, mais le raisonnement de Chavis était sensé. Les Caldendriennes feraient mieux que leurs homologues du Refuge. Elles étaient plus soudées, moins corrompues. Elles ne stigmatisaient pas les Crécelles, mais faisaient en sorte qu'elles trouvent leur place au sein de la communauté. Le pouvoir dirigeant se répartissait entre les Maîtresses, les ordres et la Compositrice : trois groupes qui s'équilibraient. Et elles avaient appris à vivre en harmonie avec le reste du monde, un exploit qui se refusait au Refuge depuis des siècles.

— Il n'y aura aucun prisonnier, l'informa Senna. Grendi se fiche que ses soldats meurent jusqu'au dernier. Elle n'écoute que son envie de vengeance.

— Tu te trompes, se renfrogna Chavis.

— Vous sous-estimez les Tartenniens.

La Maîtresse de l'Eau ne croyait visiblement pas un mot de ce qu'avançait Senna.

— J'aurais aimé qu'il y ait une autre solution mais, comme je te l'ai déjà dit de nombreuses fois, les victimes font partie de la guerre.

Senna choisit de garder les yeux grands ouverts. Elle voulait que Chavis voie la vie les quitter peu à peu, que cette image la hante jusqu'à la fin de ses jours.

Avec application, la Maîtresse ajusta sa visée. Une détonation retentit. Senna cessa de respirer, elle attendait que la douleur l'enveloppe, que le monde s'obscurcisse. Au lieu de ça, le visage de Chavis se crispa et la Maîtresse bascula en avant.

Perplexe, Senna reprit son souffle. Derrière son aînée, légèrement en retrait, elle aperçut Arianis, dont l'arme dégageait une petite volute de fumée bleutée. La Gardienne avait les yeux rivés sur Chavis.

— Cette balle ne lui était pas destinée. Elle aurait dû frapper les Tartenniens…

Senna se releva tant bien que mal. Elle se précipita sur la jeune Gardienne pour lui éviter de subir le sort qu'elle avait souhaité à Chavis. D'un coup d'épaule, elle la bouscula pour lui épargner l'agonie de la Maîtresse.

Arianis, livide, affichait un calme sinistre. Elle regarda Senna, tira un couteau de sa ceinture de graines et commença à trancher la corde qui nouait les poignets de sa consœur.

— Je te détestais, Senna. Tu possédais tout ce dont je rêvais, tout ce qui aurait dû me revenir. Le pire, et je crois que c'est pour ça que je te haïssais le plus, c'est que tu n'en voulais même pas. (Elle posa un regard vide sur la lame détrempée par la pluie.) J'ai voulu que tu éprouves ce que je ressentais, alors j'ai tenté de t'arracher Joshen.

Le chant des sorcières invitant le vent à plonger le long des falaises attira l'attention de Senna. Le conflit avait commencé, et elle avait un rôle à y jouer.

— Quoi qu'il en soit, merci de m'avoir sauvé la vie, dit-elle avant de se retourner vers le Cercle de Pouvoir.

Arianis lui agrippa la main.

— Ça n'a jamais marché. J'avais beau faire de mon mieux, il n'a jamais désiré que toi. Je voulais que tu le saches.

Senna se raidit.

— Ça n'a plus d'importance. Joshen est mort.

Arianis se plaqua une main sur la bouche. Senna, qui refusait d'entendre la moindre parole de pitié, s'élança à toutes jambes dans le paysage chaotique que chaque éclair gravait sur ses rétines.

La cape qu'elle avait empruntée, trop longue et alourdie par la pluie, ne cessait de la faire trébucher. Elle s'en débarrassa. Elle était de toute façon trempée jusqu'aux os. La foudre frappait sans relâche le sommet des falaises. Chaque fois, elle précipitait dans le vide une poignée de sorcières hurlantes.

Senna atteignit enfin le bord de la clairière. Son cœur battait à tout rompre contre sa poitrine, comme pour en sortir et tenter de fuir la mort. Un éclair éclata avec une puissance telle que le reste du monde fut plongé dans une obscurité insondable. Senna poussa un cri de terreur, qui se noya dans le vacarme ambiant.

Rouvrant les yeux, elle aperçut une tache noire de sol calciné juste devant elle. Une odeur d'humidité et de brûlé mélangés s'en dégageait. Malgré les tremblements qui lui agitaient les membres, la jeune fille s'avança au centre du Cercle de Pouvoir. Elle rejeta la tête en arrière et se mit à chanter :

Emporte-moi, ô vent, car sur toi je m'appuie,
Afin que mes paroles s'élèvent dans la nuit.

Une bourrasque d'une puissance inouïe l'enveloppa aussitôt. Elle l'arracha du sol avec une violence qui lui coupa le souffle. Senna, dont le corps ruisselait de pluie, s'éleva dans les airs, au milieu du maelström de nuages et d'éclairs. Les flots d'électricité résiduelle lui hérissèrent les poils des bras. Elle adressa une prière aux Créatrices pour que la foudre l'épargne.

Sans cesser de chanter, elle observait la scène qui se déroulait sous ses pieds. Derrière un cordon de Protecteurs, les sorcières invoquaient des vents destinés à repousser les envahisseurs. Les Protecteurs du premier rang, bien qu'armés de mousquets, se servaient exclusivement de leurs baïonnettes. Sans doute les trombes d'eau avaient-elles rendu la poudre inutilisable. Ils reculaient.

Senna inspira à pleins poumons et, par l'intermédiaire de son chant, prit le contrôle d'une puissante bourrasque qu'elle projeta en avant, tel un javelot. Le vent violent frappa les Tartenniens qui tombèrent à la renverse, mais il n'épargna pas les sorcières. Elles vacillèrent et se laissèrent tomber au sol pour éviter d'être elles aussi projetées dans le vide.

Senna usa de toute sa concentration pour limiter la taille de la rafale, mais c'était comme si elle tentait de canaliser un fleuve déchaîné à l'aide d'un minuscule entonnoir. Le vent perdit presque toute sa puissance. Les Tartenniens se relevèrent et reprirent le combat.

Les sorcières se rassemblèrent pour invoquer à leur tour un vent protecteur. Débarrassée de la crainte de blesser ses consœurs, Senna redoubla d'efforts et lança une nouvelle rafale qui projeta des grappes de soldats tartenniens dans les flots démontés.

Autour d'elle, les chants se modifièrent. La foudre amassa une puissance colossale, d'où naquit un éclair démesuré qui fondit sur la jeune fille. Senna lutta pour en arracher le contrôle aux Caldendriennes. Elle parvint à détourner l'éclair qui s'abattit de plein fouet sur l'un des navires. Bien qu'inondé par la pluie, le bois s'embrasa dans une explosion de flammes aux reflets orangés. Transformés en torches vivantes, tous les marins présents sur le pont se jetèrent par-dessus bord.

À ce stade, l'issue de la bataille ne dépendait plus que de Senna. Tous, aussi bien les Tartenniens que les sorcières – de Caldendre ou du Refuge –, en avaient à présent conscience. Une terrible nausée s'empara de la jeune fille.

Elle détourna les yeux, commanda au vent de la maintenir dans les airs et s'attaqua aux derniers soldats encore accrochés aux falaises.

Elle tendit l'oreille à la musique de la tempête avant d'en modifier quelques notes, de l'infléchir assez pour que des murs de grêle s'abattent sur la flotte des envahisseurs. Ils coururent se mettre à l'abri ou plongèrent dans les flots. Pas le moindre grêlon ne frappa l'île.

Les sorcières du Refuge se déployèrent devant le cordon de Protecteurs. Sous les pieds de Senna, leur barrière s'étendit entre leurs mains tendues. À la manière du gel qui gagnerait peu à peu la surface d'un étang, elle enveloppa toute l'île.

Les sorcières entonnèrent alors leur enchantement. Leur force cumulée se déversa en Senna dont le corps fut tout entier parcouru de picotements. Elle ferma les yeux et sollicita la puissance des Quatre Sœurs : le pouvoir de la mer, la richesse de la terre, l'éclat aveuglant du soleil et la force des vents. Auparavant, un tel afflux de puissance l'aurait submergée après seulement quelques notes, mais à présent, elle s'en repaissait comme un sol trop longtemps privé de pluie.

Les Caldendriennes redoublaient d'enchantements visant à lui subtiliser le contrôle de la mélodie. Mais leurs efforts se diluaient comme autant de gouttes d'eau dans un océan de puissance, ils alimentaient les insatiables réservoirs de Senna. La jeune fille, à l'écoute des chants qui l'entouraient, attendit patiemment que la puissance l'emplisse. Lorsque le moment viendrait, il lui faudrait connaître la mélodie et les mots qui permettaient de déplacer le Refuge.

Elle aurait pu emmagasiner plus de puissance, mais elle se sentait déjà assez forte pour déplacer l'île et produire quelques autres enchantements. Il y avait eu assez de violence, assez de morts, pour une seule journée. À l'aide de quelques mots apaisants, elle calma les flots et éteignit la tempête. Hésitants, les quelques membres d'équipage encore à bord des navires quittèrent leur abri pour s'avancer sur le pont. L'instant d'après, nombre de soldats et de marins surgirent à leur tour des ponts inférieurs. Senna orienta une légère brise dans leur direction, de façon à repousser les navires en douceur.

Mais les Caldendriennes et les Tartenniens s'entêtaient à équiper de nouveaux soldats et à tirer toujours plus de grappins.

Soit.

Sa voix se propagea sur toute l'île puis sur l'océan à la manière d'un carillon d'une pureté absolue. Les marins se laissèrent tomber à genoux. Certains abandonnèrent même leurs armes, les jetèrent par-dessus bord.

Le cœur de la jeune fille s'emplit d'espoir, mais les officiers se mirent à ouvrir le feu sur les soldats qui avaient abandonné le combat. Un cri d'horreur franchit les lèvres de Senna. Une nouvelle vague de soldats tomba à genoux, une nouvelle volée de mousquets rejoignit l'océan. Et une nouvelle série d'exécutions sommaires éclata. Les canons reprirent leur inlassable litanie.

Senna, qui pleurait sans retenue à l'idée du geste qu'elle allait commettre, ouvrit la bouche.

Refuge, tes attaches je te prie de lever.
Vents, une voie tracez.

Terre, ton sol tu dois compacter.
Plantes, vos racines déployez.
Mers, vos flots ouvrez.
Vers un lieu que nous pourrons adopter.

La barrière commença à tournoyer autour de l'île, lentement au début, puis de plus en plus vite, jusqu'à n'être plus qu'un ruban multicolore flou. Senna le resserra de sorte qu'il épouse avec précision les contours des falaises. Certaines imperfections furent même emportées et la pierre aussi polie que du verre. Senna comprit enfin d'où l'île avait hérité sa forme circulaire presque parfaite.

Mais la jeune sorcière ne profitait pas de sa protection. En effet, pour que l'enchantement soit efficace, elle avait dû s'extraire du périmètre de l'île et, une fois que l'enchantement serait accompli, Senna n'aurait plus rien sous les pieds qu'un chaos abyssal.

Elle répéta son incantation et le monde sembla s'éclaircir. Un éclat aveuglant, venu d'en bas, l'obligea à ciller. Perplexe, elle tenta de se couvrir les yeux avec les mains mais constata que la lumière émanait d'elle.

D'étranges filigranes lumineux, tels des filets de miel parsemés de cristaux de sucre scintillants, s'échappaient de sa peau en tournoyant. Plus sa puissance enflait, plus l'éclat de ces fils s'intensifiait, un peu comme si ses chants transpiraient directement par sa peau. Elle scruta l'île sous ses pieds. Sorcières et Tartenniens s'étaient interrompus en plein combat. Tous avaient les yeux tournés vers elle.

Les navires avaient eux aussi cessé de pilonner les falaises. Les chefs de guerre s'étaient tus. Le monde entier semblait retenir son souffle.

— Brusenna !

Le cri, en provenance d'un navire, résonna dans le silence. Senna en chercha l'origine du regard et aperçut un petit groupe compact de Tartenniens. Grendi se tenait à leur tête. Sa robe magnifique n'était plus que haillons et ses cheveux pendouillaient en amas grossiers. Sa posture était celle de la défaite. Grendi avait perdu la partie, et elle le savait. Elle savait aussi sa mort inévitable.

— J'ai gagné, chanta Senna.

Sur ordre du Chancelier, les soldats qui l'accompagnaient poussèrent deux hommes en avant. Senna plissa les yeux pour les identifier.

Grendi les empoigna par les cheveux et, sans ménagement, leur tira la tête en arrière. Les deux hommes étaient défigurés. Leur visage sanguinolent, tuméfié, meurtri, les rendait méconnaissables.

Mais l'un d'eux croisa le regard de la jeune fille. Trop loin pour qu'elle distingue le gris de ses yeux ou les ridules nées de ses sourires, Senna reconnut néanmoins sa façon de se mouvoir, qu'elle connaissait aussi bien que la mélodie du vent.

Joshen. Et, à côté de lui, ce devait être Reden. Ils étaient en vie !

Grendi dut crier pour se faire entendre.

— Si tu déplaces cette île, ils mourront en même temps que nous.

Senna secoua la tête. Lors de son affrontement contre Espen, une éternité plus tôt, elle avait déclaré que s'il lui fallait choisir entre le monde et Joshen, le Protecteur aurait sa préférence.

Elle observa le Refuge, où ses consœurs chantaient sans cesse pour maintenir leur barrière en place. Toutes mourraient si elle flanchait.

Elle regarda de nouveau Joshen droit dans les yeux.

— Ils me tueront quoi que tu fasses ! hurla-t-il.

L'un des Tartenniens lui ligota les poignets.

Senna poussa un cri inhumain. Des êtres qui lui étaient chers mourraient quelle que soit sa décision. Joshen était aussi courageux que Senna était puissante. Il avait tout risqué, enduré de terribles épreuves pour elle. Il avait bien plus de cœur qu'elle, et infiniment plus de bravoure.

La jeune fille passa en revue le pont des navires en quête d'un visage familier, mais nulle part elle ne vit Krissin. Malgré la douleur qui lui broyait le cœur elle lança :

— C'est avec ça que votre Compositrice a choisi de s'allier ? C'est cette vision du monde que vous essayez de m'imposer ?

Un violent frisson l'ébranla. Le vent faiblit légèrement. À l'aide de quelques notes, elle le renforça aussitôt. Lorsqu'elle releva la tête, elle ne nourrissait plus aucun doute quant à l'attitude à adopter. Elle devait se montrer aussi courageuse que Joshen.

En un clin d'œil, une masse menaçante de nuages gris bouillonna dans le ciel. Senna fit alors s'abattre une pluie d'éclairs meurtriers sur le navire de Grendi.

Joshen et Reden roulèrent tant bien que mal pour se soustraire à leur garde rapprochée. Ils traversèrent le pont en claudiquant, puis s'attaquèrent à leurs liens. Le navire fut alors pulvérisé par une terrible explosion lorsque les premières langues de feu atteignirent le stock de poudre. Une vague emporta les deux Protecteurs loin de la carcasse en flammes.

Senna, impuissante devant le spectacle des deux silhouettes minuscules livrées à la furie des eaux glaciales, porta les poings à ses lèvres. Soudain, du coin de l'œil, elle aperçut une petite chaloupe qui s'approchait des deux hommes. À son bord se trouvait une jeune fille à la chevelure sombre. Mistin.

Peut-être était-elle vraiment l'amie de Senna, après tout. Mais, bien que la jeune Caldendrienne tendît un bras secourable aux Protecteurs, Senna savait ce geste inutile. La disparition de l'île engendrerait une vague colossale qui engloutirait la flotte dans ses eaux démontées. Elle ne les avait pas sauvés, elle n'avait fait que retarder l'échéance de leur mort.

« Seule la cause la plus importante doit primer. » C'est ce que Reden lui avait dit. *« C'est bien souvent la décision la plus difficile à prendre qui se révèle la plus avisée à terme. »* La jeune sorcière ferma les yeux et détourna la tête. *Aussi courageuse que Joshen,* se répéta-t-elle en silence. *Aussi courageuse que Reden.* Elle se concentra alors sur la barrière. Depuis qu'elles l'avaient érigée, ses consœurs du Refuge n'avaient cessé de la renforcer par leurs chants. Elle était à présent assez solide. Senna changea d'intonation.

Refuge, tes attaches je te prie de lever.
Vents, une voie tracez.
Terre, ton sol tu dois compacter.

Plantes, vos racines déployez.
Mers, vos flots ouvrez.
Vers un lieu que nous pourrons adopter.

La lumière qui s'était accumulée sous sa peau jaillit soudain pour frapper la barrière dans un éclat si aveuglant qu'il l'obligea à se couvrir les yeux. Lorsqu'elle osa de nouveau regarder, seul un trou concave béait sous ses pieds. Son corps ne luisait plus, sa voix lui semblait brisée.

L'immense masse d'eau, hésitante, trembla comme si elle tâtonnait là où les parois de pierre avaient disparu. Puis, avec un rugissement assourdissant, elle se projeta en avant et emporta les malheureux navires dans sa course folle. Senna, juste au-dessus de l'épicentre, comprit que, lorsque les immenses vagues se rejoindraient sous ses pieds, elles fusionneraient en une colossale gerbe d'eau qui exploserait vers le ciel.

Ô vent, emporte-moi plus haut !

Une bourrasque lui obéit, mais la mer enflait déjà sous ses pieds. Senna eut tout juste le temps de se protéger le visage avec les bras lorsque le puissant geyser la rattrapa et la malmena comme un enfant en colère maltraiterait une poupée de chiffon.

Lentement, la trombe d'eau reflua. Senna, haletante, de sa voix rauque, brisée, demanda au vent de la maintenir en l'air, mais la puissance qu'elle venait de déchaîner l'avait laissée à bout de forces, démunie.

Elle se sentit glisser vers le bas. Le soutien du vent se délitait. Elle baissa les yeux sur les navires en flammes qui jonchaient l'océan, les épaves à demi englouties par les flots et les débris en tous genres qui ponctuaient la masse écumeuse, et chercha ses Protecteurs, mais le chaos ambiant rendait la tâche impossible.

L'air qui l'entourait semblait se distendre, se disloquer de plus en plus. Ses bras décrivirent des moulinets pour tenter de ralentir sa chute mais, bien vite, elle tomba à la vitesse d'une pierre. Elle s'apprêtait à rejoindre tous ceux qui avaient péri en cette funeste journée. Dont Cord, qui avait donné sa vie pour elle.

Mais ce n'était pas le seul don qu'il lui avait fait. La fiole d'Ioa ! Senna la tira en hâte de sa poche pour s'en asperger le visage. Agrippée à la fiole à s'en faire blanchir les phalanges, elle rassembla ses dernières forces et commença à chanter.

Elle battit des bras et des jambes dans une tentative désespérée de retarder son entrée dans les eaux glaciales de la mer d'Endall.

À l'approche des flots démontés, Senna se débarrassa de la potion et tenta de se redresser. Lorsqu'elle percuta la surface de l'océan, elle poussa un hurlement sinistre. Ses os se brisèrent, sans qu'elle sache s'ils avaient cédé sous la violence de l'impact ou sous l'effet de la potion. Puis sa peau ondoya. Mais Senna ignorait si la métamorphose surviendrait à temps ou, même, si elle suffirait à la sauver.

Puis, plus rien ne lui sembla avoir d'importance. Quelque chose lui transperça la hanche et une onde de douleur déferla en elle. Le monde s'assombrit.

TÉNÈBRES

Un frottement douloureux ramena Senna à elle. Quelque chose semblait la tirer d'avant en arrière. Elle avait mal partout. Vaguement, le souvenir lointain d'avoir atteint la côte néfalienne lui revint. Avec un grognement, elle s'efforça d'ouvrir les yeux. Les rochers où elle gisait, de même que l'eau dans laquelle elle baignait, étaient rougis par le sang. Son sang. Des débris et d'autres formes innommables jonchaient la plage tout autour d'elle. Elle tenta de se relever. Une douleur aiguë lui transperça aussitôt la hanche.

Les dents serrées, elle redoubla d'efforts, mais ses muscles, tétanisés par le froid, refusèrent de soutenir son poids.

Un immense rouleau s'écrasa sur elle et l'entraîna un peu plus haut sur le rivage. Le souffle coupé par la douleur, elle s'accrocha néanmoins de toutes ses forces aux rochers pour résister au ressac. Elle attendit que le soleil réchauffe ses membres engourdis, puis s'extirpa un peu plus de l'eau. La manœuvre déchaîna une nouvelle vague de douleur qui la submergea.

Quelque temps plus tard, lorsque ses sens lui revinrent, elle se tourna avec précaution pour examiner sa hanche. Ce qu'elle découvrit lui souleva l'estomac. Sous les restes en haillons de sa chemise, elle discerna l'éclat blanchâtre de son articulation à vif, ainsi que des lambeaux de peau et de muscles qui pendouillaient mollement tout autour. Sa chair, blanchie par le soleil et le sel, avait adopté une effroyable teinte rosâtre.

La mâchoire serrée pour contenir ses râles, Senna croisa les pieds et progressa de quelques centimètres. Elle attendit que la douleur reflue, puis répéta la manœuvre. Encore, et encore. La jeune fille parvint enfin à s'extraire de l'eau.

Mais, suite à ses efforts, sa plaie s'était remise à saigner. Elle déchira un morceau de sa chemise qu'elle plaqua contre sa hanche. Le monde tournoya et sa vision s'obscurcit. Elle était sur le point de perdre connaissance. Consciente que son hémorragie risquait de la tuer, elle appuya sa jambe et sa compresse de fortune contre le rocher sur lequel elle gisait, en espérant que son poids suffirait à arrêter le saignement.

La douleur, insoutenable, étouffait tous ses autres sens. Ils lui revinrent quelque peu lorsqu'elle arrosa sa plaie avec de l'eau de mer. Sa langue lui donnait l'impression d'être aussi sèche qu'une tranche de pain vieille d'une semaine. Elle s'étendit sur le dos et pria pour que les ténèbres la libèrent enfin de son agonie.

Quand elle rouvrit les yeux, un soleil brûlant brillait déjà dans le ciel. La chaleur avait certes chassé le froid qui lui rongeait les os, mais sa hanche la faisait tant souffrir que Senna pensa mourir de douleur. Elle tenta de s'asseoir mais, trop faible, parvint à peine à bouger. Une fois de plus, les ténèbres l'accueillirent en leur sein.

— Elle vit encore ?

— Oui, Maîtresse.

Senna s'efforça d'ouvrir les yeux. Il faisait noir et une odeur de mort empuantissait l'air. Le teint de Krissin, qui souleva la chemise en lambeaux de Senna, vira au gris.

— Tu as de la chance que nous t'ayons retrouvée avant les Tartenniens. (La jeune fille ne prit pas la peine de répondre.) Tu as perdu beaucoup de sang. Toute la plage en est imbibée.

Senna tenta de s'humecter les lèvres malgré sa langue desséchée.

— De l'eau.

Avec une moue, Krissin adressa un signe de tête à l'un des Protecteurs qui l'accompagnaient. L'homme porta une outre à la bouche de Senna. La fraîcheur du liquide apaisa le feu de sa gorge à vif. Un étrange goût de moisi lui arracha quelques toussotements. Le Protecteur recula. Senna protesta et tendit la main vers l'outre. Elle se mit à boire goulûment.

— Doucement, la réprimanda-t-il.

— Pourquoi les as-tu déplacées ? s'enquit Krissin, secouant la tête. Elles n'ont fait que te trahir.

Le corps parcouru d'une agréable sensation de chaleur grâce à l'eau, Senna se laissa aller contre les rochers.

— Les Tartenniens les auraient tuées, répondit-elle d'une voix faible et peu assurée. Je n'aurais plus eu personne à aider en tant que Compositrice.

Krissin se leva et épousseta ses genoux.

— Tu ne les as pas sauvées. Tu n'as fait que retarder leur destruction. En effet, grâce à nos sens de terre, nous savons où tu les as envoyées. Pourquoi avoir choisi la côte tartennienne, juste au-dessus de Caldendre ?

Senna ferma les yeux. Elle n'avait aucune idée d'où elle avait envoyé ses consœurs. L'enchantement n'avait indiqué aucun lieu précis. Mais peu importait. Elle avait sacrifié Joshen pour sauver le Refuge et, au final, elle n'avait réussi à épargner aucun des deux.

Voyant qu'elle n'obtiendrait pas de réponse, Krissin reprit la parole.

— Chavis est-elle morte ? (Senna acquiesça. Krissin poussa un soupir entre ses dents.) Elle était censée convaincre ses consœurs de se joindre à nous. Je ne vois pas comment elles accepteraient, maintenant. Tu les as sans doute toutes condamnées à mort.

Les battements du cœur de Senna résonnèrent tristement dans sa poitrine vide. Elle aurait préféré qu'ils cessent mais ils continuèrent en dépit de la douleur, tant physique que morale, qui menaçait de l'anéantir.

— Vu la gravité de ta blessure, tu ne seras plus jamais en mesure de marcher normalement. Emmenez-la chez la guérisseuse, ordonna-t-elle à deux de ses hommes. Et veillez à ce qu'on s'occupe d'elle. (Quelqu'un manifesta sa désapprobation, mais Senna ne put voir qui.) Je ne vais pas courir le risque qu'une élue des Créatrices meure parce que j'ai refusé de la soigner, répliqua Krissin avant de tourner les talons.

— Ce n'est pas la volonté des Créatrices ! cria Senna tandis qu'un Protecteur s'approchait.

Elle reprit son souffle pour dire autre chose, mais l'homme la souleva dans ses bras. Un vertige étourdissant la saisit, aussitôt remplacé par une douleur sans mélange.

FLAMMES

Senna se souvenait s'être réveillée chaque fois qu'on lui administrait des opiacés au goût amer. Les drogues la plongeaient certes dans le sommeil, mais jamais la douleur ne refluait. Pire même, elle lui sembla s'aggraver, enfler jusqu'à lui donner l'impression qu'on lui concassait les os, qu'on la réduisait en charpie. Finalement, même l'appel de l'eau ne suffit plus à lui donner la force d'avaler. Lorsqu'on essayait de la faire boire, le liquide ruisselait le long de ses joues et se perdait dans ses cheveux encore humides.

Elle percevait l'inquiétude dans les voix qui résonnaient autour d'elle. Elle était en train de mourir, tous le savaient. Elle aussi, mais elle s'en fichait. Elle accueillit même sa poussée de fièvre, née d'une infection brûlante qui répandait son poison dans ses veines, avec bienveillance.

Mais soudain, tous ses sens lui revinrent. Une femme, debout à côté de sa couche, l'observait. Belle comme un coucher de soleil sur un champ de blés mûrs, elle dégageait quelque chose de familier et d'insaisissable à la fois.

— Entends-tu le souffle du vent sur ta peau ?

Étrange question, pensa Senna, bien que la réponse lui semblât importante. Elle se concentra et perçut l'écho lointain d'instruments à vent. Une brise légère la caressa, apaisa sa fièvre. C'était le son du vent et de la lumière mélangés. Elle parvint à hocher la tête.

Le visage féminin sembla s'illuminer de l'intérieur.

— Viens, danse avec moi et avec la quatrième Sœur, la Lumière. Laisse-nous t'entraîner loin de la douleur et du chagrin, dit-elle, lui tendant une main amicale.

Senna la reconnut tout à coup : c'était la Créatrice qui lui avait confié la puissance d'Espen. Elle contrôlait la Lumière. Sans la moindre hésitation, elle accepta l'invitation.

La douleur disparut comme si jamais elle n'avait existé. La musique s'éleva tout autour de Senna. Elle serra fermement la main de la Créatrice juste avant que le son les soulève dans les airs. Tel un couple de feuilles emportées par une brise d'automne, elles dansèrent, virevoltèrent jusqu'à en avoir le vertige. Elles effleurèrent les plaines, survolèrent les collines, aussi aériennes que la course d'un galet qui ricocherait sur un lac.

La musique, d'abord lumineuse et enjouée, se fit plus sombre, plus pressante. Le tempo s'accentua jusqu'à les entraîner au beau milieu de l'océan, au cœur d'un déluge d'orages. Enfin, elles atteignirent le pied des montagnes et leur excitation décrut à mesure qu'elles s'élevaient vers le sommet. Elles longèrent la ligne de crête avant de replonger en douceur. Puis Senna s'étendit sur le sable brûlant. Le désert l'emplit d'une douce et délicieuse chaleur.

Elle se laissa bercer par le chant sonore et profond de la terre. Lorsqu'elle se sentit reposée, elle rouvrit les yeux et découvrit une seconde femme, à la peau d'ébène et à la chevelure folle. La Créatrice lui sourit. Ses yeux bienveillants ressemblaient à des éclats d'onyx.

— Suis-moi. Je vais te montrer la beauté de la première Sœur, la Terre.

Senna se demanda si elle était déjà morte.

La Créatrice de la Terre inclina la tête sur le côté, l'oreille tendue.

— L'entends-tu ?

Senna écouta la berceuse rocailleuse de la terre. Ses percussions parlaient de lieux secrets, calmes et protégés, le tintement de ses carillons évoquait des diamants à l'éclat incroyable, le scintillement de l'or. Peu à peu, les battements accélérèrent. La Créatrice afficha un large sourire qui dévoila une denture d'un blanc lumineux. Elle prit la main de Senna et la plaqua contre le sable chaud.

— Une montagne souffre dans les profondeurs. La sens-tu ?

Senna ferma les yeux et se laissa transporter par le rythme des percussions qui battaient sous sa paume.

— Oui, chuchota-t-elle. Je la sens.

Sans avoir besoin de se concerter, toutes deux commencèrent à chanter. La terre grommela, gronda puis s'ébroua. Comme parcourue par un puissant frisson, elle explosa sous leurs pieds. Senna sentit le sol écumer, telle la crête d'une vague, qu'elle chevaucha jusqu'à se retrouver au sommet d'une montagne.

Sans cesser de chanter, elle examina l'espace qui séparait ses pieds. Une vague brûlante y semblait enfouie. Elle adressa alors un regard interrogateur à la Créatrice de la Terre.

— Oui, répondit la femme.

Senna insista et la montagne s'ouvrit en deux sur une mer de magma rougeoyant. Elle y plongea sans provoquer la moindre éclaboussure. Elle ne fut pas surprise que la lave ne la dévore pas – d'une certaine façon, elle le savait. Ses yeux, aveugles dans les ténèbres brûlantes, ne lui étaient d'aucune utilité. Elle emprunta les artères de la terre pour atteindre d'immenses masses d'eau aux relents de soufre et de minéraux. Des gemmes de la taille d'un poing carillonnaient comme des cymbales dès qu'elle les touchait, mais elle préféra les laisser à leur place. Trésors secrets de la terre, ils y resteraient cachés à jamais.

Toujours à ses côtés, la Créatrice la guidait dans les méandres veineux. Enfin, elles débouchèrent dans un bassin d'eau tiédie par une chambre magmatique souterraine où elles s'engagèrent dans un dernier conduit. Bien que toujours plongée dans l'obscurité, Senna perçut un changement dans la nature de l'eau. Elle avait à présent un goût d'iode, de poisson. L'océan.

La Créatrice de la Terre avait disparu, remplacée par son homologue de l'Eau, qui saisit la main de la jeune fille.

— Tu as passé du temps avec la seconde Sœur, chanta-t-elle. Mais tu as encore beaucoup à découvrir.

Elles suivirent des rivières sous-marines qui se jetaient dans des lacs sous l'océan. Les poissons, à peine plus gros qu'un ongle, vibraient tous d'un arc-en-ciel de couleurs. Senna nagea dans des eaux turquoise en compagnie de dauphins, chanta avec des baleines dans une obscurité si profonde qu'elle semblait teintée de vert. Elle explora des récifs peuplés de poissons aux couleurs aussi vives que des fleurs cherchant à attirer les abeilles. Elle couvrit aussi des lieues et des lieues de désert océanique sans croiser la moindre forme de vie.

Puis, une vague plus forte que les autres l'emporta et la déposa en plein cœur d'une forêt de pins verdoyants. Le paysage résonnait d'une musique aussi riche que chaotique. Fruit d'un affrontement acharné entre des cuivres, elle était aussi plus complexe que toutes les mélodies qu'elle avait entendues jusqu'alors. Un courant de vie semblait animer chacune de ses notes.

— Et, pour finir, tu rencontres la troisième Sœur, la Végétation. (Une femme, dont la flamboyante chevelure rousse était parsemée de restes de mousse, se laissa tomber d'une haute branche.) Ressens-tu sa plénitude ?

Senna acquiesça.

La Créatrice lui prit la main, et elles furent aussitôt transportées sur un plateau rocailleux et aride. Des oliviers aux feuilles grisâtres poussaient dans le sol sec. Là, la musique semblait moins folle et ses notes clairsemées, à l'image de la végétation.

La Créatrice observait Senna en silence. Lorsqu'elle sembla satisfaite, elle la prit de nouveau par la main et l'entraîna vers un large continent mort : la Tartennie. La jeune fille s'accroupit pour approcher une paume du sol. Elle la retira brusquement, comme sous l'effet d'une piqûre qui lui fit grincer les dents.

— Ressens-tu la différence avec le désert ?

Elle hocha la tête. La musique du désert, bien qu'assourdie, était saine. Celle-là en revanche…

— Par moments, c'est une douleur poignante, une plaie à vif. À d'autres, une violente pulsation qui jaillit comme une braise fouettée par le vent. (La Créatrice, dont les cheveux avaient à présent la couleur de l'herbe fraîche, s'accroupit à côté de Senna.) Mais, si tu prêtes l'oreille, tu pourras entendre le chant des Quatre Sœurs.

Senna, tout ouïe, patienta de longs instants. Enfin, elle se releva et plaqua une main contre l'écorce d'un arbre écaillé. Elle la ressentit plus qu'elle ne l'entendit : une faible vibration de vie enfouie sous les racines. De nouveau la jeune fille et la Créatrice chantèrent ensemble.

Elles commencèrent par appeler un orage pour humidifier le sol, avant d'accompagner le râle d'agonie des plantes. La musique de la terre, de l'air, de l'eau et de la végétation se mit à tournoyer autour d'elles.

Puis Senna en prit le contrôle, elle ajouta sa voix au mélange jusqu'à faire naître une symphonie, et ramener la musique de la végétation à la vie. Les tiges passèrent d'un brun sombre au vert vif. Les feuilles rabougries se déployèrent. Les graines se gorgèrent d'eau puis étendirent leurs racines dans le sol riche. Des fleurs s'ouvrirent et emplirent l'air de leur parfum délicat.

Senna tendit l'oreille au-delà de la musique, au-delà de leurs voix, à l'affût d'éventuels signes de vie. En vain. Aucun insecte ne bourdonnait, aucun animal ne criait. À bout de forces, elle s'effondra contre un tronc voisin.

Elle se rendit soudain compte que la Créatrice de la Végétation avait disparu, remplacée par son homologue de la Lumière.

— Tu comprends à présent. Notre pouvoir, la musique des Quatre Sœurs, est partout. Toujours. Les Gardiennes infléchissent les chants du monde pour le préserver.

Senna prêta une oreille attentive aux sons qui les entouraient. La musique, forte et régulière, cédait bien vite la place à un vide assourdissant, né de la douleur des terres malades.

— Nous n'avons pas guéri la Tartennie tout entière, constata-t-elle.

— Non, reconnut la Créatrice. Cela t'aurait demandé un effort trop coûteux.

Senna observait cette femme qui, en dehors de l'aura de puissance qui la drapait comme une cape, semblait parfaitement normale. Et particulièrement jeune. Le regard averti de Senna fut malgré tout attiré par quelques traits distinctifs. Soudain, elle comprit à qui elle avait affaire.

— Vous êtes Lilette.

— En effet, sourit la Créatrice.

Les propos de Krissin ressurgirent dans l'esprit de Senna.

— Vous vous êtes embrasée comme une étoile naissante puis, lorsque la lumière s'est estompée, vous aviez disparu.

Lilette acquiesça.

— C'est exactement ce que les sorcières de Caldendre disent de toi sur la côte Néfalienne.

Senna, incrédule, secoua la tête. Elle aussi s'était embrasée avant de chevaucher les vents ?

— Suis-je morte ?

— Plus que ça. Tu es transformée. Tu as été jugée digne de devenir une Créatrice.

Lilette lui prit la main et soudain elles furent dans ce qui ressemblait à un château de pierre né de la terre. Des branches au feuillage minéral décrivaient de complexes enchevêtrements tout le long de ses murs.

Senna posa une paume sur une des plantes étranges. Chaude, elle vibrait de légers accords.

— Elle est vivante, murmura la jeune fille.

— Plus que ça, la corrigea Lilette. Nous l'avons réveillée. En tant que Créatrice, c'est à présent une chose que toi aussi tu pourras faire. Tu seras en mesure de créer tes propres mondes et de les peupler à ta guise. Ou alors, tu peux choisir de rester ici avec nous pour nous aider à maintenir ce monde aussi beau qu'il l'est. (Senna refusait de croire qu'une telle proposition puisse lui être faite.) Suis-moi, j'aimerais te montrer quelque chose.

En chemin, Senna fit courir ses doigts le long d'une liane aux motifs aussi sophistiqués qu'un réseau de veinules. Des étoiles, dont le cœur de diamant et de saphir luisait de mille couleurs, se détachaient sur le plafond. Lilette progressa jusqu'à un petit balcon fleuri où elle écarta quelques branches qui dissimulaient à leur vue un bassin rempli d'une eau cristalline.

— Je t'en prie, regarde.

Senna se pencha par-dessus le parapet pour observer son reflet. Ce qu'elle découvrit la pétrifia. Scintillants comme des fils d'or polis, ses cheveux dansaient autour de sa tête dans un ballet flamboyant. Sa robe brillait de l'orange profond des braises sur sa peau chatoyante.

D'une main hésitante, elle voulut caresser le tissu de son vêtement mais ses doigts s'enfoncèrent dans un mélange de flammes et de cendres. Elle était tout entière vêtue d'un feu à la chaleur délicieuse et vibrant de puissance.

— Relâche ton aura, l'invita Lilette dans un souffle.

Incapable de résister à la voix douce et séduisante de la Créatrice, Senna se détendit. Un éclat de lumière embrasa aussitôt sa peau. Ses extrémités, délicates arabesques diaphanes, semblaient faites de musique pure.

— Je suis une Créatrice de la Lumière.

Un dieu doué du pouvoir de création.

Lilette rit.

— C'est bien pour cette raison que c'est moi qui t'accompagne, et pas une des autres Créatrices. Tu seras mon Apprentie.

Senna peinait à réfléchir.

— Mais je n'ai jamais choisi ma discipline.

Dans la lumière qui éclaboussait tout de son aura dorée, Lilette inclina la tête en arrière.

— C'est la Lumière qui t'a choisie. Elle infuse en toi depuis que nos lèvres se sont touchées. La transformation d'une mortelle en Créatrice est un processus lent et progressif qui doit ménager la faiblesse de la chair. Mais tu auras remarqué quelques afflux de puissance plus nourris que les autres, je suppose.

La première fois qu'elle avait entendu la musique des Quatre Sœurs. Lors de la création de ses propres Cercles. Lorsqu'elle avait failli réduire le navire caldendrien en cendres. Et, enfin, pendant qu'elle déplaçait l'île.

Lilette prit une profonde inspiration.

— À présent, je vais t'offrir le même choix que celui qui m'a été soumis autrefois. Affranchis-toi des douleurs inhérentes à ta condition de mortelle. Viens avec nous danser sur les vents, dormir dans les entrailles de la terre, nager à travers les océans et faire naître des jardins d'une beauté à faire pleurer les hommes.

Senna ferma les yeux. Une douce mélodie virevoltait en elle. Elle éprouvait certes une joie sincère, mais un noyau d'une tristesse insondable persistait : sa mère, seule au monde, pour de bon.

— Vous avez abandonné vos sorcières, déclara Senna. Elles avaient besoin de vous.

— Oui, reconnut Lilette en s'approchant. Après les avoir déplacées, j'ai créé une barrière pour que le Refuge ne puisse plus leur nuire. J'espérais qu'avec le temps, elles s'amélioreraient. Lorsque je t'ai rencontrée, j'ai même pensé que tu parviendrais à les réunir. Apparemment, les choses ne devaient pas se dérouler ainsi.

— J'ai échoué.

— Non, la reprit Lilette avec un sourire tendre. C'est elles qui ont échoué. Pas toi.

Senna contemplait le ciel à l'impossible couleur azur.

— Pourquoi êtes-vous restée ici ?

— Mon amour s'y trouvait déjà. Ma décision fut des plus simples à prendre.

Senna ferma les yeux. Joshen… Elle avait tenté de le sauver, mais la situation de cette petite embarcation n'était-elle pas sans espoir ? Puis, il y avait les autres. Cord. Son père et sa sœur.

— Pourrais-je les voir ?

D'un geste gracieux, Lilette désigna un point au-delà du balcon. Senna s'approcha. Sous leurs pieds s'étalait toute une ville bâtie de pierres vivantes. Arbres, fleurs et plantes s'y entremêlaient comme autant de vieux amis. Et des hommes et des femmes déambulaient dans ses rues. Des centaines d'entre eux.

— Ce ne serait pas, à mon avis, une très bonne idée de rencontrer ton père et ta sœur. En effet, une brève entrevue serait bien trop cruelle… à moins, bien sûr, que tu ne choisisses de rester. Mais il y a quelqu'un d'autre qui t'attend.

Des bruits de pas résonnèrent dans le dos de Senna. Cord, plus beau que jamais, lui sourit. Avec un cri de joie, elle s'élança à sa rencontre pour le serrer dans ses bras. Surprise, elle constata que sa blessure au flanc avait disparu.

D'un geste timide, Cord posa un doigt sur la hanche guérie de Senna.

— Nous n'emportons pas ce genre de choses avec nous.

La jeune fille se tourna alors vers Lilette.

— Et Joshen ? Reden ? Où sont-ils ?

La Créatrice se rembrunit.

— Ils ne sont pas ici.

Inquiétude et doute enflèrent dans la poitrine de Senna.

— Ils ne peuvent pas s'en être sortis, c'est impossible. Cette vague était plus haute qu'une montagne.

— Ils n'ont pas quitté le monde des mortels.

Senna hésita entre le soulagement et l'effroi.

— Pourquoi Grendi m'a-t-elle laissé croire qu'elle les avait tués ?

Le visage de Lilette se durcit.

— Y a-t-il pire torture que d'obliger tes Protecteurs à te regarder souffrir ? Et meilleur moyen de te mortifier que de te pousser à penser qu'ils sont morts ?

Senna tenta d'imaginer Joshen contraint de l'observer ligotée au mât d'artimon durant près de trois jours, pendant qu'elle, de son côté, le croyait mort et qu'il ne pouvait démentir ses craintes.

Elle tira un profond réconfort de la présence de Cord à ses côtés.

— Grendi n'a pas sa place ici, déclara Lilette, qui jouait avec une fleur aux pétales bleu vif dont le pollen lui colla aux doigts. J'ai aimé un homme autrefois, un homme qui est mort sous mes yeux. Aussi, je n'ai eu aucun mal à faire mon choix. (Elle soupira.) Tu pourrais attendre Joshen. Nous n'appréhendons pas le passage du temps à la manière des êtres humains. Les décennies te paraîtront à peine des jours. S'il en est jugé digne, il rejoindra les Protecteurs après sa mort et veillera à la sécurité des âmes de ceux qui ont mérité leur place dans nos jardins éternels.

— Tu restes avec moi ? lui proposa Cord en lui prenant la main.

Des larmes brouillèrent la vue de Senna. Cord les effaça d'un geste doux et observa le bout de ses doigts teintés d'or.

— Même tes larmes sont emplies de puissance.

Elle visualisa la vie qui l'attendrait en compagnie de Cord. Plus de douleur ni de chagrin. Joshen s'en remettrait et repartirait de l'avant. Il finirait même par trouver le bonheur. Il n'était pas du genre à s'apitoyer sur son sort.

— N'y a-t-il plus la moindre chance que je puisse encore les sauver ?

— Si tu pars, tu réintégreras ton corps dévasté. La puissance de Créatrice dont tu jouis en ce moment s'estompera peu à peu jusqu'à disparaître complètement. Nous nous sommes servies de toi pour mettre les Gardiennes en garde, poursuivit Lilette avec une moue. Et elles t'ont bannie. Elles ne méritent pas de nouvelle chance.

La jeune fille se remémora toute la peine que lui avaient causée ses consœurs. Mais il y avait eu aussi quelques gestes attentionnés. Des tapes amicales et des éclats de rire partagés.

Lilette s'approcha d'une plante grimpante au pied de laquelle elle préleva une fleur blanche.

— Tu serais prête à renoncer à toute cette beauté, à cette vie apaisée, pour retourner au milieu d'êtres qui te détestent ?

Senna hésita.

Cord repoussa une de ses boucles d'or derrière son oreille.

— C'est pour Joshen ? demanda-t-il sans colère, mais avec une profonde tristesse.

Senna lui adressa un regard implorant.

— Pas seulement. Ma mère est là-bas, elle aussi. Et puis il y a tous les autres.

— Tu n'as absolument pas à craindre la mort qui guette le monde, Brusenna. Les choses changeront en mieux. Et les sorcières perdureront. Celles qui s'en sont montrées dignes auront leur place ici. Quant aux autres, elles iront ailleurs.

Un terrible chagrin la consumait peu à peu, tel un charbon ardent niché au creux de sa poitrine.

— Elles assisteront impuissantes au déclin inexorable de leur société. Quelle vie pourraient-elles vivre pendant toutes ces années ? (Lilette ne répondit pas. Après une profonde inspiration, Senna lui annonça sa décision :) Je dois y retourner.

Lilette soupira en ôtant les fleurs qu'elle avait rassemblées derrière l'oreille de la jeune fille.

— Tu as fait ton choix. Soit.

Les sourcils froncés, Cord la dévisagea. Après quelques secondes, il se pencha en avant pour déposer un baiser sur son front, un peu comme elle l'avait fait avant qu'il meure.

— Je parlerai de toi à ton père et à ta sœur.

Il posa une paume sur sa joue et lui sourit comme s'il comprenait sa décision et n'en souffrait pas. Il tourna ensuite les talons et s'éloigna d'un pas léger jusqu'à disparaître du jardin.

Lilette déposa un objet dur dans la main de Senna.

— C'est à toi, il me semble.

La jeune fille posa les yeux sur son pendentif en ambre. La cordelette avait disparu, mais les deux moitiés de la lune étaient réunies. La dernière fois qu'elle l'avait vu, Grendi s'en était servie pour la retrouver. Une vague de soulagement déferla en elle.

— Vous l'avez confectionné il y a bien longtemps, n'est-ce pas ?

— Oui, acquiesça Lilette. Afin que mon Protecteur et moi puissions toujours nous retrouver. Jusqu'à ce qu'il aille là où le pendentif ne pouvait le suivre, mais moi si, compléta-t-elle d'une voix chantante.

Émerveillée, Senna observait le bijou qu'une chaîne en or retenait à présent.

La Créatrice, souriante, en décrocha la lune gibbeuse décroissante.

— Joshen peut toujours utiliser l'autre moitié.

Elle réunit de nouveau les deux morceaux d'ambre et passa la chaîne autour du cou de Senna.

— Il est vraiment magnifique. Merci ! déclara Senna, heureuse de retrouver la douce chaleur familière du bijou.

Elle fit courir un doigt sur la moitié qu'elle avait un temps confiée à son Protecteur. Avec sa bague de fiançailles, cette pierre d'ambre était ce qui lui restait de plus intime et de plus précieux.

— Mais sans sa moitié, comment Joshen pourrait-il me retrouver ?

— Il devra faire preuve d'intelligence, admit Lilette avec tristesse. Comme tous ceux qui sont perdus.

— Comment saurais-je où trouver les sorcières ? demanda Senna après un silence.

— Je vais t'y emmener. Mais, souviens-toi qu'ici, le temps s'écoule de manière différente. Quatre jours ont passé. Les Tartenniens et les Caldendriens ont déjà traversé l'océan et repris leur assaut contre le Refuge. Seul le dernier rempart de l'île tient encore.

Lilette enserra doucement les épaules de la jeune fille. Son aura resplendit soudain d'un blanc aveuglant. Lorsque la lueur reflua, Senna découvrit qu'elle flottait dans les airs. La silhouette de Lilette s'estompait peu à peu. Mais la jeune sorcière n'était pas seule. Une forme masculine, imposante, évoluait à ses côtés, et lui tenait la main.

Le Protecteur de la Créatrice. Lilette l'avait suivi jusque dans la mort, tandis que Senna avait choisi d'en revenir pour retrouver Joshen.

La Tartennie s'étalait sous leurs pieds. Ses habitants se livraient un combat sans merci. Une épaisse fumée âcre montait du théâtre de la bataille. Sur l'océan, des dizaines de navires étaient ballottés en tous sens par les flots déchaînés. Tous, bouche bée, regardaient Senna d'un œil émerveillé.

La jeune fille, dont la robe luisait d'un rouge orangé de braise et dont la chevelure dansait telle une flamme ardente, brillait comme un soleil.

Elle aperçut de petites taches vert sombre en contrebas. Des sorcières. Elle lut dans leurs cœurs. Elles avaient fait mauvais usage de leurs pouvoirs. Censées cultiver l'harmonie, elles n'avaient fait que semer le chaos et la discorde. Elles s'étaient montrées incapables de supporter le fardeau qu'on leur avait confié.

Senna, à l'écoute de la musique qui l'entourait, s'imprégna du bourdonnement assourdi des cuivres, du cri aigu des cordes, du roulement des percussions et du chaos des instruments à vent.

Elle perçut la pointe de douleur qui l'attendait à la fin de ses enchantements, mais elle n'avait pas le temps de se lamenter sur son sort. Sa puissance la quittait rapidement. Elle aurait besoin de toute l'énergie dont elle disposait encore pour mener sa tâche à bien.

Elle laissa son aura flamboyer et commença à chanter. Les Quatre Sœurs se turent tandis qu'elle infléchissait une tonalité, changeait une note, modifiait un tempo.

Peu à peu, la mélodie ambiante et sa propre musique se mélangèrent jusqu'à ce que chaque son, chaque ton, résonne en une symphonie de puissance. La jeune sorcière fixa les frontières climatiques et créa des orchestres autonomes.

Lorsqu'elle eut fini, la riche musique qui l'entourait semblait avoir fané comme une fleur rare frappée par le gel.

Elle avait repris aux Gardiennes l'aptitude à contrôler les climats pour la rendre aux Quatre Sœurs. Elle connaissait le prix à payer d'une telle décision : ouragans, inondations, tremblements de terre, hivers rigoureux et étés désastreux étaient à redouter. À partir de cet instant, les sorcières pourraient certes infléchir les climats, mais plus les contrôler, ébranler la terre, mais plus l'éventrer, agir sur les courants marins, mais plus déchaîner les flots. En revanche, elle leur laissa la capacité à maîtriser la croissance des plantes.

Elle décida ensuite de porter ses efforts sur la Tartennie où elle restaura la végétation et toutes les fleurs qui se trouvaient au-delà des terres déjà guéries en compagnie de Lilette. À mesure qu'elle chantait, son aura perdait de son éclat. Son immortalité ainsi que son incommensurable puissance quittaient son corps aussi incapable de les retenir que des mains en coupe de transporter de l'eau.

Dans le sillage de cette puissance envolée, une douleur se réveilla : un mal brûlant qui lui paralysait la hanche et irradiait dans tout son flanc, jusqu'à ses orteils.

Presque à bout de forces, elle s'affaissa. Bientôt elle redeviendrait mortelle. La musique qui avait pris une part si importante en elle s'était tue. Elle se sentait vide, éreintée, comme consumée de l'intérieur. Elle s'adressa alors à celles qui l'observaient.

— Pourquoi ? Pourquoi ne pas avoir honoré les espoirs placés en vous ? Des enchantements destinés à protéger ont été utilisés pour semer la destruction ou par appât du gain. Aussi, j'ai dû brider votre puissance. Le prix que le monde devra payer en conséquence sera moins pire que les souffrances que vous lui avez infligées jusqu'alors. Et peut-être que, un jour, vous serez de nouveau dignes des pouvoirs qui vous avaient été confiés.

Les vagues obéirent à un mouvement de son poignet et repoussèrent la flotte tartennienne. La jeune fille sollicita ensuite les vents pour convoquer une personne. Grendi. Bien que faible, Senna était encore une Créatrice. Elle examina le cœur du Chancelier qui, empli de haine et de méchanceté, lui fit l'impression d'un bloc de goudron durci. Ses artères aussi en étaient pleines. Mais il y avait autre chose.

— Vous êtes une sorcière, constata Senna, les yeux écarquillés.

Grendi recula comme sous le coup d'une gifle.

Senna lut dans l'âme du Chancelier avec la même aisance qu'une devineresse dans les feuilles de thé.

— Une sorcière dénuée de pouvoir… Une Crécelle qui a vu ses sœurs et sa mère façonner le monde à leur envie alors qu'elle était condamnée à demeurer dans leur ombre, impuissante et seule.

— Ces femmes étaient une abomination ! Un fléau que je me suis juré d'exterminer !

Senna, écœurée, grimaça. Grendi avait prêté main-forte à Espen dans sa chasse aux sorcières. Après l'échec de leur projet, le Chancelier avait tenté de massacrer toutes ses consœurs. Et, si les sorcières n'avaient pas rasé la ville et maudit la Tartennie, elle y serait parvenue.

Puis, au lieu d'employer les rares ressources qui existaient encore pour aider ses sujets à fuir leurs terres moribondes, elle n'avait songé qu'à anéantir le Refuge.

— Vous n'abandonnerez jamais, quel qu'en soit le prix. (Senna détestait devoir prononcer les mots qui pourtant s'imposaient.) Le monde ne survivrait pas à votre haine farouche.

Elle renvoya le Chancelier au sol et invoqua un cocon de liseron. La prison végétale, inviolable, ne refluerait que si Senna le lui demandait.

Seule une trace infime de la puissance qui l'avait un temps animée vibrait encore en elle. Une douleur lancinante s'était emparée de tout l'espace laissé vacant. Du sang dégoulinait le long de sa jambe. Elle sentait ses forces, sa santé, consumées par le feu de sa fièvre et l'infection qui empoisonnait ses veines.

Peut-être irait-elle rejoindre les Créatrices plus tôt qu'elle ne l'avait cru.

Dans un dernier effort, elle offrit un territoire aux sorcières.

Cité des sorcières — Lucendre
Que tous ceux qui ont besoin de soins puissent m'entendre
Des potions et des plantes pour répondre aux demandes,
Qu'un vent aménage et protège une route marchande.

Elle se tourna alors vers le Refuge.

Crécelles ou puissantes consœurs,
Toutes ont leur place, car sont riches en leur cœur.

Les dernières traces du pouvoir des Créatrices abandonnèrent Senna, de nouveau simple sorcière, comme avant, mais plus épuisée qu'un être humain pouvait le supporter. La douleur qui ravageait son corps était un puits insondable empli d'un feu dévorant.

Elle brûlait.

Witch Song

Les ténèbres envahirent sa vision. La mélodie qu'elle avait entretenue s'évanouissait peu à peu pour ne laisser qu'un silence creux. Le vent cessa de lui obéir.

Elle tomba.

Tomba.

Tomba.

Des centaines de sorcières chantèrent à l'unisson.

Le vent reprit vie autour d'elle. Il joua avec sa robe, à présent aussi éteinte qu'un vieux morceau de charbon, et l'enveloppa de ses bourrasques tandis qu'elle tombait toujours plus bas.

Plus bas.

Plus bas.

Plus bas.

À demi-consciente, elle sentit les dizaines de mains tendues pour la retenir et la déposer doucement au sol. Puis les ténèbres l'emportèrent.

Lucendre

Le soleil inondait la ville de ses rayons dorés. Les cheveux agités par une légère brise qui fit courir un frisson le long de son dos, Senna observait Lucendre, qui s'étalait à ses pieds. Le souvenir des moments passés en compagnie des Créatrices lui paraissait lointain, à l'image d'un rêve agréable. Elle avait encore du mal à croire qu'elle soit parvenue à donner naissance à de petits orchestres autonomes en si peu de temps, que sa chute du ciel remontait déjà à quatre mois.

Elle se tenait sur le balcon fleuri de l'arbre-palais qui trônait au sommet de l'une des montagnes arrondies. Les sorcières avaient relié les différents arbres à l'aide de passerelles végétales, bordées de part et d'autre par des lianes couvertes de fleurs. Aux quatre coins du magnifique bosquet s'élevaient autant d'arbres majestueux – un pour chaque discipline –, nés pour honorer la Végétation, l'Eau, la Lumière et la Terre.

L'endroit n'était peut-être qu'une pâle copie du palais minéral de Lilette, mais il était néanmoins le plus merveilleux que ce monde ait jamais vu.

Tout autour, la ville en devenir serait divisée en quartiers, consacrés chacun à une discipline, et que l'on paverait d'une mosaïque de rayons de soleil, d'arbres, de bourrasques folles ou de hautes montagnes. Mais, pour le moment, les Protecteurs ne faisaient encore que poser les premières pierres des rues.

La musique des Gardiennes, qui érigeaient des arbres-maisons pour de futurs commerces et habitations, résonnait dans toute la ville et nourrissait de sa puissance toute forme de vie végétale.

Les arbres et les fleurs s'épanouissaient. Ils emplissaient l'air de leurs parfums délicats.

La maison de Senna constituait le point culminant de la ville. Son balcon, ouvert aux quatre directions, laissait entrer les vents qui lui permettaient de déceler les moindres notes de musique, d'où qu'elles proviennent. Mais, pour l'instant, les vents ne charriaient rien qu'un silence assourdissant.

— Tes visiteurs sont arrivés. Veux-tu que je les fasse entrer ?

Senna se tourna vers sa mère.

— Oui, s'il te plaît.

Au lieu de s'exécuter, Sacra s'approcha de sa fille pour lui prendre la main.

— N'aie pas l'air si triste.

La jeune fille baissa les yeux sur leurs doigts entrelacés. Elles avaient encore tant à pardonner, toutes les deux. Mais elles faisaient de leur mieux et possédaient à présent une chose qui leur avait longtemps fait défaut : l'espoir d'un nouveau départ.

— J'ai seulement un peu de mal à m'adapter, répondit Senna.

Difficile en effet de redevenir mortelle, de perdre son lien précieux avec la musique, de vivre dans un monde qui n'était que l'ombre de l'autre. Un monde dans lequel, bien qu'entourée d'une foule de consœurs, elle se sentait seule. Sans parler de la douleur lancinante qui ne la quittait jamais. Elle était certes devenue supportable, mais ses séquelles seraient permanentes. Jamais plus Senna ne pourrait marcher sans l'aide d'une canne.

Le regard de sa mère, plein de compassion, s'adoucit.

— Tu as consenti un immense sacrifice en revenant pour les sorcières, et pour moi. (Devant le silence de sa fille, Sacra ajouta :) Ne renonce pas à lui maintenant.

Depuis quatre mois, Senna ne pouvait qu'imaginer ce qu'il était advenu de Joshen. Le prix à payer était si élevé qu'elle se demandait encore si elle avait fait le bon choix. N'aurait-elle pas mieux fait de rester avec les Créatrices ?

— Je n'ai pas renoncé. Pas encore.

Sacra ouvrit la bouche pour répondre, mais se ravisa.

— Je te verrai ce soir, pour le dîner.

Elle la serra doucement, lui dit tendrement au revoir, puis disparut.

Peu après, Coyel, Prenny, Krissin, Millay et Reden empruntèrent l'une des passerelles qui menaient au balcon. Les quatre femmes avaient chacune reprit la tête d'une discipline. Après deux mois de négociations, Krissin avait fini par accepter de devenir Maîtresse de la Terre. Et, au final, elle s'était révélée meilleure que Drenelle.

— Compositrice, murmurèrent-elles en chœur.

Krissin et Millay se tenaient certes un peu à l'écart de Coyel et Prenny, mais toutes étaient arrivées ensemble, ce qui constituait un net progrès par rapport à la semaine précédente. Senna ne désespérait pas que, un jour, les deux factions finissent par n'en former plus qu'une.

Le regard sévère de Reden croisa celui de Senna. En compagnie de Mistin, il avait regagné la Tartennie peu après elle. Mais, leur navire ayant chaviré dans le chaos né de la disparition du Refuge, aucun d'eux n'avait vu Joshen. Personne, du reste, ne semblait l'avoir aperçu.

Senna se détourna pour observer ses consœurs. Elle avait lu jusque dans leur cœur et avait parfois le sentiment de les connaître mieux qu'elles ne se connaissaient elles-mêmes.

— Je vous écoute.

Les Maîtresses, visiblement mal à l'aise, hésitèrent. Tous, à l'exception de Reden, semblaient lui vouer une admiration aveugle. Un respect effrayant qui les poussait à lui obéir sans réfléchir. Senna avait vu des personnes pleines de bonnes intentions se tromper, commettre des erreurs de jugement qu'un groupe aurait évitées. C'était d'ailleurs pour cette raison qu'elle avait conservé la structure caldendrienne. Les ordres, le meneur des Protecteurs et les Maîtresses, tous détenaient autant de pouvoir qu'elle.

Reden, bien qu'il ne lui vouât pas la même admiration, la traitait malgré tout comme si elle était faite de cristal et menaçait de voler en éclats au moindre mouvement brusque.

— Nous avons décelé des traces de vie animale, déclara-t-il. Vu l'état de santé de ces bêtes, je dirais que quelques individus ont survécu à la malédiction et que d'autres viennent de l'extérieur. Nous avons lancé un appel pour étoffer notre armée, un appel auquel la plupart des soldats tartenniens ont répondu. Je cherche encore un général à placer à leur tête.

Senna acquiesça. Le meneur ne souhaitait pas faire de l'armée et des Protecteurs deux entités distinctes, mais lorsqu'on lui avait demandé d'opter entre les deux, il avait choisi de rester meneur si on lui permettait d'élire le général de l'armée.

— As-tu demandé à Mistin ?

— Oui, Compositrice. Elle a refusé le poste. Elle préfère rester dans son ordre, expliqua Reden, soudain écarlate.

Senna dut retenir un sourire. Apparemment, le jeune homme avait enfin trouvé une femme qui acceptait de partager la vie d'un soldat.

— Vous devez encore choisir un Protecteur personnel, Compositrice Brusenna, reprit-il après s'être éclairci la voix.

— J'y veillerai lorsque je serai prête, répliqua-t-elle, le bras tendu pour couper court à toute discussion.

Reden, clairement mécontent que Senna refuse de remplacer Joshen, fit la moue mais acquiesça. Il savait plus avisé de ne pas insister sur le sujet.

— Coyel ?

La Maîtresse vint se placer à côté de Senna pour observer la ville en contrebas.

— Nous avons agi selon vos ordres, Compositrice. Toutes les sorcières adultes ont rejoint Lucendre. Quant aux étudiantes, tant les Sorcerelles que les Apprenties, elles sont à présent au Refuge où l'école a été agrandie. Nous avons aussi annoncé partout que toutes les sorcières, quel que soit leur niveau, sont les bienvenues. La plupart des arbres-maisons sont désormais occupés.

— Notre administration a elle aussi été déplacée à Lucendre, ajouta Krissin.

— Êtes-vous certaine que nous devons tarifer nos enchantements ? demanda Millay.

Senna sourit intérieurement. Enfin quelqu'un posait la question que tous auraient dû avoir en tête. Après tout, la seconde Guerre des sorcières avait en partie été causée par une décision similaire, une décision dont Espen avait été l'une des plus farouches partisanes.

— Nous devons indiquer la valeur de nos enchantements pour aider les hommes à mieux les respecter. J'aimerais qu'il en soit autrement, mais les êtres humains estiment ce pour quoi ils doivent se battre, et beaucoup moins ce qu'ils reçoivent gratuitement. Nous allons devenir la denrée la plus précieuse du monde. (Devant les réserves manifestes des Maîtresses, Senna se prépara à de terribles nouvelles.) À ce sujet, avons-nous été sollicitées pour des soins, des enchantements ou de quelconques services ?

Prenny et Coyel échangèrent un regard appuyé.

— Quelques achats de plantes et de sorts de soin, finit par répondre Coyel. Ils repartent en général aussi vite qu'ils sont venus mais, ce matin, la Néfalie nous a demandé d'éradiquer l'épidémie qui frappe la cité-État d'Urway.

Senna se frotta les paumes d'un air pensif.

— Les Néfaliens ont beau ne pas nous apprécier, je pense qu'au fil des siècles, ils ont fini par s'habituer à notre présence. Le reste du monde, en revanche, continue à nous craindre et à se méfier de nous. Et c'est bien normal. Plusieurs dizaines d'années nous seront nécessaires pour gagner leur confiance.

Krissin prit la parole :

— Nos finances ne sont pas inépuisables, et la construction d'un empire n'est pas donnée. Je ne vois pas comment nous pourrions continuer à prodiguer nos services au monde entier si personne ne nous paie.

Senna s'efforça de retenir un nouveau sourire.

— Une sorcière ne peut mourir de faim. Nous nous en sortirons.

Des cris retentirent en contrebas. Baissant les yeux, Senna comprit qu'une bagarre avait éclaté, mais trop loin pour qu'elle puisse voir de quoi il retournait. Elle se fiait néanmoins aux Protecteurs pour régler le problème.

— Lorsque les hommes commenceront à nous faire confiance, ils accepteront de nous payer pour nos services. En attendant, nous ne devons refuser aucune demande. Ceux qui le peuvent paient avec de l'argent, les autres par leur travail. Les rues de la ville ont besoin d'être nettoyées, il faut transporter les déchets à l'extérieur pour les y enterrer et quelqu'un doit entretenir les jardins.

Les cris de l'altercation s'éloignèrent. Perplexe, Senna fronça les sourcils. Puis elle se tourna vers Prenny, qui la regardait avec insistance.

— Oui ?

La vieille sorcière lança un bref coup d'œil à Coyel avant de revenir à Senna.

— Compositrice Brusenna, la paix semble être revenue parmi nous, mais…

Senna soupira.

— Mais ? (Comme Prenny ne répondait pas, Senna se laissa aller contre le dossier de sa chaise et massa sa hanche douloureuse.) Prenny, je crois que je préférais quand tu me considérais comme une jeune pousse parvenue.

La vieille sorcière ricana.

— Bon, d'accord. Alors, certaines de nos consœurs ne sont guère favorables à la venue des Crécelles. Elles se pensent supérieures.

Senna baissa la tête pour dissimuler la colère qui lui embrasait les joues.

— Je refuse que nous les appelions Crécelles. Bien qu'elles ne soient pas capables de les contrôler, elles peuvent tout à fait se connecter aux Quatre Sœurs. Ce qui fait d'elles des sorcières à part entière. Desni ne sait pas distinguer une note d'une autre mais, grâce à son sens inné des plantes et des potions, couplé à ses talents de guérisseuse, elle n'a rien à envier à une sorcière douée d'un chant puissant. Si Drenelle ne parvient pas à entrevoir leur valeur, alors elle ne mérite pas d'enseigner dans notre école.

La culpabilité d'avoir, à tort, accusé Drenelle de traîtrise, puis de lui avoir demandé de renoncer à son statut de Maîtresse de la Terre, rongeait encore Senna. De même que celle d'avoir condamné Grendi à la pendaison et Ellesh à la prison à perpétuité sur Caldendre.

Ses pensées s'attardèrent alors sur Desni. Sous la torture, la vieille femme avait fini par avouer à Grendi le secret du pendentif d'ambre, et permit au Chancelier de la retrouver. Mais, au fond de son cœur, la jeune fille n'éprouvait pas la moindre colère contre la vieille femme. Elle-même avait commis trop d'erreurs pour blâmer Desni d'avoir livré ses secrets après des heures d'un sort effroyable. En réalité, elle était désolée pour elle. Peut-être que la formation des Sorcerelles était tout ce dont la vieille femme avait besoin pour être tirée de son chagrin.

— Vous n'ignorez pas que les plus faibles feront immanquablement l'objet de moqueries, déclara Coyel d'une voix douce.

Senna fit courir un doigt le long d'une veine qui striait son accoudoir.

— Je ne tolérerai aucune brimade. Chacune a le droit de faire ses preuves, d'exprimer la plénitude de son potentiel. Personne ne les privera de ce droit. (Elle se tourna vers les Maîtresses.) Dites à Desni de venir. Et trouvez-en d'autres comme elle. Les élèves ont besoin d'enseignants aux talents variés. Je pense notamment à ceux des ordres de Caldendre.

Le regard calculateur, Prenny croisa les bras.

— Je ferai en sorte qu'il en soit ainsi.

— Veilles-y, insista Senna avec un sourire destiné à rendre son ordre moins direct.

Prenny avait beau être plus grincheuse qu'un ours mal léché, Senna commençait à l'apprécier.

Le lourd silence qui était retombé fut tout à coup interrompu par l'écho lointain d'un air de musique. Senna souffrait de ses chants perdus bien plus que du reste. Elle inclina la tête sur le côté et tendit l'oreille. Avec un soupir, elle fit signe aux Maîtresses d'actionner la cloche.

Sa mère se présenta quelques instants plus tard.

— Un ouragan se prépare au large de Menette, déclara Senna. Rassemble les sorcières de service.

Sacra acquiesça. Peu après, les notes d'un enchantement se faufilèrent dans la cour intérieure. Senna les écouta d'un air absent, puis elle demanda :

— Ce sera tout ?

Les Maîtresses la saluèrent avant de prendre congé, mais Reden resta.

— Comment va Pogg ? lui demanda-t-elle.

Le meneur émit un petit grognement guttural.

— Il ne s'adapte pas très bien à Caldendre.

La Compositrice prit une profonde inspiration. Pogg avait passé tant de temps à essayer de se comporter comme un être humain qu'il avait du mal à se fondre de nouveau parmi les siens.

— A-t-il toujours envie de venir ici ?

— Oui.

— Dans ce cas, nous ferions sans doute mieux de le laisser faire. (Elle fit courir un doigt le long de la cicatrice qui lui zébrait la paume.) As-tu retrouvé la trace de Kaen et Ciara ?

— J'ai reçu une missive ce matin qui m'informait de leur rapatriement. Ils ont aussi gardé vos chevaux. Kaen ajoute que ces animaux leur ont sauvé la vie pendant leur fuite.

— Joshen sera content de l'apprendre.

Une main posée sur la crosse de son arme de poitrine, Reden resta aux côtés de la jeune fille un long moment. Une nuée de nouvelles balafres ornait son corps et, bien qu'infiniment plus vieux et plus posé en apparence, son cœur n'avait rien perdu de sa loyauté ni de sa force.

Senna, qui savait ce qu'il attendait, soupira.

— Je ne peux pas, Reden. (Elle fit l'effort de le regarder en face.) Je ne peux pas abandonner l'espoir que Joshen me retrouve un jour. Pas encore.

Les fantômes des souffrances endurées déformèrent les traits du meneur. Joshen et lui avaient été torturés jusqu'aux frontières de la mort.

— Pendant que notre navire sombrait, je suis monté sur un tonneau d'où j'ai aperçu Mistin et Joshen. Tous deux se trouvaient en grand danger. J'ai dû faire un choix. (Sa voix se brisa.) J'ai opté pour Mistin. (C'était la première fois qu'il évoquait cette scène avec Senna.) Lorsque je me suis retourné, Joshen avait disparu. Il s'est noyé.

Senna serra les poings.

— Non. Lilette m'a dit qu'il était encore en vie.

— Il y a de ça quatre mois, répliqua Reden après un silence prolongé.

— Je sais.

— Je suis désolé, Senna, mais nous devons tout envisager. Imagine qu'il soit mort après que tu as quitté Lilette.

Elle s'était accrochée à la promesse de la Créatrice. Il lui suffisait d'attendre que Joshen la rejoigne. D'un geste machinal, elle caressa la pierre d'ambre qui pendait à son cou. *Je t'en supplie, Joshen, sois vivant. Trouve un moyen de me rejoindre.*

— J'aurais préféré que ce fût moi, ajouta-t-il à mi-voix. Joshen était le meilleur d'entre nous.

— Il n'était pas parfait, Reden, répondit-elle dans un murmure. Pas plus que nous autres. Nous commettons tous des erreurs.

Reden resta encore quelques minutes, comme s'il espérait qu'elle change d'avis, qu'elle admette que Joshen était mort et qu'elle choisisse un nouveau Protecteur.

Les yeux fermés, Senna tendit l'oreille. La musique qui l'entourait était magnifique, d'une beauté à la fois rare et poignante, mais aussi solitaire et triste. Peut-être était-ce en réalité le reflet de son état d'esprit qu'elle entendait ? Puis, l'enchantement de ses consœurs se poursuivit, l'ouragan se dissipa et la musique s'estompa.

— As-tu déjà marché, aujourd'hui ? lui demanda le meneur après un soupir.

— Non, pas encore.

Elle tendit les bras pour qu'il l'aide à se relever. Puis, la mâchoire serrée, elle fit peu à peu porter son poids sur sa mauvaise jambe. Reden l'assista pour les premiers pas, le temps qu'elle échauffe sa hanche.

— Veux-tu que je t'accompagne ? proposa-t-il.

— Non. Ça va aller.

Mais Reden ne s'éloigna pas. Senna récupéra sa canne, puis entama seule sa promenade.

— Pars, l'invita-t-elle, gênée qu'il n'en fasse rien et continue de l'observer.

Senna claudiqua, traîna du pied, s'appuya sur sa canne, dans une routine sans cesse répétée jusqu'au pont qui menait à sa pièce préférée. Malgré la douleur qui lui brûlait la hanche et la sueur qui perlait à son front, elle l'atteignit enfin.

D'immenses fresques aux couleurs vives en ornaient les murs. Toutes représentaient des moments-clés de l'histoire des sorcières. Senna, présente sur la plupart, s'efforçait de ne pas s'en sentir gênée. Après tout, ses consœurs devaient savoir à quel point elles avaient frôlé la destruction.

Comme mus par une force propre, ses pieds l'entraînèrent vers son mur favori. La scène, fraîchement reproduite, dégageait encore une forte odeur de peinture. On y voyait Senna et Lilette au bord du bassin. Malgré la description précise de la jeune fille et le talent indéniable du peintre, le tableau n'était qu'une pâle copie de la réalité. Senna était revenue pour sauver les sorcières. Et, bien qu'elle l'ait fait, elle était toujours privée de Joshen.

Elle poursuivit sa promenade et observa au passage les artistes qui s'affairaient sur le mur suivant, où elle reconnut Joshen qui la portait à travers le Refuge la nuit de leur fuite. Les traits du jeune homme affichaient une expression résolue et protectrice. L'envie de se fondre de nouveau dans ses bras tortura la Compositrice.

Un jappement la fit sursauter. Un Protecteur agité traversait le pont dans sa direction. Elle crut reconnaître Chan. Il tenait dans les bras un chiot frétillant. Un petit lévrier irlandais. Au souvenir de Bruke, elle se pétrifia.

Le Protecteur approcha et fit la révérence.

— Il y a un homme à la porte qui prétend vous connaître, Compositrice Brusenna. Il a insisté pour qu'on le laisse monter. Bien entendu, nous l'en avons empêché. Alors il nous a suppliés de vous porter ce cadeau. Il a dit que vous comprendriez.

Senna eut l'impression de fondre. Sans que son esprit le lui commande, son corps s'approcha du Protecteur pour s'emparer du chiot. Il ressemblait tant à Bruke qu'elle ne put s'empêcher de plonger ses doigts dans son pelage hirsute pour en inhaler le chaleureux parfum. Le chiot ne cessait de se tortiller en couinant. Elle se pencha pour le reposer et grimaça lorsque sa hanche refusa de lui obéir. L'animal s'accroupit aussitôt et se soulagea par terre.

Un sourire inexplicable illumina le visage de la jeune fille.

Le Protecteur vira à l'écarlate.

— Je suis désolé, Compositrice Brusenna.

Il ramassa le chien, qu'elle lui reprit aussitôt. Le petit corps chaud de l'animal trouva aussitôt sa place au creux de ses bras. Elle confia sa canne au Protecteur, s'appuya sur lui, et le laissa l'aider à rebrousser chemin.

— Cet homme, à quoi ressemblait-il ?

Le Protecteur ouvrit la bouche pour répondre, mais la voix de Reden emporta ses mots.

— Senna ?

Il s'avança à son tour sur le pont. Visiblement, il la cherchait.

— Oui ?

— Senna ?

L'appel provenait d'une autre voix. Une voix qu'elle reconnut sur-le-champ. En proie à un soudain vertige, elle se laissa aller de tout son poids contre son accompagnateur. Comme s'il percevait sa détresse, le chiot lui lécha le visage de sa petite langue froide.

Joshen dépassa Reden et s'élança au pas de course à travers le pont.

Un petit cri, qui voleta comme les dernières feuilles de l'automne, franchit les lèvres de Senna. Bouleversée, elle était incapable de bouger.

Chan, qui se trompa sur la nature du cri, se plaça entre eux et brandit son mousquet.

Joshen, dont le désespoir déforma le beau visage, s'arrêta.

Reden leva les yeux au ciel.

— Baisse ton arme, Chan. Cet homme est le Protecteur que Senna avait perdu. Il est venu la retrouver.

Chan adressa un regard gêné à la jeune fille avant d'obéir et de s'écarter.

En proie au doute, Joshen avança d'un pas timide. Il avait maigri. Une balafre livide lui striait la joue et il boitait légèrement.

— Je me suis dit que, comme je t'avais déjà offert une bague et un cheval, le meilleur cadeau serait sans doute quelqu'un capable de te protéger si tu me renvoyais.

Appuyée au parapet pour éviter de s'effondrer, Senna déposa l'animal avant que ses bras le lâchent de leur propre chef.

— Joshen… parvint-elle seulement à articuler. (Mais aucun autre mot n'avait plus d'importance. Elle secoua la tête.) Je commençais à croire que tu étais mort.

— Je suis venu aussi vite que j'ai pu, dit-il, se passant une main dans les cheveux. Lorsque notre vaisseau a chaviré, j'ai été séparé de Reden et Mistin. Les vagues étaient gigantesques et j'étais blessé. Je ne pouvais pas nager. J'allais me noyer quand un morceau de mât m'a percuté de plein fouet. Je m'y suis accroché de toutes mes forces.

» Malgré tout, les flots glacés menaçaient de m'emporter à tout moment. Aussi, je me suis assis sur le mât pour que seuls mes pieds trempent encore dans l'eau. J'ai récupéré un morceau de planche avec lequel j'ai ramé pour m'éloigner de la zone jonchée de débris meurtriers.

» Plus tard, j'ai découvert une île déserte à l'exception de quelques phoques. J'ai abandonné le mât et nagé jusqu'au rivage. Mes muscles étaient sur le point de succomber aux crampes lorsque j'ai enfin atteint la grève. Ensuite, à l'aide des débris qui s'échouaient sur la plage, j'ai construit un petit radeau.

Incrédule, Senna secoua la tête.

— C'est sur cette île que Wardof était resté piégé. (Joshen grogna. Elle ferma les yeux.) J'ai sauvé les sorcières et je t'ai laissé mourir. Pourras-tu un jour me le pardonner ?

Pire encore, c'était elle qui l'avait envoyé au-devant du danger. Et pour le remercier de ses loyaux services, on l'avait torturé et laissé pour mort.

Il essuya d'un pouce les larmes qui coulaient sur la joue de Senna. Elles n'étaient plus dorées, simplement salées.

— Tu as fait le meilleur des choix possibles.

Elle se pencha jusqu'à ce que son front repose contre le torse de Joshen, qui l'entoura de ses bras. Elle s'imprégna de son parfum – une odeur d'iode mélangée à celle des chevaux – et savoura sa présence.

De nouveau, le sentiment d'avoir trouvé sa place, une place où elle serait toujours la bienvenue, l'envahit. Elle était enfin chez elle.

— J'ai entendu tant de choses… Sont-elles vraies ? murmura-t-il dans ses cheveux.

Elle leva la tête pour le regarder droit dans les yeux.

— Sans doute. Mais, maintenant, je suis juste moi.

Il ricana et posa une paume contre sa joue.

— Tu n'as jamais été « juste » quelqu'un, Senna.

Elle se hissa sur la pointe des pieds et l'embrassa tendrement.

— Je t'aime.

— Je sais, répondit-il, lui prenant la main.

Soudain consciente des nombreux regards rivés sur eux, elle se tourna vers les peintres qui les observaient comme pour mieux mémoriser la scène. L'un d'eux dessinait d'ailleurs d'une main frénétique à l'aide d'un morceau de charbon.

Senna eut alors la certitude qu'une nouvelle fresque verrait bientôt le jour, une fresque sur laquelle elle figurerait en compagnie de Joshen.

Glossaire

Apprentie : sorcière dont la formation a déjà débuté et qui a choisi la discipline à laquelle elle souhaite appartenir. En général parrainée par une sorcière accomplie.
Créatrice : déesse qui, comme les Maîtresses des disciplines, contrôle l'une des Quatre Sœurs, mais à un degré supérieur.
Crécelle : sorcière ratée ou dont la puissance, trop faible, ne lui permet pas de manipuler les Quatre Sœurs.
Discipline : ordre en relation directe avec l'une des Quatre Sœurs.
Gardienne : sorcière adulte, formée aux arts de la sorcellerie et appartenant à l'une des disciplines. Appelée ainsi en raison de sa tâche de « gardienne de la terre ».
Maîtresse : dirigeante des sorcières qui représente une discipline. Elles sont au nombre de quatre : Maîtresse de la Végétation, Maîtresse de la Lumière, Maîtresse de l'Eau et Maîtresse de la Terre.
Quatre Sœurs : éléments (Végétation, Eau, Terre et Lumière) que les sorcières utilisent pour influer sur la nature.
Sorcerelle : sorcière très jeune ou inexpérimentée. Parfois appelée « jeune pousse » de façon péjorative.

Remerciements

Chaque roman est un voyage qui s'effectue en deux temps : son écriture, puis sa lecture. Sans auteur ou sans lecteur, ce voyage ne serait pas possible. C'est pourquoi je tiens à remercier tous ceux qui ont bien voulu l'entreprendre avec moi. Merci pour tous vos messages de soutien, vos critiques et vos encouragements (et bien sûr, merci aussi d'acheter mes livres).

Un grand merci à mes alpha et bêta-lecteurs pour leurs idées fantastiques et leurs remarques parfois piquantes : Julie Slezak, Carrie Knudson, Michelle Argyle, JoLynne Lyon, Cami Checketts, Steve Diamond, Cathy Mielson, Rachel Newswander et Andrea Winkler. *Witch Born* n'existe que grâce à vous.

À tous les blogueurs et à tous ceux qui ont pris le temps de rédiger une critique, de partager leur enthousiasme ou simplement de parler de Senna : merci !

Merci à Eve Ventrue, Linda Price, Robert Defendi et Kathy Beutler d'avoir rendu *Witch Born* brillant.

Merci à Derek de s'être transformé en superpapa dans les moments critiques qui ont précédé chaque échéance, et à Corbin, Connor et Lily de ne pas m'en avoir voulu.
À mes plus grands fans : Gayle et Gordon Stuart, et Donna Cornia, tous ceux qui vous ont rencontrés savent que votre petite-fille ou nièce est l'auteur des meilleurs livres jamais écrits de mémoire d'homme. Je ne peux m'empêcher de sourire à chaque fois que je croise l'un d'entre eux.

Composition : Romain Delplancq

Achevé d'imprimer en France en janvier 2015 par Aubin Imprimeur

Le papier de cet ouvrage est composé de fibres naturelles, renouvelables, recyclables et fabriquées à partir de bois issu de forêts plantées expressément pour la fabrication de pâte à papier.

ISBN : 978-2-37102-028-3
Dépôt légal : février 2015

Loi n° 49-956 du 16 juillet 1949 sur les publications destinées à la jeunesse, modifiée par la loi n° 2011-525 du 17 mai 2011

Numéro d'édition : 0017-007-02-01

Numéro d'impression : 1412.0060

LUMEN